KB267190

적과의 동침

적과의 동침

초판 1쇄 찍은 날 § 2005년 4월 21일
초판 1쇄 펴낸 날 § 2005년 5월 1일

지은이 § 이승연
펴낸이 § 서경석

편집장 § 문혜영
편집 및 디자인 § 이종민

펴낸곳 § 도서출판 청어람
등록번호 § 제1081-1-89호
등록일자 § 1999. 5. 31
어람번호 § 제5-0041호

주소 § 경기도 부천시 원미구 심곡1동 350-1 남성B/D 3F (우) 420-011
전화 § 032-656-4452 팩스 § 032-656-4453
http://www.chungeoram.com
E-mail § eoram99@chollian.net

ISBN 89-5831-503-2 03810

적과의 동침

이승연 지음

도서출판
청어람

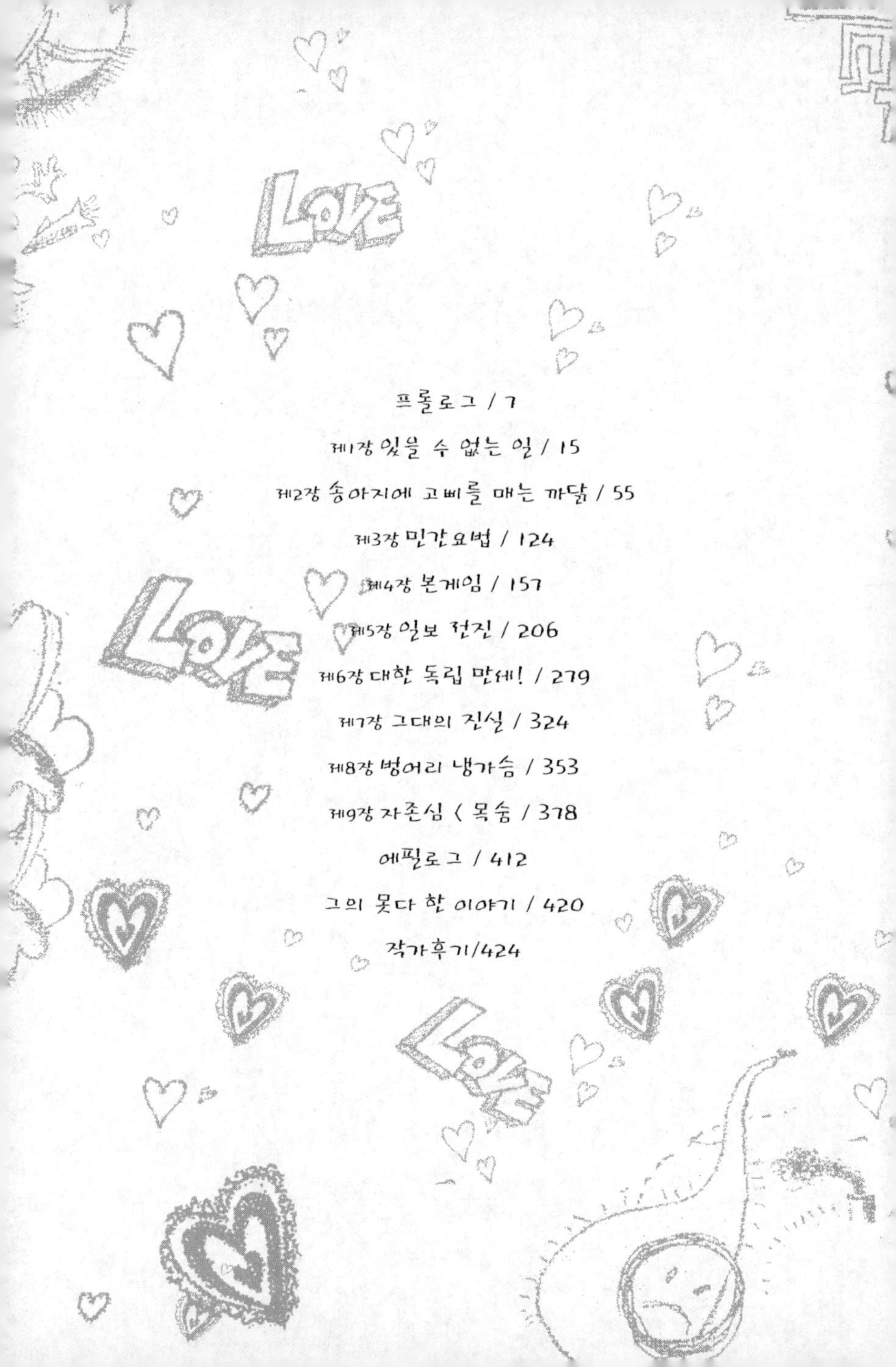

프롤로그

초여름임에도 불구하고 구매2팀의 분위기는 시원하다 못해 싸늘했다. 그러나 이 분위기에 익숙한 듯 당황하는 사람은 한 명도 없어 보였다. 오히려 그들은 태연하게 일하는 척하면서 사태관망을 위해 눈을 흘낏거리기 바빴다. 문제의 그녀가 자리에서 벌떡 일어나자 그와 동시에 구매2팀 직원들의 고개가 일제히 모니터 속으로 파묻혔다. 수화기를 바꾸어 든 그녀의 태도로 봐서는 조만간 인내심이 바닥을 드러낼 게 틀림없었다.

"이형철 씨, 기술팀이 수치 계산 잘못으로 도면을 만들었다면 적어도 이쪽으로 내려와 미안하다는 말을 하는 게 정석 아닌가요? 다른 일로 바빠서 그랬다? 그게 지금 변명이라고 해요? 좋아요. 그럼 한가한 내가 올라가 주면 되겠네. 기다려요!"

전화를 끊자마자 주영은 사무실 주위를 둘러보며 뭔가를 찾기 시작했다.

"불량 볼트 나사 어디다 쌓아놨어요?"

지켜보던 이현철 대리는 아무 말 없이 볼트 나사가 담긴 박스를 손으로 가리켰다. 발치에 있는 물건도 눈에 보이지 않을 정도면 그녀의 성격에 제대로 발동이 걸린 것이다.

며칠 전 생산팀에서 통고도 없이 불량품 몇 박스를 구매팀으로 보낸 게 사건의 발단이었다. 내용인즉 기술팀에서 수치를 잘못 계산하는 바람에 구매팀에서 주문한 볼트 나사가 한순간에 악성재고로 처리되었고, 생산팀에서는 일종의 시위 및 책임 전가를 위한 신호탄으로 불량 박스를 구매2팀 문 앞에다 가져다 놓은 것이었다. 이런 상황임에도 불구하고 정작 잘못한 기술팀에서는 구매팀에 얼굴 한번 들이밀지 않고 있자 쌓이고 쌓인 그녀의 감정이 드디어 폭발하고 만 것이었다.

그녀가 나사 한 박스를 들고 사무실을 빠져나가자 이현철 대리는 재미난 구경거리가 생겼다는 듯 히쭉 웃어 보였다. 보나마나 기술팀 염장 지르러 가는 게 뻔했다.

"문민철 씨, 따라가 봐. 전장에 장군 혼자 보내는 거 봤나? 바늘 가는 데 실 가고 선배 가는 데 후배 따라가야지?"

이현철 대리가 갓 들어온 신입사원에게 고갯짓으로 문쪽을 가리켰다. 신입사원이 간다 해도 뭘 어떻게 해결할 수 있는 문제도 아니지만, 구매2팀의 김주영 대리가 어떤 사람인지는 확실히 알 수 있을 것이다. 이것도 다 교육인 것이다.

"제가요? 아, 예. 알겠습니다."

"다 피가 되고 살이 되는 실전 경험 아니겠어? 갔다 와서 생중계 부탁해."

무슨 말인지 잘 이해할 수 없었지만 일단 고개를 끄덕이고 본 민철은 부랴부랴 기술팀으로 향했다.

민철은 남의 집에 처음 간 손님처럼 조심스럽게 기술팀 문을 열었다. 평소라면 아는 사람에게 다가가 서글서글하게 인사라도 나누었겠지만 상황이 상황인지라 그는 일단 김주영 대리부터 찾기로 했다. 조금 전 전화 상황으로는 기술팀 담당자와 차 마시며 이야기나 나눌 김 대리님이 아니었기에 그는 가슴이 조마조마했다. 아니나 다를까, 구매팀의 대표주자 김주영 대리께서 기술팀의 한 사원과 눈싸움을 하고 있는 중이었다. 물론 일방적인 그녀의 압승이었다.

"이형철 씨, 수치 계산 실수로 구매2팀이 얼마나 손해를 떠맡았는지 알고는 있나요? 내 말은 그러니까, 적어도 사태를 수습하고 싶은 마음이 있다면 한 번쯤은 직접 구매팀에 얼굴을 내밀어줘야 되는 거 아니냐는 이 말이지."

왼쪽 팔을 파티션에 걸친 그녀의 모습은 마치 잡담하는 사람처럼 여유로워 보였다.

민철은 말릴 수도 없고, 그렇다고 가만히 서 있을 수도 없는 상황이 무척 부담스러워졌다. 아무리 화가 났기로서니 무턱대고 여기 올라와 소리친다고 악성재고가 줄어드는 것도 아닌데 이쯤에서 그만 김 대리님이 참아주었으면 했다. 다시 한 번 그녀의 언성이 높아지자 그는 그녀의 직책이 대리만 아니라면 그녀를 엎쳐 매서라도 이곳을 빠져나가고 싶었다.

"가려고 했습니다, 이 건에 대해서는……."

주영은 앞의 사원이 달고 있는 사원증을 보더니 얕은 코웃음을 쳤다.

"서셉터 볼트 나사 사이즈?"

갑작스러운 질문에 당황한 앞의 사내는 빤히 주영의 얼굴만 쳐다볼 뿐이었다.

"볼.트. 나.사. 사.이.즈!"

끊어 말하는 그녀의 목소리에 짜증이 배어 있었다.

"저…… 도면을 봐야……."

"그럼 볼트 나사 도면 번호는?"

"잠시만……."

"이형철 씨, 지금 나와 장난쳐요? 내가 비싼 밥 먹고 할 일 없어서 오층까지 이 악성재고 가지고 올라온 줄 아냐고!"

주영은 땅바닥에 내려놓은 불량 볼트 나사 박스를 번쩍 들어 앞 사원 책상에 쏟아버리자 순식간에 볼트 나사가 여기저기 유리 책상 위로 튕기며 바닥에 떨어졌다.

기술팀 담당자는 주영의 갑작스러운 행동에 놀라 멍하니 자신의 책상만 쳐다보고 있었다. 민철 또한 옆에서 날카롭게 숨을 들이키는 직원들 사이에 발만 동동 구르고만 있었다.

"이거 본 적은 있나요? 재료가 무엇인지, 순도가 몇인지는 아냐고. 사원 번호를 보아하니 신입사원인데 볼트 나사 담당자다? 도면은 올 1월에 만든 것으로 알고 있는데 그럼 이형철 씨는 재입사라도 했나 보죠?"

민철이 보기에도 재입사라고 보기에는 앞의 사내 얼굴은 아직 사회 초년생의 이미지를 벗어 던지지 못하고 있었다.

"짜고 치는 고스톱 놀이라, 뭣도 모르는 신입사원 하나만 깨지면 된다 이거지? 좋아. 우리도 이러면 악성재고 못 맡지. 기술팀으로 다 넘겨줄 테니 어디다 팔든지 알아서 없애라고. 왜 당신이 구매팀에 못 내려왔는지 이제 이해가 가네. 구매팀이 어디 붙어 있는지 모르니 못 올 수밖에."

"김 대리, 이게 무슨 짓인가. 물론 우리 쪽 실수라는 거 인정해. 하지만 좀 심하잖아. 회의 잡히면 최대한 방법을 모색해 보도록 할 테니 이쯤 해둬."

옆에서 지켜보다 못해 기술팀장이 직접 나섰다. 그러나 켕기는 것이 있는 그는 큰소리칠 입장이 못 되었는지 어르듯 그녀를 말리는 게 고작이었다.

주영은 뒤를 돌아 기술팀장을 노려보았다. 구매2팀은 악성재고로 상사에게 온갖 구박으로 피가 말라 있건만, 기술팀은 단지 실수였다라는 말 한마디로 입만 싹 닦고 앉아 있자 기가 찰 노릇이었다. 안 봐도 뻔했다. 불량 사건 터진 것을 알자 이번 대리 진급에 관련한 사람이 고과에 영향을 미칠 것 같기에 쥐도 새도 모르게 담당자를 바꾸었을 것이다. 어차피 전산에서도 담당자를 바꾸어놓았으니 그전 담당자가 무슨 일을 했든 현 담당자가 모든 책임을 지고 매듭을 지어야 하는 것은 당연한 일이기 때문이었다. 보자 보자 하니까 이 사람들이 정말!

"다음 회의 때 실담당자가 얼굴 안 내밀면 반품된 제품을 저희 구매2팀이 친히 와서 기술팀 바닥에 쫙 깔아주겠습니다."

"김 대리, 말이 너무 심하잖아. 아무리 화가 나도 그렇지."

"심한 게 도대체 어느 쪽인가요? 신입사원 총알받이시키고 구매팀 물 먹인 쪽인 누군데 그래요. 한마디 사과도 없이 슬그머니 발만 빼면 단가요? 사과라도 했으면 말도 안 해요. 아무튼 다음 회의 때 실담당자 안 나타나기만 해봐요."

주영이 바람을 일으키며 빠져나가자 민철은 또 다른 고민에 빠졌다. 저 쏟아져 있는 나사를 다시 주워 구매팀으로 가져가야 하는지, 아니면 그냥 모른 척하고 내려가야 하는지 판단이 서지 않았다. 하지만 마음이야 당장이라도 줄행랑치고 싶지만 아무리 악성재고라 할지라도 전산에 표시된 수량과 실수량이 차이가 나면 골치가 아플 것 같았다. 한숨을 내쉰 그는 빈 박스를 집어 들었다.

'쏟으려면 곱게나 쏟을 것이지. 그 조그마한 게 어디로 튀었는지 알 길이 뭐야.'

"일어나세요. 제가 주워서 구매팀에 가져다 드릴게요."

고개를 들어보니 조금 전 김 대리에게 된통 깨진 그 사람이었다. 참 복도 없지.

"하지만……."

"내려가서 사과도 못했습니다. 물건도 반품되고 악성재고도 많이 잡혔을 텐데요."

"그만 가봐. 악성재고라 어차피 폐기 처리인데 우리가 가져다 줄 테니.”

기술팀장이 착잡하다는 듯 두 손을 휘휘 저었다.

“그럼 부탁드리겠습니다. 안녕히 계세요.”

민철도 더 이상 이곳에 있고 싶지 않았다. 더 있다간 그들의 눈화살에 맞아 죽을 것만 같았다. 안 그래도 전사에서 구매팀에 대한 원성이 하늘을 찌르고 있는데 거기에 기술팀까지 합세했으니 공공의 적이 되는 것은 시간문제였다. 민철은 얼어붙은 기술팀 공기를 누그러뜨리기 위해 최대한 정중히 인사를 했으나 누구 하나 받아주는 이는 없었다. 그녀가 한바탕 휩쓸고 간 여파가 꽤 컸던 모양인지 그들의 얼굴에는 씁쓸함이 한가득했다. 그는 서둘러 그곳을 나왔다.

서류철을 책상 위에 던지는 김 부장의 표정도 쉽게 풀리지 않았다.

“회의 때 사장님이 성질 내는 것하고 아주 똑같군, 똑같아. 어찌 조용히 넘어간다 싶었지. 뭘 그렇게 서 있어. 어차피 예상은 했잖아? 그리 똥 씹은 표정 할 것 없어. 이런 거 하루 이틀 겪나. 우리가 잘못했으니 입이 열 개라도 할 말 없지.”

“김 대리님은 애인 없나요?”

“갑자기 웬 애인타령이야?”

최 대리가 나사를 줍기 위해 책상 아래로 고개를 숙이며 물었다.

“아니, 애인이라도 있으면 적어도 박스를 엎어버리는 일은 없지 않을까 싶어서요. 아무리 화가 나도 그렇지, 남의 부서에 와서 이럴 수 있는 겁니까? 내 오늘부터 정한수 떠놓고 빌어야겠습니다. 그 길이 우리 기술팀이 살길 같아요. 심장 약한 사람 어디 살겠습니까? 비나이다, 비나이다. 천지신명께 비나이다. 구매2팀의 김주영 대리, 하루 빨리 애인 만들어 우리 기술팀 좀 살게 해주십시오. 천지신명님, 제발 부탁드립니다!"

옆에 있던 이형철 씨가 과장된 몸짓으로 고개를 숙여가며 두 손을 싹싹 빌자 언제 태풍이 몰아쳤냐는 듯 기술팀에 웃음이 터져나왔다.

자리로 돌아온 그녀는 오전보다 더 심각한 얼굴로 자리에 앉아 있었다. 기술팀을 빠져나오면서 커피 자판기 앞에서 수다를 떠는 자금팀 여직원들의 말이 그녀의 머리에서 떠나지 않고 있었다.

주영은 또다시 자신 앞의 전화기를 빤히 바라보다 이내 고개를 저었다. 자신의 업무와 관련되지 않는 부분에 대해서는 누구에게든 잘 물어보지 않는 편이었다. 대략적으로 큰 프로젝트 건은 아버지를 통해 알고는 있지만 자신의 업무와 상관이 없으면 그녀는 거의 입을 다물고 있는 편이었다. 자신은 아직 어렸고 배우는 입장이며 더욱이 사장 딸이라는 이유로 여기저기 위세 떨며 간섭한다는 꼬리표가 듣기 싫었기 때문이다. 거기다 올해 갓 대리 진급을 한 그녀가 아닌가. 그러나 느낌이 안 좋았다. 소문은 소문일 뿐이라고 치부해 버리기에는 그 내용이 너무 심각했다. 생각해 보면 아버지는 요 며칠 걱정이 있는 듯 식사도 잘 하지 않았고, 마당에 나가 담배 피우는 일도 자주 있었다. 더욱이 아침 일찍부터 이사들의 미팅이 지금까지 이어지고 있다는 말에 주영의 불안이 가중되었다. 결국 그녀는 마음의 유혹을 이기지 못하고 사장실 비서에게 점심 시간에 잠시 들러달라는 메시지를 남겼다.

점심 시간이 조금 지나자 김 비서가 조심스럽게 구매2팀에 들렀다. 텅 빈 사무실을 보자 그녀는 눈에 띄게 안도하는 눈치였다. 아무래도 주영의 호출로 신경이 많이 쓰였던 모양이다. 정확히 말하자면 사장님 딸의 눈치겠지만.

급한 마음에 주영은 인사도 생략한 채 오전부터 참았던 질문을 던졌다.

"회사에 무슨 일 생겼죠? 자금팀에 비상이 걸렸다는 말은 무슨 말이에요?"

"잘…… 모르겠습니다."

망설이는 듯한 김 비서는 끝내는 주영의 눈길을 피해 버렸다.

"말해 봐요. 어차피 알게 될 일이잖아요. 지금 자금팀이 발칵 뒤집어지지 않았나요?"

그녀가 지레짐작 선수를 쳤다.

"그게…… 저……."

잠시 후 책상에 쌓아둔 서류가 둔탁한 소리를 내며 바닥으로 떨어졌다. 믿을 수 없는 소식에 주영은 엉거주춤 일어나다 다시 의자에 주저앉고 말았다. 모든 소리가 한순간에 차단되고 머리의 전원 장치가 꺼진 기분이었다. 김 비서가 걱정스레 계속 뭔가를 말하고 있지만 그녀에게는 금붕어가 뻐끔되는 것으로밖에 보이지 않았다.

주영은 손을 들어 김 비서의 말을 중단시켰다.

"잠깐만요, 다시 말해 봐요. 무슨 소리를 하는 거예요. 분명 그 어음은 주한전자가 막기로 했잖아요?"

그녀의 목소리에 당황함이 역력히 묻어나왔다. 설마 부도 처리? 그럴 리 없다. 나라가 망해도 마지막까지 악착같이 살아남는 회사가 주한전자라는 농담이 나올 정도로 건실한 기업이었다. 그렇다면 실수가 아니면 고의란 말이다.

"주한전자 쪽과 연락해 봤나요? 아버지는 이 건에 대해 알고 있어요?"

"주한전자 자금팀과 연락을 취해봤는데 저희 쪽으로 발행되는 어음이 잡혀져 있지 않다고 합니다. 사장님과 임원들이 그 건으로 현재 긴급 회의를 하고 계실 겁니다."

"왜요? 약속된 건 아니었나요? 고의성 부도인가요?"

"공식적으로 진행된 건이 없다는 것을 재확인했습니다. 아시다시피 한 달 전에 주한전자의 회장 내외분이 자동차 사고를 당해 돌아가셨습니다. 거기에 박현재 사장도 있었다고 하는데 그분은 다행히 큰 상처 없이 살아남았다고 합니다. 하지만 그 충격이 심했는지 지금은 요양 중에 있는 것으로 알고 있습니다."

"요양? 적어도 자신이 벌린 일은 매듭을 짓고 가야 할 것 아니야. 무슨 사장이라는 인간이…… 그럼 저희 회사는 어떻게 되는 건가요?"

너무나도 잘 알지만 그래도 혹시나 다른 방법이 있을지 모른다는 생각에 그녀는 김 비서를 올려다보았다. 그녀가 알기에는 막아야 하는 금액이 상당액이라 알고 있었다.

"저, 아무래도 1차 부도 처리가 될 것 같습니다."

주영은 눈을 질끈 감았다. 누군가 자신의 발을 아래로 끌어당기는 느낌이었다. 이럴 수는 없었다. 약속이었다. 무엇을 노리고 이런 더러운 방법을 썼는지는 모르지만 이렇게 가만히 앉아서 당할 수는 없었다. 아버지 혼자 힘으로 일구어 여기까지 끌어온 회사였다. 남다른 애착으로 키워왔기에 그 충격은 배가될 것이 뻔했다.

"그 사람 지금 어디 있는지 알아요?"

그녀의 목소리에 날이 서 있었다.

"누구 말씀이십니까?"

"박현재 사장 말이에요. 고의적으로 물 먹일 생각이 아니라면 왜 그랬는지는 알아봐야 하잖아요."

"그렇게 간단한 문제가 아닌가 봅니다. 기술연구 투자에 쏟아부은 돈으로 재정 문제에 조금 제동이 걸리고 있습니다. 더욱이 작년에 세한그룹 쪽에서 저희와 비슷한 날짜에 RND 칩이 시장에 나와 경영에 많은 부담을 주고 있는 실정입니다. 최악의 경우 저희 기술을 사겠다는 업체에게 기술 M&A가 조용히 거론될지도 모르는 상황입니다."

"도대체 그 큰 기업이 실수라도 했다는 건가요? 아니면 무슨 문제라도 있나요? 사장이 한 달 동안 자리에 없다면 대신 경영하는 사람은 누구래요?"

"임시적으로 부사장이 경영을 위임받아 하고 있고 실무는 박은혁 이사가 맡고 있다고 합니다. 박현재 사장의 친척 쪽입니다. 박현재 사장은 지금 어디 있는지는 철저한 보안에 가려져 있어 알아내기는 힘들고요."

"요양을 하는 주제에 무슨 보안씩이나! 은행에서는 답이 안 왔나요?"

주영은 꽉 다문 어금니 사이로 단어 하나하나에 힘을 주었다.

"죄송합니다."

1차 부도 확정이라는 건가? 사실을 인정하지 못하겠다는 듯 주영은 고개를 가로저었다. 그녀가 알기로는 1차에 막을 큰돈을 당장 구할 수 있는 곳은 없었다. 그렇다고 가만히 앉아 당할 수만은 없었다. 일이 어떻게 돌아가는지 먼저 알아야 했다.

"너무 걱정 마세요. 그래도 M&A 쪽으로 많은 기업이 관심을 가지고 있습니다."

"벌써 회사가 넘어간 식으로 말하지 말아요."

목구멍으로 뜨거운 뭔가가 울컥 넘어올 것 같았다. 움켜쥔 두 손이 감정에 못 이겨 떨리고 있었다. 상황이 어떻게 돌아가는 것도 모르고 가만히 자리만 지킨 자신이 한심스러웠고 분했다. 이보다 더한 어려움도 이겨내 온 회사였다. 단기 자금을 못 막아 부도 처리에 놓인다는 일은 있을 수 없었다.

주영은 눈을 감으며 침착하게 상황을 정리해 보려 애썼다. 아마 아버지는 이보다 더 힘이 들고 괴로울 것이다. 그리고 그 짐을 혼자 지려 할 것이다. 방법이 있을 것이다, 방법이.

"괜찮으십니까?"

"괜찮을 거예요."

다만 생각지 못한 곳에서 실이 엉켜 있었을 뿐이다. 엉킴을 푸는 데 있어 시간과 인내심이 필요하지만 그 시간이 그리 충분치 않을 것 같았다.

박현재 사장, 당신이 도대체 원하는 게 뭐야! 어디 박혀 있는 거냐고, 이 망할 자식아!

오른쪽으로 바다를 끼고 일직선상의 고속도로가 쭉 뻗어 있었다. 주영은 뺨에 부딪치는 차가운 바람이 마지막 남은 그녀의 이성을 붙들어주기를 희망했다. 주한전자의 비공식적인 어음의 여부. 삼진테크 기술의 십 년 독점 계약. 그리고 뭐가 있었을까? 다만 그녀가 알아낸 것이라고는 아버지와 주한전자 사장과의 거래가 분명 있었다는 점뿐이었다.

1차 부도 처리가 된 후 회사의 분위기는 흉흉한 상갓집과 다를 바 없었다. 마치 자신이 탄 배가 바다에 침몰되는 것처럼 우왕좌왕하는 모습이 있는가 하면 이 기회에 팔아치우자는 이사들의 체념 어린 목소리도 있었다. 그런 모습이 그녀에게는 더없이 쓰면서도 비릿하게 다가왔다. 그녀의 기분을 대신하듯 주영은 핸들을 더욱 움켜쥐었다. 파도가 모래성을 조금씩 무너뜨리듯 삼십 년 동안 쌓아 올린 회사를 다른 회사에게 야금야금 먹힐 순 없었다. 그녀는 그녀 방법대로 이 문제를 해결할 것이다. 상대와 맞닥뜨리지도 않고 해결점을 찾는다는 것은 자기 똥도 못 닦는 금붕어보다도 더 멍청한 짓이었다.

그녀는 운전을 하면서 종이에 적힌 주소를 다시 확인했다. 얼마나 대단한 사람인지 그 비서라는 사람들도 앵무새처럼 '모른다'라는 대답만 되풀이할 뿐이었다. 결국 담당 의사의 집까지 찾아가 사정사정해 별장 주소를 구해야만 했다.

'발목 잡고 반협박까지 해가며 얻은 주소가 사정이면 사정이었지.'

코웃음 치며 주영은 마치 입 안에 있는 사탕이 주한전자 사장이라도 되는 양 오도독 깨물어 먹었다. 둘 중 하나는 오늘 끝을 봐야 했다. 각오를 다지듯 그녀는 액셀러레이터를 힘껏 밟았다.

산길이 점점 좁아지자 그녀의 몸이 자동적으로 핸들 앞으로 숙여졌다. 차 하나가 겨우 빠져나갈 수 있는 길이라 밤이라면 자칫 나무로 돌진하는 사고도 생길 것 것은 기분 나쁜 길이었다.

'무슨 숨은 그림 찾기도 아니고 그놈의 별장은 왜 이리 첩첩산중에 처박혀 있는 거야.'

산길로 들어서면서 이제껏 집 비슷한 창고도 보지 못해 혹 자신이 길을 잘못 들었는지 그녀는 주위를 계속 살펴보아야 했다. 설마 혼자서 촛불 켜고 청승이나 떠는 괴팍한 은둔자 같은 사람은 아니겠지? 소설에 보면 어찌 그리 교통사고 당한 환자들은 산속에서 콕 박혀 세상사 나 몰라요, 하는 성격들인지. 요양을 할 거면 차라리 경치 좋고 찾기 쉬운 절에나 있을 것이지, 이게 웬 청승이야. 그나저나 돌아갈 때 기름이 안 부족하려나 모르겠네.

찾지 못할 것 같던 그의 별장은 그녀의 불평이 한가득 쏟아진 후에야 모습을 나타냈다.

차에서 내리자 그녀의 눈길을 잡아끈 건 감탄할 만한 이층 건물도, 뛰어난 경관도 아니라 마당길에 세워져 있는 잘 빠진 고급 승용차 한 대였다. 여기서 신선놀음하며 재택 근무를 하고 있단 말이지?

그러나 당장 쳐들어갈 기세와는 달리 막상 주한전자 사장 만날 생각을 하자 주영은 긴장되었다. 들어가서 무턱대고 돈 달라고 할 수도 없는 일이고, 그렇다고 고상하게 상황 설명 듣자고 여기까지 온 것도 아니었다. 그가 사고로 정신이 없어 삼진테크와의 계약 건을 깜박해 발생한 일이라면 여기 온 보람이라도 있지만 개망나니 같은 성격에 안면몰수형이면 정말 골치 아플지도 몰랐다. 그렇다고 돈 안 준다고 사장을 팰 수도 없는 일이니 그녀는 그가 전자의 경우에 해당되기를 빌 수밖에 없었다.

현관문으로 곧바로 돌진한 그녀는 순간 잠겨 있지 않는 문에 멈칫했다. 벨을 눌러야 하는 문제에 대해 잠깐 고민을 했지만 발은 벌써 실내로 들어선 후였다. 이럴 때는 누군가 나와 그가 어디 있는지 알려주었으면 좋으련만 일층은 싸늘할 정도로 인기척이 없었다. 이층으로 올라가자 낮은 목소리가 방 한곳에서 흘러나오자 그녀는 용기가 사라지기 전에 벌컥 문을 열었다.

방에 있던 세 사람이 갑작스러운 불청객으로 인해 깜짝 놀라 그녀를 쳐다보았다. 놀란 것은 그녀도 마찬가지였다.

"누군데 함부로 남의 집에 들어오는 겁니까?"

건장한 남자 한 명이 그녀에게 위협적으로 다가왔다.

"이거 놔요. 내 할 말만 하고 갈 테니 그리 정색하지 말아요. 여기 놓여 있는 값 비싼 도자기에 난 흥미없으니까."

앞에 있는 당신과는 상관없다는 듯 주영은 침대에 가만히 앉아 있는 박현재에게 시선을 고정시켰다. 그가 어디라도 부러져서 깁스라도 하고 있다면 그녀가 이렇게 열받지도 않을 것이다. 벼룩의 간만큼의 동정심도 이끌어내지 못한 그의 모습에 그녀는 이를 갈았다. 사람이 왔는데 한마디 건네는 말도 없이 거만하게 앉아 있는 모습이라니!

"박현재 사장님, 삼진테크라고 들어보셨겠지요? 당신 입으로 약속한 어음이었어요. 설마 아니라고는 못하겠지. 자그마치 이십칠억 사천만 원. 그것만 믿고 기다린 우린 지금 하늘에서 날벼락을 맞은 기분이야. 입이 있으면 말을 해봐요. 우리 회사를 물 먹일 생각이 아니라면 왜 자금팀에 약속된 어음이 잡혀 있지 않는지 오늘 이 자리에서 그 이유를 들어야겠어요. 구두상의 계약도 계약이에요."

침묵, 그리고 또 침묵. 박현재 사장에게서 그 외의 다른 반응은 찾아볼 수 없었다.

"어떻게 여기를 알았는지 모르지만 일단 나가서 조용히 얘기합시다."

박현재 사장 옆에 어미 닭처럼 서 있던 사람은 그녀에게 좀 더 호의적인 태도를 보였다.

"당신과는 할 얘기 없어요. 박현재 사장님, 벙어리가 아니면 대답해 봐요!"

주영이 큰 소리를 지르자 현재의 인상은 단박에 굳어졌다.

"여기까지 어떻게 온 거야? 그리고 우리 아버지를 찾으러 왔으면 회사에 가야지 왜 여기 있어?"

박현재 옆에 서 있던 두 사람이 눈에 띄게 긴장했다.

주영은 자신의 질문을 그가 잘못 들었는지, 아니면 그녀의 귀가 잘못되었는지 잠시 헷갈렸다. 김 비서가 회장은 사고로 한 달 전에 죽었다고 했고 그녀도 늦었지만 신문으로 확인까지 했다. 외국어는 못해도 한국어라면 누구에게도 지지 않을 자신이 있는 그녀가 지금 의사소통에 심각한 장애를 보이고 있었다.

어딘가 모르게 어수룩한 그의 대답은 그녀가 상상해 왔던 이미지와 너무나 맞지 않았다. 신문에서 본 그는 좀 더 냉정하고 차가운 이미지였다. 비장한 마음으로 칼을 갈고 온 그녀는 갑자기 김이 팍 새어버린 느낌이었다.

"박현재 사장님, 다시 한 번 말해요. 약속한 이상 지켜주길 바라요, 그 약속을 지킬 때까지 여기서 한 발자국도 움직일 수 없으니까."

다시 한 번 그의 답을 기다렸으나 그는 그녀를 도와줄 생각이 없는 듯했다.

"못 들었냐고. 당신 전화 한 통이면 해결될 일이라고!"

"무슨 일인지 모르겠지만 급한 것 같아 보이는데 내가 아버지에게 얘기해 줄까?"

또다시 그의 입에서 아버지라는 단어가 언급되자 그녀의 머리 속에 섬광 같은 단어가 하나 지나갔다. 주영은 양옆에 서 있는 남자들을 번갈아 쳐다보았다. 자신과 눈을 피하는 그들을 보자 그녀의 의심이 굳어져 갔다.

"설마 머리가 다쳐서 그런 기억이 없다는 둥의 말을 하려는 건 아니겠지요?"

현재가 무척 혼란스럽다는 듯 그녀를 빤히 바라보자 그녀의 입에서 거친 욕설이 튀어져 나왔다. 뭐야, 저 아무것도 모른다는 표정은!

"빌어먹을. 혹시 당신, 드라마에서처럼 무슨 감기 환자마냥 남발하는 기억상실증 그런 병에 걸린 건 아니지? 오, 젠장. 걸릴 거면 약속어음이나 지급하고 걸리든지."

"아가씨, 무슨 말을 그렇게 합니까!"

"지금 우리 회사가 망하게 생겼는데 못할 말이 뭐가 있어요. 사고는 사고고 계약은 계약이에요. 지급 이행해 줄 때까지 못 가요."

2차 부도까지 앞으로 이십오 일. 한 달도 안 남은 시간에 중소기업에게 그런 큰돈을 끌어 쓰기란 어렵다. 그 말은 곧 이 앞에 있는 남자가 죽을 병에 걸렸든 바보가 되었든 목을 졸라서라도 약속어음을 받아내야 한다는 말을 의미했다. 그리고 그녀는 반드시 그렇게 할 것이다.

거실은 서로의 탐색적으로 조용하기만 했다. 고압가스를 압축시켜 놓은 듯한 침묵이 길어질수록 시계의 초침이 크게 울리고 있었다. 지금 이 상태라면 그녀는 지나가는 개미 발자국 소리도 들을 수 있을 것 같았다. 그만큼 바늘로 찌르면 터질 것 같은 신경전은 한 치의 양보도 없이 팽팽했다. 가끔 세상이 미쳤다는 어른들의 말씀을 허사로 들었는데 이 정도일 줄은 몰랐다. 암, 세상이 미친 게야. 무슨 아침 드라마 찍는 것도 아니고 그렇다고 그녀의 귀가 장애를 가진 것도 아니었다. 이 웃기지도 않는 현실에 주영은 실컷 비웃어주고 싶었다.

물을 벌컥벌컥 마신 그녀는 컵을 탁자 위에 소리나게 내려놓았다.

"다시 얘기해 보실까요?"

그녀가 지금 어떤 기분인지 잘 아는 은혁은 조용한 미소를 지었다.

"그 건은 제가 처리해 드릴 수 있다는 얘깁니다."

"지금 그 얘기가 아닐 텐데요."

"한 달이면 됩니다."

그 말에 주영은 코웃음을 쳤다.

"뭔가 착각하고 있는 것 같은데 그 돈은 협상할 거리가 아니라 응당 우리가 받아야 할 돈이에요. 그 어음 발행의 조건이 소형 콘넥터 칩(connector chip)의 독점이 아니었나요? 그것도 박현재 사장이 직접 미팅을 주선해서 만든 계약 건으로 알고 있는데요. 우리는 그쪽만 믿고 있었다구요."

똑 부러지는 여자의 말에 은혁은 더욱더 그녀가 마음에 들었다. 저 정도면 남에게 휘둘릴 성격은 아니었다. 어차피 형이 병원에 들어간다 해도 딱히 치료할 방법이 있는 것도 아니었다. 혼자 외롭게 요양 생활하는 것 또한 내키지 않았고 문제는 환경이 달라지면 형이 어떻게 나올지 짐작이 불가능하기에 오히려 여기 있으면서 서서히 기억이 돌아오길 바라는 수밖에 없었다. 그러나 그 언제가 언제인지 어느 누구도 알려줄 사람이 없다는 것이 문제였다. 시간만이 약이다라는 말은 아마도 자신의 형을 두고 한 말이겠지만 그는 그 시간의 무게가 막막하게만 보였다.

"제가 보기에는 형이 단독으로 진행시킨 것 같은데 우리야 어깨 한번 으쓱하면 그만입니다. 물론 저희 회사 입장에서도 삼진테크가 매력있는 회사이긴 하죠. 유감이군요."

주영은 오늘 씹어먹어도 시원찮을 인간 두 명을 상대하고 있었다.

"하나 알려 드릴까요? 삼진테크가 몇 개월 전부터 자금난에 허덕이고 있지요? 만약 누군가 은행에 압력을 넣었다면요?"

"지금 박현재 사장이라고 말하고 싶은 건가요?"

"그건 저도 모르죠. 아님 이참에 김주영 씨가 알아보든지요. 세한그룹도 아마 이 건에 관심이 많은 것으로 아는데요. 아, 그리고 협상할 거리가 아니라고 하셨는데 우리야 나중에 매각에 나서서 노른자만 건지면 끝입니다. 아쉬울 것이 없다는 거죠. 한 달입니다. 그리 긴 시간은 아니지요? 아니면 자존심이 발동이 걸렸나요?"

"박은혁 씨!"

주영은 아무렇지 않게 웃으면서 말하는 앞의 남자에게 물이라도 부어버리고 싶은 심정이었다. 그렇다면 적어도 저 유들유들한 웃음은 지워 버릴 수 있을 테니.

"한 달? 일 년도 아니고 십 년도 아니고? 왜, 이왕이면 대대손손 노비문서를 만들어달라고 하지? 당신, 도대체 무슨 꿍꿍이야. 이런 제안하는 사람치고 떳떳한 사람 못 봤지."

거칠게 머리를 쓸어 올리는 그녀의 손에 짜증이 가득 배어 있었다. 이십칠 년 살다 살다 별 희한한 일도 많이 본 그녀지만 이렇게 귀 막히고 코 막히는 일을 제의받는다는 것에 믿을 수 없었다. 더욱이 자신의 기분은 흙탕물에 뒹굴고 있는 반면 앞의 남자의 태도는 전혀 흔들림이 없어 보였다.

"터놓고 말하겠습니다. 자물쇠를 채운 형의 입을 열었던 사람이 바로 당신이니까요. 사고가 난 후 처음으로 말을 걸어 솔직히 놀랐습니다."

은혁은 형이 직접 나서면서까지 성공하고 싶어하는 그 계약 내용이 무엇인지 알기 위해서는 잠시 그녀를 여기에 두어도 상관없을 것 같았다. 거기다 형은 처음 본 아가씨에게 '아버지에게 말해 줄까' 라는 적극성까지 보였다. 기억을 잃었다고 성격까지 바뀌는 것은 아니었다. 최고의 능력에 최고의 대우는 있어도 최대의 배려는 없는 형이었다. 그런 형이 입을 열었다? 그것도 처음 본 그녀를 위해? 그는 거기에 큰 비중을 두고 싶었다.

"그럼 강아지에게 말을 걸었으면 강아지보고 이 일을 대신 해 달라고 했겠네."

그 말에 은혁의 입가에 씁쓸한 미소가 지나갔다.

“그럴 일은 없었을 겁니다. 형은 강아지를 싫어했으니까. 한 달 정도 경과를 지켜봐서 안 되면 정말 다른 방법을 생각해 봐야겠죠. 의사 말로는 해리성 기억상실증이라고 하더군요. 자동차 사고에 부모님이 모두 돌아가셨을 충격으로 사고 이전 기억까지만 기억한다고.”

그는 집안일을 남에게 자세히 설명하고 싶지 않은지 간략하게 지나갔다.

“잠깐만요. 그럼 우리 회사와의 계약 건을 기억 못할 리 없잖아요.”

의심스럽다는 듯 그녀의 눈이 가늘어졌다.

“유감스럽게도 형이 예전에 비슷한 사고를 당한 적이 있었죠. 그 기억 이전으로 돌아간 것 같군요. 비슷한 사건으로 충격이 맞물리면…… 어이없게도 그럴 수 있다고 하더군요. 회복할 수는 있다고 하는데 그 기간을 장담을 할 수가 없다고 의사들이 그러니 기다려 보는 수밖에요.”

설명을 하면서도 은혁은 잠시 말을 끌었다.

“뭘 믿고 나에게 그런 얘기까지 하는 거죠? 제가 곧장 달려나가서 동네방네 소문 낼지도 모르는데.”

“그렇게 어리석기야 하겠습니까? 회사의 사활이 걸린 문제인데.”

“미안하지만 거절이에요. 당신을 믿을 수도 없을뿐더러 제안 자체도 어처구니가 없단 말이에요. 꼭 아이에게 사탕으로 구슬려 납치해 가는 납치범의 말로밖에 안 들려요.”

같이 앉아 얘기하고 있는 자체만으로도 미친 짓이었다. 그녀의 사고방식으로는 그의 가치관을 도저히 따라갈 수 없을 것 같았다.

"여기까지 용케 알아낸 당신이라면 그만큼 절박했을 텐데. 한 달 내로 이십팔억 원의 돈을 끌어 쓸 수 있는 곳이 있는 모양입니다. 얘기 끝났으면 가시죠. 물론 나가면서 모든 일은 잊고 돌아가리라 믿습니다."

차분히 말을 끝낸 은혁의 입가에 미소까지 걸려 있었지만 그녀에게는 거의 반협박조로밖에 들리지 않았다. 이 세상에서 누가 제일 재수없냐고 묻는다면 조금 전까지의 그녀라면 때릴 때 웃으면서 때리시는 선생님이라 대답했을 것이다. 그러나 웃으면서 때리는 것보다 웃으면서 협박하는 게 더 재수없고 기분이 더러웠다.

찜찜한 제안인 것을 알면서도 주영은 자리에서 엉덩이를 떼기 어려웠다. 생각을 정리해 보자. 은행에 압력을 넣었다는 말이 무슨 말일까? 박현재 사장이 개인적으로 처리한 건이라니. 거기다 처음 보는 여자에게 이런 말을 하는 저의가 뭘까? 이해할 수 없는 의문점이 그녀의 머리를 한 가득 메우고 있었다. 그러나 아무리 생각해도 그녀가 처한 현실은 모 아니면 도였다. 그리고 빤한 결과가 그녀를 기다리고 있다는 것을 이 남자가 모를 리 없을 것이다. 박현재 사장만 만나면 모든 것이 끝날 줄 알았는데 의외의 난관에 주영은 머리가 터질 지경이었다.

"그럼 당신에게 돌아가는 이득이 뭔가요?"

"그건 당신이 들을 답이 아닌 것 같은데요."

"오늘 이내로 그 어음 건을 해결해 주세요. 그 증거를 내게 보여주면 하겠어요. 사장도 약속을 깬 판에 누구 말을 믿어요?”

설마 하는 마음으로 떠본 그녀였다. 내보일 패가 없는 그녀에게 단지 배짱에 불과했다. 그러나 말이 떨어지게 무섭게 은혁이 핸드폰 단축 번호를 누르자 그녀는 침을 꿀꺽 삼켰다. 조금 전 웃고 있던 그의 모습은 찾아볼 수도 없었다. 전화를 하면서도 그의 시선은 주영에게 고정되어 있었다.

“박은혁입니다. 오늘 중으로 이십팔억 삼진테크에 입금시켜요.”

“정확히 이십칠억 사천만 원이에요.”

중간에 주영이 그의 말을 정정해 주었다. 그러나 폴더가 차갑게 닫히는 소리와 함께 은혁은 자리에서 일어났다.

“나머지 육천은 김주영 씨가 형을 돌보는 값이라고 하죠. 참고로 옆에서 지켜본 사촌 형은 고집이 셌습니다. 그것도 아주. 뭐, 차차 알아가겠지만.”

“확실히 하자구요. 언제부터 언제까지예요?”

“오늘부터 한 달간. 생필수품과 옷은 제가 구해보도록 하죠. 참고로 여기로 걸려오는 전화는 받지 말 것. 거는 것도 되도록 안 했으면 하는데.”

“무슨 빠삐용도 아니고! 아빠하고는 연락이 되어야 하잖아요!”

“그 건은 김주영 씨가 알아서 처리할 수 있지 않나요? 설마 아직까지도 아버지의 허락을 받아야 되는 나이는 아니겠죠?”

“물론 아니죠!”

분명 그녀가 여기 왔다는 걸 아빠가 아시기라도 하면 그녀는 죽은 목숨이었다. 그 불 같은 성격은 그녀도 감당하기 힘들었다.

갑자기 번갯불에 콩 구워먹듯 일이 진행되자 의구심과 함께 불안감이 그녀를 덮쳤다. 그녀가 여기 온 이유는 박현재 사장과 담판을 지으려고 내려온 것이지 식모살이를 하려고 내려온 것은 아니었다. 그러나 지금 그녀의 의지와는 상관없이 상황이 엉뚱한 방향으로 흐르고 있었다.

"별장 관리인 아주머니께서 식사 때마다 오실 테고 일주일에 한 번 병원에서 내진을 옵니다. 그럼 형과 잘 지내길 빌어요. 참!"

그가 나가다 잊어먹은 것이 있는 듯 그녀에게 다시 되돌아왔다.

"명함입니다. 긴급 시 사용해요."

주영은 옆의 장식장에 머리를 박으며 다음번에 박은혁이라는 인간이 내려올 때 필시 목을 졸라 버리리라 생각했다. 이건 블랙코미디였다. 그래도 사고를 당했다기에 그녀로서는 저 곰같이 구는 박현재 사장을 최대한 상냥하게 대하려고 노력했다. 거지도 공짜 밥은 먹지 않는다고 했다. 하물며 그녀가 그럴 수는 없지 않은가. 그러나 노력한다고는 했지 인격수양을 하겠다는 말은 아니었다.

주영은 다시 한 번 앞에 있는 박현재 사장을 노려보았다.

"우리 얘기 좀 할까요?"

"나가."

이로써 스물세 번째. 그녀가 다시 한 번 눈을 감았다 떴다. 아마 오늘 밤 잠이 들 때 저 환청이 귓가에 뱅글뱅글 맴돌다 못해 소용돌이칠 것 같았다. 화가 울컥 솟구칠 때마다 그녀 눈앞에 이십칠억 사천만 원이 스쳐 지나가지 않았다면 그녀는 벌써 이 방문을 박차고 나갔을 것이다.

"누군가에게 당신과 잘 지내라는 엄명을 받아서 가고 싶어도 못 가거든요?"

그녀가 이를 지그시 깨물며 말을 내뱉었다. 가정부 하나면 되었지 도대체 무슨 대단한 수발을 들게 있다고 한 달 동안 그녀가 여기에 있어야 하는지 도통 이해가 가지 않았다. 박현재 사장이 사교적인 성격이 아니라는 것은 얼굴만 봐도 척하니 알겠지만 벌에 쏘인 곰 같은 성격이라는 것은 알려주지 않았다. 물론 고집이 세다는 콩고물 같은 정보를 주긴 했지만 전혀 도움이 되지 않았다.

그가 구간반복형 카세트처럼 '나가'를 외치고 있자 그녀는 이 방문을 들어설 때 친절한 봉사정신에 입각하여 최선을 다해보겠다는 정신 나간 초심이 가소롭기까지 했다. 지금이라도 이 미친 짓을 그만두고 아버지와 함께 다른 방법을 강구해 보는 방법이 나아 보였다.

"하나만 물어볼게."

한참이 지난 그가 주저하며 입을 열었다. 그의 눈은 그녀에 대한 경계심과 함께 낯선 호기심이 숨어 있었다. 퉁명스럽게 내던지는 그의 목소리에 주영의 귀가 쫑긋 세워졌다. 이제껏 눈 내리깔고 '넌 짖어라, 난 모른다'의 독자노선을 걷던 그가 세 시간 만에 처음으로 그녀에게 질문을 던진 것이다.

"뭔데요?"

“조금 전 온 사람과는 무슨 관계야?”

그의 표정은 심각하다 못해 어두웠다.

“무슨 말이에요? 오늘 만난 사람과 무슨 관계라니?”

“모르면 됐어.”

쉽게 호기심을 접은 그는 인형처럼 흔들의자에 가만히 몸을 맡겼다.

그녀가 듣기로는 박은혁 씨가 분명 이 사람의 사촌 동생이라고 했다. 아무리 기억을 못한다고 해도 사촌 동생의 얼굴 정도는 기억해야 하는 건 기본일 텐데 그는 전혀 모르는 사람처럼 그녀에게 되레 묻고 있었다. 멀리 있어 만나지 못한 사촌도 아니고 한 회사에서 일하는 동생을 못 알아본다는 게 말이 되지 않았다. 그녀는 도대체 뭐가 뭔지 알 수가 없었다. 온통 삐걱 되는 머리 속은 상황 파악조차 못하고 있었다. 아무래도 오늘 그녀의 머리는 윤활유가 절대적으로 필요한 것 같았다. 혹시 그 사람이 날 속인 건 아닐까? 주영은 조금 전 받은 그의 명함을 뚫어지게 쳐다보았지만 명함이 말을 하지 않는 이상 그가 정말 이 사람의 동생인지 아닌지 알 길이 없었다.

“나 여기 얼마 동안 더 있어야 해?”

“한 달 정도 있어야 한다고 하던대요. 아, 그건 나의 경우고 당신은 모르죠.”

“집에 가. 조금 전 그 사람 때문이라면 내가 보냈다고 하면 돼. 아줌마 한 사람으로 충분해. 다 필요없어.”

주영의 고개가 그쪽으로 홱 돌아갔다. 그의 유혹적인 말에 그녀는 얼싸 춤이라고 추고 싶지만 비 맞은 옷을 입고 돌아다니는 기분처럼 뭔가가 찜찜했다.

"그럼 그 사람이 오면 그때 그렇게 말해요. 꼭이요!"

침묵이 방을 꾸역꾸역 메우자 그녀는 바닥에 벌러덩 누웠다. 그녀가 무엇을 하든 그는 관심 자체를 두지 않는 듯하니 오히려 잘되었다. 일단 여기서 지내기는 하지만, 약속어음은 당연히 그들이 지불해야 하는 돈이었으므로 그녀가 비굴하게 눈치를 보며 지낼 필요가 없다는 게 그녀의 생각이었다.

현재는 바닥에 누워 있는 그녀를 지나 테라스로 향했다. 혼자 있는 것은 그에게 익숙한 놀이였다. 불평도 없었다. 그런데 오늘은 무엇 때문인지 화가 났다. 가슴 정중앙의 근육이 단단히 뭉쳐 답답함이 가슴을 짓누르고 있는 것 같아 소리라도 치고 싶었다. 그는 습관처럼 자신의 낯선 두 주먹을 쥐었다 펴보았다. 그러나 아무런 도움이 되지 않았다. 아마 아파서일 것이다. 아픈데 아무도 오지 않아서, 그래서일 것이다. 현재는 자신의 약한 마음을 감추며 테라스 난간 쪽만 뚫어져라 쳐다보았다.

"배가 고픈데 점심 뭐 먹을까요?"

그녀가 그에게 바짝 다가가자 놀란 현재는 황급히 두 손으로 눈을 문질렀다. 그러나 눈가의 물기를 다 없앨 수는 없었다. 그 모습을 본 그녀의 입이 충격으로 살짝 벌어졌다.

"설마…… 우는 거예요? 어디 아파요? 말 좀 해봐요."

그녀의 손은 그의 몸을 여기저기 더듬고 있었다. 손을 쭉 뻗어 그의 이마와 그녀의 이마의 온도도 비교해 보았다. 다행히 열은 없었지만 이 산중에 만약 쓰러지기라도 하면 아무것도 모르는 그녀 혼자서는 무리였다.

"무슨 일 있어요? 말해야 알잖아요."

"원래 어른들은 바쁜 거야?"

마치 중요한 질문이라도 되듯 그가 그녀를 팔을 잡은 채 답을 강요했다. 질문이 이해가 가지 않는 주영으로서는 눈만 깜박거릴 수밖에 없었다.

"어른이니까 알 거 아니야. 아님 어른들은 어른들끼리, 아이는 아이들끼리 놀아야 되는 거야? 그래서 서로 만나기가 힘이 드는 거야?"

그녀는 이 질문을 어떻게 받아들여야 할지 난감했다. 아니, 무척 당황스러워 손에 땀이 날 지경이었다. 다 큰 어른이 두 손을 우악스럽게 그녀의 팔을 잡고 진지하게 이런 질문을 던진다면 누구나 공황 상태에 빠질 것이다.

주영은 먼저 목을 가다듬었다. 혹시 정신 분열증인가? 기억상 실증이면 기억만 없어지는 것 아닌가? 아니면 이 남자 서서 꿈이라도 꾸고 있었나?

그녀는 아무것도 모른 채 여기 남겨졌다는 자체에 서서히 두려움이 들기 시작했다.

"대답해 봐! 아줌마는 어른이잖아! 나 데리러 온 거 아니야?"

주영의 눈이 휘둥그레졌다. 그녀는 자신의 생각이 아니길 빌었다. 굵고 낮은 저음이라 몰랐지만 어딘지 모르게 어른 같지 않는 말투, 눈물을 감추기 위해 눈을 비비는 행동은 서른네 살의 어른이 하는 행동이라고 보기에는 이상했다. 설마 그럴 일 없겠지. 아무리 그녀의 상상력이 뛰어나다고는 하나 아닐 것이다. 그녀는 침착하게 조금 전 그와의 대화를 머리에서 재생 분석해 보았다. 자신이 사장인 것도 모른다면, 아버지가 사장님이라고 말한 그라면 도대체 그의 기억은 어디에서 끊긴 것일까. 이 어처구니없는 그녀의 상상이 맞다면 정말 그녀는 심각한 상황에 놓여 있는 것이다. 주영은 난생처음 모든 신들의 이름으로 그녀를 굽어 살펴달라는 기도를 해야 했다.

"저…… 박현재 사장님, 지금 나이가 어떻게 되세요?"

"그게 중요해?"

"저에게는 아주 중요해요."

"그럼 내 질문에 대답해 줄 수 있어?"

"물론이죠. 그러니까 빨리 말해 봐요. 지금 몇 살이에요?"

"열두 살."

"열두 살? 열두 살 말이에요? 스물두 살도 아니고? 그러니까 이제 초등학교 5학년이란 말이에요?"

"그게 문제가 돼?"

문제가 되냐고? 오, 빌어먹을. 문제가 되고 말지. 망할 박은혁!!

그녀가 전화기를 찾아 거실로 나가려 하자 뒤에서 현재가 그녀의 팔을 잡아당겼다. 완벽한 어른의 힘이었다.

"대답하고 가."

"잠깐만 기다려요. 저, 전화 먼저 하고."

분노로 온 전신이 떨려왔다. 우선 확인이 먼저였다. 몇 번씩이나 전화 버튼을 잘못 누른 주영은 전화기를 아예 창밖으로 던질 뻔했다. 받아, 좀 받으라고!

신호음이 정확히 여섯 번 떨어지자 유들유들한 남자의 목소리가 들렸다.

[네, 박은혁입니다.]

"박은혁 씨! 당신 나하고 장난하자는 거예요?"

현재가 옆에서 빤히 그녀의 통화를 지켜보고 있자 그녀가 방문을 닫고 거실로 자리를 옮겼다. 계단을 내려가면서 그녀는 앞 다투어 나가려는 말들을 입에 물고 흥분을 가라앉히려 애를 썼다. 그러나 아무리 침착하려고 노력해도 오르는 혈압은 막을 수가 없었다. 이건 마치 자신이 꼭 이상한 나라의 앨리스가 된 기분이었다. 그리고 박은혁은 그 얍삽한 토끼놈일 테고.

"박은혁 씨, 지금 박현재 사장의 상태가 어떤지 알아요? 심각하다고. 당신 알고 있었지? 알고 있으면서 그랬지?"

주영은 혹시 이 남자가 모를 수도 있을 거라는 0.00001%의 가능성을 점쳐 보았다.

"생각하는 게 어린아이 수준이라고. 몇 살이냐고 물었더니 열두 살이고 대답했단 말이에요!"

[흥분하지 말아요, 몸에 안 좋으니까. 그래서 부탁한 거 아닌가요?]

"알고 있었단 말이에요? 그런데 저, 저런 사람을 혼자 내버려 둔다고? 당신 바보야? 난 간호사도 아니고 의사는 더 더욱 아닌데 나보고 뭘 어쩌라고."

주영이 흥분하며 말을 더듬는 동안 은혁은 통화가 끊긴 게 아닌가 싶을 정도로 침묵을 지켰다.

[정말 놀랍네요. 입 한 번 뻥끗 안 하던 형이 당신하고 오늘 몇 마디를 나눈 겁니까?]

"당신이 도의적 자각이 쥐똥만큼이라도 남아 있다면 병원으로 옮겨야 했다고. 죄송하지만 이 일 없던 것으로 해요. 난 당신의 기만적 행동까지 못 본 척 넘어갈 수 없으니까. 애초에 내가 여기 찾아왔던 것부터가 미친 짓이었지. 오늘 서울로 올라가겠어. 그러니 당사자들끼리 속닥속닥거리며 잘해보라구요. 그 돈! 알아서 철회하라고요!"

숨도 쉬지 않고 속사포처럼 쏟아진 말들은 그의 잘못을 비난하고 있었다.

[막지 않겠습니다. 저야 손해 보는 일 없으니까. 어음 회수는 물론이고 자금 융통까지 차단당한 중소기업이 공중분해되는 모습을 보고 싶다면야.]

주영은 한동안 전화기만 꽉 움켜쥐고 있었다. 모두가 사실이라 반박의 말조차 할 수 없는 자신이 분했다.

"협박하는 방법도 참 여러 가지네. 박현재 사장이 잘못되기라도 하면 어쩔 거냐고? 저 정도면 병원에 가서 치료를 받아야 하는 게 당연하다구요."

[그래서 마음이 변했다고 말씀하고픈가요?]

주영은 자신의 양심과 처한 현실을 왔다 갔다 하며 치열한 공방전을 벌이고 있었다. 그러나 은혁은 너무나도 잘 알고 있었다, 그럼에도 불구하고 그녀가 여기 남아 있을 거라는 사실을.

"어차피 내가 못 가리라는 거 당신이 더 잘 알잖아. 분명 한 달이라고 했죠? 그럼 설명해 봐요. 더 이상 내가 경기 일으키지 않도록 빠진 것 있음 다 설명해 보라구요!"

발악하면서도 반 체념 어린 그녀의 말투에 은혁은 안도의 미소를 지었다.

[만약 이상이 있으면 즉시 옮겨질 겁니다. 돈이 그래서 좋은 거니까. 생각보다 더 다혈질인 모양이네요. 형이 심심해하지는 않을 것 같군요. 지금 형은 열두 살에 자동차 사고가 나던 시점에서 멈춰 있습니다. 열두 살에 비슷한 자동차 사고를 당했는데 그 사고와 한 달 전의 사고가 형의 머리에서 엉켜 버린 거지요. 사고도, 행동도 모두. 말하자면 이십이 년이라는 세월이 충격으로 갑자기 날아간 거지요. 그래서 더욱 병원에 혼자 맡길 수는 없어요. 아직까지는 그래요. 누가 뭐라든. 형이 혼란스럽지 않도록 자연스럽게 대해주세요. 그럼 다음에는 정말 긴급할 때 전화를 걸길 바라요.]

달각하는 소리가 들리자 주영은 전화기를 노려보았다. 보지 않는 이상 어느 누구도 그녀의 얘기를 믿어주지 않을 것 같았다. 백이면 백 정신병자 취급을 당할 게 틀림없다. 몸은 다 큰 어른이고 마음은 열두 살의 어린이와 생활하라고? 한 달 동안? 그녀는 소파에 털썩 주저앉았다. 올해가 나갈 삼재(三災)임에 틀림없었다. 이보다 더 나쁠 수는 없었다.

바람이 창문에 부딪히는 소리가 간간이 들려왔다. 모르는 사람이 보면 산속에 한 남녀가 평화로운 오후를 즐기는 것처럼 그녀와 현재는 편안해 보였다. 그러나 그녀는 조금 전 박은혁과의 통화 때문에 그녀의 몸 안에 있는 모든 에너지가 다 빠져나가 버린 상태였다. 이 황당한 현실에 적응하지 못한 그녀는 한 시간째 박현재를 멍하니 쳐다보는 중이었다. 이건 고등학교 때 수학 15점을 맞은 사건보다 더욱 절망적이었다.

그녀에 비해 아무런 생각 없는 그가 부럽기만 했다. 집중력이 좋은 건지 아님 책 내용이 재미있는 건지 그는 고개 한번 움직이지 않고 책장을 넘기고 있었다. 베란다를 열어놓아 풀내음을 가득 담은 바람이 불 때마다 그의 앞머리를 흩어놓아 조금 긴 듯한 앞머리가 그의 외관을 답답해 보이기까지 했으나 어디로 보나 그는 세른네 살의 성인 남자의 모습 그대로였다. 진지한 눈빛 하며 꽉 다문 입매, 가끔 가다 코끝을 찡그리는 모습 그 어디에도 열두 살의 흔적은 없었다.

무릎을 가슴팍으로 끌어당긴 주영은 의심스럽다는 듯 눈이 가늘어졌다.

'그가 정말 열두 살이란 말이지.'

끝내 신음 소리를 내며 주영은 얼굴을 무릎에 묻었다. 그를 어떻게 대해야 할지 난감했다. 드라마에 나오는 아이들의 이미지도 그려보았고, 자신이 열두 살의 모습이 어떠했는지 더듬어보기도 했지만 이런 경우는 책에서조차 본 적이 없어 그녀는 이 현실이 막막하다 못해 암담하기까지 했다. 실로 한숨이 절로 터져 나올 일이었다. 하지만 심각한 상황과는 달리 주영의 배는 밥을 달라

울었다. 그녀는 현실에 충실하기로 마음먹었다.

그녀가 일어나자 현재 또한 책을 덮고 일어났다. 그녀가 식모살이라는 걸 알려주기라도 하듯 그는 주방으로 내려가 식탁에 얌전히 앉아 밥 달라는 암묵적인 시위를 벌이고 있었다.

"그러고 보니 점심 시간이 훨씬 지났네. 아주머니는 내일부터 오시려나? 대충 먹자구요. 냉장고에 반찬도 많이 있네."

주영은 냉장고 문을 열다 멈칫했다. 냉장고 안에서 냉기가 흘러나오는 것도 잊은 채 그녀의 입가에 득의양양한 미소가 번졌다. 복잡한 수학 문제를 의외로 간단한 수학 공식 하나로 끝내 버릴 수 있는 방법을 찾은 표정이었다. 겉모습이 어떻든 열두 살 꼬마라고 생각하면 그만 아닌가? 보니 말없고 조용한 어린 시절을 보낸 듯하니 그녀 말도 잘 따를 것 같았다. 그리고 열두 살이면 말귀 알아들을 나이니 크게 문제도 일으킬 것 같지도 않았다. 좋았어. 아까운 뇌세포를 스트레스로 죽여가며 고민할 필요 없다는 말이렷다. 또한 그녀가 그를 상전 모시듯 꼬박꼬박 존댓말하지 않아도 된다라는 결론 아니겠어? 은혁이라는 사람도 자연스럽게 대하라고 했으니 열두 살이면 열두 살의 대우를 해주면 되는 거지. 한마디로 박현재 씨, 미안하지만 당신은 내 밥이다 이거야.

그녀가 성의없이 내놓는 반찬과 아침에 끓인 국을 요란스럽게 식탁 위에 올려놓자 현재는 고개를 들어 그녀를 째려보았다. 적어도 반찬통에 있는 반찬은 접시에 담아야 했고 국도 데우려면 확실히 데워야 했다. 아침부터 사람들이 들락거려 신경이 날카롭던 그는 앞의 아줌마 때문에 신경이 더욱 곤두설 지경이었다. 주영이 밥을 먹으려고 자리에 앉자 꾹 다물어져 있던 그의 입이 열렸다.

"여기서 먹지 마."

"그럼 밖에 나가서 먹자고?"

질문을 잘못 이해한 그녀는 테라스를 한번 쳐다보았다.

"나중에 밖에서 먹고 오늘은 여기서 먹죠?"

존댓말하지 말자고 다짐한 지 일 분도 채 지나지 않았지만 막상 그의 얼굴을 보고 얘기하자니 자연스레 존댓말이 튀어나왔다. 반말을 하기에 그의 얼굴은 너무 진지했다.

'아, 저 얼굴은 도무지 적응이 안 돼.'

"여기 앉지 말라고."

"앉지 않으면?"

"알아서 먹어. 대신 여기서 먹지 마."

은근한 명령조에 그녀의 성격이 발동이 걸렸다.

"그러니까 넌 주인이니 식탁에서 먹어야 하고, 나는 종이니 바닥에 앉아 먹으라?"

배배 꼬인 창자처럼 그녀가 빈정거렸지만 현재는 무시한 채 숟가락을 들었다. 버릇없는 그의 태도에 주영의 눈꼬리가 위험할 정도로 올라갔다.

'한마디로 어디 남의 집 개가 짖냐 이거지? 밥상머리없는 놈은 밥을 먹어서는 안 되지.'

그녀는 그가 한 숟가락도 뜨기 전에 그의 숟가락을 빼앗았다.

"사람이 말을 하면 쳐다봐야 할 것 아니야! 그리고 너 열두 살 아니야?"

주영은 다시 한 번 믿을 수 없는 그의 나이를 확인 사살해 보았지만 탁월한 환경 적응력을 가진 그녀라도 '열두 살'이라는 말은 뇌에서 잘 소화가 되지 않았다.

"당신 같은 아줌마는 필요없어. 나가."

여기선 그녀가 어른이었다. 저 심각한 얼굴은 무시하면 돼. 주영은 턱을 치켜세웠다.

"어디서 어른에게 반말하래? 아무튼 난 여기서 밥 먹을 테니까 알아서 해."

현재가 반항의 눈빛을 가득 담고 자리에서 벌떡 일어나자 의자가 밀려나면서 둔탁한 소리를 냈다. 그는 곧 그녀 앞의 국그릇과 밥그릇을 낚아채더니 말릴 새도 없이 그 안의 내용물을 개수대에 쏟아 부었다. 마치 잘 보라는 듯 그는 그녀의 동그래진 눈을 피하지도 않은 채 말이다.

"야!"

더 이상 올라갈 수 없는 그녀의 소프라노 목소리가 부엌에서 터져 나왔다. 저 행동이 과연 열두 살짜리 어린아이가 하는 행동인지 주영은 한동안 어안이 벙벙했다. 씩씩거리며 화를 주체 못한 그녀는 그가 올라간 계단만 뚫어지게 쳐다보아야 했다. 조용한 어린 시절이라 말을 잘 따라? 흥, 대단하고도 대단한 착각이었다. 하나를 보면 열을 안다고 했는데 나머지 아홉은 돗자리 깔지 않아도 짐작하고도 남는 일이었다.

한숨을 쉰 그녀는 일단 앉아서 자신의 음식 저장창고에 밥을 쌓기 위해 그가 팽기치고 간 밥그릇을 들었다. 먹어야 힘이 나고 힘이 나야 싸울 수 있다. 저 버르장머리없는 몸집만 큰 어린아이를 반드시 예의 바른 아이로 만들어놓고야 말 것이다. 저 성격이 곧바로 어른의 성격으로 이어진다면 사회적으로도 물의를 일으키고도 남을 성격이었다. 분명 사장이었을 때는 올린 서류가 마음에 들지 않으면 결재판을 부하직원에게 던져 버리는 성격이었을 것이다. 밥을 안 먹겠다? 안 먹겠다는 사람 억지로 강요 안 한다고. 누가 겁날 줄 알고?

그러나 저녁 아홉 시가 넘자 그녀의 생각이 흔들리기 시작했다.

저녁 또한 점심과 똑같은 상황이 벌어졌기 때문이다. 밥 달라 강렬한 눈빛 메시지만 보낸 그를 무시한 채 그녀는 혼자 보란 듯이 저녁밥을 차려 먹었다. 먹고 싶으면 달라고 요청하든지 아님 자신이 차려 먹든지 둘 중 하나를 선택하라고 했지만 그 입은 무슨 바윗돌이라도 집어 삼켰는지 무겁기만 했다.

분에 못 이긴 그가 요란번쩍하게 퇴장하자 퍼뜩 그녀의 머리 속에 삼단논법이 자리잡았다. 첫째, 저 성격에 굶으면 굶었지 그녀와 밥을 먹지는 않을 것이다. 둘째, 저 사람이 쓰러지면 회사로 들어간 어음이 다시 회수될 수도 있다. 셋째, 그럼 모든 게 다 도루묵으로 돌아간다. 그러므로 그를 굶겨서는 안 된다.

입이 한주먹 튀어나온 주영은 결국 저녁 밥상을 쟁반에 담아 이층으로 나르기 위해 자리에서 일어났다.

"저녁밥 가져왔으니까 먹어."

그녀는 이러다가는 매일 그의 식사를 날라야 하는 사태가 벌어질지 모른다는 생각이 스쳤다.

"여기 있어도 우리 아버지 안 와."

"……알고 있어."

돌아가신 사람이 무슨 재주로 다시 와. 이 세상 유일하게 빽으로 안 되는 게 있다면 저승길에서 빠져나오는 길인데. 그러고 보니 불쌍한 사람이네. 자신의 부모 돌아가신 줄 모르고 이렇게 정신 놓고 있다니. 충격이었겠지. 두 분 다 한꺼번에 돌아가시고 자기 혼자 살아남았으니. 갑자기 두 분 모두 돌아가셨다는 말을 들으면 이 사람은 아마 정신이 돌아와도 한동안은 많이 힘들어할 것 같았다. 측은지심이라는 한자성어가 마음에 팍 박히자 그녀의 목소리는 한층 부드러워졌다.

"점심, 저녁 다 안 먹었잖아. 밥 거르면 속 버린다고."

"아버지가 안 오시는 거 알고 있는데 여기 남는다고? 왜?"

"밥 먹으면 말해 줄게."

그러나 현재는 그녀를 밥에 독약이라도 탄 듯 죽어라 노려볼 뿐 먹을 생각을 안 하고 있었다.

"알면서 그러는 이유가 뭐냐고!"

현재는 그녀가 답을 말해 줄 때까지 같은 질문을 계속할 생각 같았다. 조금 전까지 가엾다고 한 것 다 취소. 무슨 고집이 이리도 센지 주영은 그의 머리를 쥐어박고 싶은 심정이었다.

오 분이 흐르고 십 분이 흐르자 그녀의 인내심이 가는 실처럼 끊어지기 일보 직전이었다.

"택해라. 내가 거기까지 가서 네 수발을 들까, 아님 혼자 얌전히 그냥 먹을래?"

“안 먹어.”

“왜? 내가 옆에서 먹지도 않는데.”

“안 먹어.”

그의 삐딱선에 자극을 받은 주영은 어떻게든 먹이고야 말리라는 오기가 차 올랐다.

“부잣집 도련님, 말할 때 상당히 짧게 끝나는 버릇이 있는데 오늘부터는 안 돼. 무조건 뒤에 ‘요’ 자 붙여서 말해. 높임말 배웠겠지? 다시 해봐.”

현재가 고개를 홱 돌렸다. 말하기 싫으면 입 다무는 그 성격이 또 튀어나온 것이다.

서로의 말없는 신경전이 계속되다 갑자기 그가 재채기를 하는 바람에 그녀는 그의 옆으로 다가가야 했다. 그러고 보니 혼자서 목욕을 했는지 머리가 젖어 있었다. 아니, 무슨 머리를 물에 담그기만 하고 나온 사람처럼 머리를 쥐어짜면 물이 뚝뚝 흘러내릴 것 같았다. 더욱이 옷도 젖어 있어 감기라도 들면 정말 그의 수발을 들어야 할 사태가 생길지 몰랐다.

‘어휴, 내 팔자야!’

그녀가 발코니 문을 닫으려 하자 현재가 그녀의 손목을 낚아챘다.

“문 닫지 마.”

“하지만 이렇게 문 활짝 열어놓으면 감기 걸려. 거기다 여기는 산속이라 밤에는 추울 거란 말이야. 손목 아프니까 이거 놓아줘.”

현재가 화들짝 놀라며 뒤로 물러섰다. 정말 아이였다, 갑자기 몸만 커진 아이.

"머리 말리고 밥 먹자. 머리 안 말리고 자면 머리에 이 생긴다고. 벌레 말이야, 벌레. 드라이어 어디 있는지 알아?"

"드라이어 필요없어."

"머리를 말려야 할 것 아니야."

"그런 건 여자나 하는 거야."

그녀는 그의 말을 무시한 채 화장실에서 드라이어를 찾아 그 앞으로 와 비장한 표정을 지어 보였다.

"잔말이 많다. 빨리 머리 안 숙여?"

"싫다니까. 하지 마."

그가 저항하며 그녀를 밀쳐 내는 바람에 주영은 바닥에 엉덩방아를 쪄야 했다. 오냐, 이제 내 식대로 가주마. 말 안 듣는 놈은 몽둥이가 약이지. 주영의 손이 그의 머리를 가격했다.

"내가 말 짧게 하지 말라 그랬지. 누구 고생시키려고 베란다 문도 못 닫는다, 머리도 안 말리겠다고 해. 네가 지금 상황파악이 안 되어서 그러나 본데 넌 나에게 잘 보여야 돼. 그러니 여기 앉아."

끝까지 드라이어는 싫다는 그의 고집에 하는 수 없이 주영은 수건을 가지고 나와 그의 앞에 섰다. 반항이 심할 것 같던 그가 의외로 얌전히 그녀 앞에 머리를 내맡기자 그녀는 그의 머리를 박박 긁듯이 빠르게 말렸다. 그녀의 사심이 상당히 많이 작용한 행동이었다.

"다 됐으니 일어나 봐. 윗옷도 갈아입어야겠네. 옷은 혼자 갈아입을 수 있지?"

　그녀는 정말 자신이 보모가 된 기분이었다.

　수건을 화장실 문 앞에 대충 던져 놓은 그녀는 다시 한 번 밥을 먹으라는 간곡한 협박을 하곤 방을 나섰다. 그러나 갑자기 궁금한 게 생각났는지 주영은 다시 문을 열어 그 앞에 섰다.

　"왜 처음 본 나하고는 말하고 아침에 온 아저씨랑은 말 안 하는데? 말 한마디도 안 했다며?"

　"거짓말쟁이니까. 친한 척하는 게 기분 나쁘니까."

　"그럼 나는? 나는 오늘 처음 본 사람인데."

　"나 아줌마 알아."

　"나를 안다고? 어떻게? 어디서 봤는데?"

　그녀 기억으로는 그를 만나 얘기한 적이 한 번도 없었다. 그가 열두 살의 기억에 머물러 있으니 계산해 보면 그녀는 아장아장 유치원생이어야 했다. 혹시 그의 기억에 나와 생김새가 비슷한 사람의 기억이 들어 있는 걸까?

　그 질문에 현재 그 자신도 기억이 안 나는 듯 인상을 찡그렸다. 그냥 빤히 그녀의 얼굴만 들여다볼 뿐이었다.

　그는 자신이 왜 그런 답을 했는지 알 수가 없었다. 분명 그녀를 본 적이 없었다. 만났었다면 잊어버릴 리 없었다. 화를 잘 내는 사람의 얼굴을 떠올려 봐도 그녀와 연관된 어떠한 장면도 떠오르지 않았다. 처음 그녀가 이 방에 들어섰을 때 막연히 떠오르는 생각은 여기서 그를 데리고 나가줄 사람처럼 보였다. 막연히 그녀가 그의 편이라 생각했다. 그러나 그의 생각과는 다르게 그녀는 자신의 아버지를 찾았다. 혼란스러운 것 투성이었다. 왜 그녀가 여기 남아 있는지 그 이유가 너무나 궁금했다. 그에게 잘 보이기 위해? 아님 무작정 기다리려고? 분명한 것은 자신은 그녀를 알고 있다. 그렇지 않고서야 그녀의 이름을 말하기 전 자신이 먼저 알고 있을 리 없었다.

"배 고프지? 국 다 식었겠다."

"안 먹어."

"너 굶을 거야? 밥 먹어, 밥 먹자고!"

뒤돌아 자신의 침대에 누워버리는 현재 등 뒤로 그녀의 처절한 외침만 들렸다. 그렇게 그녀의 힘든 하루가 지나가고 있었다.

은혁이 로비에 들어서자 깍듯하게 인사를 하는 사람들이 유난히 많이 띄었다. 여러 임원진의 도움으로 이제 그 주위에 두 명의 수행원과 비서실장이 같이 서 있는 모습은 전혀 낯설지가 않아 보였다. 박현재 사장이 사고로 한 달 이상 자리를 비워야 하자 그 자리를 한 치의 빈틈없이 메운 박은혁 이사의 능력이 발휘되고 있었다.

한 달 전 주한전자 회장 내외가 교통사고로 죽고 박현재 사장이 요양 중이라는 말에 회사 분위기가 술렁거렸다. 더욱이 회장보다 더 인간미없는 사장이 한 달간 요양 중이라는 말은 여기저기 소문과 억측을 지어내는 데 한몫했다. 그 모든 것을 일축시킨 사람이 바로 박은혁 이사였다.

"점에이보스에서 주관하는 RFT 내장형 자료 내일 중으로 내 책상 위에 올려놔 줘요. 그리고 삼진테크 파일을 좀 봤으면 하는데?"

“삼진테크 파일 말씀입니까?”

비서실장이 조금은 망설이는 듯 대답하자 은혁은 더욱더 그 회사에 대해 관심이 생겼다. 도대체 자신의 형이 단독으로 진행시킬 만큼 중요한 자료가 있는지 확인해야 했다.

“이 건은 사장님이 단독 진행시킨 것 같은데 지금 보류 중 아닌가요? 알다시피 삼진테크의 내장용 콘넥터 칩은 어느 제품이든 호환성이 가능하기 때문 아닌가요? 일단 그것부터 처리합시다.”

요즘 은혁이 느끼고 있는 것은 형의 체력에 감탄하는 중이었다. 평소 형이 움직이는 스케줄대로 움직였다가는 은혁은 일 년 안에 골병들고 말 것 같았다. 현재 부사장이 주요안을 처리하고 있지만 은혁 또한 그 자료를 모두 소화해 내야 했다. 언제까지 박현재의 부재를 입막음할 수 있을지 그 또한 자신이 없었다. 쇼크사로 기억을 잃어버리는 경우는 금방 회복될 수 있다는 의사의 말도 지금은 반신반의하고 있다. 감언이설로 박현재 사장이 심한 충격으로 요양하는 것까지는 이사들이 이해를 얻어냈지만 그날이 길어질수록 의심의 소리가 높아질 것이다. 언젠가는 알아야 하지만 아직은 아니었다. 아직은 더 기다려 볼 수 있었다. 그러나 아무런 확신도 없이 기다려야 한다는 것에 그의 마음은 조급해지기 시작했다.

그가 잠시 눈을 감으며 휴식을 취하고 있을 때 어느새 정 비서실장이 그가 요청한 자료를 가지고 들어왔다.

“삼진테크 자료입니다.”

“수고했어요. 나가봐요.”

무심한 눈길로 파일을 넘긴 은혁은 첫 페이지의 서류 종이보다 그 위에 클립으로 고정시킨 사진이 먼저 눈에 들어왔다. 호기심에 사로잡힌 그가 파일을 좀 더 자세히 보기 위해 고개를 숙였다. 한 여자가 공원에서 웃고 있는 모습이었다. 김주영 씨? 서둘러 서류를 넘겨본 그는 머리를 긁적거렸다. 분명 삼진에다 덫을 놓으려고 준비한 서류들이었다. 그럼 이 사진은 뭐냔 말이지. 그냥 첨부 서류에 달려 들어온 사진인가? 아님 단독으로 추진할 만큼 개인적인 이유였나? 중소기업 매각 건 서류를 형이 보관하고 있다는 것에 의아함이 일었다. 물론 그 건이 중요하지 않다는 말이 아니었다. 다만 왜 형이 직접 나서야 했는지 그는 그게 궁금했다.

그는 손가락으로 책상을 두들기며 생각에 잠겼다. 삼진테크의 김우근 사장이라? 은혁은 곧 인터폰을 들었다. 신호음이 들리자마자 걸걸한 목소리가 들려왔다.

[네, 김우근입니다.]

"안녕하십니까? 주한전자의 박은혁입니다."

잠시 둘 사이에 무거운 침묵이 흘렀다.

[안녕하시오. 무슨 일로 전화 주셨소?]

김 사장 입장에서는 주한전자의 전화가 그리 반갑지가 않았다. 아니, 오히려 떨떠름했다.

"사장님이 현재 부재중인 관계로 삼진테크와 관련 일을 위임받았습니다. 이번 주 안으로 한번 만나뵙고 싶은데요."

[업무 처리를 원래 이렇게 하는가? 업계에서의 소문이 얼마나 치명적인 것을 알면서 1차 부도까지 몰아붙인 이유가 뭔지 정말 궁금하군. 아무래도 이 계약 다시 생각해 봐야겠다는 게 우리 입

장이오.]

딱 잘라 말하는 김 사장의 말에 은혁은 앞의 서류를 넘기면서 고개를 설레설레 흔들었다.

'유감스럽지만 형은 벌써 매각 준비를 거의 끝내놓은 상태인데요, 김우근 사장님.'

그가 마음속으로 덧붙였다.

"아마 오늘 삼진테크 쪽으로 이십팔 억이 송금되었을 겁니다. 급한 불은 끄실 수 있을 거라 생각하는데요?"

[지금 사람을 가지고 노는 것도 아니고 뭐 하자는 겁니까! 1차 부도까지 갖다 놓은 것도 모자라 은행이라는 은행은 다 손을 써 막아놓은 상태에서 이십팔 억이 입금되었다니. 차라리 그냥 한 손으로 부숴 버리지. 주한전자의 특기 아닌가? 아무리 주한전자가 매각에 뛰어든다고 해도 죽어도 그쪽으로는 안 팔 걸세.]

"그건 가봐야 알죠. 제 손에 삼진테크에 대한 흥미로운 서류가 있는데……. 이번 주 금요일 저녁 약속 어떠신가요?"

모든 것을 쥐고 있는 승자의 느긋함이 은혁의 목소리에 드러나 있었다.

김 사장은 새파랗게 젊은 놈이 협박 아닌 협박을 하자 손이 부르르 떨릴 지경이었다.

[세인트호텔에서 일곱 시에 봅시다!]

"기다리고 있겠습니다."

낮게 휘파람을 불며 전화를 끊은 그는 손을 깍지 껴 팔을 위로 쭉 뻗었다. 이리 짜맞추고 저리 짜맞추어도 그의 머리로는 도무지 이해되지 않는다면 직접 당사자의 입에서 들으면 되는 것이다. 형이 왜 단독으로 비밀리에 이 일을 진행시켜야 하는지 알아내야겠으니 너무 섭섭해하지 말라고. 형이 기억이 돌아오지 않는 이상은 결국 내가 처리해야 하니까.

은혁은 책상 위에 쌓인 결재 서류를 집어 들었다.

제2장 송아지에 고삐를 매는 까닭

주영은 컴컴한 계단을 오르기 위해 두 눈을 힘껏 부릅떴다. 그녀의 두 손에는 주전자와 물 컵이 들려 있었다. 이런 서비스까지 해주고 싶지 않지만 만의 하나 그가 정말 재수가 없어 물을 마시기 위해 계단을 내려오다 어디라도 부러지면 그녀만 고달파지기에 하나의 사전 조치라고 볼 수 있었다.

조그마한 소리에도 잠에서 깰까 그녀는 뒤꿈치를 들고 그의 방에 들어갔다. 문을 닫을 때 컵이 달그락거리는 소리를 내자 주영의 고개가 자동적으로 그의 침대 쪽으로 향했다. 그는 당연히 잠을 자고 있을 거란 예상과는 달리 어둠 속에 번뜩이는 두 눈동자가 그녀를 향해 고정되어 있자 주영은 날카로운 비명 소리와 함께 들고 있는 쟁반을 떨어뜨렸다.

“뭐, 뭐예요!”

놀란 가슴을 부여잡은 그녀가 신경질적으로 불을 켰다. 인간도 밤엔 눈에서 빛을 낸다는 것을 처음 안 그녀였다. 만약 그녀가 심장이 약했다면 오늘 바로 여기서 심장마비로 처녀귀신이 되었을 것이다. 주영은 그 원인 제공자를 눈이 아플 정도로 째려보았다.

“도대체 침대에 앉아서 불도 꺼놓고 뭐 하고 있었던 거예요?”

바닥을 보니 한숨이 나왔다. 치우는 건 나중이었다. 그녀는 바닥에 뒹굴어진 주전자와 쏟아진 물을 피해 그에게 다가가 침대에 걸터앉았다. 열두 시가 넘은 시간이었다.

“악몽 꾼 거예요?”

반말이 생각보다 쉽게 터지지 않자 그녀는 그냥 편한 대로 섞어 쓰기로 했다.

“뭐 따뜻한 우유나 차 같은 거 줘?”

“잠이 안 와.”

그녀가 따뜻한 우유를 만들기 위해 일어나려 하자 현재가 뒤에서 그녀의 허리를 꽉 끌어안았다. 의외의 행동에 주영은 놀랐다. 그녀에게 반감을 가지고 있어 대화조차 제대로 할 수 없었던 이들이다. 그런데 너무 당연한 듯 그가 그녀의 뒤에 붙어 떨어질 생각을 안 하고 있었다. 굵은 팔이 뒤에서 감겨오자 주영은 당황스러웠다.

“우유 데우러 가는 거니까 여기 있어. 금방 돌아올 테니까.”

하지만 오히려 현재는 그 말에 그녀의 허리를 더욱 움켜졌다. 생떼를 쓰는 아이처럼 그녀의 등에다 얼굴을 묻은 그는 고개를 저으며 싫다는 행동을 온몸으로 보여주고 있었다. 이 행동을 도대체 어떻게 해석해야 하는지 그녀는 잠시 고민했다. 정말 자신이 보모가 된 상황을 여지없이 실감하고 있었다.

"자고 싶어."

그녀에게 하는 말보다는 혼자서 중얼거리는 말인 듯했다.

"그래? 그럼 자."

"잠자기 싫어."

"자고 싶다면서? 베개에 머리 대고 있으면 얼마 안 있어 꿈나라고 갈 테니까 이 손 풀고 자리에 누우시죠, 도련님."

"싫어."

"그럼 어쩌자고. 새벽이 오도록 이 자세로 있자고?"

아무리 열두 살이라고 생각해도 몸에 부딪쳐 오는 것은 서른네 살 어른의 몸이었다. 신경이 안 쓰일 리 없었다. 따뜻하면서 단단한 그의 팔을 보며 그녀는 어이없게도 그의 품속에 보호받는다는 느낌이었다.

그녀가 중심을 못 잡고 옆으로 쓰러지자 그도 같이 옆으로 누워 버렸다. 저 고집에 밤새 이렇게 있는다 한들 놀랄 일도 아니었다. 무슨 레슬링하는 것도 아니고 폼이 왜 이래. 그래, 좋다고. 보모를 하려면 확실하게 해야지.

주영은 일단 그의 팔 안에서 빠져나와 스탠드의 불을 약하게 켜 놓고 양반다리를 한 채 그의 머리를 강제로 그녀의 무릎에 눕혔다. 그러나 그는 그녀의 방법이 마음에 안 든다는 듯 저항하며 일어나려 해서 그녀는 그의 등을 때리며 가뿐히 그를 진압했다.

“해주면 해주는 대로 가만히 있을 것이지. 눈 감아. 눈을 감아야 잠을 자지.”

현재는 주영의 표정을 한번 살피더니 순순히 눈을 감았다.

“그래, 그래. 말 잘 들으니까 얼마나 좋냐고. 밤에는 잠을 자야지, 잠을.”

그의 머리를 넘겨주면서 그녀는 혼자만의 생각에 빠졌다. 어른이라고 하나 아이였다. 아줌마가 있기는 하나 산장에 혼자 남겨진 것과 다름없어 보였다. 한 회사의 사장이면 특별실에다 수발들 사람도 많을 텐데 굳이 이런 별장에 틀어박혀 있을 이유가 없어 보였다. 거기다 유배된 사람처럼 덩그러니 혼자 남아 있는 그의 모습을 보니 그녀는 자신의 일도 아닌데 화가 치밀었다. 이 남자를 걱정하는 사람이 있기나 하나?

쓸어 올려주기를 여러 차례. 눈감고 있는 현재의 얼굴이 한층 부드러워졌다. 그의 고른 숨소리가 들리자 주영은 그의 머리를 살며시 베개 위로 옮겼다. 이제 조금 전 자신이 저지른 실수를 치우기 위해 팔을 걷어붙여야 했다. 그녀는 최대한 부스럭거리는 소리를 내지 않기 위해 조용히 움직였다.

“아아악!”

일어나려다 고함 소리에 놀란 그녀가 방바닥에 털썩 주저앉았다. 저 박현재라는 사람 때문에 그녀는 분명 제 명에 죽지 못할 것이다. 떨어질 뻔한 심장을 주어 담으며 그녀는 그의 머리맡에 고개를 숙였다.

“정신 차려봐요, 이봐요.”

그냥 악몽이겠거니 생각한 그녀는 살짝 그를 흔들어보았다. 그러나 고통스럽게 참는 듯한 그의 신음 소리에 그녀는 다급해졌다. 턱 주위가 붉게 물들 정도로 그는 이를 악물고 있었고 거친 숨소리로 가슴도 들썩거리고 있었다. 가위나 악몽으로 보기에는 증세가 심각했다.

"눈 떠요, 박현재 씨."

구명줄이라도 잡는 듯 그가 팔을 뻗어 그녀의 양팔을 있는 힘껏 움켜쥐자 주영은 낮게 신음을 내질렀다. 그는 마치 물에 빠진 사람처럼 침대에서 허우적거리고 있었다. 할 수 없이 그녀는 있는 힘껏 그의 뺨을 때려봤지만 그의 손 안에 팔이 잡혀 있어 제대로 힘을 줄 수도 없는 상태였다. 속은 울렁거리고 그녀의 심장은 귀에서 드럼을 치고 있었다. 이러다 정말 큰일이라도 일어날까 주영은 조바심치며 고래고래 소리를 질렀다.

"이봐요! 눈 뜨라니까요. 눈 떠요. 꿈이라니까!!"

갑자기 그의 팔이 건전지가 나간 장난감처럼 침대 위로 털썩 떨어졌다. 그와 동시에 그녀의 온몸이 얼어버렸다. 너무 긴장한 나머지 자신이 숨을 참고 있다는 것도 잊어버렸다. 혹시 죽었을까? 그의 숨소리를 확인하기 위해 그녀는 그의 가슴팍에 고개를 숙였다. 이런 모습은 한 번도 본 적이 없기에 무서워 울음이 쏟아질 것 같았다.

현재는 약한 신음 소리와 함께 팔을 들어 눈을 가렸다. 아직도 가슴이 숨찬 호흡을 이겨내려는 듯 들썩거렸고 온몸이 땀에 젖어 있었다. 무슨 꿈인지 기억도 나지 않았다. 단지, 온몸이 빨려 들어갈 듯한 공포감과 살아남으려고 치열하게 버티는 자신의 모습만 잠시 생각날 뿐이었다. 아마 아버지에게 이런 꿈을 꾼다 말한다면 한심하다는 듯 보약 한 재 지어주라는 말만 하실 것이다. 그는 최근에 무서운 영화도, 책도 보지 않았다. 원래 이런 꿈은 누구나 꾸는 것일까, 아님 정말 자신이 약하기 때문에 이런 꿈을 꾸는 걸까? 밤마다 자신에게 질문을 해보았지만 알 수가 없었다. 그는 이런 자신이 너무나 싫었다. 아니면 사고를 당해서 아직 몸이 다 낫지 않아서일까?

뒤늦게 인기척이 느낀 현재는 긴장하며 몸을 세웠다.

"여기 왜 있는 거야?"

그의 헝클어진 모습을 그녀가 다 봤을 거라 생각하자 참을 수가 없었다.

"이제 괜찮아요? 보니 나쁜 꿈을 꾼 것 같은데……."

"누가 내 방에 함부로 들어오래?"

조심스럽게 물어본 그녀의 말에 매정한 그의 답이 날아들었다.

조금 전까지 다리 저려가며 무릎 빌려주고 머리 쓸어 넘겨준 사람 어디의 누구였나? 바로 그녀였다. 날씬하지도 않는 그녀의 허리 잡으며 매달린 사람은 누구였나? 그였다. 순간 그녀는 그에게 한마디 톡 쏘아줄까 생각했지만 그의 빨갛게 달아오른 얼굴과 아직까지 두려움의 잔재가 남아 있는 그의 눈동자를 보자 차마 모질게 대할 수 없었다. 그녀는 너무 착한 게 탈이었다.

"나쁜 꿈을 꾼 거라면 불을 조금 밝게 해놓으면 안 꿀지도 모르는데."

“해봤어, 해봤다고.”

우울한 그의 목소리에는 좌절감까지 배어 있었다.

“설마 어디 아파서 그런 건 아니겠지? 의사는 알고 있어?”

그가 피곤한 듯 두 눈을 감았다. 아니, 지쳐서 눈이 감긴 것 같았다. 무슨 위로의 말이나 따뜻한 말을 해주고 싶었지만 그런 재주가 없는 그녀는 그의 곁에 서 있는 게 전부였다.

“안 아픈 거지? 괜찮지?”

“…….”

이불을 덮어주려 하는 그녀의 손을 야멸차게 뿌리치며 현재가 눈을 떴다. 어린아이의 표정이라고 할 수 없을 정도로 그의 표정은 차갑고 냉정했다.

“나가. 그리고 내가 악몽 꾼다는 거 비밀이야. 아니면 우리 아버지는 못 만나.”

“어이구, 박현재 씨. 부탁을 반협박하듯이 하는 것은 어디서 배우셨나요? 당신 때문에 십 년은 생명이 준 것 같구만. 알았다고요. 그러니 그렇게 째려보지 말아요. 아버지에게 말 안 한다고. 여기 맹세.”

현재는 손을 들어 맹세까지 한 그녀를 못 미덥게 쳐다보더니 약하게 고개를 끄덕였다.

‘좋아하지 말라고요, 박현재 씨. 대신 의사가 오면 몽땅 다 불어버릴 테니까.’

요란스럽게 신고식을 치른 그녀는 쏟은 물을 대충 닦고선 주전자와 물 컵을 주워 들고 조용히 방을 빠져나왔다. 그녀는 순간 선생님들이 얼마나 존경스러운지 뼈저리게 느꼈다. 한 아이도 벅차 죽겠는데 그 많은 학생을 한 손에 쥐고 있으니 그 능력이 얼마나 탁월하겠으랴.

하루 만에 너무 많은 일들이 일어나 이제 이 소동을 뒤로한 채 그녀도 달콤한 잠에 다이빙이라고 하고 싶은 심정이었다. 그러나 그녀의 희망사항은 또다시 들려오는 그의 비명 소리로 무참히 깨지고 말았다.

새벽 다섯 시. 집 주위가 푸르스름한 안개에 둘러싸여 창밖으로 한 치 앞도 보이지 않을 때쯤 그녀는 이제 움직일 힘도 없었다. 그녀의 정신은 벌써 꿈나라에 저당잡힌 지 오래였고, 눈꺼풀은 누군가 아래로 마구 잡아당기고 있는 것 같았다. 이중 유일하게 그녀의 입만이 자기 주장을 하기 위해 끝까지 버티고 있었다.

"내일 당장 의사 선생님을 부를 거야. 이건 아니야. 악몽도 한두 번이지. 매일 밤 그렇게 몸부림치면서 어떻게 잠을 자. 아무튼 내일 다시 얘기하자고."

일층까지 내려가기 귀찮은 그녀는 이불에 코를 박으며 현재의 침대 위로 쓰러졌다.

현재는 아직까지 이마에 남아 있는 식은땀을 쓸어 내렸다. 등이 축축하자 윗옷을 벗어 던져 버렸다. 악몽을 꾸고 눈을 뜨면 제일 먼저 들어오는 것은 어두컴컴한 방과 소름 끼치도록 조용한 집이었다. 그러나 오늘은 아니었다. 그 사실이 그를 안도하게 만들었다.

그는 주영을 깨우려는 듯 어깨를 살짝 밀었다. 귀찮다는 듯 그녀가 베개에 얼굴을 더욱 파묻자 현재는 눈썹을 찡그렸다. 누군가와 같이 자본 적이 없는 그로서는 자신의 침대에 그녀가 누워 있는 자체만으로 상당히 불편하고도 기분 나쁜 일이었다. 그런데 그녀는 그의 양해도 구하지 않고 자기 침대인 양 버젓이 자고 있는 것이다. 곰곰이 생각한 그는 자신과 타협을 보았다. 일단 그녀가 걱정스러운 듯한 눈빛으로 그를 바라보는 것이 좋았기 때문이다. 두 사람이 자기에도 침대는 넓었고 또 악몽을 꾼다면 그녀가 깨워 줄지도 모른다. 그는 조금 더 자기 위해 그녀의 품으로 주저없이 파고들었다.

너무나 익숙하다는 듯 넝쿨줄기처럼 엉켜 있는 남녀의 두 다리가 침대 시트 사이로 비집고 나왔다. 여자 가슴에 얼굴을 묻은 남자의 얼굴에는 엷은 미소가 배어 있었다. 익숙하다는 듯 남자의 팔이 본능적인 소유욕으로 여자를 꽉 안자 만족스러운 한숨과 흘러나왔다. 여자의 블라우스 속으로 파고든 남자의 손은 여자의 감촉을 여지없이 즐기고 있는 모습이었다. 남자의 낮은 숨소리가 여자의 가슴을 간지럽히자 여자의 고개가 뒤로 제쳐졌다.

주영은 낮게 신음을 내질렀다. 누가 오랏줄로 자신을 칭칭 감고 있는 듯한 느낌이었다. 가위가 눌린 것 같아 그녀는 필사적으로 정신을 차리려 노력했지만 몸이 움직여 주지 않았다. 몸을 비틀며 눈을 힘겹게 뜬 그녀는 눈의 초점을 맞추기 위해 이삼 초간 눈을 굴려야 했다.

낯선 방에서 깨어나자 그녀는 바짝 긴장했다. 게다가 자신 앞에

시커먼 머리 하나가 더 놓여 있자 심장이 덜컹 내려앉았다. 외설
스럽게도 그녀가 그의 머리를 가슴에 끌어안고 있었다. 더욱이 그
의 따뜻한 체온을 그대로 느끼는 것을 보아하니 윗옷도 걸치지 않
은 상태였다. 그녀는 슬쩍 이불을 들쳐 본 후 안도의 한숨을 내쉬
었다. 혹시 아래도 알몸이었으면 참으로 당황스러우면서도 복잡
미묘한 기분이었을 것이다.

아침부터 남자의 맨가슴을 뚫어지게 바라보고 있자니 견물생심
이라, 그 유혹을 뿌리치기 위해 그녀는 그의 품에서 벗어나려고
버둥거려야 했다. 그러나 그는 손에 쥔 사탕을 뺏기기 싫어하는
아이처럼 자면서도 그녀를 더욱 자신의 품으로 끌어당기고 있었
다.

사투 끝에 겨우 그의 품에서 탈출을 성공한 그녀는 창문으로 쏟
아지는 햇빛의 강렬함에 정신이 번뜩 뜨였다. 탁상 시계의 바늘이
오전 열 시를 넘어가고 있자 믿을 수 없다는 듯 그녀는 시계를 번
쩍 들어 흔들어보았다. 설마 아줌마가 다녀간 건 아니겠지? 미션
임파서블의 한 장면처럼 그녀가 방문에 바짝 귀를 붙였다. 밖에
인기척이 없다고 느끼자 살짝 방문의 손잡이를 돌렸다. 역시 인기
척은 없었다. 다만, 빌어먹을 된장국 냄새와 참기름 냄새가 섞여
그녀의 위와 코를 유혹하고 있을 뿐이었다.

주영은 손톱을 물어뜯기 시작했다. 아줌마가 여기까지는 안 왔
겠지? 설마 내가 그렇고 그런 여자라고 생각하고 그냥 간 거 아니
야? 아, 적어도 한 달 동안 몇 번은 마주칠 텐데. 거기다 저 남자는
윗옷도 없이 그냥 잤다고. 난 떳떳해!

이에 반기라도 들듯 핸드폰 소리가 우렁차게 울리자 죄지은 사람마냥 주영은 화들짝 놀랐다.

"여보세요?"

[너 거기 어디냐. 집에 들어오지도 않았더구나. 안 들어올 거면 전화라도 해야지. 말만한 처녀가 어디 함부로 돌아다니는 게냐. 또 친구와 술 마시고 찜질방인가 어딘가에서 잔 거냐? 회사도 아직 출근 전이고.]

"아빠?"

너무 놀라 발신자 번호도 확인하지 않은 채 받아버린 주영은 이 상황을 모면하기 위해 머리의 세포 하나하나를 쥐어짜 내어야 했다. 혹시 그녀의 노력에 감복하여 세포들이 톡톡 터져 번뜩이는 아이디어가 나올지도 몰랐다. 만반의 준비를 하기 위해 그녀는 침을 꼴깍 삼켰다.

"아버지, 부탁이 있어요."

그녀는 오랜만에 비굴 모드를 아버지 앞에서 선보여야 했다. 목소리를 가다듬는 주영은 큰 숨을 들이켰다. 최대한 아버지의 마음을 흔들어놓기 위한 가련한 목소리가 나와주어야 했다.

[네가 그렇게 조용조용 나올 때마다 무슨 일이 터졌었지. 뭐가 그리 조심스러운 게야? 사고라도 친 거냐?]

'사고요? 쳤지요, 그것도 아주 큰 사고요. 아버지가 아시면 딸 다리몽둥이 부러지는 사고를 쳤지요.'

"그게 저 아빠, 아무래도 한 달은 집에 못 들어갈 것 같아요."

압사당할 만큼의 침묵이 그녀의 목을 조여왔다. 보지 않아도 아버지의 이마는 선명한 핏줄 두 개가 쫘악 튀어나와 있을 것이고 뒤이어 불같이 버럭 화를 내시며 노발대발하겠지. 그리고 주인 잘 못 만난 그녀의 귀가 잠시 혹사당할 것이다. 그녀는 마음의 준비를 하며 아버지의 처분을 기다렸다. 아무 이유 없이 한 달간 집에 안 들어가겠다는 딸에게 '오냐, 그렇게 해라' 라며 너그럽게 이해해 줄 집은 콩가루 집안 빼고는 없을 것이다. 항상 여자라는 이유로, 뭐 하나 안 달고 태어났다는 이유로 아버지의 통금제도에서 완전히 벗어나지 못한 것이 천추의 한이었다.

그러나 그녀의 예상과는 다르게 버럭 화부터 낼 줄 알았던 김 사장은 딸의 안위 여부가 먼저 입에서 튀어나왔다.

[어디 다친 게야? 교통사고라도 당했어? 무슨 일로 못 들어온다는 게야?]

'에휴, 교통사고야 당했죠. 내가 아니라 바로 저기 잘 자고 있는 덩치 큰 어린애가.'

"그런 건 아니고……."

[왜 말을 끄는 게냐. 말을 해야 알아들을 것 아니야. 거짓말할 생각 말고 빨리 말해 봐.]

아버지의 우렁찬 목소리가 들리자 그녀는 핸드폰을 잠시 귀에서 떨어뜨려 놓았다. 핸드폰 음질의 발달과 아버지의 목청 조합이 최상의 콤비를 이루고 있었다.

"사실은 아빠, 제 생명의 은인인 꼬마가 지금 조금 아프거든요. 근데 도와줄 사람이 하나도 없어요. 그래서 제가 있어야 해요. 너무 어려서 돌봐주어야 한다니까요. 정말이라니까요. 열두 살이라서 말이죠."

  '정신 연령이 말이죠. 거기다 몸은 여자 유혹하기 좋은 딱 좋은 원기 왕성한 서른네 살이래요.'

  그녀는 어리광 섞인 투로 아버지를 아빠라 불러가며 동정심을 유발시켰다. 한 의리파인 아버지께서 설마 딸이 생명의 은인이라고 말하는데, 그것도 어린아이인데 매몰차게 집으로 오라 하지는 않을 것이다. 솔직히 거짓말은 아니지 않은가.

  [생명의 은인이라니. 무슨 소리야? 사고라면 그 아이가 많이 다친 거냐? 병원은 가본 거야? 상태는 어떤 거야? 그럼 보모 하나 구해야 될 것 아니냐. 치료비는? 그 부모님은 아이가 다쳤는데 가만있더냐?]

  조목조목 따지는 아버지의 말에 주영은 자신의 순발력과 위기 대처능력을 최대한 끌어올려야 함을 알았다.

  "그게요, 부모님이 안 계세요. 별로 안 다쳐서 금방 퇴원했어요. 음, 아! 골절이 되었는데 혼자서 밥이나 뭐 행동하는 데 조금 불편할 뿐이에요. 친척이 있긴 한데 다 돈 벌러 갔기에 내가 남게 됐지 뭐예요. 그리고 무슨 보모씩이나. 애가 성격이 많이 모나서 다 쫓아낼 거예요. 부모님이 없잖아요. 아빠, 고작 한 달인데 괜찮죠? 제가 알아서 해결할 수 있어요. 죄송해요, 아버지. 되도록 빨리 집에 갈게요."

  [사람 하나 보내주마. 아직 그 정도의 능력은 있다.]

  조금은 자존심이 상했는지 김 사장의 말투가 투박스럽게 변했다.

"아빠, 그게 아니라니까요. 딸랑 꼬마 한 명 가지고 무슨 사람을 불러요. 사람들이 웃어요. 저 혼자서도 할 수 있다니까요. 별로 안 다쳤어요. 정말이에요. 과장님께는 제가 말씀드릴게요. 걱정하지 마세요."

[정말 어디 크게 다친 건 아니지?]

"그럼요, 아빠."

열심히 고개까지 끄떡이는 주영의 목소리는 열성적이기까지 했다.

[알았다. 내가 한번 시간나면 내려가 보마. 그래도 너 때문에 교통사고가 난 거 아니냐?]

"아, 예…… 예? 아빠는 회사 일로 바쁘시잖아요?"

'뭐라? 한번 내려오셔?!'

아버지가 한번 내려온다는 말에 주영은 당황해 허겁지겁 핑계를 댔다. 누구나 한 번쯤 해봤을 거짓말. 전파 장애! 모든 원인은 다 통신회사 잘못.

"아빠…… 잘 안 들려요. 여기가 조금 시내와 좀 떨어지다 보니까. 아빠, 뭐라구요? 다시 어쩐다구요?"

[그쪽 집 전화로 걸 테니 번호 불러봐라. 아님 네가 다시 걸어라.]

집 전화? 다시 전화한다고? 일이 쉽게 풀릴 일이 없지. 거짓말을 오래 하고 있으니 식은땀까지 났다. 주영은 이마를 문질렀다. 그렇다면 그냥 계속 똑같은 레퍼토리로 나가는 수밖에 없었다.

"아빠, 들려요? 아빠? 아빠? 나중에 다시 전화 드릴게요."

[안 들리는 거냐?]

"들리세요? 아이참, 핸드폰이 왜 그러지? 아빠, 끊을게요."

그녀는 핸드폰을 귀에서 멀리 떨어뜨려 놓으며 자신의 맡은 배역을 충실해 해내고 있었다.

[주영아, 주영아!]

아빠의 마지막 목소리를 듣고 주영은 핸드폰을 닫았다. 그녀는 산소가 부족한 것처럼 헉헉거렸다. 사기치는 사람들은 심장 벌렁거려서 어떻게 선량한 시민들을 거짓말로 꼬셔서 밥 먹고 사는지 신기할 따름이었다. 잘 안 믿는 눈치 같은데 도대체 무슨 말을 해야 찰떡같이 믿어줄까. 아, 그냥 여행 중이라고 할 걸. 아님 친구가 애를 낳아 산후조리 도와야 된다거나. 누가 갑자기 전화할 줄 알았나. 그나마 다행인 것은 당분간 아빠가 회사 일로 바빠 그녀에게 신경 쓸 여유가 없다는 것이다. 그때까지 아버지를 믿는 근사한 거짓말이 그녀의 머리 속에서 튀어나오길 바라는 수밖에 없다.

그 시간 김 사장은 여전히 전화를 놓지 못한 채 딸아이의 행동을 파악하기 여념이 없었다. 엄마가 일찍 돌아가는 바람에, 또 외동딸이라 버릇없다는 소리 들을까 봐 누구보다 엄히 키웠으나 속으로는 누구 못지않게 애지중지하게 속주머니에 달고 다니고 싶을 만큼 그에게 귀한 딸이었다. 그런데 그 딸이 일방적인 통고로 한 달 동안 집에 못 들어오겠다고 한다. 함부로 행동하고 다닐 애가 아닌데 갑작스레 집에 못 들어온다고 하자 그의 얼굴은 근심으로 흐려졌다. 정말 무슨 사고를 친 건 아닌지 계속 나쁜 생각만 떠오르고 있었다. 마지막에 소스라치게 놀라는 딸아이의 음성을 봐서는 뭔가 숨기고 있는 게 분명했다. 그는 두 손을 깍지 껴 이마에 가져다 댔다. 정말 아무 일이 없어야 하는데……. 회사가 긴박하게 돌아가다 보니 딸에게 신경 써줄 여유도 없었다.

하는 수 없이 그는 익숙한 핸드폰 단축 번호를 길게 눌렀다.

"예, 김재석입니다."

[재석 군인가? 요즘 별일없나?]

"아, 아버님, 안녕하십니까? 아버님도 건강하시죠? 요즘 자주 찾아뵙지 못해서 죄송합니다."

[아니네. 그나저나 부탁 좀 들어줄 수 있나?]

그 말에 재석의 미소가 흐려졌다. 곧바로 옆에 켜놓았던 라디오 소리를 줄였다. 혹시 자금 사정 때문인가? 그 또한 현재 삼진테크가 자금난에 허덕이고 있다는 것을 알고 있다. 아침부터 부탁이라면 그 일밖에 없었다.

"네, 말씀하세요. 무슨 일이십니까, 아버님?"

[내가 부탁할 일이 딸아이밖에 더 있겠나?]

미안한 마음을 감추기라도 하듯 그는 낮게 투덜거렸다.

"주영이에게 무슨 문제라도 생겼습니까?"

[그런 것 같아. 근데 말을 안 해. 도대체 그 고집은 누굴 닮았는지. 에이참.]

아버님 닮았다는 말을 차마 앞에서 꺼내지 못한 재석은 낮게 웃기만 할 뿐이었다.

"설마 짐 같은 건 싸지 않았죠?"

열여덟 살 때 주영은 그녀가 존경을 마다하지 않는 테니스 선수 유니어스를 보러 미국까지 간다고 짐을 싸다 미수 건으로 아빠에게 걸린 사건이 있었다. 그리고 스물여섯 살에 그와 선을 본다는 말에 짐을 또 한 번 쌌지만 결국 그와 선을 봐야 했다. 그 인연이 지금까지 뜨뜻미지근하게 이어오고 있었다. 애인도, 오빠도 아닌 사이. 그러나 재석은 곧 완벽하게 선을 그을 생각이었다. 그가 제일 싫어하는 것 중 하나가 바로 차갑지도 않고 뜨겁지도 않은 맹탕한 관계였다.

[차라리 그러면 다행이지. 전화로 한 달 동안 집에 못 들어온다고 통보를 하더군. 도대체 무슨 사고를 친 건지. 딸애 말로는 자기 대신 어린아이가 다쳤다고 간병을 해야 한다더군. 도와줄 사람이 없다고 하는데 영 꺼림칙해. 간병인을 보내준다고도 해도 극구 괜찮다고 하질 않나.]

"네?"

놀란 재석이 핸들을 꺾어 갓길에다 차를 잠시 주차시켰다. 핸드폰을 오른쪽으로 바꿔 들며 그는 이마를 지그시 눌렀다. 드디어 사고를 친 것이다. 그의 꼬마가 드디어 호기심으로 새장을 탈출한 것이다. 그런데 한 달이라니? 제일 먼저 생각난 건은 남자와 밀월 여행이었다. 그러나 이내 고개를 내저었다. 그녀 주위에 남자는 확실히 없었다. 며칠 전까지만 해도 친구들과 어린아이같이 브레드 피트 같은 남자 친구가 없다고 투덜거렸던 것을 기억했다.

"제가 찾아보겠습니다. 걱정하지 마십시오."

[그래. 아침부터 이런 부탁 해서 미안하네.]

"아닙니다. 그럼 안녕히 계십시오, 아버님."

[그래, 자네도 들어가게. 그럼 끊겠네.]

재석은 담배를 하나 입에 물었다. 생각할수록 헛웃음이 터져 나왔다. 도대체 이번에 무슨 반항을 한 거지? 그건 아닌 것 같다. 회사 사정이 안 좋다는 것을 알고 있는 이상 그리 철없는 반항심으로 집을 나갈 그녀가 아니었다. 정말 누군가 사고를 당해 병간호를 하고 있을 수도 있었다. 그런데 기간을 딱 한 달로 못박은 건 뭐란 말인가? 이 철딱서니없는 미래의 신부를 어떻게 찾아야 하는지 재석은 난감하기만 했다. 일단은 사람을 시켜 알아보는 수밖에 없었다.

눈부신 햇살에 현재의 눈이 자동적으로 찡그려졌다. 오랜만에 깊은 잠을 잔 것 같아 그의 얼굴은 한층 부드러워 보였다. 그러나 행복감도 잠시, 어제 일이 떠오르자 그는 침대에 지도를 그린 것마냥 부끄러웠다. 누구에도 자신을 잘 드러낸 적 없던 그가 제일 보여주고 싶지 않는 그녀에게 자신의 치부를 들키자 그녀의 얼굴을 볼 용기가 생기지 않았다.

한참 동안 침대에서 미적거리다 배고픔을 이기지 못한 그는 하는 수 없이 일층으로 내려갔다. 그는 주방에서 흘러나오는 노랫소리에 잠시 발걸음을 멈추었다. 음정 박자 무시한 채 부르고 있는 그녀지만 목소리만큼은 그 누구에게도 뒤지지 않는 것 같았다. 아마 그 실력으로 남 앞에서 노래 부르기에는 문제가 많아 보이니 혼자 있을 때 열심히 부르는 것일지 몰랐다.

"내려왔네? 왔으면 말을 하지, 왜 거기 멀뚱히 서 있어? 여기 앉아."

"밥 줘."

"밥 줘?"

주영이 눈썹을 치켜세우며 그의 말을 그대로 따라 했다. 여전히 나아질 줄 모르는 그의 존댓말 쓰기였다.

"다시 말해 봐, 밥 주세요라고. 그럼 밥 주지. 너 어제 하루 종일 굶었잖아. 배 안 고파?"

현재가 그녀 반대 방향으로 고개를 틀었다.

"배가 덜 고팠군. 좋아. 거기 앉아서 백날 눈빛으로 밥 달라고 해봐라, 내가 주나. 째려보면 네 눈 사시 되지, 내 눈 사시 되나."

그녀가 팔짱까지 끼며 누가 여기서 패를 쥐고 있는지 확실해 보여줄 생각이다. 저런 똥고집은 기선제압이 최고였다.

"밥 안 먹을 거야? 학교에서 어른에게 높임말 쓰는 건 당연하다고 안 배웠어?"

"밥 줘…… 요."

죽을상을 쓰며 현재가 백기를 들었다. 띄어쓰기 참 묘하게 말한 그였지만 밥 달라 했으니 줘야지. 사람은 원초적 본능 앞에서는 무릎 꿇게 되어 있었다. 지가 하루를 굶었는데 배가 안 고파? 밥을 다 차려놓자 그녀가 현재 앞에 앉았다.

고개를 번쩍 든 그는 뭔가 또 마음에 안 든지 눈에 힘이 잔뜩 들어가 있었다.

"또 왜? 뭐가 부족해?"

"저리 가…… 요."

"왜? 난 밥 벌써 먹었어."

"누가 옆에 있으면 밥 못 먹으니까."

"요."

"……요."

"혼자 밥 먹으면 맛이 없잖아. 누군가 옆에 있으면 얘기하면서 먹을 수도 있고, 재미도 있고. 이제껏 혼자 밥 먹었던 거야?"

현재가 고개를 숙인 채 입을 꽉 다물었다.

어린 나이에 혼자 밥 먹는 게 익숙하다는 것은 그만큼 연습(?)을 많이 했다는 소리다. 더욱이 혼자 떨어진 상태라면 적어도 한 번은 엄마나 아빠를 찾는 게 정상인데 그는 칭얼거리기는커녕 '엄마' 소리도 내지 않고 있었다. 이 집 부모는 돈 버느라 아이와 밥 먹을 시간도 없었나. 좋아, 이 집에 있는 한 결코 당신 혼자 밥 안 먹게 하겠어. 이건 보모로서의 불타는 사명감이야.

"그럼 익숙해지도록 해봐. 난 밥 먹는 거 지켜보는 거 좋아해. 같이 먹으면 더 좋지만 난 벌써 먹었으니까. 마음에 안 든다고 벌떡 일어나 위층으로 올라가기만 해봐."

그녀의 나직한 협박에 마지못해 현재가 숟가락을 들자 그녀는 승리의 미소를 지었다. 치사해지긴 싫지만 생각해 보면 조금 치사해야 한 달간이 평화로울 수 있을 것 같았다.

"여긴 넘 조용한 것 같아. 심심한 거 있지. 컴퓨터도 없고 서재에는 딱딱한 책이 대부분이고. 난 솔직히 책 읽는 거 별로 안 좋아해. 넌 책 좋아해? 대답!"

그제야 현재가 밥 그릇에서 눈을 떼 고개를 들었다.

"좋아해…… 요."

턱까지 괴어가며 주영은 쉴 새 없이 조잘거렸다. 사실 그녀는 그가 밥 먹다 자리를 박차고 나가지 않을까 마음속으로 조마조마 했다.

그가 밥을 다 먹고 물을 마시자 그녀는 살짝 본론을 꺼내기로 했다.

"매일 그렇게 악몽을 꾸는 거야? 만약 매일 꾸는 거라면 심각한 거야. 의사 선생님에게 말해야 된다고."

"상관 마!"

조금 온순해졌다 싶었더니 현재는 다시 고슴도치처럼 바늘을 곤추세웠다.

"어떻게 상관을 안 하냐고. 밤마다 그렇게 소리를 지르는데. 아프면 의사에게 가야 하는 거라고. 뭐, 주삿바늘이 무서울 수도 있지만 악몽보다는 낫지."

"아.프.지. 않.아."

낮게 또박또박 내뱉는 그의 고집에 그녀는 고개를 흔들었다.

"뭐가 아프지 않아. 이까지 악물더구만. 난 분명히 얘기했어. 이건 의사 선생님이 알아야 해. 언젠가는 알게 될 거고. 그렇게 잠을 못 자는데 몸이 견뎌나겠냐고."

"왜 어른들은 약속을 안 지키지? 어른은 원래 그러나 보지?"

그의 빈정거리는 말은 도무지 아이의 말투라 할 수 없는 정도였다. 놀란 그녀가 그의 이름을 조심스레 불렀다.

"의사에게 말하기만 해봐! 가만 안 둬!"

완강한 그의 태도로 봐서는 의사가 와도 진찰하기가 쉽지 않을 것 같았다. 그녀가 본 이상 악몽을 꾸는 그를 방치할 수는 없다. 그녀는 손으로 이마를 짚었다. 지금까지 어떻게 이 사실을 아무도 몰랐는지 어이가 없을 뿐이었다. 어찌 되었든 잘 구슬려서 의사에 게 상담을 받게 해야 했다.

"그럼 나하고 약속해. 오늘 밤 악몽 꾸지 않으면 아무에게도 안 말할게. 대신 오늘도 악몽을 꾼다면 다음에 의사 선생님에게 말하 는 거야, 조금이라도. 약속할 수 있지?"

그의 표정을 보니 어느 정도 그녀의 화술에 넘어온 것 같아 내 심 자신의 탁월한 협상 능력에 감탄하며 우쭐해지기까지 했다. 그 러나 천만의 말씀이요, 만만의 콩떡이었다.

상대할 가치도 없다는 듯 현재는 이층으로 올라가 버리더니 곧 이어 문이 부서져라 닫는 소리가 뒤따랐다. 주영은 그의 뒤를 쫓 아가지 않기 위해 눈을 감았다. 매일 저러고 한 달을 살아야 하다 니 끔찍했다. 잘하면 아버지보다 그녀가 먼저 고혈압으로 쓰러지 는 사태가 발생할 것 같았다.

"박현재 사장님, 당신도 보니 어렸을 때부터 상당히 똥고집이 었던 같은데 나도 한고집으로 우리 동네 이름을 날렸거든요. 누가 이기나 보자고!"

옆에서 그의 하루 일과를 보면 너무나 지루해 하품이 나올 지경

이었다. 침묵, 밥, 그리고 잠 이외에 더 이상 그 삶에 새로운 단어
는 없었다. 삶에 대한 그의 무성의한 태도가 주영은 아주 마음에
들지 않았다.

　그녀는 이층으로 올라가 그 앞으로 바가지를 내밀었다. 현재는
어리둥절한 표정으로 바가지 안에 있는 물질을 가만히 들여다보
았다. 하얀 찰흙 덩어리가 바가지에 붙어 있었다. 설마 나와 놀아
주기 위해 올라왔나? 그 의도가 무엇인지 그는 잠시 생각해 보았
다.

　"찰흙 놀이를 하자는 거야?"

　"도련님티 내십니까? 이게 찰흙이야? 밀가루지. 옛말에 일하지
않는 자 먹지도 말라 그랬다. 나보다 힘 세니까 네가 해. 쫀득쫀득
해지도록 박박 문대야 돼. 잠깐, 그전에 손 씻고 와."

　현재가 군말없이 손을 씻고 그녀의 앞에 앉았다. 왜 자신이 이
것을 해야 하는지 이해할 수 없었지만 적어도 그녀가 시키는 대로
해야 신상에 이롭다는 정도는 알고 있었다. 보통 그가 입을 꾹 다
물고 있으면 다른 사람들은 몇 번 시도하다 제풀에 지쳐 포기하고
말았지만 앞에 있는 아줌마는 그가 대답을 하지 않는 경우에는 주
먹부터 올라가거나 뻑하면 소리 지르는 것이 특기였다. 거기다 그
의 약점까지 잡고 있기에 어디로 보나 그가 불리했다.

　"매일 오던 아줌마는 이제는 이삼 일에 한 번씩 올 거야. 내가
오지 말라고 했어. 가끔 장만 봐달라고 했으니까. 두 사람 식사 때
문에 어떻게 끼니 때마다 이쪽으로 오라고 그래? 보니까 조그마한
농사도 짓는다고 하던데."

"아줌마가 대신 음식을 한단 말이야?"

"누가 아줌마야. 그러고 보니 내 이름을 모르겠구나. 뭐라 불러야 하지? 가끔 일하는 아주머니가 오실 텐데 그분 앞에서 누나로 부르라 할 수도 없고. 주영 씨는 조금 어색하고 주영아는 이거 낯간지럽잖아. 주영, 주영 씨, 김주영. 뭐가 제일 나을까?"

"주영."

현재가 그녀의 눈을 바라보며 낮게 읊조리자 주영은 잠시 자신의 심장이 기습공격을 받은 것처럼 덜컹 내려앉았다. 저렇게 갑자기 진지 모드로 나가면 그녀는 이 남자가 실제로 서른네 살의 남자구나라는 생각이 들게 된다.

'미쳤구나. 몸만 어른인 사람하고 뭘 어쩌자는 거야. 그냥 깜짝 놀란 거야.'

누구나 저렇게 그리운 듯 이름이 불려진다면 가슴이 덜컹할 것이다. 자신의 마음을 들킨 것 같아 그녀는 현재에게 버럭 소리를 질렀다.

"뭘 봐. 빨리 반죽이나 해!"

하지만 독서실도 아니고 아무 말 없이 묵묵히 반죽만 하는 그를 보자 심심한지 그녀는 또다시 말을 끄집어냈다.

"내가 왜 수제비를 좋아하는 줄 알아?"

뭔가 비밀스럽게 얘기를 꺼내는 그녀의 말에 현재가 잠시 반죽을 멈추고 고개를 저었다. 무시하자고 몇 번이나 다짐했지만 매번 그녀의 목소리에 시선을 붙잡힌 그였다.

주영은 비밀 이야기라도 하듯 몸을 납작하게 엎드렸다.

"사실은 반죽의 촉감이 죽이잖아. 안 그래? 말랑말랑한 것이 엄마 가슴 같잖아. 너도 사실은 반죽하는 게 좋지?"

주영은 그가 잘 반죽해 놓은 밀가루를 보더니 감정평가를 하듯 눈을 살짝 찡그렸다.

"음…… 이 정도면 B컵은 나오겠네."

그녀의 중얼거림을 들었는지 현재가 당황하며 얼굴이 빨개지자 주영은 웃음이 터져 나왔다.

"어머, B컵이 무슨 말인지 알아? 세상에, 이거 이거 의심스러운데?"

그가 벌떡 일어나자 주영은 얼떨결에 그의 손을 잡았다.

"놀리는 거 아니라니까. 당신 데리고 이런 말 하면 안 되겠지만 그래도 얼굴 빨개진 모습이 너무 귀여워서. 그런 모습 처음 보는 거 같아. 귀까지 빨개."

"이거 놔."

"어우야~ 화났어? 미안, 미안하다고. 반죽 잘된 것 같으니까 내려가서 수제비 해먹자. 내가 수제비 맛있게 끓여줄게. 응?"

아직 웃음이 묻어나오는 그녀의 목소리에 현재는 기분이 상했다. 꼭 놀림감이 된 기분이었다. 그러나 그는 군말없이 그녀의 손에 이끌린 채 부엌으로 내려갔다. 강요당하는 것을 누구보다 싫어하는 그였지만 이번만큼은 강압적으로 이끄는 그 손길이 그리 싫지만은 않았다.

맛있게 수제비를 끓여준다는 그녀의 호언장담에도 불구하고 밀가루 음식을 싫어하는지, 아님 그녀가 해준 수제비가 맛이 없는지 그는 그녀가 친히 차려준 밥상의 성의를 무시한 채 수제비에 거의 손을 되지 않았다.

당연히 버리기 아까운 수제비는 그녀의 몫으로 돌아왔고 위의 작업량을 초과할 때까지 먹은 그녀는 위의 소화시킴을 돕기 위해 현재를 꼬셔 마당으로 나왔다. 그는 밖에 나온 것이 못마땅한지 두 눈썹에 힘이 잔뜩 들어가 있었다. 하지만 그 혼자 내버려 두면 또 음침하게 노인처럼 방에서 나오지도 않을 사람이니 이렇게라도 그에게 광합성 운동을 시켜주는 수밖에 없었다.

"역시 산이 좋긴 좋구나. 공기 좋고. 캬~ 나도 결혼하면 이런 곳에 살까나? 뭐, 가끔은 괜찮겠지만 평생이라면 좀 외로워서 우울증에 걸리겠지?"

그녀가 정원 구석구석을 돌아다니며 혼잣말을 중얼거리는 동안 현재는 계단에 앉아 그녀의 즐거운 산책에 비협조적으로 굴었다.

여기 온 지 며칠이 되었지만 사실 그녀는 이 별장을 자세히 둘러보지 않았다. 물론 흥미 또한 없었다. 그런데 이 별장은 생각보다 아담하게 꾸며져 있었다. 마당에는 조금씩이지만 호박, 오이, 고추가 귀퉁이에 심어져—아마 아주머니가 심어놓았겠지만—있었고 대문 앞부분에 조그마한 돌담을 쌓아 올려 화단을 만들어 이름도 모르는 노랑 꽃들이 서로 기대며 피어 있었다.

도시에서는 느껴보지 못한 나무 냄새와 시원한 공기가 그녀의 폐 속으로 들어오자 마음이 편안해지는 느낌이었다. 팔을 뻗어 하늘로 기지개를 켜는 순간 그녀 귀에 뭔가 찰칵하는 소리가 들렸다. 곧 마른하늘에 난데없이 물벼락을 쏟아졌다. 아니, 정확히 말하자면 땅바닥에서 솟아올랐다. 사막 위에 목도리 도마뱀처럼 팔짝팔짝 뛰며 피해보려는 그녀의 처절한 몸부림에도 불구하고 옷은 벌써 비에 쫄딱 맞은 생쥐 꼴이 되고 말았다. 주영은 그 와중에도 밭에 심어진 야채를 밟지 않으려 노력했다.

"도대체 스프링쿨러가 몇 개 돌아간 거야? 이게 뭐냐고."

그녀가 울상을 지으며 집으로 들어가려 하자 현재는 계단에 떡 버틴 채 비켜주지 않았다. 고개를 약간 기운 그의 모습은 자못 재미있다는 듯 눈이 반짝거렸다.

그녀는 최대한 담담한 척하기로 노력했다.

"이 시간 때에 스프링쿨러가 돌아가는 거 알고 있었지?"

"아마도."

"아마도?"

흥! 며칠밖에 안 되었는데 쌓인 게 많았다 이거지? 젖은 앞머리가 힘없이 이마로 내려오자 주영은 도전적으로 머리를 쓸어 올렸다.

현재의 눈동자가 그녀의 손길을 따라 움직이자 짙어진 그의 눈빛에 당황한 주영은 어색하게 손을 떨구었다. 설마 열두 살이나 마찬가지인 그가 그런 눈으로 볼 일이 없지. 그녀의 사상이 불순한 것이다. 아니면 자아도취증이 잠시 발동했다든지.

"좋아, 좋아. 날이면 날마다 보는 날이 아니니 잘 봐둬. 오늘 내 모든 것을 보여주련다. 김주영의 섹시 춤!"

현재가 아무런 반응을 보이지 않자 주영은 입을 비쭉거렸다. 그가 호응을 해주든 말든 그녀는 스트레칭을 하며 긴 호흡을 내쉬었다. 곧 오른발을 뒤로 내밀면서 동시에 오른팔을 아래쪽으로 빠르게 회전한 후 그녀는 잠시 그의 반응을 보기 위해 멈추었다. 다시 빠르게 무게중심을 왼발로 옮겨 앞으로 내민 후 발을 교차하며 턴을 돌기 시작했다. 하늘로 쭉 뻗은 두 손은 휘감듯이 감겨 있었고 그 때문에 그녀의 가슴선이 두드러져 보였다.

그가 고개를 돌리자 주영은 허리에 손을 올린 채 그를 째려보았다.

"너 관객 매너 꽝인 거 알아?"

사실 우직하지 못한 그녀 성격 탓에 배우다 도중 하차한 변형된 살사 댄스의 기본 춤 동작이었다. 진득하니 끝까지 배웠다면 지금쯤 남자 하나 코피 터지게 하는 것은 일도 아닐 것이다. 적어도 저 박현재가 고개를 돌리는 일은 없었을 텐데.

"그렇게 하루 종일 조개처럼 입 꽉 다물고 있으면 속 안 터져? 말 좀 해봐. 나 B형이거든. 무인도에 떨쳐 놓으면 외로워서 죽어 버리는 B형이라고."

끝까지 현재가 말을 하지 않자 그녀 또한 토라져 버렸다. 정말 애하고 있다 보니 그녀 자신도 아이가 되어가는 기분이었다.

"비켜봐. 네가 이 집 주인인 거 아는데 나 들어가서 샤워해야 돼. 이 옷 좀 봐봐. 한 벌밖에 없는데. 너 젖은 팬티 입고 자봤어? 그 눈물겨움을 알아?"

이제 보니 펄쩍펄쩍 뛰는 바람에 하얀 바지에 흙탕물까지 튀겼다. 갈아입을 옷이 없자 그녀는 자신이 처한 현실이 좌절스러웠다. 옷 사줄 테니 기다려라 말만 하고 휑 가버린 뻔뻔스러운 은혁이라는 사람은 연락도 없었다. 아줌마는 삼 일에 한 번씩 온다고 했으니 이 옷을 적어도 삼 일은 더 입고 있어야 했다. 옷이 없다는 생각이 머리에서 떠나지 않자 주영은 더욱더 몸이 가렵게 느껴지기 시작했다.

괘씸하다는 듯 그녀는 분풀이로 현재의 두 볼을 잡고 마구 잡아당겼다. 현재 또한 그녀의 볼을 잡고 놓아주지 않았다.

"야, 아파. 놔! 박현재!"

"⋯⋯."

"놓으라니까. 너 이렇게 치사빤스인 거 사람들이 알아?"

"먼저 놔!"

더욱 세게 그녀의 볼을 누른 현재는 손을 먼저 놓을 의사가 없음을 밝혔다. 결국 그녀가 먼저 손을 놓자 현재도 손을 거두었다. 화끈거리는 뺨을 문지르며 주영은 그를 노려보았다. 그를 만난 후부터 하루 일과 중 꼭 포함되는 일이 있다면 이렇게 그를 죽일 듯이 노려보는 것이다.

"너 학교 다닐 때 왕따였지?"

"왕따?"

그에게는 생소한 단어인지 현재가 고개를 갸우뚱했다.

"그래, 왕따. 따돌림 말야. 남자가 말이야, 여자가 조금 볼을 잡았기로 더 세게 내 볼을 붙잡아?"

현재가 잠시 기묘한 표정을 지었다. 버럭 화를 낼 줄 알았던 그가 고개를 옆으로 획 돌리자 장난스러운 그녀의 표정도 슬그머니 가라앉았다. 꽉 다문 입과 내리깔은 그의 눈은 꼭 상처를 감추려는 어린아이의 표정이었다. 혹시 진짜 왕따 아니었을까? 아니면 저 성격에 저 표정은 나오기 힘든 작품인데.

"나 좀 봐봐, 농담이라니까."

단단히 삐쳤는지 그녀가 그의 팔을 잡으려 하자 가차없이 내쳐졌다. 무심하게 던진 돌멩이가 개구리 머리에 맞은 것이다. 주영은 그의 앞에 쪼그리고 앉았다. 같이 싸우거나 놀아주는 건 잘해도 달래는 건 소질이 없는 그녀였다.

"공부 잘했죠? 아니, 잘하지?"

주영은 일단 아무 말이든 끄집어냈다. 그녀는 정말 고의가 아니었다. 만약 이 사람이 어렸을 때 왕따였다면—아마 그랬을 확률이 높지만—그녀는 정말 그의 가슴에 비수를 꽂은 격이었다.

"거기다 너희 집 부자잖아? 질투가 나서 그러는 거야. 집도 부자지, 공부도 잘해, 그러니까 음…… 너무 사람이 잘나면 옆에 있는 사람은 배가 아픈 법이거든. 너도 생각해 봐. 내가 구구단을 밤새 7단까지밖에 못 외웠는데 넌 단지 한 시간 만에 다 외웠다고 하면 다들 질투할 거 아니야. 안 그래? 난 그랬는데. 속으로는 친구들이 엄청 부러워했을걸?"

그녀의 노력에도 불구하고 그의 어깨가 들썩이더니 눈에 눈물이 한가득 고여 있었다.

"난…… 난 어차피 친구도 없어! 사고를 당한 후 내가 많이많이 자랐다는 말밖에 안 해줘. 단지 사고를 당해서 기억이 없대. 그래서 다들…… 다들 오지 않는 거야. 수술을 해서 다른 사람 손과 발을 붙여놓은 것 같단 말이야. 엄마, 아빠가 몰라 보는 게 당연하다고. 그래서…… 그래서…….”

주영은 꽉 쥔 그의 손을 잠시 바라만 보았다. 언제부터 이렇게 주먹 쥐는 방법을 알았을까? 그녀는 가슴에 뭔가가 싸하게 한번 긁고 지나간 느낌이다. 한 번도 그가 혼란스러워할 것이라고는 생각하지 못했다. 항상 입을 다문 채 방 안에서만 있어 그가 무슨 생각을 하는지, 얼마나 속으로 삭이고 있었는지 전혀 몰랐었다. 그녀는 그에게 죄를 지은 기분이었다.

“많이 자란 모습 하나도 안 이상해. 진심이야. 특히 그 턱은 내가 보험이라도 들어주고 싶을 정도로 멋있어. 사고를 당해서 기억이 없다고? 그렇다면 기다려 봐. 머리도 자동차 사고로 다쳤으니 천천히 치유해 가는 시간이 필요할 테니까. 정말이야. 돌아온다고 그랬다니까 믿어. 믿는 자에게 복이 오나니.”

현재가 고개를 치켜들어 그녀와 마주 보았다. 그가 아무 말이 없자 주영은 더 이상 어떻게 대처해야 할지 몰라 그의 얼굴만 바라보고 있었다. 현재는 그녀의 옷만 뚫어지게 보더니 한참 만에 입을 열었다.

“다 젖었어.”

주영은 이 우울한 분위기를 탈출하기 위해 평소보다 더 밝게 웃어 보이려 애썼다.

“너 옷 많지? 내 옷 마를 동안 네 옷 좀 빌리자. 새 속옷 있지?”

“내 옷을?”

“이게 다 당신 때문이니까. 할 말 없지?”

현재는 혼란스러웠다. 자신을 휘젓고 있는 그녀가 두려웠다. 지금도 그는 온순한 강아지처럼 아무 말도 못한 채 고개만 끄덕이고 있었다. 그녀는 그의 아버지를 만나러 온 사람이었다. 그래서 그 옆에 머물고 있는지도 몰랐다. 그 생각에 이르자 현재의 표정이 굳어졌다.

"당분간만이야. 그렇게 인상 쓸 것 없다구요, 도련님."

현재는 이제까지 익숙히 들어왔던 도련님이라는 소리가 싫어졌다. 특히 그녀가 놀리듯이 부르는 것은 더욱 싫었다. 그녀가 그의 이름을 불러준다면 그녀가 원하는 옷을 그냥 줄 생각도 있었다.

그가 또다시 절박한 몸부림을 치다 깨어나자 어느새 그녀가 그의 옆에 와 있었다. 손으로 톡 건드리면 쓰러질 것 같은 그의 모습에 주영은 그의 손만 꼭 잡아주고 있을 뿐이었다. 이런 모습을 매일 보다간 그녀 가슴이 먼저 견뎌내지 못할 것 같았다. 아픈 사람은 아파서 괴로워하지만 아픈 모습을 옆에서 지켜보는 사람에게도 고문이었다.

"의사 부르자. 내가 못 보겠다고. 그러다가 잘못되기라도 하면 어떡해."

"내 옷 원하는 대로 입어도 좋아."

"옷?"

뜬금없는 그의 말에 이해가 가지 않는 주영은 눈을 깜박거렸다.

"대신 여기서 자."

현재가 서서히 고개를 들어 그녀의 눈과 마주쳤다. 단호한 눈빛이었다.

"여기서 자라고? 왜?"

"자고 싶으니까. 매일 이렇게 밤새우는 것도 이제 싫으니까."

"그럼 밤에 거의 잠을 못 잤단 말이야? 세상에. 그동안 다른 사람들은 뭐 했대?"

현재는 깨어났을 때 자신을 걱정스럽게 쳐다보는 그녀의 모습을 보면 이 악몽을 조금은 견딜 수 있을 것 같았다.

"부탁을 하려면 그냥 정중히 부탁하면 되는 거야. 그리고 네가 옷 입지 말라고 해도 입을 거야. 입을 옷도 없는데."

잠시 후 그녀는 침대에 앉아 있는 현재를 씩씩거리며 노려보았다. 물론 한침대에 같이 잘 생각은 추호도 없었다. 그렇다고 그 의미가 그녀가 방바닥에 이부자리를 펴고 자야 한다는 의미도 아니었다. 주영은 신경질적으로 자신이 가져온 베개를 두드리며 이불을 목 끝까지 잡아당겼다.

"어떻게 당연히 내가 바닥에서 자야 한다고 말하냐고. 적어도 부탁하는 사람이면 침대 정도는 내주어야 하는 거 아니야? 거기다 난 등이 아파서 바닥 체질도 아닌데."

"이건 내 침대인데?"

그 말에 그녀가 등을 돌려 침대 위를 쳐다보았다. 현재가 침대 끝 쪽에 바짝 붙어 그녀를 내려보고 있었다.

"그래, 네 침대지. 그럼 good night."

어떻게든 바닥에서 잠을 자려고 안간힘을 쓰던 그녀는 마침내 수면의 세계에 발 담그는 일에 성공했다. 그러나 그것도 잠시 그녀는 부스럭거리는 소리에 자동적으로 벌떡 일어나야 했다. 조용했다. 밖에 풀벌레 소리가 들릴 만큼 아무 소리도 나지 않았다. 자신이 이렇게 민감해지다니 주영은 믿을 수 없었다. 다음에 아주머니가 오시면 꼭 우황 청심원을 한 박스로 사다 달라고 부탁할 것이다.

"악몽 꾼 건 아니지?"

"여기로…… 올라와. 저번에도 같이 잔 적 있으니까."

'그렇게 그윽하게 속삭이지 말라고요, 박현재 씨. 착각하게 되니까.'

"그것 때문에 잠에서 깬 거라면 괜찮으니까 그냥 자."

주영은 낮게 중얼거리며 그에게 등을 돌렸다.

현재의 입이 대번에 굳어졌다. 큰마음먹고 자신의 침대 반을 내주겠다고 한 그에게 매정한 그녀의 대답은 그의 심사를 뒤틀리게 만들기 충분했다. 그의 말이 곱게 나갈 리 없었다.

"이 위에서 안 자면 옷 안 빌려줄 거야!"

그녀의 눈이 번쩍 떠짐과 동시에 자신이 베고 있던 베개를 그를 향해 던졌다. 퍽! 소리와 함께 정확히 그의 얼굴에 명중했다. 잠은 벌써 다 달아나고 없는 상태였다.

'침대 위에서 안 자면 옷을 안 빌려줘? 어린것이 아주 협박이 삶의 일부분이구만.'

"뭐가 불만이야? 네 침대라며? 그래서 내가 눈물 머금고 딱딱한 바닥에서 자겠다고 하는데 자다가 웬 신경 긁는 소리냐고. 자고 싶다며? 나 어제도 잠 설쳤거든? 제발 자자."

"여기 올라와서 자."

그녀가 던진 베개를 가슴에 꼭 안은 현재가 그녀의 눈치를 보고 있었다.

"여기 올라와서 자…… 요. 침대 넓어요."

그가 다시 한 번 조심스럽게 그녀를 조르고 있었다.

주영은 길게 한숨을 내쉬었다. 애원하는 그의 목소리에 그녀의 마음이 흔들렸다. 침대로의 초대는 참으로 유혹적이나 불편할 것이 뻔했다. 얼마나 악몽이 힘에 겨웠으면 저 고집쟁이가 그녀에게 아쉬운 소리를 했겠는가마는 그녀가 멀리 가는 것도 아니고 바로 바닥에서 자는데 굳이 불편함을 감수하면서 그의 옆에서 잠자고 싶지 않았다.

"난 잠버릇이 심해서 옆에 자는 사람이 별로 안 좋아하는데……."

그녀의 초라한 변명이 현재는 사실인지 아닌지 골몰하는 것처럼 보였다.

"땅바닥에서 잠 못 잔다고 했잖아. 싫어?"

그는 아직도 그녀의 대답을 기다리고 있는 중이었다.

주영은 싫다는 말이 목구멍까지 나왔다 다시 삼켜졌다. 어찌 양의 탈을 쓴 늑대의 유혹처럼 느껴지는 것은 그녀만의 착각일까?

서로가 한동안 마주한 채 말이 없었다. 현재가 주인에게 버림받은 강아지처럼 쳐다보자 끝내는 주영이 자포자기 상태로 침대로 향했다.

"그래, 그래, 간다고. 나중에 딴소리하기 없기. 분명 당신이 먼저 침대로 초대했다고요. 뭐, 장가 다 갔다느니 책임지라느니 이런 말 나오기만 해봐.”

그가 고개를 끄덕이며 그녀의 자리를 만들어주었다. 그녀가 눕는 것을 확인한 그는 만족스러운 듯 그녀 쪽으로 돌아 누워 눈을 감았다.

옆에서 그의 고른 숨소리가 들리자 주영은 첫날밤 맞는 새색시처럼 마음이 심란했다. 자신의 신경이 아무리 무뎌도 신체 건장한 남자가 옆에서 자는데 쉽게 잠이 올 리 없었다. 그를 만나러 이 빌어먹을 산장에 오는 게 아니었다. 일이 이렇게 흘러갈 줄 알았다면 죽어도 안 내려왔을 것이다. 이로써 그녀는 머리털 나고 처음으로 남자와의 건전한 동침이 시작되었다.

약속 시간보다 조금 일찍 도착한 은혁은 세인트호텔 야외 벤치에 앉아 담배 하나를 물었다. 요즘 들어 부쩍 담배 무는 일이 많아졌다. 이렇게 피우다가는 금연하고 담 쌓는 일이 생겨 버릴지도 몰랐다. 올해 목표가 하루에 반 갑이었지, 아마? 그 목표를 이루기 위해서라도 형의 복귀가 필수적으로 이루어져야 했다.

은혁은 가슴 깊숙이 빨아들인 담배를 뱉으며 삼진테크의 일을 머리 속으로 정리하고 있었다. 며칠 전 보고에 의하면 일본 야마다 회사에서도 삼진에 대해 관심을 가지고 있다고 공식적으로 밝혔다고 했다. 은혁은 도대체 삼진테크에 대한 가닥을 어떻게 풀어야 할지 난감했다. 십 년간의 독점 계약. 그러나 구두상이었다?

일곱 시 정각이 되자 그는 복잡한 심정과는 다르게 여유스러운 미소를 띠며 로비로 향했다.

“1차 부도 후 이십팔 억을 넣어준 속셈이 뭐요?”

성격 급한 김 사장이 단도직입적으로 물었다.

“늦게 송금해 드린 점 죄송합니다. 아시다시피 저희 사장님이 교통사고로 요양 중이시라 그 건이 미결 처리되어 제가 그 일을 위임받게 되었습니다. 만약 1차 부도 처리되어 악영향을 받았다면 지금이라도 저희가 나서서 잠재워 드리겠습니다. 단, 삼진테크 쪽에서도 약속 이행을 지켜주시면 됩니다.”

은혁은 정확한 약속 이행의 세부 내용까지는 모른다. 다만 넘겨짚을 뿐이었다.

“그래, 매각보다야 주한전자와 십 년 계약…… 솔깃하지. 인정해. 그러나 밀어붙이듯이 몇 년간 투자해서 얻은 성과물을 돈 몇 푼 쥐어주고 먹어치우자는 그 심보가 마음에 안 든다 이 말일세.”

주한전자 때문에 한숨 돌린 것은 사실이나 약속을 먼저 어긴 쪽은 주한전자였다.

“오늘 저와 만나시는 것만으로도 많은 소문이 나돌 텐데요. 득이 되면 득이 되었지 나쁘지는 않을 겁니다. 칩의 활용화가 되려면 아직 일 년 정도의 시간이 남아 있습니다. 제가 알기로 삼진테크는 이 달을 못 내다보는 것으로 알고 있습니다. 말씀하신 것처럼 매각으로 넘어간다면 어떻게 해서든 주한전자는 손에 넣습니다. 주주들이 주한전자로 매각하지 않고는 못 배길 정도의 금액이면 어쩔 수 없겠지요.”

“젊은 사람이 협박을 좋아하는군.”

“협박이 아닙니다. 단지 어떤 길이 좋은지 알려 드리는 겁니다.”

"나도 하나 물음세. 굳이 십 년의 독점 계약을 못 박은 이유가 말일세, 박현재 사장이 실력 행사를 했다면 지금 어떻게 되었을지 신만이 아시겠지. 그런데 왜 십 년이냔 말이지."

"그건 주한전자 프로젝트에 관한 일이라 말하기가 곤란합니다."

그런 프로젝트는 존재하지도 않았다. 그 역시 왜 십 년이라고 못 박았는지 알 수가 없었다. 하지만 혹 그 모르게 형이 야심찬 계획을 세워놓았을 수도 있는 일이라 우선을 둘러대야 했다.

"우리 회사 볼펜이 몇 개인지까지 알고 있는 회사라는 걸 깜박했네. 이십 년 이상 가꾸어온 농사를 한순간에 다 갈아 엎어버린 느낌이군. 선택이 별로 없군. 주한전자의 각오가 그렇다는 것 참고함세."

착잡한 심정을 대신 하듯 김 사장이 넥타이를 느슨하게 풀었다.

"감사합니다."

말하던 도중 김 사장은 누구 아는 사람이라도 만났는지 고개를 살짝 끄덕였다.

은혁은 고개를 제쳐 그 시선을 좇았다. 시선의 끝에는 한 남자와 여성이 있었다. 그 여성도 그의 테이블로 잠시 시선을 옮겼다. 여자의 옷차림이나 격식적인 미소로 봐서 사적인 만남은 아닌 듯했다.

"최재석 은행장이군요? 한때 종로에 최연소 은행장이 들어왔다 해서 시끌했다죠?"

"괜찮은 젊은이지."

"네. 몇 번 만난 적이 있습니다. 성격이 소탈해 여자에게 인기도 많다고 하던데 설마 맞선 보러 나온 건 아닌지 모르겠군요."

분위기를 바꿔보려는 은혁은 실없는 농담을 던졌다.

말도 안 된다는 듯이 그를 만나고 처음으로 김 사장이 털털한 웃음을 흘렸다.

"지금 저 녀석 한 여자에게 빠져 있어 눈 돌릴 틈이 없을걸?"

친근한 어투에 은혁의 눈빛이 잠시 날카롭게 빛났다. 그냥 보통 안면만 알고 지내는 사이가 아닌 듯했다. 그는 그 얘기를 좀 더 듣고 싶었다.

"아, 그렇습니까? 의외인데요. 제 동창들 만나면 임자있는 몸이니 손떼라고 하겠습니다. 혹시 누군지 아십니까?"

"사실은 내 딸아이와 결혼할 사람일세. 내 딸이 백기 들기를 기다리고 있는 중이지."

딸 자랑에 조금은 민망한지 그는 헛기침을 몇 번 하며 커피 잔을 들어 올렸다.

뜻밖의 정보에 은혁은 다시 한 번 뒤를 돌아 최재석을 쳐다보았다. 종로의 은행장이 미래 사윗감이면 은행장 권한으로 몇십억 융통은 일도 아니었다. 어쩌면 일 년 동안 삼진테크에서 필요한 자금을 충분히 지원 가능한 일이기도 했다. 그런데 1차 부도가 나도록 미래의 사위께서는 움직임이 없으셨다? 아님 이 고집 센 삼진테크 사장께서 거절을 한 건가? 이런, 뜻밖의 소득인데?

"그렇다면 상당한 미인이겠군요."

은혁은 산장에 쳐들어온 그녀의 모습을 잠시 떠올렸다. 가장 적절한 비유로 치자면 망아지 하나가 날 뛰어왔지.

"미인은 무슨. 서로가 인연인 될 모양인 게지. 애가 마음이 여려서 시집을 어떻게 보내야 하는지도 걱정이군. 내가 괜한 얘기를 했군. 부모 마음이 이런 걸세. 자네도 결혼해서 애 낳고 살아보면 알게 되겠지."

커피를 삼키려는 은혁은 사레가 들려 연속적으로 기침을 해야 했다. 아무리 부모가 자기 새끼 귀여워하는 게 당연하다 하지만 어떻게 자기 딸에게 마음이 여리다는 말을 할 수가 있지? 숨겨놓은 딸이라도 있나?

"그건 그렇고 나에게 보여줄 서류가 있다고 하지 않았나?"

"이건 경쟁사 콘넥터 칩 일부 도면입니다. 한번 봐주시겠습니까?"

두툼한 서류 봉투가 김 사장 앞에 놓이자 그는 선뜻 봉투를 열기 망설여졌다. 잠시 후 한 장씩 넘기는 그의 손이 충격을 받은 듯 바들바들 떨리고 있었다. 수백 번, 아니, 수천 번도 더 본 도면이었다. 조금 변형된 모델이긴 했으나 그가 못 알아볼 리 없었다. 그만큼 그 개발품에 자신의 열정을 쏟아넣은 김 사장이었다. 도대체 이 도면이 왜 주한전자 손에 있는 건지 알 수가 없었다. 그는 고개를 들어 해명을 요구했다.

"이게 뭔가?"

예상했던 일이라는 듯 은혁은 소파에 자신의 몸을 좀 더 편안히 묻었다.

"낯익은 설계 도면이시죠?"

"믿을 수 없군. 기본 설계가 거의 비슷해!"

"저희가 원하는 것은 칩에 대한 독점력. 만약 이 경쟁사에서 먼저 출시된다면 조금 골치 아파지겠지요?"

"하지만…… 이럴 수는 없네. 이걸 어떻게……."

"하나 더, 만약 저희에게 독점권을 파신다면 연구 촉진 비용은 모두 저희 쪽에서 부담하도록 하지요."

김 사장은 침착하려고 노력했지만 마음만큼은 쉽게 되지 않았다. 누군가 기본 도면을 빼돌렸다는 말인가? 보안이 철저하다고 믿었는데 모두가 노력한 이 년간의 개발을? 꽉 다문 잇새로 분노가 새어나왔다. 얼마만큼의 정보가 새어나갔는지 알 수 없다.

"이거 어디서 난 건지 말해 줄 수 있나?"

"저도 사장님으로부터 인수받은 건이라 어떻게 유통되었는지는 잘 모르겠군요. 다음 주 수요일까지 답을 주시면 감사하겠습니다. 그럼 약속이 있어서 먼저 일어나겠습니다. 안녕히 계십시오."

김 사장은 일어날 생각도 못하고 멍한 표정으로 도면만을 바라보고 있었다. 눈 뜨고 가만히 앉아서 곳간을 도둑맞은 꼴이었다. 치열한 반도체 시장에서 먼저 나온 제품이, 먼저 등록된 제품이 시장의 주인인 것이다. 그는 R-27 칩이 얼마나 중요한지 알기에 특허청에도 등록조차 하지 않았다. 특허를 내기 위해서는 기본 자료를 제출해야 하는데 그 위험부담까지도 가져가고 싶지 않았기 때문이다.

눈앞에 놓인 이 모든 게 거짓일 것 같았다. 모두들 오랫동안 그와 함께 일해온 사람들이었다. 특히 연구부서는 그의 관심이 높기 때문에 기술 문제에 대해서 격의없이 터놓고 지내는 사람들이 대부분이었다. 그런 사람들이 이런 짓을 할 리가 없었다. 그들의 얼굴을 볼 때마다 의심하고 싶지 않았다. 하지만 명백한 사실이 바로 자신의 눈앞에 떨어져 있었다. 믿을 수 없다는 듯 그가 머리를 그러쥐었다. 은혁이 제때에 그 앞에 폭탄을 터뜨린 것이다.

사람 구경하기 힘든 산속에 의사와 예쁜 간호사가 방문하자 주영은 반가움에 마당까지 뛰쳐나갔다. 얼마 만의 사람 구경인지 그녀는 빨랫줄 위에서 춤이라도 추고 싶은 심정이었다.

그러나 현재는 불만에 가득 찬 시선으로 한번 빙 둘러보더니 방문자를 곧 불청객이라는 낙인을 찍은 다음 그의 방으로 올라가 버렸다.

'저 버르장머리없는 것! 인사는 하고 가야 할 것 아니야!'

주영이 멋쩍은 듯 웃음을 보이자 최 박사는 이해한다는 듯 미소로 그녀에게 답했다.

"안녕하신가. 여기서 또 보니 기쁘군."

최 박사는 그녀가 여기 있다는 자체에 그리 놀라지 않는 표정이었다. 하기야 첫 번째 만남이 오죽 강렬했으면 이리도 무덤덤할까? 그때는 사정이 급한지라 박현재 사장이 머무는 주소를 알기 위해 스토커처럼 최 박사를 쫓아다녀야 했다.

"안녕하세요. 아무래도 박현재 씨 기분이 안 좋은 것 같네요."

갑자기 주인 노릇을 하게 된 주영은 최 박사를 모시고 이층으로 올라갔다. 예상한 것처럼 문은 잠겨져 있었다. 그녀는 최 박사와 간호사가 있다는 것을 의식해 최대한 조심스럽게 노크를 했다. 묵묵부답. 최 박사의 헛기침 소리가 들리자 그녀는 신경질적으로 다시 한 번 방문을 두드렸다.

'제발 다른 사람 고생시키지 말고 열어요, 박현재 씨.'

침착함을 가장한 그녀의 마음은 말 그대로 고요 속의 외침이었다. 어차피 진찰을 받을 텐데 그는 쓸데없는 고집을 피우고 있는 것이다.

"박현재 씨, 이 문 좀 열어주시죠?"

"필요없어! 하나도 안 아프단 말이야. 돌아가!"

"혹시 열쇠 없나? 저번에도 그렇게 해서 들어갔는데. 그래도 혼자 있는 줄 알았는데 안심이네."

알 만했다. 저 고집에 오죽했으랴. 돌아가지 않는 문고리를 보며 그녀의 혈액순환이 널뛰기할 준비를 끝냈다.

"잠깐만요. 매번 그렇게 들어가실 순 없잖아요?"

무슨 말인지 모르겠다는 최 박사에게 그녀는 단지 생긋 웃어줄 뿐이었다.

박현재 씨, 송아지 코에 왜 고삐를 채우는지 아시나요? 그건 당신같이 엉덩이에 뿔난 송아지 말귀 알아듣게 하기 위해서지. 당신의 오만 방자함도 오늘로서 끝이다.

"박현재 씨? 셋 셀 동안 이 문 안 열면 당신네 아버지 찾아가서 다 일러 바친다. 뭘 일러 바치냐고? 당연히 누가 만날 악몽……."

협박이란 바로 이런 것이다. 그녀가 승리의 미소도 짓기 전에 문이 발칵 열렸다. 최 박사도 그녀의 솜씨에 감탄했는지 그녀를 향해 엄지손가락을 치켜세웠다.

"이 정도쯤이야 식은 죽 먹기죠. 먼저 들어가세요, 박사님."

최 박사는 한동안 아무 말 없이 현재의 방을 빙 둘러보고 창턱에 걸터앉았다. 그리곤 갑갑한지 넥타이를 풀러 바지 주머니에 찔러 넣고, 두꺼운 돋보기 안경도 벗더니 눈 주위를 문질렀다. 잘하면 양말까지 벗을 기세였다.

"잘 지냈나, 현재 군? 여기까지 오는 데 세 시간이 걸렸으니 좀 이해해 줘. 이제 좀 살 것 같네. 혈색이 많이 좋아진 것 같은데 요즘 뭐 하면서 지내고 있지?"

현재가 최 박사의 말을 무시하자 주영이 눈초리를 치켜세웠다.

"책 읽고…… 있어요."

주영과 현재를 번갈아 본 최 박사는 뭐가 좋은지 눈에 잔잔한 웃음이 일었다.

"그래? 난 또 운동이라도 하는 줄 알았지. 아픈 곳은 없어?"

현재가 고개를 약하게 저었다.

"박사님, 저기 앉아 있는 도련님이 거짓말할 때마다 한 대씩 꿀밤을 줘도 될까요?"

지금껏 조용히 그들의 대화를 경청만 하던 그녀가 입을 열었다. 이번 기회에 모든 것을 불어버리리라. 적어도 하루에 한 번은 그의 비명에 깨어나는 그녀였다. 병은 고치기 위해 있는 것이지 된장처럼 묵히라고 있는 게 아니었다. 아무리 으르렁대는 사이지만 그는 어린아이였고 아픈 사람이었다. 아픈 사람은 당연히 진찰을 받아야 하는 것이다. 솔직히 걱정도 되었다. 그녀는 죽음이라는 것도 인지 못하는 여섯 살에 엄마를 잃었어도 가슴이 아팠는데 이 남자는 그 기억을 다 추스리려면 얼마나 많이 아플까라는 생각을 해봤다. 그러므로 더욱더 저렇게 방치해서는 안 되는 거였다. 그는 자신의 원래 생활을 다시 찾아야 했다. 그러기 위해서는 강제라도 그가 최 박사에게 다 털어놔야 했다. 이것이 바로 하루 종일 그녀가 생각해 낸 그의 대해 종합적인 결론이었다.

최 박사는 현재의 표정을 살피더니 조심스럽게 이야기를 꺼냈다.

"조금 기분이 안 좋은 것 같구나. 다시 건강해져야지 좋아하는 것도 많이 할 수 있을 거 아니야. 그러니 솔직히 말해 주어야 한다?"

현재가 대답할 생각을 안 하자 답답한 주영이 그의 앞에 주저앉았다. 저렇게 나긋나긋하게 말해서는 저 똥고집은 콧방귀도 안 뀔 것이다.

"어차피 일주일에 한 번씩 의사 선생님이 오시니까 언젠가는 들킬걸? 의사들은 모르는 게 없거든. 하지만 네가 잘 얘기만 한다면 의사는 환자와의 약속도 지켜. 그러니까 내 말은 만약 네가 한 말이 아버지 귀에 들어가면 여기 있는 의사 선생님을 바꿔도 돼. 약속을 안 지키는 의사는 의사 자격이 없거든. 그렇죠, 박사님?"

어차피 돌아가신 분이니 귀에 들어갈 일도 없겠지만.

"당연하지. 누구보다 의사는 환자의 비밀을 절대 보장해 주어야 하는걸. 한 번만 나를 믿어보래도? 이래 뵈도 꽤 신임있는 의사인데."

최 박사와 주영이 죽이 맞아떨어졌다.

"네가 말하기 싫으면 내가 말할까?"

"아니, 내가 할 거야. 약속 꼭 지켜."

믿을 수 없는지 현재는 그녀에게서 확답까지 받아냈다.

"당연하지. 약속은 지키라고 있는 거잖아."

최 박사가 고맙다는 뜻으로 그녀에게 고개를 끄덕거렸다.

"자, 얘기하자꾸나. 그래, 어디가 아픈 거니?"

"밤에 악몽을 꿔요. 거의 매일. 근데 무슨 꿈인지 기억이 안 나요."

"자세히 얘기해 줄 수 없을까? 누구나 가끔 악몽은 꾸거든. 네가 보기에는 같은 꿈을 꾸었던 것 같니?"

현재의 눈썹이 자동적으로 찌푸려졌다.

"모르겠어요. 아무것도 생각이 안 나고 그냥 땀이 많이 났어요."

"많이 힘들었겠네. 정말 아무것도 기억난 것이 없어? 뭐, 무서운 괴물이라든지 떨어지는 꿈이라든지 그런 기억은 없었니?"

"아니요. 그냥 멍해요."

"어제도 악몽을 꾸었니?"

야무지게 다문 최 박사의 입매를 보아하니 어느 정도의 결론이 나온 것 같았다.

"한 번요."

"우리 한번 편안히 자는 방법을 생각해 보자꾸나. 괜찮아. 그리 크게 걱정할 일은 아니니까. 머리가 아프다든지 그런 것은 없지?"

현재가 고개를 내젓자 최 박사가 그의 어깨를 두드리며 자리에서 일어났다. 십 년 넘게 박현우 회장의 주의치로 일해왔고 많은 왕래가 있었지만 박현재 사장과는 마주칠 일이 거의 없었다. 그러니 살가울 일도 없었다. 그가 사고를 당하는 바람에 이런 인연으로 얽혔지만 그때나 지금이나 사람에 대한 경계심은 여전했다. 기억하기로 박현재 사장은 정이 별로 없는 사람이었다. 또한 누구의 말에 좌지우지되는 성격도 아닌 것으로 알고 있었다. 그런 그가 울며 겨자 먹기 식이지만 그녀의 말을 따르고 있었다. 오래 살다 보니 박현재가 여자 말에 꼼짝 못하는 상황도 생기는군 싶었다.

"자, 윗옷 좀 걷어 올려보자. 상처가 다 아문 것 같은데."

현재가 겉옷을 거의 가슴팍까지 올리자 그의 잘 다져진 몸매가 드러났다. 두드러진 가슴 선에서 군살 없는 배까지. 보는 것처럼 실제로 저 몸이 근육의 결정체인지 주영은 그의 몸을 한번 쓸어내리고 싶은 충동을 느꼈다. 사장이면서 언제 몸은 다듬었대?

"뭘 봐!"

도둑질하다 들킨 사람처럼 주영은 화들짝 놀랐다.

"뭘!"

"이쪽으로 쳐다보지 마. 나가!"

진찰을 하던 최 박사와 옆에 거들던 간호사의 시선이 그녀 쪽으로 집중되었다. 그녀는 웃는 모습으로 최대한 이 상황을 무마해보려 했지만 간호사가 알 만하다는 미소가 입가에 스치자 기분이 나빠졌다.

'이봐요, 간호사 아가씨. 아가씨는 그 사람 몸을 더듬으면서 사

심없었다고 말할 수 있어? 사진으로만 보다 실제 탄탄한 남정네 몸매에 눈 안 돌아가는 처자 있냐고.'

그녀의 눈이 즐거웠다는 건 인정하지만 그렇다고 머리 속에서 19금의 영상을 돌린 건 아니었다. 그렇게까지 진도가 나가기에는 그녀의 상상력이 따라주지 못하고 있었다. 오기가 생긴 그녀는 더욱더 눈을 부릅뜨며 그의 몸을 관찰했다. 방년 꽃띠인 처자가 신체 건장한 남자를 보는 게 뭐가 흉이 된다고.

그러나 그의 생각은 좀 다른 것 같았다. 진찰을 다 끝내기도 전에 현재는 자신의 티셔츠를 억지로 끌어 내렸다.

"나가!"

"아니, 내가 뭘 어쨌다고."

"나가라고!"

흥분된 현재의 목소리에 최 박사가 손짓으로 그녀에게 나가보라는 표시를 했다.

억울한 표정으로 호소함에도 불구하고 결국 마당으로 쫓겨나온 그녀는 애꿎은 잡초만 한 주먹씩 뽑아냈다. 그래, 쫓겨났다. 더 웃긴 건 그녀가 무슨 성추행이라도 한 듯이 그녀가 나갈 때까지 그가 진찰을 거부했다는 것이다. 비싼 몸이시다 이거지?

몇 분 뒤 화풀이를 한 결과 머리에 땜빵이 난 것처럼 정원 한곳이 파헤쳐져 있었다. 진찰이 끝났는지 최 박사가 나오자 그녀는 벌떡 일어나 손을 털어냈다. 그의 시선이 땅바닥으로 향하자 주영은 냉큼 발로 땅바닥에 뽑혀진 잡초를 눌러주었다. 잡초라 아무렇게나 묻어도 곧 뿌리를 내릴 것이다. 달리 잡초인가.

"끝나셨나요? 혹시 박현재 씨가 소란 안 피웠나요?"

"조용했네, 아주. 자네 나가니 꼭 풀 죽은 아이마냥 고개 떨구고 묻는 말에 고개만 끄덕거리더군. 그건 그렇고 우리 잠시 얘기 좀 할까? 무슨 사연인지는 모르나 그래도 아가씨가 현재 옆에서 지키고 있고 그도 아가씨를 잘 따르는 것 같던데."

잘 따라? 그런 모습을 보면서도 잘 따른다는 말이 나왔으면 도대체 얼마만큼 말을 안 들었단 소리인지 그녀는 대충 짐작이 갔다.

"사실 반신반의했네. 여기 와도 박현재 사장과 만나기 힘들 거라 생각했거든. 아가씨가 내려간 그날 박현재 사장을 다른 곳으로 옮길 예정이었거든. 그런데 은혁이가 전화해서는 당분간 박현재 사장이 여기 더 머물 거라고 하더군. 그때 가슴이 철렁했지."

웃으면서 얘기하지만 최 박사는 처음부터 그녀에게 박현재 있는 곳을 가르쳐 줄 생각이 없었던 것이다. 털털하고 여유로운 그 모습 뒤에는 확고한 선을 가지고 있는 사람 같았다.

"그렇게 긴장 안 해도 되네, 어찌 되었거나 좋은 현상인 것 같으니. 확인차 몇 가지 다시 물을 게 있어서 그러는데, 현재가 악몽을 꿀 때 소리를 지르고 식은땀이 나나? 그렇게 비명을 질렀다면 아가씨가 한 번이라도 들었을 텐데."

한 번뿐이겠습니까? 테이프가 늘어질 만큼 봤습니다.

"엄청 무서운 악몽이라도 꾼 것 같았어요. 흔들어서 깨우면 한동안 멍한 채로 있었던 것 같아요. 왜 자신이 깨어났는지도 모르는 것 같더라구요. 한 번은 뺨을 때렸는데……."

"뺨을 말인가?"

최 박사의 눈이 동그랗게 떠졌다.

"아, 그게 박현재 씨가 하도 안 깨어나는 바람에…… 살짝이요. 그때도 멍한 채 저를 보더라구요. 심각한 건 아니죠?"

"그리 걱정할 일은 아닌 것 같지만 자세히 말을 안 해주니 아가씨에게 묻는 게 아닌가. 수면 중에 강한 발성과 자율신경반응을 동반하는 심한 공포는 심리적인 불안으로 오는 경우가 많아. 내가 보기에는 마음이 편안하면 차츰 없어질 것 같네."

"한두 번이 아니라니까요. 어떤 날은 하루에 몇 번씩도 그래요. 요즘은 좀 덜하지만 거의 매일 자다가 소리 지르며 일어난단 말이에요."

주영이 답답하다는 듯 목소리를 높였다.

"거의 매일이라고?"

"그렇다니까요. 미심쩍으면 박현재 씨랑 한번 자보시라구요."

맨 처음 그가 소리 지르며 벌떡 일어날 때마다 안절부절못한 그녀였다. 천하의 김주영이 그 때문에 눈물도 흘려봤다. 두렵기도 했고 괴로워 발버둥치는 그의 모습에 목에 찹쌀떡이 걸린 것처럼 꽉 막혀오기도 했다.

"하지만 거의 한 달 넘게 그랬다면 몸이 남아나지 않았을 텐데. 내진하면서도 그런 말은 못 들었는데…… 아주머니도 별다른 언질 같은 것을 준 적도 없고 말일세. 너무 조용히 방 안에만 있는 것이 좀 걱정이라고는 했지만."

믿어지지 않는 듯 최 박사가 변명 아닌 변명을 하고 있었다.

그녀는 갑자기 화가 났다. 여기 어느 누구도 아픈 그를 제대로 신경 쓰는 사람이 없는 것 같았다.

"박사님, 의사 아니에요? 아무리 일주일에 한 번 왔다 간다지만 어떻게 이제껏 모를 수가 있어요? 제가 보기에 그는 거의 잠을 못 잤어요."

최 박사가 깊게 신음을 흘렸다.

"그게 박현재 사장이 거의 말을 하지 않았거든. 심각한 야경증 같은데."

"야경증이요? 그게 뭔데요?"

생소한 병명에 불안이 엄습했다. 혹시 심각한 얘기로 이어질지 몰라 그녀는 최 박사의 얼굴에서 시선을 떼지 않았다.

"수면 중 경악장애라고도 하지. 이상한 건 그 야경증이 말이야, 보통 아이들에게 발생하거든. 자다가 공포에 질린 비명과 함께 잠에서 깨어나는 경우가 이에 속하지. 깨우면 기억도 못하고. 피로 때문일 수도 있고, 심한 스트레스, 심적 불안함, 뭐 이런 것이 원인이 되겠지. 그럴 땐 다그치지 말고 진정시켜 주어야 하네. 가장 좋은 방법은 그 원인을 찾는 건데 그건 지금 당장은 불가능할 테고……. 아가씨가 그에게 신경 좀 써주게. 그래도 아가씨가 제일 가까우니까 말야."

그녀는 의사를 좋아하지 않는다는 사실을 막 깨달았다. 그들은 사설이 너무 길었다. 환자의 병이 심각해도 의사들은 약속이라도 한 듯 무덤덤히, 그리고 약간의 유감을 표시하는 것을 잊지 않는다. 그녀의 눈에는 최 박사 또한 마찬가지로 보였다. 옆에서 직접

겪어본 사람은 애가 탈 지경인데 의학서적을 암기하듯 읊어주면
단가.

"약이나 하물며 주사라도 있을 거 아니에요? 하루 이틀도 아니
고, 의사 선생님이 그 모습을 봤냐구요? 적어도 주치의라면, 그것
도 박현재 씨랑 오랜 친분이 있는 분이라면 옆집 강아지 새끼 낳
다 죽었다라는 식으로 얘기하면 안 되지 않나요?"

감정 억제가 안 된 주영의 얼굴이 빨갛게 달아올랐다.

"그렇게 들렸다면 미안허이. 그런 말투가 입에 익어서 그랬을
뿐이네. 현재가 조금이라도 이상이 있으면 곧바로 연락 주게. 그
리고 처방전 작성해서 내일이라도 인편으로 보내주겠네. 일단 심
하면 잠자기 전에 이것을 하나씩 먹이게."

최 박사가 하얀 약통을 그녀에게 내밀었다.

"내가 가끔 편두통이 심해서 수면 장애까지 올 정도거든. 멜라
토닌이라는 약이네. 부작용도 없고 치료제로 많이 쓰이니 심하다
싶으면 잠자기 전에 하나씩 챙겨주게나."

"감사합니다, 박사님."

너무 박사님을 몰아세우는 것 같아 주영은 머쓱하게 고개를 숙
였다.

"손에 들고 있는 게 뭔가요?"

이 느글거리는 목소리는!

주영은 뒤를 돌아 목소리의 주인공을 확인했다. 열흘 만에 보는
뻔뻔한 얼굴이었다. 휴일임에도 양복을 입고 온 것을 보면 양복
마니아거나 난 원래 바쁜 사람이야라고 광고하러 온 게 분명했다.

그가 대답을 기다리고 있다는 것을 알자 주영은 슬그머니 약통을 주머니에 찔러 넣었다. 사람을 무턱대고 의심하는 것도 나쁘지만 그렇다고 무턱대고 믿는 것도 위험했다.

"변비약이에요. 혹시 의사 선생님이 가지고 있나 해서 물어보니 마침 의사 선생님도 변비에 고통스러워하시는 분이던데요? 그래서 제가 약 좀 달라고 했죠. 이 의사 선생님은 치질도 있으셔서 더 힘들었나 봐요."

주영의 능청스러운 대답에 최 박사는 마지못해 고개를 끄덕였다.

"그래요? 최 박사님도 막 도착하셨나 보군요. 오늘도 한바탕 전쟁 한번 치러볼까요?"

은혁은 양복 상의를 벗더니 와이셔츠를 최대한 말아 올렸다. 저번에 형이 저항을 하면서 발로 그의 배를 걷어찬 적이 있기에 방심은 금물이었다.

"난 다 끝나고 가는 길이야. 많이 밝아진 것 같아. 아마 사람이 있어서겠지. 상처는 더 이상 안 봐도 될 것 같네. 기억은 여전히 제자리 상태이고. 오늘은 이 아가씨 때문에 쉬이 끝났다네. 현재를 보려면 올라가 봐. 난 그만 가봐야겠네. 가자고, 정 간호사. 그럼 다음에 보자고."

믿을 수 없다는 듯 은혁의 눈이 동그랗게 커졌다. 일단 형의 상태를 본 뒤 그녀와 진지하게 얘기를 해봐야 할 것 같았다. 조급한 그의 발걸음이 현관으로 향하자 뒤에서 주영의 날카로운 목소리가 그의 귀를 때렸다.

"뭐 잊은 거 없어요?"

"뭐 말인가요?"

"내 꼴이 안 보이냐고요. 내가 거지도 아니고 남의 옷을 포대처럼 입고 있어야겠냐고요. 목욕 용품도 없지, 화장품은 고사하고 로션 하나 없어서 얼굴은 땡기지. 옷 보내준다면서요? 어디 있어요?"

주영은 그의 빈 양손을 노려보았다.

"아, 사이즈를 몰라서 물어본다는 것이 깜빡했네요. 오늘 알려주면 당장이라도 보내도록 하지요."

깜박했다는 사람의 표정에는 죄책감이란 찾아볼래야 찾아볼 수가 없었다. 깜빡할 것이 따로 있지. 안 그래도 아주머니가 이상하게 보시는데.

"척 보면 몰라요? 아님 그냥 중간 사이즈로 다 사 오든지요."

고의적으로 그가 그녀를 위에서 아래로 천천히 훑었다.

"중간 사이즈의 기준이 애매하군요. 물건을 잘못 사서 헐거워 돌아가면 어쩝니까? 그런 낭패보다야 정확히 사이즈를 알아서 구매하는 게 합리적이지요."

주영은 모든 피가 얼굴로 확 모이는 기분이었다. 그 위에 계란 하나 풀어 올려도 후라이 하나는 거뜬히 나올 정도로 검붉게 물들어 있을 것이다. 감히 성희롱을 해?

"그런 사이즈 하나 못 맞추는 것을 보니 눈매가 꽝이군요. 내가 남자에게 고른 옷은 언제나 딱 맞던데."

"그래요? 참 세심한 성격인가 보군요. 남자 옷 치수도 외우고 다니고.”

“참고로 그 옷은 사이즈 표시도 없어요. 하지만 안 맞는 사람은 본 적이 없는 것 같군요. 거기다 다들 내가 고른 옷의 색깔도 만족하더라구요.”

주영은 노골적으로 그의 바지춤에 시선을 맞춘 후 턱을 치켜세웠다. 본격적인 싸움 자세를 갖춘 그녀는 당장이라도 그의 가슴에 비수 꽂을 말을 준비해 둔 상태였다. 그러나 상대방은 오히려 어벙벙한 표정이자 주영은 전의상실이 우려되고 있었다.

마침내, 은혁이 크게 웃음을 터뜨리자 주영은 당황되기 시작했다.

“이봐요! 당신 성희롱적인 발언을 하고 웃음이 나와요?”

“아니, 정말…… 난 아무튼…… 당신, 대단하군요.”

말도 잇지 못할 만큼 웃음을 다 터뜨린 후에야 그는 민망한지 목을 가다듬었다.

“전 정말 아무 사심 없이 순수한 맘 그대로 옷이 헐거워 돌아간다는 의미였지만, 아무튼 그렇게 받아들이셨다면 죄송합니다. 전 단지 여자의 허리 같은 경우 치수가 조금 애매해서요. 치마하고 바지 허리 치수를 다르게 입는 여자 분도 있길래 물어보려던 겁니다. 거기다 잘못해 제가 큰 사이즈를 사 와 헐거워 돌아가는 경우가 생기면 좀 그렇지 않은가요? 절대 브래지어라고 생각하지 않았습니다.”

이 자리를 모면하기 위한 그의 얍삽한 변명 같아 보여 그녀의 눈이 가늘어졌다. 그녀가 이 산골짜기에서 누구에게 예쁘게 보이려고 치마를 입는다고 치마 사이즈까지 걱정을 한단 말인가.

"진짜입니다. 오히려 김주영 씨의 발언 쪽이 성희롱 아닌가요? 이제 그 팔장 좀 풀지 그래요?"

저렇게 결백하다고 주장하는데 더 이상 화내봐야 그녀만 나쁜 사람만 되는 것 같았다. 주영은 어깨를 으쓱이며 한 발짝 물러섰다.

"반강제성으로 여기 남게 했다는 거 압니다. 그리 좋은 감정 가지고 있지 않다는 것도. 그래도 우리 형하고 잘 지내주어서 고맙게 생각하고 있습니다. 앞으로도 잘 부탁드립니다."

"그렇게 형을 끔찍이 생각하는 방식이 그를 혼자 방치해 두는 것인가 보군요."

좋아졌던 분위기가 다시 싸하게 가라앉았다. 그의 눈이 차갑게 가라앉자 그녀가 잠시 주춤했다.

"내 말은 그러니까…… 항상 혼자였단 말이에요. 저렇게 혼자 내버려 둔 채 꼭꼭 감춰두는 이유가 뭐냐구요."

은혁은 신중히 말을 고르려는 듯 잠시 뜸을 들였다.

"그건 주한전자가 흔들리기 때문이죠."

"말도 안 돼요. 요즘 전문 경영인들이 얼마나 많은데."

"아직까지 대외적으로 사장은 형입니다. 큰아버지, 큰어머니까지 돌아가셔서 자동적으로 그 주식이 형 소유로 됩니다. 재산 싸움으로 형제가 피 튀기는 뉴스 가끔 보도되지요? 형의 사인 하나로 모든 것이 이루어지는 마당에 누구 하나 작심하고 형에게 아무 서류에다 사인해 달라고 요청해 달라고 칩시다. 그게 주식 양도권이면?"

"그럼 당신은요? 당신은 사심없다고 말할 수 있어요? 적어도 집안식구 아니면 그의 가장 친구 한 명 정도는 그의 안부가 궁금할 거 아니에요. 걱정도 되고요."

오늘 주영은 이 남자가 적군인지 아군인지 가려내려고 작심한 사람 같았다.

"욕심없다면 거짓말이겠지요. 하지만 거저먹는 거 내 적성에 안 맞아서 말입니다. 이제 취재는 끝나셨으면 제가 형을 보러 올라가도 될까요?"

주영은 자신이 너무 심한 말을 한 것 같아 마음이 무거웠다. 그녀는 엉덩이에 손을 비비며 현관문을 여는 그의 뒷모습을 바라보았다. 왼발이 먼저 들어가면 사과를 하고 오른발이 먼저 들어가면 그냥 무시하자. 왼발, 오른발, 왼발! 에잇!

"미, 미안해요. 꼭 그렇게 말할 의도는 아니었어요."

주영은 세련되지 못한 자신의 사과 방법이 마음에 들지 않았다.

"그럼 저도 미안해요."

"네? 무슨 말인지……."

그가 그녀에게 잘못한 일이 뭐가 있었나? 혹시 옷을 사 오지 않아서?

"아, 옷을 사 오지 않아서 그런 거라면 괜찮아요. 다음번에 꼭 잊지 말아주세요."

"그거 말고요."

"그럼 뭐요?"

장난꾸러기 같은 미소가 은혁의 입가에 자리잡혔다.

"사실 브래지어를 두고 한 말 맞거든요."

현재가 이층 창 난간에서 기댄 채 둘의 모습을 내려보고 있었다. 의사가 나간 지 한참이 지났는데도 그녀가 들어오지 않자 그가 창밖으로 고개를 내민 것이다. 못 볼 것이라도 본 듯 그의 눈에 불쾌감이 서렸다. 목소리가 흩어져 무슨 내용이 오가는지는 잘 모르겠지만 인사를 하는 것치고는 너무 오래 얘기하고 있었다. 더욱이 그녀의 웃음에 이어 매주 오던 남자의 웃음까지 합세하자 현재는 버럭 소리라도 치고 싶은 심정이었다. 쌓여드는 불쾌감은 쉬이 누그러지지 않자 의자 위에 놓인 쿠션을 하나 집어 들어 아래쪽으로 던져 버렸다. 당장 아래 내려가서 그들을 방해라도 놓고 싶지만 생각을 고쳐먹었다. 그가 수고스럽게 내려갈 필요가 없었다. 언제나 마음에 안 드는 그 남자는 이쪽으로 올라올 것이다. 그 남자는 불청객이고 불청객은 쫓아버리면 되는 것이었다. 숨을 죽이며 은혁이 올라오기를 기다리는 현재는 아래층에서 올라오는 소리가 들리자 재빨리 문 앞까지 걸어갔다. 이제 그는 친한 척 구는 저 사기꾼을 무찔러야 할 때가 왔음을 알았다.

주영은 마음속으로 삼 초를 센 후 방문 열 준비를 했다. 평상시에 노크를 해도 그가 대답을 안 하는 것을 알기에 그녀는 항상 기척을 낸 후 그의 방에 들어가야만 했다. 당연히 오늘도 그럴 것이라고 생각한 그녀는 문을 잡아당기려는 순간 문이 벌컥 열리자 깜짝 놀랄 수밖에 없었다.

"깜짝이야. 그렇게 갑자기 문을 열면 어떻게 해."

현재가 양손으로 문을 막으며 문턱에 장승처럼 버티고 섰다.

'이 또 무슨 신종놀이인가? 혹시 조금 전 일로 토라져서 이러는 건 아니겠지? 상체 좀 보인 게 무슨 그리 큰 대수라고. 누드 봤으면 은장도로 사람 잡겠구랴, 박현재 씨.'

"아까 난 그냥 네가 얼마나 많이 아팠는지 그걸 보려고 했어. 정말이라니까. 잘 아물어서 얼마나 다행이었는데. 이렇게 서 있으면 우리가 못 들어가잖아."

그 말에 현재의 눈빛이 더욱 매서워졌다.

'우리?'

현재의 고개가 은혁 쪽으로 휙 돌아갔다.

"당신, 여기 다시 오지 마. 여기 우리 집이야. 출입금지야. 나가!"

소리치는 것으로도 분이 안 풀리는지 현재는 주영의 팔목을 방 안으로 잡아당겼다. 갑작스레 당기는 힘에 그녀는 볼품없이 현재의 가슴에 코를 박아야 했다.

"이봐요, 박현재 씨. 당신 원래 심통 잘 부리는 거 알지만 도대체 왜 그러냐고!"

주영은 결국 현재의 힘에 의해 그의 등 뒤로 밀려났다.

은혁은 이 소란을 가만히 지켜보았다. 분명 최 박사님 말로는 많이 좋아졌다고 했는데 지금 형의 행동을 보면 전혀 나아진 것 같지 않았다. 씁쓸했다. 이래서는 희망도 보이지 않을 것 같았다. 더욱이 생판 보지도 못한 여자에게는 이것저것 말하는 형이 정작 동생인 자신에게는 거리를 두며 밀어내려 하자 화가 났다.

"나하고 있을 때는 말 한마디 안 하더니 다른 사람과는 잘도 하네. 내가 남보다 못한 거야?"

"나가!"

그를 옆에서 지켜보면서 주영은 그가 많이 화났을 때 똑같은 말을 반복한다는 것을 알았다. 지금 그는 정말 화가 난 것이다. 그건 은혁 또한 마찬가지였다.

"오늘은 말도 하겠다, 나를 미워하는 이유 좀 알자. 도대체 내가 뭘 잘못했냐고."

"다시는 오지 마! 사유지 침입으로 고발할 거야."

현재의 방문이 닫히는 소리와 함께 찰칵 소리가 났다. 추방에 성공한 것이다.

현재는 토라져 있는 중이었다. 조금 전의 사건, 그러니까 박은혁 문전박대 사건으로 그들은 오후 내내 한마디도 하지 않은 상태였다.

주영 또한 멀리서 온 사람을 면전에서 쫓아내는 그의 무례한 행동으로 화가 날 대로 나 있었다. 평소에 그녀가 화를 내면 대충 눈치를 보며 슬그머니 꼬리를 내리는 편이었는데 오늘은 오히려 그가 주도권을 잡고 씩씩대고 있었다. 아이와 말싸움을 하니 그 말이 오죽 유치했으랴. 어쩌다 보니 그녀가 누구 편인지 확실히 말하라는 어처구니없는 말까지 나왔고 주영이 코웃음으로 응수하자 결국 자기 분에 못 이긴 그는 그녀까지 자신의 방에서 쫓아내 버렸다. 그러고 보니 오늘 그녀는 만나는 사람마다 시비를 걸거나 싸움이 붙었다.

마음도 가라앉힐 겸 주영은 바가지 하나를 머리에 쓰고 고추를 따러 밖으로 나갔다. 각별히 윤기가 반질반질하고 땡땡한 고추로 선별 작업했다. 내친김에 호박과 가지도 땄다. 오늘 저녁에 그는 눈물 쏙 빼놓는 참회의 매운 고추 된장국을 먹게 될 것이다. 그 고집에 맵다 해도 맵다고 말하지 못할 위인이니 오늘 눈물 한번 바가지로 흘려보라고, 박현재 씨. 어느새 주영은 콧노래가 흘러나오고 있었다.

조금 전 토라졌다면 지금 현재의 기분은 화가 머리 끝까지 난 상태였다. 그는 이렇게 화가 나 있는데 그녀는 뭐가 좋은지 밖에서 바가지 하나 손에 들고 강아지처럼 뛰어다니고 있었다. 그녀에게 자신의 편이냐고 물었을 때 당연히 그렇다란 대답이 나올 줄 알았다. 그래서 그녀의 침묵에 그는 심한 배신감을 느꼈다. 그만 손해 보는 느낌이 들었다. 그는 그녀가 자신에게 화를 내고 볼도 마구 잡아당겨도 싫어하지 않았다. 그를 위해 눈물도 흘려줬고 옆에서 같이 자주기도 한 그녀가 좋았다. 스스럼없이 그와 같이 있는 그녀가 좋았다. 반 아이들처럼 그를 어려워하지도 않고 다른 어른들처럼 그에게 굽신거리며 아양을 떨지도 않았다. 조목조목 그녀의 장점을 열거해 나갈수록 현재의 표정이 심각해져 갔다. 만약 그녀가 정말 많이 화가 나서 지금이라도 그녀의 집으로 간다면 어쩌지? 일순 그의 모든 세포들이 긴장했다. 그 생각 자체가 그를 공황 상태로 몰아넣고 있었다. 뭔가를 깨달은 듯 현재가 튕겨나가듯 일어나 후다닥 일층으로 내려갔다. 그녀의 가방을 찾아야 한다. 그녀가 떠나지 못하도록 막아야 했다.

거실 바닥에 주저앉은 주영은 오만 인상을 쓰며 다리를 긁고 있었다. 원인은 모기. 반바지를 입고 고추를 따로 나갔던 것이 화근이었다. 잠시 나갔다 왔는데 무려 일곱 군데나 물리자 주영은 당장 에프킬라를 들고 다시 마당으로 나갈 생각까지 했다.

그녀는 다시 자신의 불쌍한 다리를 쳐다보았다. 벌에 물린 것처럼 아주 크고 퉁퉁하게 올라와 다리에 빨간 북두칠성 문신을 새겨 놓은 듯했다. 일단 편하게 긁기 위해 다리를 가슴팍으로 끌어당겼다. 그러나 긁어도 가려움만 더해가더니 끝내는 그녀를 미치기 일보 직전까지 몰아가고 있었다. 더 이상 안 되겠는지 주영은 자신의 다리를 학대하기 시작하자 금세 그녀의 다리 여기저기에 손도장으로 붉게 물들어갔다. 마약이 나쁜지 알면서 손을 못 끊는 사람들의 심정처럼 그녀는 다리에서 피가 나는데도 손은 자동적으로 물린 자리를 긁고 있었다.

'흡혈귀 끄나풀 같으니라구! 내 피 빨아먹고 얼마나 오래 사는지 두고 보자.'

일층 작은 방에서 조용히 빠져나온 현재가 그녀의 뒷모습에 멈칫했다. 언제 거실로 왔는지 그녀가 거실 바닥에 앉아 무언가를 하고 있었다. 그는 그녀가 눈치채지 않도록 최대한 발소리를 죽이며 이층으로 향했다. 그는 아직 그녀와 화해할 준비가 되어 있지 않았다. 그럼에도 불구하고 그의 뒤에서 들려오는 그녀의 칭얼거림이 그의 발걸음을 붙잡고 있었다. 계단 모퉁이에서 현재는 잠시 갈등을 했다. 조금 전 그가 너무 모진 말을 해서 그녀가 울고 있을

지도 모른다는 생각이 들자 마음속의 갈등이 그의 얼굴에 고스란히 드러났다.

"어디…… 아파?"

그의 퉁명스러운 목소리에 주영의 고개가 뒤로 힘껏 젖혀졌다. 자신이 한 일이 미안한 일인 줄 아는 건지 그녀와 시선을 못 맞춘 채 그의 고개는 창밖 너머에 있었다.

"미안하지? 그래서 내려온 거지? 빨리 미안하다고 말해. 그럼 용서해 주지."

주영은 너그러운 아량이라도 베푼다는 듯 말하자 어림도 없다는 듯 현재가 콧방귀를 꼈다. 그녀의 반응을 살피려 살짝 고개를 돌린 그의 시선이 그녀의 다리로 옮겨졌다.

"피…… 피가 나잖아!"

안색이 하얗게 질린 현재가 상처를 자세히 보기 위해 그녀 앞으로 다가와 무릎을 꿇었다. 이런 것에 눈 깜짝 안 할 것 같은 그는 차마 그녀의 다리를 만지지 못하고 보기만 할 뿐이었다.

주영은 그가 걱정해 주는 게 은근히 기뻤다. 그래서 그에게 귀여운 투정을 부려보기로 했다.

"요기, 요기, 요기, 요기도 다 모기에 물렸어."

주영은 모기에 물린 자국을 손가락으로 하나하나 짚어가며 현재에게 보여주었다.

"아주 쪽쪽 빨아먹어서 이렇게 땡땡 부었어. 너무 간지러워서 지금은 때리고 있는 중이야."

"어떻게 해?"

"어떡하긴. 안 간지러울 때까지 긁으면 되는 거지."

이게 뭐 대수냐는 듯 그녀는 또다시 긁고 때리는 작업에 열중했다.

현재가 그녀와 마주 보고 앉았다. 그녀와 같은 자세로 다리를 세워 발로 그녀의 발을 눌러 그녀를 움직이지 못하게 했다. 자학하는 그녀의 두 손까지 움켜쥐자 그녀는 원천봉쇄당한 거나 다름이 없었다.

"왜 그래? 이 손 놔."

주영이 반항하려고 움직여 봤지만 꿈쩍도 하지 않았다.

"나중에. 안 간지러워지면."

"안 간지러우니까 이거 풀어줘."

빤히 보이는 그녀의 거짓말에 현재가 그녀의 오른쪽 손목을 쥐고 있는 손으로 그녀의 머리를 힘껏 때렸다.

"야! 왜 때려."

"아줌마가 거짓말하면 꿀밤 주라고 했잖아?"

'아이고. 잘났습니다, 박현재 씨.'

한동안 포로놀이를 하던 주영은 다리가 다시 간지럽자 몸을 비틀었다. 차라리 아픈 것이 나았다. 간지러움은 사람의 신경을 안달나게 했다.

"내 다리 내가 긁는데 뭔 상관이야. 또 가렵단 말이야. 비켜."

"아줌마가 애기야? 피가 나오는데도 긁고 싶다는 게 말이 돼?"

어른스러운 그의 말투에 주영이 콧방귀를 꼈다.

"너도 모기에 물려봐. 독종들이라 내 피를 배 터질 때까지 먹고 갔단 말이야. 그렇게 많이 먹고 어디서 배 두드리고 있겠지. 아마 올 여름치 먹을 거 뱃속에 저장해 놓았을 거야."

"쳇!"

현재가 고개를 돌려 버리자 콜럼버스의 대발견이라도 한 듯 그녀의 입이 함박만해졌다.

"그거 알아? 맨 처음엔 나와 말도 안 하더니 이젠 말도 걸어주고 말이야, 지금은 걱정도 해주잖아. 아까 보더니 박은혁에게 쏘아주는 말이 장난 아니던데. 지금까지 어떻게 입 꾹 다물고 산 거야?"

"내가 좋아, 그 아저씨가 좋아?"

현재의 뜬금없는 말에 그녀의 눈썹이 앙증맞게 깜박거렸다. 한 자세로 오래 있던 그녀가 좀 더 엉덩이를 달싹거려 그 앞으로 전진했다. 그의 얼굴과 고작 10㎝ 정도 떨어져 있는 거리라 그의 눈동자에 그녀의 얼굴이 투영되어 보일 지경이었다.

아무래도 주영은 그에게 너무 가까이 다가간 것 같았다. 얼굴 마주 보는 게 부끄러워진 그녀가 엉덩이를 뒤로 빼려 하자 현재가 잽싸게 막았다.

"내 팔목 멍들면 책임질 거야? 암튼 그 질문이 왜 나오는데? 박은혁이라는 사람 말하는 거지?"

한번 놀려먹을까 생각한 그녀는 생각을 바꾸었다. 그의 표정을 보아하니 만약 그녀가 박은혁이란 남자를 더 좋아한다고 말하면 사단이라도 날 기세였다. 뭐, 솔직히 말하자면 조금 고집 세고 말 안 듣는 박현재지만 느끼한 박은혁보다 그가 더 좋은 것도 사실이었다. 가장 큰 이유는 미운 정이 가슴에 콱 박혔기 때문이고 가끔 진지한 눈빛으로 그녀를 쳐다보면 이유 모를 설렘 때문이지. 아주 가끔이긴 하지만.

"당연히 네가 훨씬 더 좋지. 비교가 안 되지."

주영은 과장되게 고개를 끄떡이며 마치 열성 팬마냥 대답을 했다.

현재의 얼굴이 잘 익은 복숭아처럼 빨개지더니 결국 그의 입술이 완만한 곡선을 그리며 미소가 만들어졌다. 그는 당연하다는 듯 고개까지 끄떡이고 있었다. 주영 또한 그의 미소에 전염되어 살짝 웃었다. 그의 미소가 희소성이라 그런지 더없이 근사해 보였다.

잠시 후 그녀가 고개를 숙여 오른쪽 어깨에 뺨을 문지르자 현재가 그녀 쪽으로 얼굴을 들이밀었다.

"뭐 해?"

"이번에는 얼굴이 가려워. 머리카락이 붙어서 안 떨어지나 봐. 정말 다리 안 긁을 테니까 이 손 풀어줘."

"싫어!"

너무 가까이 다가온 그 때문에 그의 얕은 숨소리가 그녀의 뺨을 쓸고 있었다. 바짝 긴장한 그녀는 다리가 가려운 것도 어느새 잊었다.

"이거 풀어주면 내가 할게. 다리 안 긁을게."

"못 믿어."

"아니, 됐어. 내가 한다니까."

주영이 입술을 이리저리 움직이며 있는 힘껏 바람을 불었다. 그녀의 노력이 가상해 머리카락이 뺨에서 떨어져 줄 만도 한데 끈끈이마냥 아주 찰싹 붙어서 떨어질 줄을 몰랐다. 보다 못한 현재가 그녀의 팔목을 자신 쪽으로 앞당겼다.

"가만있어. 내가 해줄게."

그녀가 했던 방법으로 현재도 입술을 동그랗게 말아 있는 힘껏 바람을 불었다. 실패하자 주영의 눈썹이 치켜 올라갔다. 별로 좋은 반응이 아니었다. 2차 시도에 그는 과감히 그녀의 보드라운 오른쪽 뺨 윗부분을 입술로 물었다. 가느다란 머리카락이 그의 입술에 잡힐 리 만무했다. 그녀가 '헉' 하며 숨을 들이키자 현재는 재빨리 몸을 뒤로 뺐다. 어쩔 줄 몰라 하는 현재와 잘 익은 토마토가 되어버린 그녀 모두 이 상황에 당황하고 있었다.

"너…… 너!!"

지금이라도 그는 그녀의 손을 풀어주고 그녀가 알아서 머리카락을 떼어내라고 할 수도 있지만 그에게 남자의 오기가 발동했다. 그가 해주겠다라고 자신만만하게 외쳤는데 두 번이나 실패하자 자존심에 금이 간 것이다.

제3차 시도. 그가 기습적으로 자신의 뺨으로 그녀의 뺨을 문질렀다. 드디어 머리카락이 떨어져 나가자 그의 입가에 만족스러운 미소가 잡혔다. 그러나 만족스러움도 잠시 그녀의 표정이 심상치 않았다. 그가 주춤하는 사이 그녀는 손을 내빼며 그가 쓸어 내린 한쪽 볼을 문질렀다.

"오늘 수염 안 깎았지?"

"거의 없었어."

말이 끝나기가 무섭게 현재의 변명이 이어졌다. 그는 철저하게 어린아이였다.

"다음부터는 꼭 하루에 한 번씩 깎아야 해. 왜냐하면 오늘같이 뺨을 같이 비비는 일이 생길 경우 여자가 아프면 안 되잖아?"

현재가 열심히 고개를 끄떡이자 그녀는 엄마가 아들에게 첫 데이트 나갈 때 주의사항을 일러주는 기분이었다.

"그럼 여자도 면도를 하겠네."

조금 전 그의 볼에 와 닿던 감촉을 떠올리며 현재 나름대로의 결론을 내렸다.

"뭐, 하긴 하지. 여기저기. 그건 그렇고 큰일났다."

주영이 울상을 지으며 앓는 소리를 했다. 덩달아 현재의 가슴도 쪼그라들었다.

"많이…… 아파서?"

"조금 전에는 엄청 가려웠는데 지금은 데인 것처럼 화끈거려. 아파 죽겠어. 흉터 생기겠다."

주영은 자신이 저질러 놓은 영광의 상처를 바라보았다. 왜 조금만 참지 못했을까 후회막심이었다. 만약 딱지가 생긴다면 결코 뜯어내지 말아야지. 언제나 딱지가 생기면 족족 뜯어내는 그녀의 성격상 그 말은 그리 신임할 수 없지만 다시 한 번 다짐을 해보았다.

잠시 후 주영의 발치로 물수건 두 개가 떨어졌다. 현재가 투덜거리며 연고를 삐쭉 내밀었다.

"이거면 되는 거야?"

의외로 그의 귀여운 구석을 발견한 주영은 갑자기 그의 진짜 모습이 보고 싶었다. 서른네 살 그의 모습이.

"있잖아, 오늘 된장찌개 해먹을 생각이었거든?"

"근데?"

"고추 안 넣기로 했어. 잘했지?"

현재는 그게 뭐가 중요하냐는 듯 미간을 찡그렸지만 주영은 방
긋 웃을 뿐이었다.

제3장 민간요법

현재는 몸을 뒤척거리며 잠을 이루지 못하고 있었다. 악몽 때문도, 낮잠을 자서도 아니었다. 몸이 공중부양이라도 된 듯 붕 떠 있는 느낌이었다. 몸을 틀어 그녀 쪽으로 다시 돌아 누운 그는 주영의 등을 노려보았다. 혼자만 꿈나라로 간 그녀가 얄미웠다. 몇 시간 전 편안한 잠을 잘 수 있을 거라며 그녀가 물 컵과 함께 하얀색 알약 한 알을 그에게 건네주었지만 잠은커녕 그의 정신은 더욱 말똥거릴 뿐이었다.

심심한 그는 팔을 살짝 뻗어 그녀의 머리카락을 쓸어 내려보았다. 그녀에게서 좋은 냄새가 나는 것 같아 그녀의 등 뒤에다 코를 문질러 보기도 했다. 그의 손가락 사이로 그녀의 머리카락이 빠져 나가자 현재는 이유없이 온몸이 저릿한 기분이었다. 더럭 겁이 난 그는 황급히 손을 거두었다. 이상하게 며칠 전의 일이 연거푸 머리에서 떠나지 않았다. 머리카락을 입술로 쉽게 뗄 수 있을 거란 생각과는 달리 얼떨결에 그녀에게 뽀뽀를 하고 말았던 것이다. 그런데 그만큼이나 그녀의 얼굴이 익어 있는 것을 보자 그는 새어나가는 웃음을 막느라 입술을 꽉 다물어야 했다. 다시 생각해도 즐거운지 그의 입가에 미소가 만들어졌다.

그는 억지로 눈을 꼭 감았다. 생각의 꼬리에 꼬리를 물다가는 날을 새워야 할지도 몰랐다. 편안한 자세를 취하기 위해 이불 속에서 마냥 꼼지락되던 그는 순간 재미난 것을 발견한 듯 눈을 반짝거렸다. 그는 팔꿈치로 몸을 받쳐 그녀의 자는 모습을 확인했다. 새털 같은 숨소리가 그녀가 얼마나 깊이 잠이 들었는지 알 수 있게 했다. 며칠 전 실패했던 일을 만회할 수 있는 기회였다. 실패한다 하더라도 그녀가 자고 있으니 죽어도 알 리가 없을 것이다.

현재의 시선이 곧 그녀의 뺨 위에 흩어져 있는 몇 가닥 머리카락으로 향했다. 고개를 숙인 그의 입술이 살짝 그녀의 볼 위에 닿았다. 혹시 그녀가 깰까 현재는 잠시 그녀를 살펴보았다.

가슴의 뜀박질이 시작되었다. 조심스럽게 그의 입술이 그녀의 볼 위에서 움직이기 시작하자 불안감과 동시에 짜릿함이 그의 호흡을 흩어놓았다. 본래의 목적과 상관없이 그의 입술은 목표를 잃고 아래로 내려갔다. 다리에 피가 나도 가려워 긁는 그녀처럼 그의 입술이 그녀의 뺨을 조금씩 머금을 때마다 그는 더욱 갈증이 일었다. 그러나 중단하기는커녕 현재는 그녀의 옆 턱 선까지 점령해 나갔다.

그녀가 간지럽다는 듯 웅얼거리자 그때서야 현재가 퍼뜩 정신을 차렸다. 마른침을 삼키며 가쁜 호흡을 들이켰다. 당황함이 눈에 가득 찬 그는 이불을 목 끝까지 끌어당겼다. 그러나 심장은 여전히 진정되지 않았다. 몸을 움츠려 봤지만 소용이 없었다. 가벼운 몸살을 앓듯 온몸이 떨려왔다. 신경의 돌기 마디마디가 곤두서고 숨이 막히는 답답함이 그를 덮치자 모든 것이 혼란스러웠다. 그녀의 몸에서 나는 비누 향이 조금 전보다 그의 코를 예민하게 자극하자 참다 못한 현재가 그녀를 깨웠다.

"일어나 봐. 나…… 아파."

울먹이다시피 하는 그의 말투에 주영의 눈이 번쩍 떠졌다. 떨리는 그의 손이 그녀의 어깨를 꽉 움켜쥔 채 놓아주지 않고 있었다.

"잠깐만, 이 손 좀……."

그러쥔 힘이 너무 아파 그녀는 자동적으로 인상이 찡그려졌다.

"주영…… 나 아파."

웬만해서는 아프다 해도 아프다라고 입밖에 내지 않는 그가 우는 소리를 하자 그녀는 가슴이 덜컹 내려앉았다. 비명 소리도 듣지 못했는데 언제 깨어난 거야? 걱정으로 심장이 불안하게 뛰었다.

그녀의 등 뒤로 그의 뜨거운 체온이 느껴졌다. 열 때문인지 호흡도 가파른 것 같았다. 토해내는 낮은 신음 소리에 맞춰 그는 더욱 그녀에게 매달리고 있었다. 저렇게 힘들어하는 것을 보면 단순히 감기는 아닌 모양 같았다.

주영은 이 낯선 곳에 어디에 병원이 있는지 머리에 떠올려 보려 애썼다. 하지만 아무래 생각해도 그녀가 왔던 길에는 병원 비슷한 건물도 보지 못했다. 그 생각을 하자 머리가 유한 락스에 한번 담갔다 나온 것처럼 하얘졌다. 어머니가 아파서 돌아가셨기 때문에 그녀는 누가 아프다고 하면 덜컥 겁부터 났다.

'아, 119가 있었지. 그런데 여기 주소가 어떻게 되더라? 여기 찾아올 때 받은 주소를 어디다 놓았더라.'

당황함이 그녀의 머리를 꽉 채우고 있었다. 아스피린이라도 찾기 위해 그녀는 몸을 힘껏 비틀어 그의 손아귀에서 빠져나오려고 애를 썼다. 순간 온몸이 굳어졌다. 조금 전 머리가 삐걱거렸다면 지금은 아주 진공 청소기로 뇌를 깨끗이 쓸어버린 것 같았다. 숨 쉬는 것도 잊어버린 채 주영은 자신의 허리 뒷부분의 느낌에 온 신경이 쏠렸다.

"주영…… 나 아파. 헉…… 헉."

뜨거운 입김이 뒷목을 간지럽히자 주영은 눈을 질끈 감았다. 젠장! 이 남자, 흥분했다!

간신히 그의 손에서 벗어난 주영은 그 앞에 무릎을 꿇었다. 정신이라도 차릴 수 있게 그의 어깨를 흔들어보았다. 혹시 그녀가 잘못 알기를 바라며 이마에 손까지 짚어보았다. 이마가 땀으로 축축하자 주영은 원망이라고 하고 싶은 심정이었다. 분명 남자는 온몸으로 흥분되었다고 그녀에게 꼿꼿이 주장하고 있었다. 차라리 아프면 짊어지고 병원에라도 가지. 이 상태로 그녀가 뭘 할 수 있냔 말이야. 병원 가서 '이 남자 흥분했으니 진정제 좀 놔주실래요?' 라고 말하라고? 아님 이 사람에게 원래 남자들은 다 겪는 일이니 잠시만 기다려 보라고 말하라고? 당황스럽다로는 표현이 안 되었다. 이건 자다가 정말 날벼락을 맞은 기분이었다.

그는 아직도 자신의 달라진 신체적 변화에 괴로워하고 있었다. 남자가 이런 것으로 괴로워하는 모습은 본 적이 없는 주영은 어떻게 대처해야 하는지 난감했다. 학교에서 배운 지식부터 남자 친구들이 술자리에서 취중에 던지는 농담까지 남자에 대한 상식이 총동원되어야 했다. 그렇지 않으면 이 긴긴 밤 정말 헤쳐 나갈 길이 없었다.

"박현재 씨, 나 좀 봐요. 이봐요, 나 좀 보라구요."

현재가 고개를 저으며 그녀의 허벅지에 고개를 묻었다.

'이봐요, 지금 어디에 고개를 묻고 있냐구요!'

달구어진 석쇠처럼 빨간 그녀의 얼굴은 어두운 밤에서도 환히 보일 지경이었다. 그녀가 강제로 그의 얼굴을 치켜들었다. 그의 눈이 열에 달뜬 사람처럼 눈가가 촉촉해져 있었다.

아우~ 난 몰라. 혹시 최 박사님이 신경 안정제가 아니라 자신이 사용하는 비아그라를 잘못 주고 간 거 아니야? 갑자기 안 그러던 사람이 왜 그러냐고. 아니면 약의 부작용이야? 그녀는 속으로 온갖 불평을 하며 이 모든 원인을 최 박사 탓으로 돌리고 있었다.

"일어날 수 있어요? 욕실까지 갈 수 있냐구요."

그가 또다시 고개를 가로젓는다. 힘겨워하는 그의 표정에 그녀까지 울고 싶어졌다.

"욕실에 가서 찬물로 샤워를 해서 식혀야 하는데…… 내가 아는 방법은……."

"주영……."

그는 조금 전부터 오로지 그녀만을 애타게 부르고 있었다.

"그냥 참으면 안 돼요? 참을 수 없을 만큼 아파요?"

그가 신경질적으로 고개를 흔들자 주영은 자신의 성 경험 부족이 무척이나 원통하게 느껴졌다. 성인 남자는 자신의 욕구는 어느 정도, 그래, 어느 정도는 억제할 수 있다고 들었다. 물론 머리에 총을 갖다 대도 참기 힘들 때가 있다고 하지만. 아무튼 지금 이 남자가 어디 경계선까지 갔는지 그녀는 알 도리가 없었다. 그는 자신이 왜 이런 상태가 되어야 하는지도 모른 채 괴로워하는 아이와 다름없었다. 아마 그녀가 양호 선생님처럼 친절히 설명해 주어도 그는 그 반의 반도 이해하지 못할 것이다. 그런 아이보고 찬물로 샤워하라고? 씨도 안 먹히는 소리다. 학교에서는 이런 것도 안 가르쳐 주면서 무슨 올바른 성교육을 한다고! 이렇게 놔두다가는 정말 큰일나는 거 아니야? 섹스를 하다 죽는 복상사도 있는데 욕구를 참다 죽는 경우라고 없을까? 그녀의 초조감은 과대망상으로 이어지고 있었다.

"애국가를 불러보는 건 어때요? 아님 좋아하는 아무 노래나? 그러니까 다른 것에 집중할 만한…… 에이 씨."

더욱 커지는 현재의 신경질적인 신음 소리에 주영은 입술을 깨물었다. 이 방법도 아닌 것 같았다. 더운지 이불은 벌써 한쪽으로 밀쳐진 상태였다. 그의 손이 가늘게 떨리는 것을 보자 그녀는 입술을 꽉 깨물었다. 긴장 때문에 그녀의 손이 축축해졌다. 방법이 아예 없는 것은 아니었다. 그러나 결심이 서지 않는 듯, 아니, 차마 못하겠다는 듯 주영은 그의 눈을 외면했다. 차라리 5,000m 상공에서 번지점프를 하라고 하지.

전염병이라도 된 듯 이제 그녀의 손도 떨리고 있었다. 학예회 발표처럼 귀는 멍멍한 상태이고 놀란 눈은 평소보다 10㎝는 튀어나와 있을 것 같았다. 마른침을 삼킨 그녀는 마지막 숨을 들이쉬는 사람처럼 힘껏 숨을 들이켰다. 그리고는 곧 눈을 질끈 감고 손을 그의 아래 속옷으로 살며시 넣었다.

'심장아, 제발 진정해라. 이러다 고장나겠다.'

갑자기 뜨거운 것이 그녀의 손등을 스치자 그녀는 깜짝 놀라 비명을 질렀다. 현재 또한 조금 전보다 더 괴로운 듯 낮게 신음을 흘렸다. 그녀가 그를 더욱 자극해 버린 꼴이었다.

'고무공이라 생각해. 어렸을 적에 많이 가지고 놀았잖아. 마음먹기 나름 아니야? 원효대사를 봐. 해골에 고인 썩은 물을 달게 마셨다잖아. 마음껏 고무공을 가지고 논다고 생각하면 되는 거야. 지화자. 김주영! 앞으로 전진!'

그러나 큰 다짐을 해놓고도 몸이 마음처럼 앞서지는 못하고 있었다. 현재가 다시 아프다고 그녀를 찾고 있자 결국 주영은 자기최면을 걸었다.

"그래. 알아, 안다고. 나도 노력하고 있단 말이에요."

주영이 이를 악물며 투덜거렸다. 그녀의 손에 뜨거운 것이 한가득 들어왔다. 한동안 그 느낌에 적응하기 위해 주영은 석고상처럼 가만히 있어야 했다. 아니, 움직일 생각조차 못했다. 그곳은 의외로 아기 살처럼 연하고 부드러웠다. 고무공을 가지고 논 기억을 경험 삼아 그녀의 서툰 손이 움직이기 여러 번, 이 정도면 그녀의 최대의 실력과 노력이 발휘하였으니 당연히 그 또한 협조적으로 나와야 했다. 그러나 어찌 된 것이 그의 신음은 더욱 짙어졌다. 넓은 방에 남자의 신음 소리만 듣고 있자니 고문이 따로 없었다. 더욱이 두 팔을 들어 눈을 덮은 그는 숨 쉬는 게 버거울 따름인지 모든 것을 그녀에게 내맡긴 상태였다. 설마 밤새 이러고 있어야 하는 건 아니겠지? 이봐요, 뭐라고 말 좀 해봐요. 좋으면 좋다, 싫으면 싫다. 나 언제까지 이러고 있어야 하냐고!

끝날 것 같지 않던 밤이 끝났다. 주영은 화장실에서 손을 씻으면서 눈물이 차 올랐다. 자신의 인생이 왜 이렇게 꼬였는지 한탄을 하자면 일 년 삼백육십오 일이 모자랐다. 이런 문제를 도대체 누구와 얘기한단 말인가? 아빠? 당장 결혼 날짜를 잡으라 하실 것이다. 물론 결혼식장에 그녀는 휠체어를 타고 들어갈 것이 뻔했다. 친구? 미쳤다고 펄쩍 뛰면서도 느낌이 어땠냐고 꼬치꼬치 물으며 부산을 떨 것이다. 방송국으로 편지를 보내면 이 기구한 사연은 일등 먹어놓은 당상이리라. 잠이 확 깨버린 주영은 슬리퍼를 질질 끌고 침대로 향했다.

그녀가 다가가자 현재가 잠시 움찔할 뿐 침대에 코를 박은 채 꿈쩍도 하지 않았다. 얼굴 마주 볼 용기가 안 나시겠지. 이해한다고. 하지만 꼭 겁탈당했다는 듯 두 주먹 꽉 쥐고 내 순결을 잃었다고 광고할 필요는 없잖아.

일층에 비싼 양주가 즐비하던데 오늘 그녀는 종류별로 다 맛볼

작정이다. 오늘 같은 날은 맨정신으로 잘 수 없었다.

그녀가 일층으로 내려가려 하자 현재가 벌떡 일어났다.

"어, 어디 가!"

그의 얼굴은 아직까지 열기로 광대뼈 주위가 불그스름했다. 그 모습이 묘하게 매력적이었다.

"일층에 술 마시러 간다. 왜? 먼저 자."

"싫어!"

주영은 그가 자든 말든 문을 닫고 나와 버렸다. 지금은 그의 기분을 맞춰줄 생각이 없었다. 현재가 주인 따르는 강아지마냥 그녀 뒤를 졸졸 따르더니 끝내는 식탁에 얌전히 앉았다. 하는 수 없이 그녀는 두 개의 유리잔과 이름도 알지 못하는 술 하나를 골라 식탁에 올려놓았다. 안주는 저녁에 먹다 남은 갈치 조림이었다.

"마실래?"

현재가 고개를 저었다.

"마셔, 마셔. 괜찮아. 다른 건 몰라도 사람이란 자신의 입맛은 기억하게 되어 있으니까. 이런 술 저기에 엄청 많아. 당신이 좋아하니까 많이 사다놓은 거겠지."

"하지만 이건……."

현재는 유리컵에 담긴 맑은 갈색의 술을 멀거니 바라보았다. 자신이 이 술을 마셔도 되는지 갈등이 일었다. 안 마신다고 하면 그녀가 그를 비웃을 것 같다는 생각이 들었다. 그녀의 비웃음을 사느니 차라리 맛없는 술을 먹는 게 나았다. 그녀에게는 무조건 약점 잡히는 것이 싫었다.

주방에는 한동안 유리잔에 얼음 부딪히는 소리밖에 나지 않았다. 그는 할 말이 잔뜩 있다는 표정을 한 채 그녀의 앞에서 홀짝홀짝 술만 마실 뿐이었다. 그가 조금 전부터 계속 그녀의 얼굴만 쳐다보고 있다는 것을 알았지만 주영은 애써 모른 척했다. 그녀는 그에게 해줄 말도 없고, 하고 싶지도 않았다. 단지 내일부터는 그녀가 땅바닥에서 자야 한다는 사실만 남아 있을 뿐이다. 그녀는 그를 너무 쉽게 생각했는지도 몰랐다. 아무리 아이로 돌아갔다 해도 신체리듬은 어른일 텐데 그 사실을 그녀는 잊고 말았던 것이다.

"하나 물어볼 게 있는데……."

끝내는 현재가 말끝을 흐리며 그녀에게 질문을 던졌다.

"묻지 마."

안 봐도 뻔한 질문에 곤란한 대답일 것이다.

"내…… 왜, 왜 거길 만지는 거야!"

그녀는 식도로 넘어간 비싼 술이 다시 뿜어져 나오는 줄 알았다. 아주 노골적인 질문이었다. 주영은 대답이 금세 떠오르지 않자 시간을 벌기 위해 자신의 잔을 빙빙 돌렸다. 열두 살에 맞는 답을 선별해야 하니 취하기도 전에 머리가 아플 지경이었다. 그녀는 일단 술 한 모금을 넘겼다.

"그건 말이지, 음…… 아! 그래, 민간요법이야."

"민간요법?"

전혀 이해가 되지 않는다는 듯 현재가 눈썹을 찡그렸다. 그가 의심을 하기 전에 그녀는 재빨리 부가설명에 나섰다.

“그러니까 몸이 아플 때 말이야, 병원에 가서 진찰하는 경우도 있지만 집에서 해결할 수 있는 방법도 있거든. 감기를 예로 들어볼까? 감기 걸렸을 때 배즙이랑 생강즙이랑 갈아서 마시면 감기가 없어지거든. 이번이 그와 같은 경우라고 할 수 있지. 조금 전에 몸이 아팠지? 손도 떨리고 온몸에 땀이 났지?”

너무나 정확하게 그의 몸 상태를 설명하자 현재는 자신도 모르게 고개를 끄덕였다. 하지만 너무 민망한 민간요법이라는 것은 변함이 없었다. 그의 긴가민가하는 표정에 주영은 쐐기를 박았다.

“이렇게 깜깜한 밤이라 병원에 가기도 전에 넌 아파서 쓰러졌을걸? 너도 그렇게 아파본 적 없지? 그러니까 난 응급처지를 잘한 거지.”

‘그럼. 처음 한 것치고 너무 잘해서 눈물이 나올 뻔했지.’

“그럼…… 다음번에도 밤에 아프면 이래야 해?”

“아니! 다음번에는 무조건 병원에 가야 해. 무조건!”

그녀가 딱 잘라 말하자 현재는 왠지 모르게 서운함을 느꼈다.

“그래도 깜깜한 밤중이라면?”

“그럼 깜깜한 밤에 안 아프면 되는 거지.”

주영은 술잔을 입술로 가져다 대다 다시 내려놓았다. 고지식하게 100% 믿어 다른 사람에게 이 말이 들어갈 수도 있겠구나라는 생각이 퍼뜩 들었기 때문이다. 이번만 이러고 안 그러라는 법 있나? 저 신체 건강한 박현재가? 그전에 의심의 싹을 잘라 없애 버려야 했다. 만약 그가 다시 흥분했는데 ‘제가 아는 누나가 민간요법으로 이렇게 해주면 된다고 했어요’ 라는 말을 했다가는 집안 망신당하기 십상이었다. 주영은 자세를 바로 잡았다.

"이건 너에게만 말하는 건데, 사실 그건 우리 집 대대로 내려오는 민간요법이거든. 그러니 다른 사람에게 얘기해서는 죽어도 안 돼. 물론 해달라고 해서도 안 돼."

"하지만 위급하면……."

오늘따라 그가 계속 그녀의 말을 잡고 늘어지자 주영은 정말 불안해졌다. 모르는 사람에게 쉽게 말을 걸 그도 아니지만 만의 하나라는 경우는 있는 법이었다. 후회의 탄식과 함께 그녀가 고개를 식탁에 박으며 머리를 쥐어뜯었다. 멀리서 생각할 필요도 없었다. 최 박사님이 있었다. 그는 일주일마다 현재가 어떻게 지냈는지 물어볼 것이다. 그의 대답은 생각하고 싶지도 않았다. 저 사람이 고통 속에 허덕이든 몸이 달군 석쇠가 되든 그냥 모르는 척하고 지나가야 했었다. 하지만 그때는 정말 무슨 일이라도 생길 것만 같았다. 남들에게는 오해 살 만한 행동이지만 어디까지나 그녀 입장에서는 선의의 행동이었다.

"누구에게도 말하면 안 돼. 특히 최 박사님은 더욱 안 돼. 알았지? 너도 민망하다고 했잖아? 내 말은 그러니까 그런 것은 좋아하는 사람만이 해줄 수 있는 거야. 남들이 알아서는 안 되는 거지. 그래서 가문 대대로 내려오는 비법이라 그러는 거야."

이 정도 일장 연설을 했으면 알아들었을 터이다. 주영은 유리잔에 남아 있는 술을 한 번에 비웠다.

"거기다 난 아픈 몸을 치료해 주었으니 네 생명의 은인이잖아. 안 그래? 그러니 약속은 지켜야 돼."

터져 나오는 하품을 꾹 참으며 현재가 열심히 고개를 끄떡였다. 그녀에게 좀 더 물어보고 싶은 것이 많지만 아까부터 쏟아지는 졸음과 기분 좋은 나른함이 그를 방해하고 있었다.

"주영, 졸리다. 올라가서 자자."

마치 오래된 부부처럼 현재가 자연스럽게 그녀에게 손을 내밀었다.

아무래도 그가 술이 취한 것 같았다. 제정신으로 그녀에게 미소를 흘리며 손을 내밀 리가 없었다. 그러나 주영은 그가 내민 손을 무시하고 자리에서 일어났다. 어질러 놓은 식탁은 내일 치울 생각이다.

"내가 바닥에서 잘 테니 너 혼자 침대에서 자."

"왜?"

혼란스럽다는 듯 현재가 그녀를 빤히 바라보았다. 조금 전 그의 손을 잡지 않는 것도 그렇고 이제 침대에서도 자지 않는다라고 하자 현재의 입술이 고집스럽게 다물어졌다. 그녀는 화가 난 것이다. 그가 밤에 계속 아프니까 귀찮아서 같이 자기 싫은 것이다. 그렇지 않고서 갑자기 이럴 리가 없었다.

"침대에서 자니까 허리가 아파서 그래."

"하지만 바닥에서 못 잔다고 했잖아."

집요한 그의 시선이 그녀의 마음을 불편하게 했다. 그렇다고 진실을 말할 수도 없는 노릇 아닌가? 이게 다 당신 때문이라고!

"이불 많이 깔고 자면 괜찮을 거야."

"내가 옆에서 아프니까 그러는 거지? 싫으면 내 방에서 자지 마."

　놀랄 정도로 현재의 안색이 차갑게 굳어졌다. 끊어 말하는 그의 말 또한 매몰찼다.

　그녀는 이 답답함을 어떻게 풀어야 할지 몰라 속으로 가슴만 치고 있었다. 잘됐다. 이왕 이렇게 된 것 그가 어떻게 되든 신경 쓰지 말고 자신의 방으로 돌아가 잘까도 생각해 보았다. 그런데 그가 자리를 뜨지 않고 있었다. 예전 같으면 그녀 말은 듣지도 않은 채 위층으로 쿵쾅거리며 올라갔을 그가 말없이 그녀에게 이유를 캐묻고 있는 것이다. 그녀는 오늘 아예 거짓말쟁이가 될 작정을 했다.

　"그게 아니야. 여자는 말이야, 한 달에 한 번 배가 아파. 아무튼 그래. 그때가 되면 따뜻한 바닥에서 배를 깔고 자야지 나을 수 있는 거야. 그게 최고야."

　이렇게 구구절절 얼굴 표정 안 바뀌고 거짓말하는 것을 보니 그녀는 전생에 피노키오의 엄마였을 것이다. 아니면 그녀의 숨은 능력이 이제야 빛을 발하고 있는 모양이었다.

　"나, 나도 그게 뭔지는 알아! 텔레비전에서 봤어."

　"그러니까 나는 바닥에서 자야 돼."

　현재는 곰곰이 생각을 하더니 이층으로 올라가 별장에 있는 이불은 모조리 꺼내 바닥에 깔았다. 자신의 방을 쭉 둘러본 그는 뭔가가 빠졌는지 다시 일층으로 뛰어내려 갔다. 그녀가 바닥에서 완벽히 잠드는 것까지 확인한 그는 침대를 놔두고 자신의 이불을 끌고 와 그녀 옆에 조용히 누웠다. 오늘은 너무 피곤해서 악몽을 꿀 여유도 없을 것 같았다. 베개에 머리가 닿자마자 그는 그녀 옆에서 깊은 잠에 빠져들었다.

　그날 밤, 초여름의 끝자락 바람 한 점 없는 밤에 그녀의 거짓말로 인해 보일러가 밤새 작동하고 있었다.

　재석은 아침 일찍 회사로 출근하는 대신 삼진테크로 향했다. 그가 알기로는 여러 기업이 삼진테크를 잡아먹기를 기다리고 있는 하이에나 떼처럼 굴고 있었다. 삼진테크가 모든 전자제품의 호환성을 가지는 칩 개발로 업계는 눈이 빨갛게 뒤집혀 언제든지 물어뜯을 기세였다. 황금알을 낳는 거위는 아니더라도 그 거위가 될 수 있는 잠재력과 다른 회사가 개발하기 전까지 독점을 할 수 있다는 달콤한 유혹은 그들을 움직이기에 충분했다.

　그건 자신이 근무하는 은행까지 영향력이 발휘되었다. 그가 근무하는 중앙은행의 본사에서 두 달 전부터 단지 중소기업일 뿐인 삼진테크로 단돈 일 원의 대출도 허용할 수 없다는 특별지시가 각 은행장으로 공지가 나간 것이다. 중앙은행과는 오 년 이상 거래를 해왔음에도 불구하고 대기업의 비유를 맞추기 위해 고개를 돌린 것이다. 유망한 중소기업이 대기업 손에 놀아나다 죽는 꼴을 한두 번 보는 것도 아니지만 입맛이 쓰게 느껴지는 것은 어쩔 수 없었다. 이제까지 방관자의 입장에서 지켜만 본 재석은 아무래도 미래의 장인어른에게 자신이 먼저 손을 내밀어야 되지 싶었다. 그러기 위해서는 삼진테크의 실재무의 파악이 우선이었지만 그의 마음은 벌써 결정이 난 상태였다. 지금 그 문제보다 그의 머리 속에 차지하고 있는 것은 그녀의 행방이었다. 그녀의 친구들과도 연락이 없는 상태였다. 경기도 양평 쪽에서 그녀의 위치가 추적되었으나 그녀가 이동 중이라면 그마저도 무용지물인 정보였다. 적어도 그녀가 자신에게 한 번쯤은 전화가 오길 내심 기대했다. 그러나 아버지에게까지 연락하지 않는 것을 보면 단단히 사고를 낸 것이 틀림없었다. 그는 그녀에게 버팀목이 되고 싶었다. 그래서 자연스럽게 그녀의 생활에 흡수되어 항상 그녀 옆에 그가 있다는 것을 그녀도 깨달아주었으면 했다. 강요하지 않을 생각이었다. 성격상 강요한다고 해서 들을 그녀도 아니었다. 오히려 청개구리처럼 반대로 튀어나가지 않으면 다행이었다. 그러나 한 번 마음을 주면 누구보다 흔들림없이 상대방을 바라봐 주는 사람도 그녀라는 것도 그는 잘 알고 있었다. 그는 그녀가 제발 무사히 집에 돌아왔으면 했다.

삼진테크 정문에 들어서자 그의 생각과는 달리 1차 부도 고비까지 간 회사치고는 분위기가 침착해 보였다. 모든 공장이 가동되고 있는 것을 보면 그가 우려했던 것보다 심각하지 않을지 몰랐다. 사장실로 직행할까 생각했던 재석은 마음을 바꿔 발걸음을 옮겼다. 혹시 그의 사진이 올려져 있지는 않을까 하는 기대심에 그녀가 일하는 책상이 보고 싶었다. 재석은 지나가는 직원 한 사람을 불러 세웠다.

"죄송하지만 여기가 김주영 씨가 근무하는 곳인가요?"

"아, 김주영 대리님요? 어쩌죠? 한 달 휴가라 자리를 비우셨는데요."

"무슨 일이라도 있는가 보죠?"

누구보다 책잡히기 싫어해 지각 한 번 하지 않던 그녀가 도대체 회사에다 무슨 말을 하고 빠졌는지 궁금했다.

"저야 그건 모르겠고 아프다고 하네요. 듣기로는 무슨 수술을 받는다고 하던데. 처음에는 아무도 안 믿는 분위기였어요. 소리 지르기 일등에다 기물 파손하는 것은 취미이자 특기이고 저희 사무실에서 제일 바쁜 사람처럼 일하지요. 아무튼 그분 때문에 조용한 날이 없었어요. 며칠 전에도 기술팀을 엎어버리고 왔는데 아프다고 하면 누가 믿나요? 어디 병원이라도 알아야 문병을 가죠."

"그녀…… 상당히 골칫덩어리였군요?"

재석은 고개를 숙여 미소를 감추었다. 이곳에서 그녀가 어떻게 생활했는지 쉽게 그려볼 수 있을 것 같았다.

"아! 김주영 대리님 찾아오셨다고 하셨죠?"

그제야 민철은 자신의 실수를 깨달은 듯했다. 김주영 대리를 찾는 사람에게 흉만 보았으니 나중에 김주영 대리님 귀에 들어가면 그는 죽은 목숨이었다.

"그렇다고 너무 그녀를 구박하지 말아주십시오. 그래도 예쁜 구석이 많은 그녀 아닌가요? 그럼 수고하십시오."

그녀의 책상 위를 얼핏 둘러본 재석은 이내 사장실로 발걸음을 옮겼다.

민철의 입이 쩍하고 벌어졌다. 재석의 뒷모습이 사라지자 그가 급하게 구매2팀으로 달려갔다.

"여기 다들 주목해 봐요. 빅 뉴스! 빅 뉴스!"

쩌렁쩌렁한 목소리를 자랑하며 구매과의 모든 시선을 받은 민철은 일단 숨을 골랐다. 호기심으로 한두 명씩 그 주위에 모여들자 그는 연말결산 가요 대상 수상자를 발표하는 사회자처럼 뜸을 들였다.

"뭐야, 문민철? 시시하면 여기서 몰매 맞을 줄 알아."

성격 급한 박 부장이 재촉했다.

"김주영 대리님의 약혼자가 왔어요. 아니, 그런 것 같아요. 그것도 훤칠한 키에 꽤 샤프한 남자! 닭살스러운 맨트 풀풀 날리며 지금 사라졌다구요. 성격도 엄청 좋아 보이고요. 남자 쪽이 아까워도 너무 아까워. 방문객 이름이 최재석!"

"그게 빅 뉴스야?"

김정준 대리가 한심하다는 듯 돌돌 말은 서류로 민철의 머리를 한 대 때리고 지나갔다.

"당연하죠. 아니, 김 대리님 성격에 어디 남자 친구가 있을 것 같습니까? 혹시 지금 결혼 준비로 안 나오는 거 아니에요?"

"잠깐, 이름이 뭐라고 했나? 최재석이라고?"

박 부장이 눈썹을 찡그리며 흐릿한 기억을 더듬고 있었다.

"그 사람 서른한 살의 나이로 중앙은행 종로 은행장으로 발령받은 사람 아니야?"

"에이, 설마요. 동명이인이겠죠. 거의 콩깍지가 씌인 수준이라니까요."

"그거야 모르고, 만약 맞다면 우리도 한숨 돌리겠는걸. 이봐, 다들 일 안 해? 지금이 어떤 때인데 농땡이야. 자자, 자리로 돌아가라고."

박 부장이 밥상 앞의 파리 쫓듯 모여 있는 사람들을 향해 손을 쳐냈다. 그의 입가에 한동안 볼 수 없던 확신의 미소가 서렸다. 지원군이 도착한 것이다!

재석은 그가 만들어온 서류를 김 사장 쪽으로 내밀었다. 무담보 대출 신청서였다. 그는 모든 서류를 빈틈없이 준비해 왔다. 김 사장의 도장만 있으면 내일이라도 당장 지원이 가능할 것이다. 그러나 김은 그리 반가운 내색이 아니었다. 오히려 그 앞에서 김 사장이 한숨을 내쉬며 고개를 절레절레 흔들자 재석은 자신이 너무 늦은 것은 아닌지 걱정이 되었다.

"재석 군, 참 고맙네만 마음만 받겠으니 도로 가져가게."

"혹시 제가 너무 늦게 온 것입니까?"

"그런 문제가 아니야. 여기까지 와준 것만으로 됐어."

"아버님은 제가 동정 때문에 그런다고 생각하십니까? 이제껏 삼진테크에 관한 서류를 보며 결정한 것입니다. 어느 은행도 동정으로 돈을 빌려주지는 않습니다."

김 사장이 소소하게 웃음을 털며 앞의 대출 서류를 재석에게 흔들어 보였다.

"중앙은행이 돈이 남아도는가 보군. 내가 여기다 백 억이라고 쓰면 어쩔 거야?"

재석은 문제될 것이 없다는 듯 어깨를 으쓱였다.

"동그라미가 몇 개인지만 유념해 주세요. 거기서 하나만 더 붙어도 능력 밖이니까요."

"농담은 그만 하게. 이게 말이 된다고 생각하나? 자네도 똑똑하니 잘 알 거 아니야, 우리가 왜 자금고에 시달렸는지. 우리 중소기업은 조금이라도 자금 회전이 안 되면 큰 타격을 받아. 거의 이익금은 연구 개발 비용으로 들어갔으니 이중고였지. 우리라고 은행에 사정을 안 해봤겠나? 중앙은행도 마찬가지지만 주 은행은 무려 이십 년 넘게 거래한 은행이야. 그런 은행이 등을 갑자기 등을 돌린다면 그건 위에서 뭔가 압력이 내려왔다는 소리겠지. 내가 자네에게 말을 안 한 이유도 그걸세. 내가 부탁한다 치세. 그걸 안 대기업이 은행에 전화 한 번이면 취소될 게 뻔한 일이지 않은가. 자네 또한 그 자리에 있으면서도 난처했을 거야. 그리고 그때 당시에는 돈을 빌릴 만큼 다급하다고 생각하지도 않았고."

"은행 돈이 아니더라도 돈은 어떻게든 끌어들일 수 있습니다."

빈말을 하자고 온 그가 아니었다. 그러나 김 사장의 고집 또한 완강했다.

"정말 급하면 그때 부탁하겠네. 김우근 아직 건재하다고. 걱정하지 말라고. 이 서류 작성하느라 수고했을 텐데 미안하군. 아무래도 주한전자와 계약을 해야 될 것 같네. 원래 이렇게 되리라고는 짐작했지만 말야. 사실 주한전자와는 예전부터 얘기가 있었네. 일이 좀 틀어져서 여기까지 왔네만 그리 조건이 나쁘지는 않아. 자식 뺏기는 기분이 들기도 하지만 어쩌겠나, 사업은 사업인걸."

그렇게 말하면서도 그의 말에는 힘이 없었다.

"안색이 안 좋아 보입니다. 어디 편찮으십니까?"

그녀가 없어서 챙겨줄 사람도 없을 것이다. 정말 그녀는 어디에 있는 것일까. 누구보다도 아버지를 사랑하는 그녀였다. 입버릇처럼 결혼을 늦게 할 것이라고 말하던 그녀였다. 그 이유가 혼자인 아버지 때문인 것을 잘 알고 있는 그로서는 그녀의 행동이 이해가 가지 않았다.

"회사 일을 좀 신경 쓰다 보니 그런가 봐. 딸내미 신경 쓸 겨를도 없군 그래. 그러니 자네가 빨리 내 딸 데려가란 말이야. 언제까지 저렇게 고삐 풀린 망아지처럼 놔둘 거야. 아니면 데려가기 싫은 게야?"

재석은 말없이 웃기만 했다. 안달난 사람이 누구보다 그라는 걸 잘 알고 있으면서 김 사장은 잘못이 그에게 있는 양 그만 구박했다.

"그건 그렇고 주영이 어디 있는지는 알아냈나? 집에 들어오기만 해봐라. 도대체 무슨 일을 저질렀기에 전화 할 통 할 정신조차 없는 거야. 아님 그동안 손목이라도 부러졌나 보지? 괘씸한 녀석 같으니."

"죄송합니다."

"자네가 죄송할 게 뭐 있나. 그러니까 빨리 데려가. 골치 아파."

누구보다 애지중지하는 딸이면서도 그는 자신의 딸을 팔아치우기 힘든 고물처럼 말하고 있었다. 정작 예식장에 서면 눈물콧물 다 흘릴 분이면서.

"그렇게 할 생각입니다."

김 사장의 짙은 눈썹이 재미있게 올라갔다.

"최근 들은 말 중 가장 마음에 드는 말이군."

재석도 이번만큼은 가만있지 않을 생각이었다. 그녀가 돌아오면 이젠 그녀와의 관계를 진지하게 발전시킬 생각이었다.

　유리창 가까이 소파에 앉아 있는 현재는 햇볕에 몸을 묻고 노곤함을 즐기고 있었다. 신데렐라마냥 두 무릎을 꿇고 걸레로 거실 바닥을 박박 문지르는 주영과는 사뭇 대조적인 모습이었다. 참다 못한 주영이 걸레를 팽개치고 그에게 다가갔다. 조금만 저렇게 있다 유리창 닦겠지 했던 것이 벌써 한 시간째 저러고 있는 것이다. 거기다 그는 동물 관찰하듯 그녀의 움직임만 좇고 있었다.

　"도련님, 거기 마른 걸레와 스프레이를 들고 이제 창문 좀 닦으시지요? 비가 와서 창문이 더러워진 게 안 보이십니까?"

　말을 걸어도 계속 반응이 없자 주영은 먼지떨이로 그의 배를 꾹꾹 찔러보았다.

　"청소 안 하려고 꾀 부리는 거지? 박 도령은 고개를 들라. 사내라면 사내답게 말하지 어찌 꽁해 있는고?"

　갑자기 현재가 그녀의 팔을 잡아당기자 주영은 넘어지듯 소파에 앉아버렸다. 그것으로 모자라 바둥대는 그녀를 그의 두 팔로 가둬 버리더니 이내 그가 그녀의 목에 얼굴을 묻었다.

　당황도 당황이지만 부딪쳐 오는 그의 체온이 의식되어 낯이 금세 뜨거워졌다. 심장에 이상신호가 오기 전에 그녀는 그의 품에서 빠져나와야 했다. 봄처녀 바람난 듯 익숙하지 않는 설렘으로 그를 보는 건 위험한 생각이었다. 아무 의미 없는 그의 행동에 그녀 혼자서 의미를 부여하는 멍청한 짓을 할 수 없었다. 스물일곱 세의 아가씨가 몸은 성인이지만 모든 게 열두 살인 남자 아이를 보고 얼굴을 붉히다니 있을 수 없는 일이었다. 그건 사오십대 아저씨가 교복 입은 여학생을 보고 군침 흘리는 변태와 다를 바가 없는 일이었다. 하지만 그가 그녀를 바라보며 이렇게 안겨올 때면 그녀는 정신검단을 받아야 하는 상황에 처하곤 했다.

현재가 그녀의 목에 얼굴을 묻은 채 꼼짝도 하지 않자 주영은 슬슬 걱정이 되었다. 어제 비가 내려서 우울했는지 아무리 달래보아도 그는 방 안에서 나오지도 않았다. 오늘은 겨우 그를 방에서 끄집어내는 데는 성공했지만 보시다시피 기분까지 바꿔놓지는 못했다. 그에게 청소를 시킨 이유도 부려먹기 쉬운 몸이라는 것도 있지만 움직이다 보면 잡생각을 털어버릴 수 있기 때문이었다. 그녀의 심오한 뜻을 알 리 없는 그는 아직까지 우울한 기분에서 뭉기적거리고 있었다.

"잠시만……."

그녀가 그의 품을 벗어나려 하자 현재는 더욱 그녀를 끌어안았다. 아무리 봐도 오늘 그가 이상했다. 또 무슨 생각이 그의 머리를 어지럽히고 있는 것인지 그녀는 궁금했다.

"야, 아프지 마. 차라니 화를 내거나 울어. 그게 건강에 이로워. 내가 써먹던 방법이었으니까 확실히 보증해. 아프다고 엉엉 울고 싶은데 그 똥고집 때문에 못 울고 있는 거 아니야? 혹시 엄마가 보고 싶어서 그래?"

눈가가 화끈거리자 현재는 눈을 감았다. 주영은 어색하게 그의 목에 팔을 둘렀다. 그가 왜 마음이 아픈지 모르겠지만 차라리 그녀에게 소리치며 화를 내는 모습이 나았다.

'이봐요. 나 당신 아픈 모습 너무 많이 봐서 이제 그런 거 보고
싶지도 않다고요. 몸이든 마음이든.'

그녀의 어깨가 저릴 때까지 그가 움직이지 않자 주영은 특단의
조치를 내리기로 했다.

"오늘 네가 그 우울함에서 탈피한다면 내가 해줄 수 있는 범위
에서 네 소원 한 가지 들어줄게. 솔깃하지?"

"무르기 없기."

"좋아."

그가 고개를 들며 심각하게 그녀를 바라보자 주영은 어찌 자신
이 무리수를 둔 것 같은 기분이었다.

"목욕시켜 줘."

"뭐?"

황당한 그의 소원에 그녀가 잠시 멍한 채 그를 바라보았다. 저
남정네가 지금 처자 가슴에 불을 지르려고 작정한 게 틀림없었다.

"목욕."

"흠, 그건 좀…… 다른 걸로 하면 안 될까?"

딱히 좋은 변명거리가 생각나지 않자 주영은 소원 변경을 요구
했다.

"어려운 것도 아닌데. 충분히 여기서 할 수 있는 일이고."

"그럼 우리 다음에 하자. 그러니까 목욕하는 데에도 준비물이
필요하거든. 소원이니까 근사하게 목욕을 해야 할 것 아니야. 목
욕탕에서 음료수도 먹을 수 있게 해주고 또 안마도 해주어야 하니
까. 완벽한 목욕을 위해서 내가 계획을 짜서 날짜를 가르쳐 줄게."

"그게 언젠데?"

'수퇘지 새끼 낳는 날.'

"그야 이제 알아봐야지. 암튼 빠른 시일 내에 날 잡으면 되잖아. 그럼 됐지?"

"손가락 걸어."

못 미더운 약속인 걸 어떻게 알았는지 그가 새끼 손가락을 내밀더니 그녀에게서 약속을 받아내었다. 거짓 약속이라 조금 찔리긴 하지만 희망을 심어주는 건 나쁘지 않은 거라고 그녀는 스스로를 납득시켰다. 미안한 마음에 그녀가 씨익 웃자 현재도 따라 웃었다.

구렁이 담 넘듯이 넘어가려는 그녀의 모습을 보며 현재는 반드시 그 소원을 받아낼 것이라는 각오를 다졌다.

주영은 전화 한 통을 받자마자 이층으로 우당탕 올라갔다. 그녀가 방을 벌컥 열자 침대에 그의 새 옷이 가지런히 놓여 있었다. 설마 했는데 언제 챙겼는지 옆에 여행 가방까지 있었다. 거짓말인 줄 알았는데, 사실이 아닐 거라 생각했는데 낯선 그의 모습을 보자 인정할 수밖에 없었다. 그래도 정이 들었다고 생각했다. 그녀와 웃지 못할 사건들도 많았지만 이렇게 매정한 사람은 아니라고 생각했다. 그런데 그가 그녀를 속였다. 정확히 말하면 숨겼다.

"숨기는 거 있지? 알면서 모른 척했지? 어떻게 나에게 그럴 수 있어!"

현재가 뒤를 돌아보지 않은 채 긴장했다.

그의 무정한 행동에 더욱 화가 난 주영은 억지로 그를 돌려 세워 그녀를 바라보게 했다.

"왜 나에게 말 안 했어?"

"……."

"또 그 입 다물지? 그래도 나에게는 말했어야 하는 거 아니야? 물론 난 당신의 가족도 아니지만 그래도 거의 한 달, 아니, 정확히 이십일 일을 같이 동거한 사람으로 당신이 오늘 짐을 싼다는 것 정도는 알려줘야 하잖아. 도대체 어디로 가는 건지 알고는 있는 거야? 그냥 짐 싸라고 해서 싸는 거지? 그 나쁜 놈, 박은혁이 협박 했지? 너 그 사람 싫다면서? 근데 왜 그 사람 말을 들어? 그놈이 꼬시던?"

주영의 흥분을 본체만체한 그가 다시 손목에 있는 와이셔츠 단추를 채우고 있었다.

"어쩐지 이상하다 했어. 일주일 동안 너무 말이 없다 했어. 듣고 있는 거야? 야! 정말 짐 싸는 거냐구!"

주영은 방 안을 왔다 갔다 하며 생각을 정리했다. 그가 여기에 더 이상 머물 필요가 없다라는 박은혁의 말을 믿을 수 없었다. 갑자기 그를 데려가겠다니. 그것도 아무것도 모르는 저 사람을. 물론 그녀가 평생 그와 여기서 살 수는 없었다. 그녀에게는 그에 대한 아무런 권한도, 책임도 없었다. 그러나 그녀의 마음은 어떻게든 그를 다른 곳으로 보내고 싶지 않았다. 책임지지도 못할 거라는 사실을 잘 알면서 그녀의 이기심은 그가 여기 떠난다는 자체를 받아들일 수 없었다. 알고 있으면서도 그녀에게 말하지 않는 그에게 화가 났다. 그 사실이 그녀에게 상처가 되었다. 먼저 눈치를 챘었어야 했는데. 조금만 생각하면 그의 행동이 많이 달라졌다는 것을 느꼈을 텐데. 머리를 말려줄 때도 온순한 양처럼 가만히 있고 머리를 쥐어박을 때도 군소리없이 다 맞을 때부터 의심을 해보았어야 했다. 그녀가 웃고 떠드는 그동안 그 혼자 마음속으로 결정을 내리고 있었던 것이다.

"어디로 가는데?"

그가 어디로 가든 이젠 상관없는 사람이지만 그녀는 자신도 모르게 묻고 있었다.

"집으로."

그가 살짝 미소를 보이며 대답했다.

"집?"

이제야 알았다, 이 사람이 기뻐하는 이유를. 그는 부모님을 만나러 갈 생각인 것이다. 충분히 기다렸으니 직접 부모님을 보러 올라갈 생각인 것이다. 생각이 거기에 미치자 주영은 두 눈을 감았다. 여기서는 아무도 그의 부모님의 안부를 물을 사람이 없지만 거기는 다르다. 그의 부모가 돌아가셨다는 것을, 그가 자신이 열두 살의 어린이가 아니라 서른네 살이라는 어른이라고 옆에서 가르쳐 줄 것이다. 아니, 그냥 들릴 것이다. 지금도 충분히 혼란스러워하는 그가 집으로 돌아간다 해서 그에게 따뜻하게 손 내밀어줄 사람은 없을 것 같았다. 누군가 박현재 사장이 충격을 받아 어린아이가 되어버렸다는 사실을 세상에 내놓는다면 그는 세간의 수군거림과 함께 웃음거리가 될 것이다.

주영은 차 오르는 눈물을 꾹 눌렀다. 이건 필시 갑작스러운 이별 때문인 것이다. 이놈의 주책맞은 눈물.

"내가…… 박은혁이랑 먼저 얘기해 볼까?"

주영은 그 사람이 왜 박현재를 갑작스럽게 서울로 데려가려는지 알아야 했다.

"동정이야?"

낮고 간략한 현재의 목소리가 그녀에게 사막의 바짝 마른 모래처럼 건조하게 들렸다. 주영의 눈꼬리가 올라갔다. 나오려는 눈물이 그의 싹퉁머리없는 말에 눈물샘으로 쏙 들어갈 정도였다.

"뭐야? 지금 내가 너 걱정하는 거 안 보여? 그렇게 정떨어지는 말을 해야 하냐고."

현재가 그녀를 무시하며 넥타이를 목에 걸었다.

주영은 반응없는 그의 모습에 금방 시무룩해졌다. 그가 여기를 떠나든 남든 그건 그의 선택이었다. 그녀가 화낼 이유가 전혀 없었다.

"그 사람이 양복 입으래? 서울 가기 때문에? 넥타이 맬 줄이나 알아?"

"아……."

현재가 그제야 뒤돌아 그녀를 바라보았다. 잠시 고민을 하더니 그는 자신의 넥타이를 뻔뻔스럽게 주영에게 내밀었다. 매달라는 의미였다.

"모르면서 죽어도 모른다고는 말 못하지?"

말은 그러면서도 주영은 넥타이를 능숙하게 매주었다.

"다른 건 못해도 내가 이거 하나는 잘하거든. 아빠 넥타이를 내가 거의 매주었으니까. 이렇게 차려입으니까 정말 사장님 같네."

주영은 아무 말이나 지껄여 대며 무덤덤해 보이려 애썼다. 그러나 그 미운 정이 참 깊숙이 박힌 것 같았다. 결국 그녀가 주저앉아 울음을 터뜨렸다.

당황한 현재 또한 그녀 옆에 주저앉았다. 그녀가 다 울 때까지 그는 그녀의 눈물이 떨어질 타이밍과 함께 그녀에게 휴지를 건네주어야 했다.

"넌 서울 가느라고 기쁘지? 에이씨, 이 무슨 청승이야."

예전에 연예인이 해외로 입양되기 전의 아이를 며칠 동안 위탁하는 모습을 찍어 방영해 주는 프로그램이 있었다. 공항에서 아이와 헤어지는 연예인들은 정말 자기 자식 입양 보내듯 펑펑 울었다. 물론 마음은 아프겠지만 그녀는 그게 과장이라고 생각했다. 즉 쇼맨십이 가미된 눈물이라고 생각했다. 단 며칠 아닌가. 며칠밖에 위탁하지 않는 아이에게 흘린 눈물이 한 바가지라면 부모님이 돌아가시면 그 일대 홍수가 나야 옳다고 생각한 그녀였다. 그런데 지금 그녀를 보라. 이십일 일 동안 그와 생활하면서 이제는 그가 생판 모르는 사람에게 보내질 생각을 하니 목이 메이더니 결국 훌쩍이고 있는 게 아닌가.

"그만 울어. 휴지도 별로 없는데."

주영은 손등으로 눈물을 닦으며 메모지에다 그녀의 핸드폰 번호를 적었다. 있을 때 좀 더 잘해주지 못한 미안함이 때늦은 후회로 밀려왔다.

"이거 내 핸드폰 번호거든. 잃어버리지 마. 밤에 잠이 안 오거나 전화 걸고 싶을 때 걸어. 요즘은 거의 악몽을 안 꾸지만 꾸고 나서 무서우면 여기로 걸어. 그냥 걸어, 새벽에도 상관없으니까. 알았지?"

현재가 말없이 고개를 끄덕였다.

"그리고 밥도 혼자 먹지 마. 혼자 먹으면 밥 먹기 싫잖아. 안 그래? 학생이 매점 아줌마와 친해져야 하듯이 너도 주방 아주머니와 친해져야 맛있는 반찬도 많이 해주고 너 좋아한단 말이야."

그녀는 정말 자신이 신파극의 나오는 어머니처럼 현재에게 이것저것 가르쳐 주고 있었다. 주영은 무릎을 세워 옆에 있는 현재를 와락 안았다. 한 번도 맡아본 적 없는 그의 낯선 스킨 냄새가 그의 주위에 묻어났다.

'넌 나와 헤어지는 게 하나도 안 슬픈 거군? 멋 내고 광내서 서울을 가기만 하면 된다 이거지?'

박현재, 그는 끝까지 나쁜 놈이었다.

은혁은 현관문에서 걸어나오는 주영과 형을 바라보았다. 아무 표정 없는 현재에 비해 주영은 꼭 전쟁터에 남편을 보내는 아낙네의 모습으로 그의 뒤에 서 있었다. 기뻐해야 할 그녀의 모습은 어디에도 찾아볼 수 없었다. 그녀의 눈은 아직 눈물로 젖어 있었고 코끝은 조그마한 앵두 하나 올려놓은 것처럼 빨갰다. 둘의 묘한 분위기에 은혁의 입가가 실룩거렸다. 생각보다 그녀는 형과 잘 지낸 것 같았다. 은혁은 이제까지 형을 잘 보살펴 준 그녀에게 뭔가를 보답하기 위해 나중에 그녀 앞으로 선물을 하나 보내야겠다고 생각했다.

하지만 그의 훈훈한 마음을 모른 채 주영은 은혁을 보자 다짜고짜 눈에 쌍심지를 켰다.

"나와 얘기 좀 해요."

그녀는 현재를 의식하며 마당 구석으로 은혁을 잡아당겼다.

"도대체 무슨 변덕으로 갑자기 그를 서울로 데려가는 거예요?"

"그건 당신이 상관할 일이 아닌데요. 오히려 김주영 씨도 빨리 서울로 올라가게 되어서 잘되지 않았나요?"

"그를 이용해 먹을 생각인가요? 생각해 보니 누워서 입 벌리고 있으면 감이 뚝 떨어질 것 같아요? 그래서 그를 서울로 데려갈 생각인가요?"

"말이 심하군요, 김주영 씨. 다시 볼지도 모르는데. 김주영 씨가 몰라서 하는 말인데 형이 요청했어요, 서울로 돌아가고 싶다고. 난 다만 형의 요청을 들어준 죄밖에 없어요."

"알잖아요. 그가 서울로 돌아가면……."

"서울로 돌아가면?"

흥미 있다는 듯 은혁이 이죽거렸다.

"내가 언제 당신 밥맛없다는 말 했나요? 남이 심각하게 얘기하면 심각하게 들을 줄 알아야 하는 거 아니에요? 만약 당신이 박현재 씨를 이용해 먹을 생각이면 가만 안 둘 거예요."

"어떻게 할 생각인데요?"

"미쳤어요, 그걸 가르쳐 주게?"

은혁은 재미난 농담이라도 들은 듯 유쾌한 웃음을 터뜨렸다.

"시간이 없으니 이만 끝내죠. 나 또한 아무 근거 없이 모욕당할 만큼 한가한 사람이 아니니. 언젠가 다시 만나게 되면 당신의 입으로 직접 사과의 말을 듣기로 하죠. 그럼 먼저 올라가겠습니다. 이제껏 형을 보살펴 줘서 고마웠습니다."

적어도 한 번쯤 그녀를 바라보며 아쉬운 표정을 지어줄 만도 하건만 그가 뒤돌아보지 않고 자동차에 올라타자 주영은 심한 배신감을 느꼈다. 자신의 마음 어느 한구석이 빠져나간 기분이었다. 혹시 그가 다시 돌아올지도 모르는 어리석은 생각에 주영은 자동차가 사라질 때까지 그 자리에 서 있었다.

복잡한 감정기복에 그녀는 잠시 눈을 감았다. 됐어. 이제 끝난 거야. 신경 쓰지 말자. 김주영, 이제 넌 네 자리로 돌아가면 되는 거야. 스스로 다독이며 그녀는 자신의 짐을 챙기기 위해 집 안으로 들어갔다.

차에 탄 현재는 한동안 말이 없었다. 조금 긴 듯한 머리가 거슬리는 듯 계속 한 손으로 앞머리를 뒤로 넘겼다. 서울 진입로에 들어서자 마침내 그가 입을 열었다.

"회사로 차 돌려."

은혁은 피식 웃음이 나왔다. 오랜만에 들어보는 형의 목소리였다. 단조로운 그의 말이 이렇게 기쁘게 들릴 날이 올지 그 또한 몰랐었다.

"삼진테크 건 알고 있나?"

"저번 주에 독점 계약 체결로 마무리 단계에 왔어. 그전에 원래 주한전자가 지급해야 할 이십칠억 사천만 원이 선입급되었지. 그게 1차 부도 처리 이후지만 말이야. 이 정도면 만족할 만한 성과 아니야?"

"괜찮군."

"오늘은 집에 가서 쉬지 그래?"

"됐어. 이번 주 내로 변호사 선임해 놔."

"변호사? 무슨 건인데? 국제 클레임 건이야?"

은혁이 아는 내에 주한전자에 걸려 있는 큰 클레임 건은 없었다.

"아니. 아동 학대 전문 변화사면 충분해."

현재의 입가에 뜻 모를 미소가 번졌다.

제4장 **본게임**

주영은 집에 들어가지도 못하고 한 시간째 대문 앞에서 동냥이처럼 쭈그리고 앉아 있는 중이었다. 지문이 닳도록 초인종을 눌러봤지만 집에 일하시는 아주머니가 시장을 보러 가셨는지 낮잠을 주무시는지 굳센 창살 문은 열리지 않았다. 하기야 들어간다 해도 그녀는 아버지의 얼굴을 맞닥들일 용기가 없었다.

해는 거의 땅에 떨어지기 일보 직전이었다. 엉덩이가 차가워지자 일단 그녀는 핸드백을 깔고 앉았다. 그녀의 모습 어디에도 체면을 차릴 구석은 남아 있지 않았다. 구겨진 셔츠는 점심에 먹다 흘린 김칫국물로 꼬질꼬질했고 구두는 발이 아파 진작에 벗은 후였다.

지나가는 사람이 그녀를 흘깃거리며 수군거리자 그녀도 그들이 고개를 돌릴 때까지 같이 째려봐 주었다. 물론 자신의 꼴이 그리 깔끔하지 않다는 건 그녀도 인정한다. 그렇다고 그녀가 그들에게 피해를 준 것도 없었다. 재잘재잘 극성스러운 아줌마인 것으로 봐서 아마 조금 뒤에 신고가 들어갈 것 같았다.

그녀는 또다시 한숨을 내쉬었다. 자신의 자동차 키만 있어도 이런 몰골로 있지는 않았을 것이다. 별장에서 모든 준비를 마친 그녀도 출발하기 위해 자동차 열쇠를 꺼내려고 했다. 그런데 아무리 뒤져도 열쇠가 없었다. 자동차 열쇠부터 집 열쇠, 하물며 그녀가 이용하는 수영장 로커 열쇠까지 있는 열쇠는 다 사라졌다. 혹시 그녀의 부주의로 마당에 흘렸을지도 모른다는 생각에 이 잡듯 마당을 뒤졌다. 시간은 흐르고 열쇠 쇠 조각도 찾을 수 없던 그녀는 포기한 채 산장 관리인 아저씨 집까지 찾아가 시내버스 정류장까지만 태워달라고 부탁해야 했다. 오늘 그녀는 버스란 버스는 다 타본 것 같았다.

피곤함이 두 어깨를 꽉 누르고 있지만 막상 앞으로 닥칠 일을 생각하니 지금까지의 피곤함은 일도 아닐 것 같았다. 적어도 아버지 화를 가라앉히기 위해서는 며칠은 쥐 죽은 듯이 지내야 할 것이다. 답답한 한숨이 또 한 번 터져 나왔다. 꼭 가출하다 집에 들어가기 주저하는 청소년 심정이 바로 그녀 같은 마음이리라. 지원병을 요청해 볼까? 설마 남 앞에서 딸을 멍석말이하시겠어? 결심이 서자 그녀는 구두를 구겨 신은 채 근처의 슈퍼로 달려갔다. 지금이야말로 SOS를 쳐야 할 때였다.

김 사장의 고함 소리에 그녀의 어깨가 움찔거렸다. 그녀의 전략이 어긋나도 한참 어긋나고 있었다. 너무 급한 나머지 그녀의 꾀가 아버지의 화를 더욱 불러오리라는 변수를 생각해 내지 못했던 것이다. 그녀는 원망스러운 눈빛으로 자신의 손가락을 쳐다보았다. 아무래도 최재석은 SOS의 소속팀이 아니었다. 그 결과 무릎 꿇은 자세로 벌을 받고 있자니 온몸이 농성을 일으킬 지경이었다. 그러나 지은 죄가 있기에 주영은 고개를 푹 숙인 채 아버지의 불호령을 그대로 감내해야 했다.

무릎을 꿇은 지 꽤 시간도 지났고 이 정도면 옆에서 도와줄 만도 한데 오히려 재석은 말릴 생각도 하지 않고 그녀가 혼나기를 은근히 부추기고 있는 것 같았다. 그래도 지금은 믿을 사람이 그 밖에 없기에 주영은 살짝 그에게 구원 요청을 보냈다. 그 모습을 놓칠 리 없는 김 사장의 얼굴이 더욱 험악해졌다.

"뭘 잘했다고 재석의 옆구리를 찔러?"

"아버지, 그래도 최대한 빨리 왔잖아요. 전화 안 드린 건 정말 죄송해요. 전 아버지가 회사 일로 걱정이 많으시니까 더 이상 걱정을 끼쳐 드리지 않으려는 맘에……. 회사에서 거의 사시다시피 하신다기에……."

"그럼 네 행동이 잘했다 이거냐? 걱정을 안 끼치려고 전화를 안 해? 오히려 바가지로 걱정시켜 놓고! 재석이도 네놈 때문에 며칠 동안 한숨도 못 잤을 게다. 옷은 또 왜 이 모양이야? 싸움이라도 한 게야? 아님 거긴 물도 안 나온다더냐? 꼬질꼬질해서, 원. 쯧쯧!"

처음부터 끝까지 모든 것을 트집 잡을 작정인가 보다. 그렇다면 장작 이 상태로 한 시간 이상은 더 무릎 꿇고 앉아 있어야 된다는 말이었다. 그녀는 벌써 다리에 쥐가 나 엉덩이를 조금씩 들썩거렸다.

'아버지, 아버지 딸 망부석 돼요!'

아무리 마음속으로 그녀가 고래고래 소리쳐도 김 사장이 들릴 리 만무했다. 그러나 재석은 그 절규를 듣기라도 한 듯 입가에 보일락말락 한 미소가 스쳐 지나갔다.

"또 아비에게 통보식으로 전화 한 통만 하고 어디 사라져만 봐라. 그땐 정말 집 안으로도 안 들일 테니까. 알아들었어? 다 큰 처녀가 조심해서 다녀도 시원찮을 판국에 겁도 없이 어디 혼자 돌아다녀, 돌아다니길. 그것도 외지를. 생각이 있는 애야, 없는 애야. 손가락은 뭐에다 써. 핸드폰은 폼으로 가지고 다닌 거냐!"

"잘못했어요, 아버지. 용서해 주세요."

주영은 최대한 반성의 기미를 얼굴에 표현하려 애썼다. 그렇다고 할리우드 액션은 곤란했다. 오너가 할리우드 액션으로 우리 나라의 원성을 샀듯이 그녀 또한 아버지의 원성을 더 사고 싶은 생각은 없었다.

'아버지, 1부만 해요, 1부만! 관객 있다고 설마 앙코르 방송까지 하시려는 건 아니겠죠?

그녀는 고개가 땅바닥에 닿을 만큼 꾸벅거리며 손이 발이 되도록 싹싹 빌었다. 그녀를 살린 건 다름 아닌 저녁 식사 시간. 아주머니가 저녁이 준비되었다는 말을 하자 김 사장은 벌떡 일어나 먼저 주방으로 나가 버렸다. 아직 화가 덜 풀렸으니 알아서 기라는 소리였다.

주영은 아버지가 나가서야 숨통이 트인 듯 크게 숨을 들이켰다. 다리에 쥐가 나서 일어나지도, 그렇다고 앉지도 못해 고통 속에 허덕이는 그녀는 엉거주춤한 자세로 다리를 방바닥에 질질 끌어야 했다. 그래도 그는 그녀를 도와줄 생각이 없는지 무심히 관망만 하고 있었다. 그녀는 죄없는 재석을 흘겨보았다.

"지금의 당신을 네 글자로 뭐라 그러는 줄 알아요?"

"뭐라 부르는데?"

"무용지물! 내가 당신을 왜 불렀는지 뻔히 알면서 아버지 옆에서 맞장구를 치면 어떡해요. 아버지 성격 뻔히 알면서. 내가 소방수 불렀지, 기름 장수 부른 줄 알아요?"

그녀가 투덜투덜대며 결국 주저앉아 다리를 주물렀다. 아버지 예뻐하는 재석을 부르면 설렁설렁 넘어갈 줄 알았다. 이럴 줄 알았으면 그를 부르지도 않았을 것이다. 오히려 혼나는 모습까지 구경시켜 준 꼴이 되자 그녀는 더욱더 심통이 났다.

그 모습이 귀여운 듯 재석이 주먹으로 입을 가린 채 웃음을 감추었다.

"그럼 당신은 네 글자로 뭐라 그러는 줄 알아?"

"단장가인(斷腸佳人), 만년장가(萬年長佳), 빙자옥질(氷資玉質). 백설공주 기타 등등."

"못 보는 사이에 공주병이 생겼네. 큰일이야. 말해 봐. 장작 이십 일 넘게 어디 숨어 있다 이제 나타난 거야."

　주영은 다리에 짜릿함 통증 때문에 대답을 잠시 미루었다. 그래도 이것으로 끝난 게 다행이었다. 그녀는 정말 집에서 내쫓길 각오까지 했었다. 물론 그녀 입장에서는 피난이지만.

　그녀는 손가락에다 침을 묻혀 코에 콕콕 찍다가 자신이 아직 손도 안 씻었다는 사실을 깨달았다.

　"우리 아빠한테 다 들어서 알 거 아니에요. 아이 돌봤다고요. 진짜라니까요. 말 정말 엄청스럽게 안 듣는 아이하고 있다 보니 집 생각은커녕 하루하루가 바빴어요. 당신은 지금 내 몰골이 어디 잘 먹고 잘 놀다 온 모습으로 보여요?"

　그가 봐도 어디 사랑놀음이거나 팔도유람 즐기다 돌아온 사람의 모습은 아니었다. 다행인 건 그가 아는 그녀의 모습 그대로 돌아왔다는 것이다. 그게 중요했다.

　"아버지께 말씀 드리기 어려웠다면 나에게라도 할 수 있었어."

　부드럽지만 죄책감을 듬뿍 느끼게 하는 목소리였다.

　"알아요. 근데 저 이제 막 아버지에게서 해방되었거든요. 더 이상 꾸중 들을 힘이 하나도 없어요. 다음 기회를 노려요. 지금은 배도 고프고 씻고도 싶으니까요."

　"당신을 혼내는 게 아니야. 옆에서 걱정하는 사람도 생각하란 말이지. 당신은 나 돌아왔네 하고 손 털면 그만이지만 기다리던 사람들은 별의별 상상을 다 하며 애간장 녹았던 기분을 알아달라는 말이지. 당신, 철이 없어도 너무 없군. 더 혼내고 싶지만 당신 얼굴 보니 마음 약해서 더 말 못하겠네. 가서 밥 먹고 힘내. 그래야 살아남지."

"지금 병 주고 약 주는 거라면 번지수 틀렸습니다, 최재석 씨. 당신, 당신 집 가서 밥 먹어요. 오늘 나는 아빠랑만 먹을 테니. 밥 값을 못했으니 당연히 밥을 안 주는 게 옳지, 암."

아직까지 삐친 그녀는 그에게 조그마한 복수의 칼을 내밀었다.

"도대체 방에서 뭣 하느냐고 안 나와! 밥 먹으러 안 올 게야?"

성격 급한 김 사장이 두 사람이 나오지 않자 주방에서 날벼락이 떨어졌다. 그 소리가 너무 커 주영은 바로 옆에서 고함을 지르는 것 같은 착각이 들 정도였다. 반사적으로 그녀가 사관생도처럼 벌떡 일어났다.

"네. 지금 가요, 아버지. 간다구요."

저린 다리를 뒤뚱거리며 주영은 주방으로 후다닥 달려나갔다. 그 뒤를 이어 재석이 어깨를 들썩이며 뒤따랐다. 이십일 일 만에 돌아온 그의 미소였다.

사장이 복귀했다는 즐거움도 잠시, 주한전자 본사 회의 중역실은 팽팽한 긴장감으로 숨소리 하나 들리지 않았다. 그건 박현재 사장이 두 달간의 부재 기간으로 업무 진행 정도를 파악하기 위해 모든 중역들을 며칠간 쉼없이 한자리에 집합시켰기 때문이다. 회의를 시작하자마자 어떠한 친근한 인사도 없이 현재는 '시작합시다'라는 한마디만을 남긴 채 서류에 코를 박았다. 두 시간 넘게 그의 입에서 흘러나온 말은 '수고했습니다'와 그 다음 이사의 호명이었다.

회의가 한참 중반부로 넘어갈 무렵 그의 손끝에서 넘겨지는 종잇소리가 날카롭다 못해 신경질적이기까지 했다. 그때마다 보고 중이던 김정식 이사는 헛기침을 여러 번 해야만 했다. 김 상무 일이 다들 남 같지 않은지 몇몇 중역은 꼭 죄수가 사형수 날짜 받아놓은 것처럼 고개조차 들지 못했다. 그에 비해 미리 보고를 끝마친 이사들은 한결 느긋한 모습으로 회의를 참관하는 모습이었다.

은혁은 이 불편하고도 오랜만에 보는 친근한 회의 분위기가 참으로 즐거웠다. 그는 사람이 쌓아놓은 이미지는 무시할 수가 없다는 것을 또 한 번 깨달았다. 부사장이 주관하던 회의와는 판이하게 다른 모습이었다. 두 달 동안 그들이 의자에 편히 기대거나 손가락에 깍지를 끼며 여유롭게 회의하던 모습은 오늘 어디에도 찾아볼 수 없었다. 물론 심기 불편한 사장의 불화살을 맞고 싶으면 뭔 짓인들 못할까 싶지만 한동안 이 분위기에 적응하려면 이사들도 꽤나 고생해야 할 것 같았다.

결국 중간에 보고서를 덮은 현재가 몸을 앞으로 숙였다.

"김정식 이사님, 다음 주에 중국 천진 지사로 가십시오. CVD 신축 공장에 계시다 보면 이 숙제를 해결하는 데 아무 문제 없을 겁니다."

몇몇 이사의 숨 들이키는 소리가 들렸다. 앉아 있는 그들의 머리 속에 떠오르는 생각은 단 하나, 좌천! 그러나 정작 김정식 이사는 차분한 모습이었다.

잠시 적응 기간을 주려는 듯 현재는 그들을 한번 둘러보았다.

"앉아서 숫자놀음은 인터넷으로도 합니다. 대략적인 감으로 오년 공사 말아먹을 심산 아니라면 직접 가서 답을 가져오십시오.

오늘 회의 이것으로 마칩니다."

한 사람의 희생으로 이사들의 표정이 180도 달라졌다. 화낼 필요도 없었다. 단지 그는 단적인 예를 시범적으로 보여줄 뿐이었다. 시범을 보였으니 알아서 빠릿하게 행동하라는 친절한 경고 메시지였다. 얼마나 간단한 방법인가. 아마 내일부터 이사들은 자신들의 주식 동향을 체크할 시간도 없이 바빠질 것이다. 아니, 형의 칼바람을 맞지 않기 위해서는 한동안 주한전자 전체가 기민하게 움직여야 할 것이다.

사장실로 돌아온 현재는 서류철을 책상에 던져 놓곤 책상 끝에 걸터앉았다. 모든 생활리듬이 예전으로 돌아온 것 같으면서도 가끔 정신이 멍해질 때가 있었다. 또한 일하던 중간중간 자신은 양평에 있는 별장으로 가 있어 당황스러울 때가 한두 번이 아니었다.

현재는 생각을 떨쳐 내려는 듯 고개를 두어 번 가로저었다. 이렇게 잡생각이 많은 이유는 아마 그 시간이 그에게 미치는 영향이 너무 컸기 때문일 것이다.

"사장님, 박은혁 이사입니다."

비서의 말이 다 끝나기도 전에 은혁은 사장실의 문을 열어젖혔다. 들어오자마자 푹신한 가죽 소파에 몸을 기댄 모습을 보아하니 지극히 개인적으로 찾아온 것이 분명했다.

"아직 보고할 게 남았나 보지?"

"삼진테크 건 다음 주 중으로 시찰을 나갈 생각인데 혹시 갈 생각이 있는지 물으러 왔습니다.”

서글거리는 그의 미소에 현재의 눈이 가늘어졌다. 한 팔을 소파 뒤에 턱 하니 걸치고 앉아 있는 폼은 절대 상부에 보고하는 태도라 볼 수 없었다. 주영의 표현을 빌리자면 싹퉁머리가 없어도 한참 없는 짓이었다.

“그런 건 전화 한 통이면 될 텐데?”

“사장님이 안 계시는 동안 여기저기 구멍이 숭숭 났는데 그거 메우려면 한 푼이라도 아껴야지. 요즘 전화비가 얼마나 올랐는데.”

현재가 피식 웃으며 은혁과 마주 보고 앉았다. 그동안의 밀린 회사 일을 처리한다는 핑계로 개인적으로 미안한 감이 없잖아 있었다. 사고가 난 후 혼자서 침착히 해결한 것 하며 그가 별장에 있는 동안 그의 빈자리를 메우기 위해 이리저리 뛰어다닌 은혁에게 수고했다며 술 한 잔이라도 하고 싶은데 그는 아직 은혁에게 고맙다는 말조차 건네지 못했다.

“기억이 어떻게 돌아왔을까? 기억이 돌아왔는데 왜 일주일이나 거기 더 머물었을까? 그 아가씨의 빼어난 미모 때문은 아닌 것 같고. 김주영 씨 말이야, 한성격 하는 것 같은데 어떻게 참았을까? 기타 등등 사실 그게 궁금해서 말이야, 밤에 잠이 안 올 지경이야. 이 아우 살리는 셈치고 가르쳐 주면 안 될까? 뭐, 여러 각도에서 추론을 해봐도 확실히 이거다 하는 답이 없더라고. 이것만 가르쳐 주면 잡생각 안 하고 열심히 일할 수 있을 것 같은데.”

한두 개의 질문이 아니었다. 즉 별장에서의 일을 다 알고 싶다는 것이었다.

“두 달 동안 형 대신 이리 뛰고 저리 뛴 노고를 생각해서라도 가르쳐 주고도 남는 보상이라고 생각하는데요, 사장님?”

모든 일을 혼자 신속정확하게 처리한 걸 빌미 삼아 은혁은 그동안 별장에서 있었던 일을 모조리 알려고 작심하였다.

“기억은 갑작스럽게 돌아왔어. 그녀가 낮잠을 자길래 할 일이 없어 마당으로 나갔더니 차 한 대가 주차되어 있더군. 하얀색 중형차였는데 차를 보자마자 속을 다 게워냈지. 퍼즐 게임 하듯 한 조각씩 기억이 끼워지더군.”

짓눌러오는 공포가 그를 꼼짝도 할 수 없이 만들어 차마 울었다는 말은 할 수가 없었다.

“그럼 사고 당시를 기억해 낸 거야?”

은혁은 바짝 긴장했다. 그는 사고 당시 병원으로 실려온 형의 모습을 기억하고 있었다.

“아니, 기억 못해. 내가 운전한 것까지는 기억하지만 부모님이 어떻게 돌아가셨는지 기억이 안 나. 오히려 잘됐는지도 모르지. 막연한 슬픔도 못 느껴. 그냥 부모님이 아주 오랫동안 출장을 간 느낌이라고 해야 하나? 모르겠다. 조금 혼란스러운 점 빼고는 괜찮다.”

작게 읊조리는 그의 말은 꼭 자신에게 들려주기 위한 말처럼 들렸다.

“정말 괜찮은 거지?”

현재는 작게 고개를 끄덕였지만 아직까지 자신의 몸과 마음을 추스리기에는 버거웠다. 지겹도록 싸우시던 두 분의 모습에 염증을 느꼈던 그다. 차라리 눈에 안 보이면 마음이라도 편했을 텐데란 생각을 수도 없이 했던 그였건만, 막상 두 분이 한꺼번에 돌아가시자 현재는 세상에 혼자 내동댕이쳐진 아이처럼 울고 싶었다. 원망보다는 후회가 더 많다는 것이, 그 후회가 자신의 가슴을 가끔 먹먹히 채운다는 것이 그를 힘들게 했다.

"많이 놀랐겠다. 거기에 생판 모르는 여자도 있었으니."

"처음에는 정말 두렵더군. 내가 저 여자와 여기서 무엇을 했나, 어떻게 그녀가 나를 알까. 뭐, 대충 짐작은 가더군."

"너무 무리는 하지 마."

혼자인 은혁에게는 현재가 멀지만 가깝기도 한 형이나 다름없었다. 그리고 멋있는 자신의 경쟁자이기도 했다. 그런 그가 흔들리는 모습은 보고 싶지 않았다.

"무리는 네가 했지. 여태 고맙다는 말도 못했군. 수고했다. 그리고 나머지 질문에 대해서는 그냥 지켜만 봐. 더 이상의 질문은 사절이다. 그러고 보니 도착할 때가 된 것 같은데."

"뭐가?"

"혈액 순환에 아주 도움이 되는 편지."

은혁은 뭔가를 더 캐려다 그만두었다. 저 입은 그를 위해 열리지 않을 것이다. 어차피 며칠 전 변호사가 왔다 갔다고 했으니 조그만 기다리면 뭔가가 나올 것이다.

'나에게까지 말 못하는 비밀이라. 근데 왜 여기서 김주영 씨가 생각나는 거지?'

언제부터인가 거짓말이 생활이 된 그녀. 굳이 변명을 하자면 회사에 다시 출근하자마자 어디가 아팠냐, 왜 문병 못 오게 했냐, 괜찮냐 등등의 말에 충실히 대답하기 위해 어쩔 수 없었다고 주장하고 싶었다. 그녀를 만나는 사람마다 왜 그리 궁금한 게 많은지 이제는 토씨 하나 다르지 않게 줄줄 말할 수 있을 정도였다. 아마 싫어도 한동안은 이 상태로 지내야 할 듯싶었다.

그녀는 주위를 한번 둘러보았다. 주한전자와 독점 계약이 체결된 것 빼고는 회사 분위기조차 예전과 다름없이 활기차 보였다. 그러나 그녀는 자신이 여지껏 근무하던 익숙한 생활이었음에도 불구하고 이가 하나 빠진 것처럼 허전했다. 문뜩 그가 어떻게 지내는지 궁금할 때면 그를 혼자 서울로 보낸 것이 마음에 걸렸다. 전화도 없었다.

주영은 지신의 머리를 한 대 쥐어박았다. 상념은 그만두고 또다시 다른 사람에게 붙잡히기 전에 자신의 자리로 돌아가야 했다.

자신의 책상을 보자마자 주영은 활기찬 기분은 우주 멀리 날아가고 없었다. 책상의 색깔이 무슨 색인지 모를 만큼 서류 더미가 그 양을 자랑하며 그녀를 기다리고 있었다. 단지 이십일 일 놀았을 뿐인데 그 여파는 실로 막대했다. 그녀는 결의를 다지며 일단 자리에 앉았다. 모니터에 빠져들다시피 고개를 박는가 싶더니 어느새 그녀는 서류 더미에서 종이 한 장을 빼내더니 열심히 긁적였다. 서류에 압사당해 뉴스에 나오는 일은 피해야만 했다.

문서를 작성하다 그녀는 오늘 중으로 결재를 받아야 하는 서류를 발견하자 황급히 결재판을 찾았다. 결재판이 안 보이자 책상을 이리저리 뒤지다 자신의 손에 봉투 하나가 잡히자 그녀는 고개를 갸우뚱거렸다. 언제 도착했는지 모르지만 봉투 색깔이 하얀색이라 서류와 뒤섞여 있었던 모양이다. 발신자를 확인하자 주영은 다시 한 번 자신에게 배달된 편지인지 확인해 보았다. 그녀 것이 틀림없었다. 정확히 구매2팀 김주영 대리님 앞이라고 되어 있었다.

누가 변호사 사무실에서 온 거 아니랄까 봐 빳빳한 종이는 각하나 어긋나지 않게 접혀 있었다. 그런데 변호사 사무실에서 그녀에게 보낼 게 뭐가 있지? 죄 안 짓고 사는 사람 없기에 그녀는 왠지 가슴이 두근거렸다. 불안해하면서 그녀는 접힌 종이를 천천히 펴 내용을 읽어 내려갔다.

『안녕하십니까, 김주영님.

박현재님으로부터 아래와 같은 의뢰가 접수되어 통보드립니다.

귀하께서는 5월 3일에서 23일까지 21일 동안 경기도 양평에 있는 박현재님의 사유 별장에서 박현재 군(12)에게 심한 언어폭행 및 아동 성추행을 해 현재 박현재님께서 저희 회사에 의뢰를 요청한 상태입니다.

이 건으로 인하여, 저희 고객 박현재님께서는 김주영님에게 정신적 피해 배상을 지불하기를 원하고 있습니다. 서로가 원만한 합의를 위해 빠른 시일 내에 약속을 잡아주시면 방문토록 하겠습니다. 만약 이 합의가 이루어지지 않을 시 민사소송으로 넘어감을 밝히는 바입니다.

—이승소 변호사.』

　"뭐라고? 뭐…… 민사소송?!"

　거의 비명에 가까운 목소리가 주영의 목에서 터져 나왔다. 그녀가 자리에서 벌떡 일어나 화가 풀리지 않는지 편지를 구겨 휴지통에 던져 버렸다. 그녀는 왜 저런 통지서가 그녀에게 날아왔는지 생각해 보았다. 언어 폭력 및 아동 성추행? 혹시 박현재 사장이 다 불어버린 거 아니야? 아니면 이 내용을 어떻게 아냐고!

　아무리 앉아서 끙끙거려 봤자 답이 나오지 않을 것 같았다. 결국 주영은 핸드백을 손에 움켜진 채 씩씩대며 자리에서 일어났다.

　"어이, 김 대리, 어디 가?"

　그녀의 표정이 심상치 않아 보이자 회사 동기인 진우가 그녀를 불렀다. 설마 오늘도 어디 부서랑 한판 뜨러 가는 건 아닌지 걱정이 앞선 모양이었다.

　"출장이야, 출장. 오늘 하루 종일 출장이야!! 나 찾지 마! 박현재, 당신 오늘 죽었어!"

　민철이 들어오다 주영의 어깨에 부딪히자 인상을 찡그렸다. 그러나 후다닥 나가는 그녀의 뒷모습을 보고 어깨를 으쓱했다.

　"혹시 김주영 대리님 쪽 라인이 스톱이라도 된 거예요? 아주 이를 갈면서 나가는데요?"

　"몰라. 갑자기 출장이래. 헐크같이 종이를 막 구겨 버리더니 바람처럼 사라졌어."

"그 사람 오늘 정말 재수없겠는걸요?"

민철은 누군지도 모르는 그 사람을 위해 심심한 동정을 표했다.

택시값이 무려 만이천 원. 잃어버린 자동차 열쇠 때문에 교통비가 장난 아니게 드는군. 도대체 그놈의 열쇠는 하늘로 솟은 거야, 땅으로 꺼진 거야? 그 편지 하나로 온 신경이 파닥대자 모든 게 짜증으로 이어졌다.

주영은 핸드백을 아무렇게나 어깨에 둘러메고 주한전자 로비로 들어섰다. 로비 정중앙에는 금방이라도 쓰러질 것 같은 큰 청동 조각상이 차지하고 있었다. 그녀에게는 흡사 도넛을 한입 베어다 문 것을 걸어놓은 것처럼 볼품없어 보여 도대체 조각가가 무슨 생각을 하면서 만들었는지 궁금하기까지 했다. 아마 동그라미를 만들려다 실수로 윗부분이 떨어져 나간 게 틀림없었다.

그녀는 당당히 어깨를 폈다. 여기 오기까지 건강에 도움이 되지 않는 무수한 생각들이 왔다 갔다 했지만 결론은 하나였다. 박현재 아니면 박은혁, 둘 중 하나는 그녀의 손에 죽는다. 박현재가 빼질이 박은혁에게 모든 것을 불었을 경우와 이건 정말정말 말도 안 되는 일이겠지만 그의 기억이 돌아와 우습지도 않은 통지서를 보냈을 경우가 있을 것이다. 이럴 경우 누굴 먼저 찾아가야 하는지 주영은 잠시 갈등이 생겼다. 설마 둘 다 출장 등으로 자리를 비운 건 아니겠지? 두리번거리던 그녀는 왼쪽에 안내 데스크 쪽을 찾았다. 거기에는 미스코리아에 나가도 될 만큼 예쁜 아가씨가 볼에 경련이 일어날 것 같은 미소를 지은 채 서 있었다.

"혹시 사장님 출근했어요? 박현재 사장님 말이에요."

혹시 그사이 사장이 바뀌었을지도 몰라 주영은 콕 짚어 이름까지 말해 주었다.

"실례지만 무슨 일 때문에 그러십니까?"

안내 데스크의 아가씨가 주영의 옷차림을 한번 훑어보았다. 그녀는 사장을 만나는 사람치고 옷차림이 거리가 멀어 보이지 않냐고 주영에게 묻고 있는 것 같았다.

"그냥 출근했는지만 궁금하다니까요. 아, 필요없어요. 그럼 박은혁 이사는 출근했어요?"

"박은혁 이사님이요? 약속이 되어 있으신가요?"

자동 응답기 같은 안내원의 말에 주영은 버럭 소리라도 지르고 싶은 심정이었다.

"무슨 일이 있으니 왔지요. 그냥 '예, 아니오'로 답해줄 수 있는 거잖아요. 아, 됐어요."

그녀는 은혁이 그녀에게 주었던 명함이 생각나자 그의 명함을 찾아 핸드폰으로 전화를 걸었다.

"여보세요? 김주영입니다."

[아, 삼진테크의 김주영 씨? 안녕하신가요? 잘 지내고 계시죠? 근데 무슨 일…….]

"혹시 최근 저와 관련 건으로 변호사 만나셨나요?"

성격 급한 주영이 그의 말을 싹둑 잘라먹었다.

서류를 훑어보며 건성으로 전화를 받던 그가 자리를 고쳐 앉았다. 이 아가씨가 씩씩거리는 소리가 여기까지 들리는 것으로 보아 아무래도 형이 일을 벌린 모양이었다. 그렇지 않고서는 처음부터 이렇게 시비조로 나올 리가 없었다.

[혹시, 아동 학대 변호사 말씀하시는 건가요?]

그의 능청스러움에 주영은 이가 갈릴 지경이었다.

"박은혁 씨, 나와 무슨 억하심정 있어요? 당신, 그렇게 할 일 없냐고! 몇 층이에요? 나 지금 로비인데 위로 못 올라가게 한단 말이에요! 우리 할 말이 엄청 많을 거 같은데?"

속사포처럼 쏘아대는 그녀 때문에 은혁은 의사 전달하기가 힘들 지경이었다.

[음, 김주영 씨, 진정 좀 하시죠.]

"지금 진정하게 되었냐고요. 당신이 그런 편지 받아봐요!"

은혁은 피곤하다는 듯 왼쪽 관자놀이 부분을 문질렀다. 도대체 그 편지 내용이 무슨 내용인지 사뭇 궁금해졌다.

[무슨 내용인지는 자세히 모르지만 아무래도 형이 보낸 것 같은데요. 그러니 이번에도 김주영 씨, 당신이 틀렸습니다. 이것으로 사과 두 번 빚졌군요. 꼭 갚으십시오. 아, 형의 사무실은 맨 꼭대기 층을 누르세요. 그리고 곧장 직진. 쉽죠? 앞으로 두 시간 동안 스케줄 잡힌 게 없네요. 만나실 수 있을 겁니다. 그럼 전 회의가 있어서 이만.]

그녀가 채 충격에서 헤어나오기도 전에 그가 전화를 끊어버렸다. 뭐? 지금 이 말은 뭐야? 그럼 박현재가 기억이 돌아왔다는 거야? 언제? 그녀와 이별할 때만 해도 그는 열두 살의 아이였다고. 혹시 집으로 돌아가 기억이 떠오른 건가? 그럼 그 통지서도 다 박현재가 보낸 거라고? 자신이 어떻게 맨 위층까지 갔는지 모를 정도로 그녀의 머리 속은 혼란스러웠다.

사장비서실을 통과하자 여지없이 비서가 일어나 그녀의 신원을 물었다.

"미안하지만 앞으로 두 시간 동안 사장이 스케줄 없는 거 확인했으니까 안 된다고 하지 말아요."

주영이 사장실 문을 발칵 열자 현재가 고개를 들어 그녀를 바라보았다.

"죄송합니다. 이분께서 갑자기 들어오셔서……."

비서는 그녀의 팔을 잡아끄는 시늉을 보이며 자신의 일에 최선을 다했다는 모습을 보이려 노력하고 있었다. 입술을 깨물며 긴장한 비서를 보니 주영은 괜히 미안한 마음이 들었다.

"됐으니까 나가봐요. 급한 일인 것 같은데 삼십 분이면 충분하겠지."

비서가 나가자 주영은 현재 앞으로 성큼성큼 다가갔다.

"삼십 분? 세 시간 걸려도 이 일 해결하기 전까지는 못 가요. 정말 제정신으로 돌아오긴 온 건가요?"

주영은 그를 위에서 아래로 쭉 훑어보았다. 깔끔하게 자른 머리, 잘 재단된 양복에 카프스 단추까지 정말 사장에 걸맞는 모습으로 그가 그녀 앞에 서 있었다.

"정말 당신이 그 통지서를 보냈단 말이에요?"

"그럼 다른 사람이 또 있나? 상습범인가 보지?"

"제정신이에요? 아님 거기서 더 미쳤어요? 정신적 피해 보상을

하라? 박현재 씨, 그렇게 할 일이 없어요? 내가 무슨 당신을 학대
했다고 그래요. 학대라는 뜻이나 제대로 알고 있어요?”

“학대의 사전적 의미는 심하게 괴롭히거나 혹독하게 대우하는
것이라 알고 있는데, 아닌가? 내가 기억하기로 당신은 툭하면 내
머리를 때리거나 소리를 버럭 질렀었으니 당연히 이에 해당하지.
아, 처음에는 밥도 안 줬지?”

미리 다 준비해 놓은 듯한 그의 말에 주영은 어이가 없었다. 누
가 보면 정말 그녀가 그를 학대한 줄 알겠다.

“이보세요, 박현재 씨. 뭐 잘못 드셨나요? 장난하냐고요! 정신
이 돌아왔으면 일이나 열심히 할 것이지. 왜 그래요? 심심해요?”

그의 입가가 한쪽으로 비틀렸다. 어린아이였을 때 그에게서는
볼 수 없었던 표정이다.

“내가 장난하는 것으로 보이나? 더 확실히 따져 줄까? 당신은
나를 돌보는 조건 하에 그곳에 머문 것으로 알고 있는데 한 달 월
급이 육천만 원이었다지. 우리 회사 부사장 월급보다 세군. 그 월
급치고 당신이 나에게 충실했다고 보나?”

“이봐요, 난 그 돈 달라고 한 적도 없어요. 박은혁 씨가 그냥 송
금했다고요.”

“당신도 거절하진 않았지.”

“그 돈 돌려주면 되잖아요! 그럼 끝난 거 아니에요?”

“그럼 성추행은? 최근 아동 성추행의 판례를 보면 육천오백만
원의 벌금이 나왔더군.”

그녀는 도대체 이 남자의 의중이 무엇인지 알 수가 없었다. 거

기다 벌금이라니. 아무래도 이 남자와 더 이상 대화하다가는 그녀가 미쳐 돌아가실 것 같았다.

"도대체 사람이 왜 그래요? 당신 돈 많잖아요! 무슨 피해 보상을 하라고 하냐고요."

"남자로서의 자존심 문제지. 그 충격은 어떻게 보상받아야 하는지 들어볼까? 당신이 한 행동 때문에 수면 장애가 왔다면? 매일 수면제 없이는 잠을 잘 수 없다면? 아주 불공평하지 않아? 거기다 당신, 누구에게도 말하지 말라는 협박도 했지."

"부탁이었어요!"

그녀가 발악하듯 대답했다. 옛날 속담 하나도 틀린 게 없었다. 목숨 건져 줬더니 내 보따리 내놓으라는 식이었다. 주영은 그날의 일이 다시 생각나자 얼굴이 화끈거려 그와 똑바로 눈을 마주칠 수가 없었다. 그녀는 제발 자신의 얼굴색이 변하지 않았기를 기도했다.

"물론 성추행하는 대부분 피의자는 순진한 아이라는 약점을 이용해 자신의 행동을 남에게 말하지 말라는 말을 꼭 받아내지."

"아동 성추행이라고 했는데 누가 아동 성추행이라는 거예요. 그리고 두 달 동안 당신이 열두 살이었던 것을 누가 믿어줘요? 민사소송까지 하겠다고? 하, 웃기네."

그녀가 코웃음 치며 그를 비웃어주었다. 그녀는 이제 눈에 보이는 게 없었다.

"설마 거기까지 갈 만큼 망신당하고 싶진 않겠죠? 요즘 신문에 웃을 일 없었는데 당신 때문에 웃을 일 하나 생기겠네."

"그건 당신이 걱정할 일이 아니겠지. 만약 당신이 피해 보상을 해주지 않으면 난 피해 보상을 해줄 수 있는 사람에게 청구를 해야겠지. 요(要)는 그거야."

"무슨 말이에요?"

승승장구하던 그녀의 콧대가 잠시 주춤했다.

"당신이 피해 보상해 줄 수 없으면 당신 아버지가 해줄 것 아니냐는 말이지. 재정적으로 독립하지 않은 딸이라면 당연히 아버지가 그 책임을 질 의무가 있으니."

주영은 그의 발칙한 말에 입만 벙긋거릴 뿐 말이 나오지 않았다. 아버지에게 청구를 해? 정말 보자 보자 하니까 이 사람이!

"다, 당신…… 돈독 올랐어요?"

"말했을 텐데, 난 정신적 피해 보상을 받기 원한다고?"

"좋아요, 좋아. 미안해요. 아주 미안해요. 그러니 이제 그만 하자구요. 당신은 재미있는지 모르지만 당하는 사람은 하나도 재미없단 말이에요."

성의없는 그녀의 사과에 현재의 인상이 차갑게 굳어졌다. 상대할 가치가 없다는 듯 그는 고개를 숙이곤 결재판을 펼쳤다. 한마디로 개무시였다.

주영은 이 웃기지도 않는 사실이 사실일 리 없다고 믿고 싶었다. 하지만 저 남자하고만 있으면 믿고 싶지 않는 일이 너무 많이 생겨 버리는 게 탈이었다.

"당신 말대로 육천만 원 회수를 합쳐 일억 이천오백만 원이겠군. 그럼 당신과 할 말 끝났으니 나가보지 그래."

"야! 박현재!"

드디어 그녀의 이상이 싹둑 잘려서 나갔다. 던질 것이 없던 주영은 자신의 핸드백을 그에게 있는 힘껏 던져 버렸다. 하지만 너무 힘을 준 나머지 그 핸드백은 그의 머리 위로 날아가 창틀에 맞고 떨어졌다.

현재가 떨어진 핸드백에 잠시 눈길을 주었다.

"별장에 있을 때 당신이 내가 가르쳤던 것 중에 하나가 바로 밥상머리 교육이었지? 윗사람에게 존댓말하기. 뿐만 아니라 예의 바름도 있었지? 언행일치가 안 되는군. 내가 당신보다 나이가 많을 텐데. 주민등록증을 보여주어야 하나?"

주영은 이제까지 살아오면서 이렇게 머리꼭지까지 돌아본 적이 없었다. 그녀는 사람이 살인을 왜 하는가에 대한 답을 이제는 알 것 같았다. 눈에 뵈는 게 없으면 한순간에 아무 죄책감 없이 사람 하나는 거뜬히 죽일 수 있을 것 같았다.

"나이 많은 게 무슨 벼슬이라고. 내가 무슨 돈이 있다고 그래요? 당신 도대체 나한테서 원하는 게 뭐예요?"

어렸을 때의 그도 적응이 안 되었지만 서른네 살의 현재 또한 적응이 안 되는 건 마찬가지였다.

"분명 말했을 텐데. 이제껏 뭐 들었나?"

이 남자 진심이다. 그냥 홧김에 그녀에게 그런 통지서를 보낸 게 아니었다.

"지금 그게 말이 된다고 생각해요? 내 잘못을 인정했잖아요. 그럼 당신도 한 발짝 물러나는 게 예의 아니냐고!"

　　바들바들 떨리는 그녀의 두 손이 그녀가 얼마나 흥분하고 있는
지 말해 주고 있었다. 주영은 순간 재석의 얼굴이 떠올랐다. 그라
면 아무 말 없이 그녀에게 그 정도의 돈은 빌려줄 수 있을 것 같았
다. 그 많은 돈을 갚을 생각을 하면 좀 까마득하지만 나중에 아버
지가 물려주시는 재산으로 그럭저럭 갚을 수 있을 것 같았다. 설
마 그 재산 몽땅 사회에 환원하신다 말씀하시진 않겠지? 적어도
딸 시집 자금은 주시겠지? 그런데 정말 그녀가 그 돈을 보상해 주
어야 하나? 하긴 주한전자 변호사가 승소 확률도 없으면서 그런
통지서를 보내진 않았겠지. 잘못 입금되는 돈 육천만 원을 제외하
면 육천오백만 원. 자동차 키도 없으니 그녀의 애마를 팔아버리고
조금만 돈을 어떻게 융자를 하면 얼추 그 정도의 돈은 만들어질
것 같았다.

　　"정확히 요구하는 금액이 일억 이천오백만 원이죠?"

　　주영은 목소리에 자신감이 묻어났다. 돈을 마련하는 대로 직접
현금으로 찾아 그의 얼굴에 던져 주고 가리라. 아니, 동전으로 바
꾸어 소금 대신 그의 얼굴에 뿌리리라.

　　"혹시 당신의 친구에게 빌릴 생각이라면 다시 생각해 보는 게
좋을 거야. 당신도 알다시피 중앙은행 본사에서 삼진테크로 단 일
원도 대출 못하게 되어 있으니까. 그건 당신에게도 해당되는 말일
테지. 뭐, 그 친구야 개인적으로 당신이 말만 하면 빌려줄지 모르
지. 아무튼 그건 당신 사정이니까. 그가 돈이 왜 필요하냐고 묻는
다면 주식투자를 해서 망했다고 하면 되겠군. 육천만 원의 입금된
것은 계좌번호 확인 안 하고 넣은 우리 쪽 실수를 감안하여 당신

네 자금팀에 요구하도록 하지. 다만 내가 걱정하는 건 왜 입금된 돈을 주한전자가 다시 빼가는지 상당히 궁금해할 거란 얘기지. 아님 불안해하려나?"

고양이 쥐 생각하는 그의 말에 주영은 정말 기절하기 일보 직전이었다. 울고 싶었다. 서러워서가 아니라 분하고 어이없어서 정말 땅바닥에 주저앉아 엉엉 울고 싶었다.

그녀는 눈물이 비어져 나오지 않게 두 눈을 깜박거렸다. 마음을 가라앉히고 최대한 이 상황을 침착하게 대처하려고 노력하기로 했다. 그럼에도 불구하고 그녀의 세상은 세탁기 안에 탈수되고 있는 옷처럼 돌고 있는 것 같았다. 만약 박현재가 그 돈을 아버지에게 청구한다면 아버지는 그 내용을 아시게 될 테고, 그 내용을 알면 그녀가 이십일 일 동안 어디에 있었는지 알게 된다. 그리고 그 이유를 물으시면 이십칠억 사천만 원의 삼진테크의 어음 문제로 이어지는 건 뻔했다. 그가 이런 것을 계산에 안 넣었을 리 없다.

주영은 고개를 치켜들어 그를 노려보았다. 사람의 눈에도 기(氣)라는 것이 있다면 그는 당연 그녀의 눈 화살에 맞아 죽어야 했다. 그러나 더 이상 그는 그녀를 보고 있지 않았다. 할 말 다 했으니 나가라는 뜻이었다.

말을 꺼내기가 힘든 듯 그녀는 손으로 이마를 문질렀다.

"박현재 씨, 아니, 박현재 사장님. 당신은 다 알고 있잖아요. 내가 아버지에게 부탁할 수도, 그렇다고 제 친구에게 부탁할 수도 없다는 것을. 그만한 돈이 저에게 없다는 것을요. 일억 이천오백만 원이 무슨 애들 과자 값도 아니고!"

주영은 다시 자신의 목소리가 격해지는 것 같아 잠시 호흡을 가다듬었다.

"그러면서 그런 요구를 하시는 거라면 꼭 돈이 목적이 아닐 거예요. 정말 원하시는 게 뭐죠? 저 때문에 밤에 잠을 못 잔다면, 아니, 못 자서 수면제까지 먹고 있다면 정말 죄송해요. 진짜로요. 하지만 그때는 당신에게 무슨 일이 일어나는 줄 알았단 말이에요. 믿어줘요. 제가 정말 이상한 마음을 먹고 그랬다면 감옥을 열 번 가도 할 말이 없지요. 하지만 아니라니까요!"

답답하다는 듯 그녀가 발을 동동 굴렸다.

현재는 그런 그녀의 모습을 빤히 바라만 볼 뿐이었다. 그녀의 열변도 그를 움직이게 할 수 없는 모양이었다.

'당신이 바라는 게 뭐야. 여기서 내가 석고대죄라도 하길 바라는 거야? 그런 거야, 박현재 이 나쁜 놈아!'

화가 난 와중에도 그녀는 문뜩 그의 억지 주장의 원인이 뭘까 생각해 보았다. 그 원인만 안다면 생각보다 일을 쉽게 풀어나갈 수 있을 것 같았다. 남자의 자존심이 상처를 입었다 그랬지? 주영은 고개를 번쩍 들었다. 큰 소리로 말하기에는 너무 개인적인 문제이므로 그녀는 헛기침을 하며 그 앞으로 고개를 숙였다.

"저…… 혹시, 당신에게 음…… 그러니까…… 성 장애까지 온 것은 아니지요?"

아니면 저렇게까지 화낼 리 없었다. 남자의 자존심은 그것밖에 없지 않은가. 흠! 왜 그 생각을 못했을까?

그가 그녀를 무섭게 째려보자 그녀가 고개를 곧바로 숙였다.

오, 젠장! 정말 그런가 봐. 그것만큼 심각한 게 없지. 그래서 화가 난 거야. 아무리 그녀가 화가 났다고 해도 문제의 심각성까지 모르지는 않았다. 예상치 못한 문제에 봉착하자 그녀는 슬쩍 그의 눈치를 보았다. 이 방에 들어섰을 때 그녀의 각오와 생각은 어느새 자취를 감추고 말았다.

마음의 결정을 내린 주영은 마침내 입을 열었다.

"정 피해 보상금을 지급해야 한다면…… 저, 분할로 드리면 안 될까요? 카드도 분할이 있는데."

일억 이천오백만 원이라면 그녀의 몇 년 월급을 모두 통째로 쟁반에 올려 고스란히 그에게 바쳐야 할 돈이었다. 이제껏 찬란했던 그녀의 과거는 묻혀 버리고 암담한 현실이 저쪽에서 어서 오라고 그녀 쪽으로 깃발을 펄럭이고 있었다.

"당신, 내가 원하는 게 뭐냐 그랬지? 물론 그 피해 보상으로 내가 달라지리라 생각지는 않아. 하지만 적어도 피의자가 죄책감은 가질 수 있겠지."

"미안해요. 전 정말 몰랐어요. 혹 심리 치료라도? 물론 비용은 제가……."

눈에 띄게 저자세로 나오는 그녀를 보자 현재의 입에 만족스러운 미소가 번졌다.

"제가 도울 수 있는 일이라면 돕지요."

사실 그녀는 그 돈을 갚을 생각은 손톱만큼도 없었다. 일단 버틸 때까지 버텨볼 생각이었다. 자존심만 해결되면 만사 오케이 아닌가. 그녀도 상담받아야 한다면 까짓것 같이 받으면 되는 것이다.

또 누가 아나? 그 정성에 감동해서 그가 모든 돈을 탕감해 줄지.

"당신이 도울 수 있는 일이라? 몇 가지 있긴 있는 것 같군. 김주영 씨, 혹시 이런 말 들어봤나? '뿌린 대로 거두리라'. 당신이 씨를 뿌렸으니 거두는 건 내가 하도록 하지."

주영은 그의 말이 이해가 되지 않는 듯 고개를 갸우뚱거렸다. 그러나 몇 시간 후 그 말이 무슨 뜻인지 완벽하게 몸소 이해하게 될 줄 그녀는 꿈에도 몰랐다.

'쩨쩨한 박현재 같으니라구!'

이십 분 전부터 그녀의 머리 속에는 오직 이 한 단어뿐이었다. 감 잡았어. 당신이 내게 이러는 이유를 이제 알겠다 이 말씀이야. 하지만 너무 유치하다고 생각하지 않냐고. 박현재 때문에 오전 내내 혈압이 오른 그녀는 어이없게도 꼴도 보기 싫은 그와 식탁에 앉아 있는 중이었다.

사건은 이러했다. 화가 뻗칠 대로 뻗친 그녀가 그의 식사 제의를 받아들일 리 없었다. 매정하게 돌아섰다고 돌아섰는데 그의 손에 붙잡혔다 이거지. 그래, 여기까진 좋다 이거야. 그의 의외의 모습에 잠시 정신 수습이 안 된 것도 좋아! 하지만! 이건 아닌 거지. 그녀가 팔짱을 낀 채 또다시 그의 접시를 있는 힘껏 노려보았다.

"먹는 사람 체하겠군."

"박현재 씨, 당신 지금 엄청 치사한 것 알아요?"

"무슨 말인지 모르겠군."

현재는 어깨를 으쓱이며 나이프 질을 계속해 나갔다.

숯에 구운 스테이크가 연한 속살을 드러내자 주영은 슬슬 배가 고파졌다.

"솔직히 말해 저에게 복수하고 싶은 거죠? 혹시 나에게 구박받았던 그 서러움 때문에 잠이 안 오는 거 아니에요? 난 당신 수준에 맞추기 위해 최선을 다했어요. 머리도 말려줬지, 약도 먹여주었지, 기타 등등. 아무튼 약속 날짜 잡히면 미리 알려주세요. 그래야 같이 상담을 받을 수 있으니까요."

솔직히 그에게 뭐 특별히 잘해주었다고 생각하는 기억이 없었다. 그러나 그렇다고 못해준 기억도 없었다. 놀고 있는 그녀의 두 손이 다시 물 컵으로 향했다. 배에서 꼬르르 소리가 나지 않기 위해서는 물배라도 채워야 했다.

"그건 심리적인 것이 크니까 상담을 하는 게 맞겠죠. 나 때문이라면서요? 그럼 나도 받겠다 이거예요. 그래서 치료가 된다면 누이 좋고 매부 좋은 거 아니냐구요. 말 끝났으니 이제 저 일어나도 될까요? 당신 때문에 억지로 여기까지 왔지만 난 월급쟁이라 다시 회사에 들어가 봐야 하거든요. 누구 때문에 갚을 빚이 갑자기 많아져 이렇게 놀 시간이 없답니다."

"나도 누구 때문에 이제 혼자 밥 먹는 거 재미없더군. 당신이 그렇게 버릇을 들여놨잖아?"

"그럼 당신 식사 끝날 때까지 이렇게 멍청히 앉아서 지켜만 보라구요?"

"안 먹는다는 사람을 굳이 권할 필요는 없지."

그녀는 억울했다. 그래, 안 먹는다고 말을 하긴 했다. 그 상황에서 그럼 '어머, 좋아요. 같이 식사하죠' 라는 말이 나오는 게 이상한 사람 아닌가? 그래서 딱 한 번 거절했다. 힘 자랑하듯 레스토랑까지 끌고 와 고작 음식은 자기 것만 시키고 그녀는 남의 밥 먹는 것 쳐다보는 거지새끼마냥 이렇게 앉아 있는 것이다. 틀림없었다. 이건 저 쩨쩨한 남자의 치졸한 복수임에 틀림없다.

"한마디만 하면 시켜주지."

"흥!"

그녀가 왼쪽으로 고개를 틀어버렸다. 자존심이 있지, 나중에 내 돈 내고 먹는 한이 있더라도 '배고 고프다' 라는 말은 죽어도 안 할 것이다. 그때 그녀의 핸드폰이 요란번쩍하게 울렸다.

"네, 삼진테크 김주영입니다."

습관적으로 입에 밴 말이 튀어나갔다.

[점심 사줄 테니까 나오시지요, 공주님. 근사하게 쏠 테니까. 뭐 먹고 싶어? 지금쯤이면 점심 시간이지? 내가 회사로 데리러 갈까?]

"지금 회사 아닌데요."

주영이 부루퉁하게 대답했다.

[그래? 지금 외근 중인 거야. 목소리가 왜 그래? 아직도 어린애처럼 삐쳐 있는 거야?]

"내가 무슨 애예요, 그런 것 가지고 꽁해 있고? 그냥 개인적인 볼일 보러 나왔죠 뭐."

갑자기 무슨 생각을 하는지 불평으로 퉁퉁 부어 있던 그녀의 얼굴이 화색이 돌 만큼 환해졌다.

"그럼 지금 맛있는 거 사줄 수 있지요?"

그녀의 대화가 거슬리기라도 한 듯 현재가 나이프를 내려놓았다. 몸을 의자 뒤로 기댄 그는 그녀의 통화 내용을 드러내 놓고 듣고 있었다.

주영은 그의 불편한 시선을 느끼면서도 끝까지 통화를 계속할 생각이었다. 가뜩이나 생돈 값을 생각만 해도 배 아파 죽을 지경인데 그의 눈치까지 볼 필요가 없었다.

"여기가 어디냐면…… 청담동에 있는 레스토랑인데 이름이…… 샤인 레스토랑이라고…… 안다고요? 잘됐네. 그럼 빨리 와요. 끊어요."

그는 더 이상 먹기 싫은지 접시를 한곳으로 밀었다. 언제 불렀는지 매니저 한 사람이 다소곳이 그녀의 옆에 와 있었다. 머리 한 톨 빠지는 것도 용납할 수 없다는 듯 올린 머리가 참으로 인상적인 여자였다. 그녀에게는 주영이 가질 수 없는 침착함으로 둘러싸여 있었다. 아마 불이 나도 이 여자는 '여러분, 비상구는 이쪽입니다'라고 말할 사람처럼 보일 정도였다.

"여기 한 사람 더 올 테니까 자리 하나 준비해 주세요."

"네, 알겠습니다."

매니저가 조용히 물러나자 그녀가 레스토랑을 한번 빙 둘러보았다. 빈자리는 차고 넘쳤다.

"필요없어요. 당신은 먹었으니 가라구요. 점심 안 먹은 사람끼리 먹을 테니까."

"결혼할 사람인가?"

"적어도 이 돈 갚기 전에는 못하겠죠. 안 그래요?"

"그리 큰돈은 아닐 텐데, 미래의 남편에게 손을 벌리자니 자존심이 상하나 보지?"

사실 그는 그녀의 통장 잔액이 얼마인지, 삼진테크의 자금 여력이 얼마 정도인지 잘 알고 있었다. 그는 그녀가 빠져나갈 구멍을 다 막아놓을 셈이었다. 최재석이라는 사람이 하필 금융계에 있다는 것이 걸리긴 하지만 그녀가 먼저 손을 내밀진 못할 것이다.

"박현재 사장님, 비싼 밥 잘 드시고 왜 또 시비예요. 그 사람 좋은 사람이에요. 당신처럼 협박도 안 하고 날 열받게 하는 일도 없어요. 겸손한 사람이란 말이에요."

"그래서 말 못한다?"

현재의 눈빛이 시리도록 차가워졌다.

"말 못해요. 이유는 첫째, 난 주식을 안 해요. 그리고 무턱대고 그 큰돈을 나 아쉬우니 빌려달라 못해요. 둘째, 나에게는 그 큰돈이 당신에게는 푼돈이니 내일이라도 마음 바꿔 없었던 일이다라고 할지 모르는데 미리 허겁지겁 겁먹을 필요는 없죠. 지금이라도 당신이 화가 나서 그런 소리 한 거라고 말한다면 전 당신을 평생의 은인으로 모실 거예요. 아니면 지성이면 감천이라고, 내가 같이 상담도 받고 그러다 보면 당신도 마음 풀어질 테고 그럼 없었던 일이 될지 모르잖아요."

"아주 바라고 있군."

"이르다 말씀이겠습니까?"

그녀의 말이 꼬여 있었다. 대찬 그녀의 말에 현재의 입가가 실

룩거렸다. 오늘은 여기까지 해야겠군. 더 건드렸다가는 정말 물릴
지 몰랐다. 그녀의 성격상 그의 사무실로 찾아와 책상을 엎지 않
는 것만으로도 다행이었다. 그리고 후회하겠지. 그녀와 지내면서
알아낸 것들이었다. 혼자 흥분해 먼저 일은 다 벌려놓고 나중에는
수습이 힘들면 꼬리 내리거나 아님 화를 내고도 마음이 약해 뒤돌
아서 툭 건드려 보는 성격이라는 걸 경험상 너무나 잘 알고 있었
다. 그러니 그녀는 결코 그를 이기지 못할 것이다.

그녀가 벌떡 일어나자 현재는 자신의 상념에서 빠져나왔다. 그
녀는 마치 전쟁터에서 잃어버린 오빠 만난 양 최재석과 상봉하고
있었다.

현재의 입에 삐딱한 미소가 잡혔다. 그녀가 아직 충격으로 현실
에 적응을 못해 누구에게 잘 보여야 할지 구분을 못하는 모양인데
스스로 깨달아보는 것도 좋을 것이다.

두 남자의 눈이 서로 마주쳤는데도 불구하고 그들은 한동안 말
없이 서 있었다. 재석은 왜 저 남자가 그녀와 같이 있는지 궁금했
다. 혹시 회사 일로? 하지만 박현재 사장이 그녀를 만날 만큼 중요
한 일이 있을 리가 없었다.

현재가 그들을 지나치면서 계산서를 그녀에게 툭 내밀었다.

"미안하다면 당신이 계산하도록 하지?"

얼떨결에 계산서를 받아 든 그녀는 황당하다는 듯 현재의 뒷모
습을 바라보았다. 자기가 점심 먹자고 해놓고 그녀보고 계산하라
니. 그녀가 먹은 것은 물 한 잔이 다였다. 오늘 그 때문에 그녀의
코 평수는 적어도 두 배는 늘어난 것 같았다.

재석은 웬만해서는 사람의 첫 이미지를 무시하려고 애썼다. 그의 업무상 그건 가장 큰 걸림돌이 될 수 있기 때문이었다. 그러나 박현재를 보는 순간 재석은 새 구두로 껌을 밟은 것처럼 기분이 나빴다. 공식적으로 얼굴을 대면한 적은 없지만 적어도 사람이 앞에 있으면 인사 정도는 하는 게 예의였다. 그런데 박현재는 그를 무슨 투명 인간인 듯 지나가 버렸다. 그런 취급을 하는 사람에게 재석 또한 예의를 갖추고 싶은 마음은 손톱만큼도 없기에 주영에게 시선을 돌렸다.

재석은 계산서를 보더니 실망한 표정을 지었다.

"이런, 벌써 점심을 먹은 거야? 여기까지 부랴부랴 달려왔구만."

재석은 주영의 어깨에 붙어 있는 실밥을 떼어주며 은근히 그녀의 어깨에 팔을 둘렀다. 그 모습을 본 현재의 마음이 바뀌었다. 그는 천천히 발걸음을 돌려 세워 처리해야 할 목표물을 째려보았다. 저런 떨거지일수록 빨리 제거하는 게 나았다. 자신이 세워놓은 놀이에 떨거지 패는 들어 있지 않았다.

"저 사람 혼자 먹은 거예요. 치사빤스 같으니라고. 나 배고프니 맛있는 거 사줘요."

그녀의 토라져 있는 음성이 현재의 귀를 또 한 번 거슬리게 만들었다. 김주영에게 애교라? 오늘은 첫날이라 가볍게 상견례만 하고 지나치려 했는데 그녀가 비협조적으로 나오니 그 또한 마음을 바꿀 수밖에 없었다. 현재는 거침없이 그녀 앞에 다시 섰다.

그의 얼굴에 위험스러운 미소가 부드럽게 걸리자 주영은 이유

모를 불안감을 느꼈다. 여유롭게 한 손을 양복 바지에 넣은 그의 모습조차 그녀를 위협하는 하나의 행동처럼 보였다. 설마 그녀가 치사빤스라고 해서 돌아온 것 아니겠지?

"아, 김주영 씨. 당신이 말해 주어서 지금 막 기억이 난 건데, 내게 돌려줄 것이 있지?"

"뭐, 뭘요?"

'이 자리에서 당장 돈 달라는 말은 아니겠지. 당신 그렇게 치졸한 남자 아니겠지?'

주영의 눈은 그렇게 말하고 있었다.

"당신이 금방 말했잖아, 빤스라고. 남의 속옷은 돌려주어야 하지 않나? 다음에는 잊어먹지 말고 가져오라고."

한동안 그녀의 심장이 멈추고 혀는 급속 냉동으로 얼어버렸다. 그녀가 할 수 있는 일이라고는 그가 나가는 모습을 멍하니 지켜보는 것뿐이었다. 오해의 소지는 둘째 치더라도 고의적인 발언이었다. 그녀가 당황하는 모습을 다 즐긴 뒤 그가 뒤돌아서 나간 것이다.

'이…… 이, 박현재! 이 나쁜 놈!'

생각할 것도 없이 주영은 밖으로 뛰쳐나갔다. 뒤에서 매니저가 계산서를 흔들며 목 터져라 그녀를 불렀지만 그녀는 애써 무시했다. 당장은 박현재를 잡아야 했다.

"거기 서봐요, 박현재 씨!"

그녀가 그의 양복 상의를 잡고 늘어졌다. 그가 비싼 양복 구겼다고 드라이 값까지 추가한다고 해도 이젠 놀라지 않을 것이다.

“짧게 하면 안 될까? 약속이 있는데!”

사람의 가슴은 어디까지 끓을 수 있는가. 그 온도를 재면 몇 도가 나올까? 모르긴 몰라도 주영의 지금 상태라면 라면 정도는 너끈히 끓여 먹을 수 있을 것 같았다.

“어떻게…… 그 사람 앞에서 속옷 얘기를 할 수 있는 거냐구요? 해도 해도 너무 심하지 않아요? 물론 당신 마음 이해 못하는 건 아니지만, 나한테 화풀이하고 싶다는 생각 들기도 하겠지만 그래도 그렇지, 당신 미쳤어요? 나하고 원수진 일 있어요? 당신과 나만의 일은 우리 둘이서만 해결하자구요.”

“내가 없는 말 했나? 분명 당신은 내 속옷을 썼고, 돌려주지 않은 건 사실인데.”

“왜 하필 그때였냐구요, 왜! 내가 그 사람에게 어떻게 해명해야 하냐구요.”

“해명까지 해야 할 사이인가?”

주영은 신경질적으로 앞에 깔린 자갈을 차버렸다.

“우리 아버지 귀에 들어가면 당신이 책임질 거예요?”

“말은 똑바로 해야지. 상황을 따진다면 당신이 나를 책임져야 하는 거 아닌가?”

현재의 말장난에 주영은 그를 한 대 치고 싶은 심정이었다.

“저 사람을 끌어들인 건 당신이었지.”

“무슨 말이에요?”

현재는 부하직원에게 명령하듯 주영에게 말을 던지고 있었다.

“난 뭐든지 뚜렷한 게 좋아. 당신이 이 문제를 해결하는 동안만은 나에게 집중해야 할 거야. 100% 집중을 원해. 당신이 보이는 그 지성이 하늘에 닿으려면 그게 필요할 거야.”

머리 좋은 남자는 원래 말을 이렇게 어렵게 하나? 무슨 말이 이렇게 어려워? 주영은 그의 말의 맥조차 잡지 못하고 있었다.

“저 사람이 여기 와서 식사하는 거랑 지성이 하늘에 닿는 거랑 무슨 상관이에요?”

“당신도 이 일이 다른 사람에게 알려지는 걸 원치 않겠지? 그건 나 또한 마찬가지야. 아주 불쾌해.”

그녀는 이제야 감을 잡았다. 누군가 그와 그녀가 자주 만난다면 다들 의심을 할 것이다. 그리고 오늘같이 재석은 그녀에게 박현재와의 만남을 캐물을지 모른다. 이 남자는 그것이 불쾌한 것이다.

“좋아요. 100%든 200%든 당신에게 집중할 테니 대신 당신도 더 이상 문제를 만들지 말아줘요. 오해의 소지도 남들에게 보이지 말아요.”

“그 말이 무슨 말인지 아나? 이십일 일 동안의 정신적 피해 보상을 당신에게서 고스란히 돌려받을 거란 말이지. 내 방식대로.”

“어떻게요?”

도대체 그 상담이 얼마만큼 해야지 성과가 있는지 그녀는 알지 못했다. 혹시 몇 년씩은 아니겠지. 단 한 번이었다고. 그러니 충격에서 벗어나는 게 다소 쉽지 않겠어? 이봐요, 무슨 남자가 그리 소심해!

“그건 생각해 봐야겠지.”

“생각하는 김에 육천오백만 원 탕감도 같이 생각해 주시죠?”

주영은 반드시 육천오백만 원의 탕감을 받을 것이며 이 남자의 자존심 문제로 자신의 인생을 저당잡히는 일은 하지 않을 것이다. 오늘부터 그녀는 남자의 자존심 회복을 위한 공부를 할 것이다. 그리고 나서 떳떳하게 그에게서 해방될 것이다. 불끈 쥔 그녀의 두 손에 각오가 다져져 있었다. 그러나 현재는 아이였을 때나 지금이나 그렇게 호락호락한 성격이 아니었다. 문제는 거기에 있었다.

현재가 돌아가자 그녀는 그가 벌려놓은 일을 수습해야 했다. 그러나 재석이 납득할 만한 그럴싸한 변명이 떠오르지 않았다. 다른 것도 아닌 속옷이었다. 윗옷 같은 경우는 얼마든지 핑계가 될 수 있다. 뭐 주웠다든지 모르고 가져왔다든지. 그러나 속옷은 어떠한 핑계를 막론하고 불순한 의심부터 드는 건 당연한 것이 아닌가. 외간 남자의 속옷을 무슨 수로 구했으며 어떻게, 왜? 라는 질문에 명쾌히 대답할 수 있는 사람이 누가 있겠는가.

박현재라는 남자를 만나고부터 그녀의 인생은 거짓투성이가 되어버렸다. 하나를 감추기 위해 두 개의 거짓말을 만들어내고, 두 개가 네 개가 되고, 언젠가는 제 무덤을 파게 될지도 몰랐다. 정말 누가 이 모든 게 꿈이라고 말해 주는 사람이 있었음 했다.

"얘기 좀 하자."

애써 담담히 말하려는 재석의 목소리가 들렸다.

"다음에 해요."

"지금 해. 아까 그게 무슨 말이야? 박현재 사장과 언제부터 알고 지내는 사이였어?"

"어쩌다 우연히 알게 된 사이에요."

그 우연이 아마 그녀의 인생을 꼬이다 못해 비틀어놓았지? 스크루바의 인생이라고 들어봤는지 모르겠네.

"속옷을 돌려달라는 말이 뭐야. 어떤 상황이어야 그런 말이 나올 수 있냐고? 나 좀 보고 말해."

그녀에게 화 한번 낸 적 없던 그가 그녀를 거칠게 돌려 세웠다. 그러나 고집스러움이 고스란히 묻은 그녀의 눈동자가 더 이상 답하기를 거부하고 있었다.

이십일 일간의 부재, 박현재와의 만남, 속옷. 재석의 머리 속은 온갖 불쾌한 상상으로 날뛰고 있었다. 차마 그의 입으로 그와 무엇을 했냐고 물을 수 없었다.

"박현재 씨 속옷이니 그 사람이 잘 알겠죠. 그 사람에게 물어요."

"그럼 육천오백만 원을 탕감해 달라는 말은 뭐야."

도대체 어디까지 들은 거지? 술 먹은 아저씨처럼 고래고래 소리쳤으니 레스토랑 안에서라도 들렸을 것이다. 아무래도 그의 표정을 보아하니 여기서 모든 것을 낱낱이 파헤칠 작정인 것 같았다. 그러나 너무 많은 충격을 받은 그녀로서는 설명이고 뭐고 다 귀찮았다. 오늘 지구의 종말이 오더라도 그녀는 더 이상 놀랄 힘도 없었다.

주영은 근처 벤치에 주저앉아 지나가는 자동차 숫자를 속으로 셌다. 그러면 이 암담한 현실에서 잠시나마 벗어날 수 있을 것 같았다.

"자동차 사고가 났다고 했지. 혹시 박현재 사장 자동차랑 사고 난 거야? 아님 관련이라도 있어?"

끝까지 입을 열지 않는 주영을 보자 의심이 커진 재석의 말투가 거칠어졌다.

"그게…… 저기……."

대답하기 애매한 주영은 말을 얼버무렸다. 이러다간 자신의 차를 영영 못 타게 되는 수가 생길 것 같았다. 사고났다고 하면 사고난 차를 무슨 수로 타고 다닐 것이며 그 사고에 대해서 어떻게 설명해야 할지 몰랐다. 그러자 자신이 왜 이렇게 진땀까지 빼며 해명을 해야 하는지 짜증이 났다.

"그러고 보니 네 차 어디 있어?"

"고장나서 카센터에 맡겼어."

그녀는 분명 죽어서 지옥 갈 것이다.

"집에 돌아온 날도 차가 없었지. 도대체 얼마만큼 사고가 났길래 육천오백만 원이 나온 거야? 혹시 그동안 병원에 있었니? 혹시 박현재가 치료배상을 요구한 거야?"

재석이 그녀가 어디 다친 흔적이라도 찾는 듯 이리저리 훑어보았다. 알아서 해석하고 결론 내리는 그를 보며 주영은 웃음이 나왔다. 더 이상 머리에서 짜낼 거짓말도 없는데 알아서 이유를 만들어 대령해 주니 그녀 쪽에서 고마웠다.

"보험회사와는 얘기해 본 거야? 그쪽과 협의가 안 되어서 그래? 아버님께 걱정 안 끼치려고 혼자 끙끙대고 있었니? 아님 사고 나서 무서워 도망이라도 치다 걸린 거야? 김주영, 대답해 봐."

그녀는 무조건 입을 다물었다. 그게 상책이었다. 그러나 그 모습이 오히려 재석에겐 더 매정하게 보였다.

"어려울 때 말도, 손도 못 내밀 정도로 너에겐 내가 남이었나 보군."

주영은 순간 죄책감이 일었다. 하지만 뭐라 대답을 하고 싶어도 딱히 떠오르는 말이 없자 자신의 죄없는 손톱만 고문할 뿐이었다.

"하나만 대답해."

그의 질문이 두려운 듯 주영은 가만히 그의 얼굴만을 응시했다.

"넌 내가 네 옆에 왜 있다고 생각하니? 없는 시간 쪼개며 내가 왜 네 곁을 일 년 넘게 있다고 생각해?"

알아도 대답할 수 있는 문제가 아니었다. 오늘 두 남자가 그녀를 그들의 방법으로 난감하게 만들고 있었다. 교통정리가 필요했다.

"좋은 사람이라고 생각해요."

"단지 그것뿐?"

"제가 재석 씨에게 어떠한 기대의 행동이나 말을 한 적이 있었나요? 그렇게 보였다면 미안해요. 하지만 전 처음 선볼 때부터 제 생각을 밝혔어요."

생각 안 해본 건 아니다. 막연히 이 남자와 결혼하면 어떨까라는 생각, 괜찮은 남자라는 생각 안 해본 건 아니었다. 그러나 그뿐이었다. 그녀는 지금 박현재만으로도 인생이 복잡해져 있다. 이 남자까지 끼워 교통체증을 일으키고 싶지 않았다. 누가 보면 남자 복 터진 여자인 줄 알겠네.

"그럼 지금부터 다시 생각해 봐."

재석은 그녀를 남겨둔 채 떠나 버리자 주영은 머리를 그러쥐었다.

'아우~ 하느님 아부지~ 도대체 제 주위의 남자들이 하나같이 왜 그런답니까.'

주영은 남자의 자존심 살릴 음식을 찾기 위해 밤을 새면서까지 정보의 바다에 헤엄을 쳤다. 오늘부터 그를 위해 당장 실행할 일주일 식단을 다시 한 번 검토하자 흐뭇해졌다. 그녀의 각오를 잘 나타낸 '후끈 달아오르는 영양식'이라는 제목과 함께 식단을 그녀 책상 위에 크게 붙여놓을 생각이었다. 그러나 정작 요리를 할 줄 모르는 그녀는 아버지 몰래 아침부터 아주머니에게 그녀가 작성한 식단을 만들어달라고 졸라야만 했다. 일주일에 두세 번은 이래야 할 텐데 매번 아주머니에게 부탁을 하자니 이것도 그리 썩 좋은 방법은 아닌 것 같았다.

아주머니가 조심스럽게 반찬을 담자 마음이 급한 주영은 음식 맛도 보지 않고 보자기를 싼 후 주한전자로 향했다. 지옥의 아침 지하철을 타면서 그녀는 분홍 보자기를 다시 한 번 만족스럽게 쳐다보았다. 그녀가 생각해도 너무 기특했다. 분명 그는 감동해 그녀의 깊은 뜻을 헤아려 줄 것이다. 벌써부터 그녀의 귀에는 8. 15 광복절 노래가 들리는 듯했다.

많은 사람들이 로비로 밀려 들어오자 주영은 고개를 번쩍 들었다. 정신 차리지 않으면 그를 놓칠 수도 있기에 그녀는 목을 쭉 빼고 어디 키 큰 남자 지나가지 않는지 열심히 눈을 굴려야 했다. 그러나 그녀의 걱정과는 달리 사장이 로비에 들어서자 사원들이 자동적으로 양옆으로 갈라지자 그 장면이 너무 유별스러워 입을 비죽거렸다.

생각보다 많은 사람들이 사장 주위를 감싸고 있자 슬쩍 음식만 주고 가려던 그녀의 계획에 차질이 생겼다. 보는 이목도 많으니 사장실까지 올라가 조용히 주고 오는 게 신상에도 좋을 듯싶었다.

현재가 임원용 직원 엘리베이터를 타자 그녀도 뒤따라 능청스럽게 올라탔다. 그는 분명 자신을 보았으면서도 그녀 쪽으로는 고개 한번 돌리지 않고 있었다. 일단 임무를 완수하여야 하기에 주영은 헛기침을 하며 뒤돌아 그를 바라보았다. 머리털 나고 처음이런 일을 하자니 어색함으로 온몸에 두드러기가 날 지경이었다. 끝내 그녀는 거의 던지다시피 그의 품으로 보자기에 싸인 찬합을 밀어주었다.

"뭡니까?"

"뭐긴요. 박현재 씨 주려고 가져왔지요. 저도 출근해야 하니까 빨리 받아요. 아, 이거 오늘 중으로 다 먹어야 해요. 몸에 좋은 거니까 꼭꼭 씹어 드세요. 내일 또 오지요."

그가 보자기에 코를 들이밀며 냄새를 맡았다. 고소한 냄새가 식욕을 자극했다.

"당신이 만든 건가?"

놀라워하면서도 그의 눈에 웃음이 스쳐 지나갔다.

"당연히 아니지요. 이런 음식 만들려면 노하우가 있어야 한다고요. 난 옆에서 보조했어요.”

옆에서 이것저것 해달라고 조르는 것이 보조라면 보조겠지만.

“양도 많은데 먹고 가지 그래?”

“그거 다 박현재 씨를 위해 특별 보양식으로 준비한 거예요. 그러니 국물 한 방울까지 다 마셔요. 다 먹었는지 내시경으로 찍어 볼 테니까 확실히 먹어요.”

“김주영 씨, 어찌 수상한 냄새가 나는데.”

“제 성의라니까요, 성의! 나 이렇게 노력하고 있다고 지금 광고하는 중이란 말이에요. 그리고 아침은 꼭 드시는 게 좋아요.”

“하는 짓이 꼭 나 착한 일 했으니 상 줘요 하는 표정이군.”

현재가 빙그레 웃으며 그녀의 볼을 건드렸다.

주영은 그의 행동을 좋은 쪽으로 해석하기로 했다. 그의 표정이 밝은 것을 보아하니 그녀가 이른 아침부터 고생한 보람이 있었다. ‘하면 된다’ 만고의 진리였다.

“박현재 사장님.”

그녀의 코맹맹이 소리에 현재가 경계의 표정을 지었다.

“사장님은 합리적이고 객관적이신 분이죠?”

“할 말만 하라고, 김주영 씨. 상당히 적응 안 되는군.”

“어제 당신을 위해 밤샘까지 해 몸에 좋은 음식 자료를 찾고 재료 사다 나르고 다섯 시부터 음식을 만드는 데 도와주고 이렇게 여기 당신 회사까지 왔잖아요.”

“사설 다 자르고 하고 싶은 말은?”

칼자루 쥐고 있는 그답게 거만이 하늘을 찔렀다. 그녀가 얼마나 용기를 내서 여기까지 온 것을 알면 저리 야박한 말은 못할 것이다.

"그럼 제 지성이 하늘에 몇 퍼센트 닿았을까요?"

"무슨 말이야, 그게?"

"제 지성이 하늘에 닿게 하려면 계획을 짜야 하잖아요. 막연하게 주먹구구식으로 하는 것보다 계획성있게 착착 진행시키는 게 더 효과적이라는 거죠."

"그러니까 한마디로 지성이면 감천이다라는 계획으로 밀고 나가시겠다? 분명 내 방법대로라고 했을 텐데."

"그래도 옆에서 성의를 보이면 무슨 희망적인 답변을 주어야 저도 생활을 하죠. 당신 때문에 잠도 안 온다구요."

"다행이군. 나만 억울한 줄 알았는데."

맨 위층에서 엘리베이터가 멈추자 얼떨결에 주영도 같이 내려 버렸다. 지금쯤 회사로 출근할 시간이건만 남의 회사로 출근해서 뭐 하는 건지 스스로도 한심해 보였다.

'뭐 하는 짓이긴, 육천오백만 원 탕감 작전이지.'

그녀는 속으로 투덜투덜거리며 하루 속히 그가 육천오백만 원을 탕감해 주길 바랐다. 그녀의 방법이 뭐가 나쁜가? 그의 자존심을 세우는 날까지 이 한 몸 품팔아 탕감받겠다는 일이 그리 잘못은 아니라고 생각한다. 그녀는 이 문제로 끙끙 속앓이를 하다 여성센터에 전화까지 해야 했다. 상담 결과는 무조건 잘못했다, 그 사람에게 진심 어린 사과를 하는 것이라고 했다. 거부감이 있거든 그 거부감을 느끼지 하지 않게 해주어야 하며 전화를 끊는 그 순간까지 자신이 잘못을 알고 다시는 그런 과오를 저지르지 말라는 충고까지 받았다. 어쩌다 그녀가 이 신세가 되었을꼬.

"당신 방법도 좋고, 내 방법도 좋다 이거예요. 그래도 사람이 이렇게 음식까지 해다 바치는데 감사하다는 말 정도는 해주어야 하잖아요."

"나만을 위해, 정말 내가 걱정되어 이 음식을 가져왔다고 말할 수 있으면 하지."

"그럼 당신 식이 어떤 건데요? 알아야 준비를 하죠."

"예를 들어 이런 거지."

그는 그녀가 준 보자기에 싸인 찬합을 그의 책상에 내려놓더니 그녀에게 바짝 다가왔다.

긴장한 주영은 마른침을 애써 삼켰다. 진지한 그의 까만 눈동자, 재미있다는 듯 살짝 치켜 올라간 눈썹. 이 모든 게 그녀의 신경을 조이고 있었다. 이 남자 설마 감사의 인사로 키스를 하려는 건 아니지. 키스보다는 돈이 좋은데.

그가 주영의 두 볼을 당기며 만족스러운 미소를 지었다. 속수무책으로 당하고만 있던 그녀는 두 볼을 감싸며 그를 노려보았다.

"이게 당신 방법이라고요?"

원래 박현재 사장의 성격이 저런 거야? 아님 자동차 사고 나면 성격이 다 저렇게 변하나?

"당신 볼 말이야, 상당히 말랑말랑해."

'생각했던 것보다 훨씬.'

그 느낌까진 기억 못하는 현재로서는 꼭 그녀의 볼을 만져 보고 싶었다. 그녀가 경계의 눈빛으로 쳐다보지만 않았다면 그는 좀 더 천천히 그 감촉을 즐겼을지도 몰랐다. 이제부터 그는 모든 것을 그의 손으로 확인해 볼 생각이었다. 이건 시작에 불과했다.

"그럼 이 나이에 벌써 고목나무 껍질일 줄 알았어요?"

"당신도 알고 있겠지만 난 요즘 잠을 잘 못 자. 그래서 피곤해 죽을 지경이야."

"제 양심을 푹 찔러주고 싶었다면 성공하셨어요. 축하해요."

주영이 우울하게 대답했다.

"당신이 해결해 줄 수 있을 것 같은데?"

"제가요? 어떡해요?"

해결책을 보여준다는 그의 말에 그녀의 눈이 반짝거렸다. 역시 음식 가져오길 백배 잘한 일 같았다. 벌써 그의 태도가 호의적이지 않은가.

"당신이 옆에 있어주면 될 것 같은데."

"당신 옆에서 당신 잘 때까지 있으라고요? 다른 건 다 괜찮지만 그건 안 될 것 같네요. 제가 집에 들어간 지 얼마 안 돼서 외박하면 정말 맞아 죽거든요."

외간 남자랑 밤에 단둘이 있는 자체가 말이 안 되었다. 남자의 속은 검댕이 숯보다 더 검다는 말이 괜히 생긴 말은 아닐 것이다.

"누가 밤이라고 그랬나? 아님 다른 생각이라도 하고 있는가 보지?"

"그럼 여기서 자장가라도 불러요? 이 아침에?"

"이번 주 토요일 오후 두 시 한강공원으로 갈 테니 약속 잡지 마."

"잠자는 거랑 당신과 한강공원 가는 거랑 무슨 상관이 있는데요?"

“거기서 잘 테니까 자는 동안 옆에서 보초 서라고. 아침 다섯 시에 일어나서 음식 챙겨 여기로 가져오는 것보다 쉬운 일일 텐데?”

“토요일이면 공원에 나오는 사람도 많을 텐데 정신 사나워서 어떻게 자려고요?”

“그러니까 당신보고 보초 서라는 거잖아?”

“아, 예~ 누구 명령인데 어기겠습니까. 맞다, 출근!”

그와 티격태격하느라 주영은 출근 시간을 깜빡 잊고 있었다. 서둘러 나가려던 그녀가 갑자기 걸음에 급정거를 걸며 뒤돌아 그의 앞에 다시 섰다. 죄책감은 죄책감이고 갚아야 할 건 갚아야 했다.

“이건 말이죠, 당신이 그 치사빤스한 짓 때문에 내가 당한 정신적 피해 보상을 갚는 것이니 이해해 달라고요.”

주영은 자신의 입술을 양 손바닥에 도장 찍듯이 눌렀다. 생각할 틈을 주지 않고 그녀의 손바닥을 그의 양 얼굴에 꾹 눌렀다. 뒷사태는 감당하지 못하기에 주영은 무조건 사장실 문을 열고 뛰었다. 엘리베이터를 들어섬과 동시에 닫힘 버튼을 여러 번 누르는 그녀의 최대 목적은 오직 하나 ‘탈출’이었다. 그러나 신은 그녀의 편이 아니었다. 닫히려는 문 사이로 그의 구두가 그녀에게 인사라도 하듯 빠끔히 내밀자 문은 ‘열려라, 참깨’의 주문처럼 스르르 열리고 말았다. 알리바바가 사십 명의 도적을 마주쳤을 때의 심정이랄까? 그녀는 벌써 자신의 행동으로 후회가 썰물처럼 밀려들어 왔다. 아니, 파도처럼 덮치고 있었다. 그녀의 마지막 희망은 그가 이성이라는 것이 존재한다면 그녀를 신사답게 고이 보내줄 것이다라는 것에 걸고 있었다.

현재가 강제로 손으로 엘리베이터 문을 잡고 있자 엘리베이터에서 단조로운 전자음이 울리기 시작했다. 그 경고음이 그녀의 처한 현실과 너무 잘 어울려 그녀에게 더욱 좌절감을 안겨주고 있었다.

주영은 당당히 그를 쳐다봐 주었다. 그의 얼굴은 아직 그녀가 찍어놓은 입술 마크가 그대로 보존되어 있는 상태였다. 그 모습이 너무 웃겼지만 여기서 웃음을 터뜨렸다가는 그녀의 목숨이 위태로워질 것 같아 혀까지 깨물어야 했다. 긴장을 최고조로 만든 후에서야 그가 입을 열었다.

"김주영 씨, 안녕히 가시기 바랍니다."

"네?"

동그래진 그녀의 눈은 의구심이 한가득 들어 있었다. 버럭 화를 내는 것도 아니고 그냥 안녕히 가라고? 갑자기 마음의 수양이라도 쌓았나? 아님 너무 어이가 없어 화내는 것도 잊어먹었나?

"오늘 삼진테크 시찰이 잡혀 있던데 그때 봅시다. 다시 만날 날이 기대되지 않습니까, 김주영 씨?"

주영은 너무 놀라 헛바람을 집어삼켰다. 머리에서 경종이 쉼없이 울리고 있었다. 그에게 잘 보여도 될까 말까 한 일을 그녀는 아예 삼층밥에 밥솥까지 태운 꼴이었다. 일단 그를 피하고 봐야 했다. 하루 종일 회의만 하든지 과장님에게 출장이라 말한 뒤 잠적하는 게 최선의 방법 같았다. 아니, 그 길만이 그녀가 살길이고 나아갈 길이었다.

제5장 일보 전진?

주한전자 방문객 명단이 갑작스럽게 바뀌는 바람에 김우근 사장 및 삼진테크 이사들이 못내 당황스러워하고 있었다. 어제 마지막으로 확인했을 때에도 분명 박은혁 이사 외 세 명이 방문하기로 되어 있었는데 차에서 내린 사람은 박현재 사장과 그의 비서실장이자 삼진테크 쪽은 서로가 의문의 눈짓을 교환하느라 정신이 없었다. 물론 주한전자로서 이 계약 건에 비중을 두고 있다는 것은 모르는 바 아니나 박현재 사장이 직접 나섰다는 것은 그 의미를 더욱 무겁게 둘 수밖에 없었다.

삼진테크 쪽은 주한전자 사장의 깜짝 방문에 궁금해하면서도 마치 처음부터 박현재 사장이 방문하기로 되어 있었다는 듯 천연덕스럽게 인사를 나누었다.

　　삼진테크의 제1연구실 시찰이 거의 끝날 때까지 현재는 그들의 말을 경청만 할 뿐 아무런 질문도 던지지 않았다. 그가 예상했던 것보다 연구실 자체의 힘이 상당해 보여 시간만 있다면 모든 연구실을 다 둘러보고 싶었다. 콘넥터 칩(connector chip)의 발명이 결코 우연이 아니라는 것을 증명해 주고 있었던 것이다. 만약 삼진테크와의 계약이 잘 체결된다면 다른 제품 개발 건도 관심을 가지고 지켜볼 만한 가치가 있었다.

　　그러나 현재의 속마음을 모르는 삼진테크 이사진들은 현재의 침묵이 길어질수록 마음이 무거워졌다. 김우근 사장 역시 마음이 불편한지 중간중간 박현재 사장의 표정을 살폈다. 그가 알기로는 마지막 계약서 사인을 앞두고 모든 것이 일사천리로 진행되었다. 오랫동안 이 계약서를 준비해 온 듯 빈틈 하나 없이 완벽하게 말이다. 무슨 심경에 변화가 생겨 여기까지 박현재가 직접 행차를 해야 했을까. 하지만 그것보다 더욱 궁금증을 자아내게 한 것은 박현재 사장의 오른손에 들려 있는 보자기에 싼 그 무엇이었다. 사장이 남의 회사를 방문하면서 서류 가방이 아닌 보자기라니. 처음에는 모두들 박현재 사장이 김우근 사장을 위해 선물을 마련했나 보다 막연히 생각했지만 인사를 나눌 때 건네지 않은 걸 보니 또 그렇지도 않은 듯싶었다. 아무튼 지금까지, 그것도 직접 손에 들고 있는 것을 보면 귀한 물건임에 틀림없었다. 그러니 이사진들의 눈이 자연스레 그쪽으로 쏠리는 것은 당연했다.

　　"R-27 칩 같은 경우는 국산화를 시켰다는 의미가 큰 제품으로 연간 육십억 원 이상의 대체 효과를 거둘 수 있을 것으로 보입니다."

연구원의 설명이 끝나자 모두들 현재의 반응을 기다리고 있었다. 삼진테크의 자부심이 앞으로의 주한전자와의 거래에 어떠한 영향을 줄 수 있을지 너무나도 잘 알고 있는 그들이기 때문에 촉각을 곤두세울 수밖에 없었다. 박현재 사장이 보안 안경을 벗으며 만족스러운 미소를 보이자 그때서야 그들은 속으로 안도의 한숨을 내쉬었다.

"모든 게 훌륭합니다. 중소기업의 연구실이 웬만한 대기업 수준 못지않아 솔직히 놀랐습니다. 이런 삼진테크와 계약을 하게 되어서 정말 기쁩니다."

연구실은 김 사장의 자부심이었다. 그리고 그 자부심의 결과가 콘넥터 칩을 만들어냈다. 이사들의 우려를 무릅쓰고 그의 고집으로 여기까지 이끌어온 결과가 지금에서야 인정을 받고 있는 것이다. 만약 콘넥터 칩의 기본 도면이 다른 회사로 넘어가지만 않았으면 어찌 되었든 맨주먹으로라도 다시 일으켜 세울 그였다. 그러나 대기업에서 기본 도면이 넘어갔다면 다른 도면도 빼내가지 않았다는 보장도 없었다. 그렇다면 시작도 하기 전에 승산이 없는 게임이었다. 그나마 다행인 것은 주한전자가 완벽한 기술 이전이 아니라 십 년의 독점 계약으로 체결된다는 점에 김 사장은 안도해야 했다. 이제 삼진테크는 안전적인 경영에 힘을 쏟을 수 있을 것이다.

"아, 괜찮다면 회사를 한번 돌아보았음 하는데요."

현재는 마치 갑작스럽게 생각난 듯 김 사장에게 양해를 구하고 있었다.

"어디 특별히 가고 싶은 곳이라도 있습니까? 다른 생산 공장 쪽이라든지."

"아니, 됐습니다. 사내 분위기가 궁금해서 말입니다. 구매팀이 좋겠군요."

그 말과 동시에 현재와 함께 모든 이사진들이 구매팀으로 이동했다.

현재가 구매팀으로 향하는 줄도 모르고 주영은 전산상의 프로그램 오류로 자신의 책상에 발목이 잡힌 상태였다. 프로그램 오류뿐이면 다행이지만 이 오류로 재고 파악에 상당한 차질이 빚어져 잘못하면 생산 라인을 끊어먹는 경우가 생길지도 몰랐다. 그러니 박현재의 문제는 뒷전으로 밀려나는 수밖에 없었다. 설혹 그가 여기까지 온다고 해도 이 많은 사람들 사이에서 무슨 일이 생기랴라는 안일한 생각을 한 그녀였다.

주영은 열심히 계산기를 두드려 보더니 결국 책상 위에 머리를 박았다. 실재고 개수를 아무리 굴려봐도 이번 주를 넘기기 힘들 것 같았다. 다른 사람이 잠깐 그녀의 일을 대신 했다고는 하나 담당자가 아닌 이상 세세한 것까지 챙기기 힘들었을 것이다. 미주에서 들어오는 것이라 핸들링(handling)도 불가능한 상태였기에 입사 이후 생산라인을 끊어먹는 초유의 사태가 벌어질 것 같았다.

그때였다. 사무실의 공기가 마치 텔레비전 볼륨을 한순간에 줄인 것처럼 뚝 끊겼다. 심상치 않은 기운에 고개를 들어보니 경악

할 장면이 그녀 시야를 가득 메웠다. 박현재 사장이 정말 여기까지 쳐들어온 것이다. 그것도 아버지와 이사진들을 대동한 채.

본능적으로 주영은 모니터 앞으로 몸을 숨겼다. 마치 타조가 위험에 처하면 고개만 땅을 박고 ‘나 못 찾겠지롱’ 하는 모습과 다를 바 없어 보였지만 그녀는 최대한 자신의 몸을 감추려고 노력했다. 구두 소리가 점점 크게 들리자 그녀는 자신이 오즈의 마법사에 나오는 도로시처럼 어디든 다른 곳으로 사라져 버렸음 했다.

그녀의 심장 박동수가 기하급수적으로 빨라지고 있었다. 그가 어떻게 나올지 전혀 짐작할 수 없었다. 다만 아침의 그 사건을 그냥 덮어두기에는 그의 마음이 그리 넓지 않으리라는 것만 알 수 있었다. 지금이라도 화장실로 대피해야겠다는 생각이 들자 그녀는 자리에서 벌떡 일어났다. 그러나 현재가 빨랐다.

“안녕하십니까, 김주영 씨?”

그녀 앞에 떡 버티고 서 있는 그를 보자 주영은 ‘내 손안에 있소이다’의 한 광고 문구가 생각났다. 사람은 항상 앞날을 생각하고 행동하라는 말이 이렇게 뼈에 사무칠 줄 생각도 못했었다.

“아…… 예, 안녕하세요…….”

주영은 대답하면서 아버지를 슬쩍 바라보았다. 벌써 김 사장의 짙은 눈썹의 변화가 일었다.

여기서 쓰러질까? 아버지가 놀라도 차라리 이 방법이 낫지 않을까? 박현재가 어디로 튈지 모르는 럭비공인 것을 감안할 때 그 방법도 그리 나쁠 것 같지 않아 보였다.

“연구실 시찰이 있던 참에 들렀습니다.”

이제 구매2팀에 있는 모든 귀들이 그녀와 현재의 대화에 집중되어 있었다. 그들의 머리 속은 당연 '박현재 사장이 어떻게 김주영 대리를 알고 있을까?' 라는 궁금증으로 가득 채워져 있을 것이다. 아버지의 표정 역시 오늘 저녁에 심심지 않을 하문이 있을 예정 같았다.

'여기까지 하자구요, 박현재 씨. 당신은 지금도 충분히 나를 곤란하게 하고 있는 중이란 말이에요.'

그녀가 강렬한 눈빛으로 호소를 하고 있음에도 불구하고 현재는 그녀의 소원을 들어줄 생각이 없었다. 자신이 조금 야박하다고 생각은 드나 그는 곧 들고 있던 보자기를 그녀의 책상 위에 올려놓았다. 모든 이사진들을 궁금하게 만들던 그 보자기였다.

'이제 시작이야, 김주영 씨. 기대해도 좋아.'

그가 느긋하게 책상 옆에 기대서자 주영은 눈앞이 캄캄해졌다. 지금 저 자세는 본격적으로 해보자는 심산이 아니고 뭐란 말인가. 차마 그의 얼굴을 볼 용기가 나지 않는 그녀는 앞의 분홍색 보자기만 뚫어지게 쳐다보았다. 그가 저 보자기를 내미는 순간 자신은 이 상황을 헤쳐 나갈 방법이 없다는 것을 깨달았다.

"당신이 좋아하는 맛탕이랑 초밥이지."

그녀의 얼굴 표정이 시시각각으로 변하자 현재는 그 모습을 사진으로 찍어두고 싶었다.

주영이 계속 침묵으로 일관하자 궁금함을 참지 못한 김 사장이 나섰다.

"김주영 대리와 아는 사이인 줄은 몰랐군."

"조금 아는 사이입니다."

하지만 그의 행동은 전혀 조금 아는 사이가 아니었다. 딸이 무슨 음식을 좋아하는지까지 아는 사이면 한두 번 만난 사이가 아닐 것이다. 자신의 딸과 현재를 번갈아 본 김 사장의 얼굴이 심각해졌다.

"다음 부서로 넘어갑시다."

김 사장은 일단 둘을 떨어뜨려 놓아야겠다고 생각했다. 더 끌어봤자 무성한 소문만 부풀릴 뿐 좋을 게 없었다. 그러나 이미 소문은 오늘 안에 전사로 퍼질 게 분명해 보였다.

태연함을 가장한 채 앉아 있지만 벌써 호기심에 눈이 반짝거리는 직원들은 이 두 사람에게 무서운 집중력을 발휘하고 있었다. 그걸 모를 리 없는 박현재 사장이 여기서 미적거리고 있는 것이다.

현재는 자신을 기다리는 이사와 김 사장에게 미안한 웃음을 지었다. 주영은 분명 저 웃음이 방부제가 많이 함유된 인공웃음이라는 것에 그녀의 사돈의 팔촌의 조카의 재산까지 다 걸 수 있었다.

"깜빡했습니다. 바쁘실 텐데 상관 마시고 일들 보십시오."

"김주영 대리와 따로 할 말이 있다면 자리를 옮기는 게 나을 것 같군. 아직 근무 시간이라 다른 직원들이 불편할 수도 있으니까."

김 사장이 직접적으로 자리를 옮기라고 제안했다. 아무래도 딸의 표정이 심상치 않아 보였기 때문이다.

"죄송합니다. 생각이 짧았습니다. 며칠 전에 그녀를 만난 적이 있는데 제 몸이 걱정되었나 봅니다. 오늘 아침 일찍 몸에 좋은 음식을 만들어서 손수 회사로 가져왔더군요. 오늘 삼진테크의 시찰도 잡혀 있어 겸사 겸사 조그마한 보답으로 가져왔습니다."

주영은 아예 눈을 감았다. 이건 그냥 폭탄도 아니었다. 상상할 수 없는 핵폭탄을 얻어맞은 격이었다.

여사원들은 연신 '어머어머, 웬일이야' 를 외쳐 되는 반면, 남자 사원은 믿을 수 없다는 듯 김주영 대리를 쳐다보았다. 회사에서 일이 틀어지면 남자 하나 망신시키는 것은 일도 아닌 김주영 대리가, 그것도 아침 일찍 음식을 만들어 남자에게 가져다 준 사실은 특종 중에서도 특종이었다.

주영은 천천히 고개를 들어 그의 얼굴을 마주 보았다. 아버지가 있든 없든 간에 그녀의 인내심은 벌써 바닥을 드러내고 있는 상태였다. 그와 있으면 제정신으로 대화하고 싶어도 할 수 없게 만드는 재주가 있었다. 도대체 전생에 자신과 무슨 원수를 졌길래 그녀의 인생에 끊임없이 태클이 들어오는지 따져 보고 싶었다. 하지만 그보다 일단 그를 여기서 데리고 나가는 게 급선무였다.

"박현재 사장님, 잠깐 얘기 좀 할까요?"

당장이라도 그를 밖으로 끌고 나가고 싶지만 그러기에는 그녀에게 상황이 너무 불리했다.

"그전에 두 사람 다 내 방으로 잠깐 올라가지."

아버지의 엄명이 예상외로 빨리 떨어지자 그녀는 울상이 되었다. 만약 박현재가 저 입으로 아버지 앞에서 이상한 말을 한마디라도 뻥끗한다면 그녀도 가만있지 않을 것이다. 치사해도 할 수 없지만 온 국민이 다 알게끔 신문에 그가 발기부전증에 걸렸다고 대서특필할 것이다. 협박하기 위해 여기까지 왔으면 할 수 없다. 이제 이판사판이다.

김 사장은 두 사람 나란히 앉혀놓고 한동안 말이 없었다. 사실 무슨 말부터 꺼내야 할지 고민 중이었다. 얼마나 답답했으면 비서가 가지고 온 뜨거운 커피를 한 번에 벌컥 들이마셨을까. 그러나 장작 핵폭탄을 떨어뜨린 주인공은 마냥 태연하기만 했다.

주영은 차마 아버지를 바라볼 엄두가 나지 않았다. 그녀에게 아버지는 각별한 존재였다. 여섯 살에 어머니가 돌아가신 후 회사와 그녀밖에 모르고 살아오신 분이었다. 그녀가 고등학교 때쯤 재혼을 권해보기도 했지만 아버지는 딱 잘라 거절했다. 내가 사랑해서 결혼하는 것이 아니라 편해지고자 결혼하는 거라면 그건 사랑한 사람에 대한 예의가 아니라고. 그건 자기 자신에게조차 떳떳치 못한 일이 되는 거라 그리 말씀하셨다. 그녀에게 아버지는 언제나 특별했지만 아마 그때부터 주영은 아버지가 달리 보인 것 같았다. 그래서 그녀는 아버지에게 조금의 거짓이나 심적으로 걱정 끼치는 일은 되도록 하고 싶지 않았다. 그런데 그것을 박현재가 다 망쳐 놓고 있는 중이었다.

"도대체 둘이 무슨 사인가? 조금 아는 사이란 말로 둘러대지 말고 똑바로 말해 봐. 나이가 먹었어도 그리 꽉 막인 사람은 아니니 사실을 말해 보라고."

"사귀는 건 아니고 그냥 호감을 가지고 있는 사이입니다."

그녀가 변명할 새도 없이 현재가 대답을 가로챘다.

"호감?"

김 사장은 그 말이 마음에 안 든다는 듯 인상을 찡그렸다.

"주영이 네가 말해 봐. 왜 아무 말도 없는 게야? 정말이냐? 그냥 호감으로 새벽에 일찍 일어나 주방 아주머니를 볶았단 말이지? 아니면 내가 반대라도 할까 봐 말을 안 했던 거냐?"

"아니요, 아버지. 절대 사귀는 게 아니에요."

그녀의 강력한 부정이 오히려 김 사장의 의심을 사고 있었다.

"그럼, 자네가 답할 수 있겠군. 업체 사장으로서가 아니라 아버지로서 묻는 거니까 언짢아하지 말게. 구매팀을 찾아가려고 작심한 게지?"

"맞습니다."

그의 주저없는 대답에 주영은 이제 갈 이도 없었다.

"모든 사람들이 의심을 살 만한 행동을 해놓고 호감만 가지고 있다라는 것은 어불성설 아닌가? 자네의 그 행동이 내 딸을 곤란하게 만들 거란 생각을 안 해본 건가? 아님 내 딸아이의 반응이 재미있어 보여 그런 건가?"

"그건 아닙니다."

"그렇다, 아니다라는 말만 하지 말고 속 시원히 말을 해봐."

김 사장은 자신의 딸이 몰래 남자를 만났다는 사실이 서운하기도 했고 화가 나기도 했다. 스스로 자신의 배필을 찾는다는 게 나쁘다는 것은 아니었다. 어차피 딸이니 언젠가는 보내야 할 때가 있을 것이다. 그러나 이건 아니었다. 호감으로 사람을 사귄다면 못 사귈 사람이 어디 있을까? 일개 평범한 사람도 아니고 주한전

자의 사장이었다. 아무 사이도 아니라 하지만 주한전자 사장이라
는 이유 하나만으로 일이 될 수 있는 자리가 바로 그 자리였다. 내
키지 않았다. 아니, 호감이라 했으니 그 호감 당장 거둬가라고 말
하고 싶었다. 박현재 사장과 이렇다는 등 저렇다는 등 없는 말 엮
어가며 그의 딸이 입에 오르내리는 것이 무엇보다 싫었다.

"어차피 저랑 만나다 보면 누구를 통해서든지 알게 되겠지요.
그런 것까지 숨기고 싶지 않습니다. 물론 그녀의 협조가 절대적으
로 필요하겠지만 말입니다."

"그래서 사람들이 다 지켜보는 가운데서 보자기를 건넸다 이
말인가?"

주영은 그들의 대화에 낄 틈도 없었다. 그녀 없이도 서로가 주
거니받거니 하며 친밀한 대화의 장을 열고 있었다. 어찌 거짓말을
해도 저렇게 눈 하나 깜짝 안 하고 입에서 술술 나오는지 박수라
도 쳐주고 싶었다.

"심술궂었다는 것은 인정합니다."

"심술궂었다고 했나? 내일이면 사내 모든 사람들이 이 일로 수
군거릴 텐데 단지 심술궂은 일이라고 치부하면 단가? 모든 부모가
마찬가지겠지만, 난 내 딸을 말일세. 곱게 키워 곱게 보내고 싶은
마음이야. 어떤 구설수에도 오르게 하고 싶지 않단 말이네."

"사실 그녀가 먼저 시작했습니다. 아침 일찍 회사로 찾아와 제
볼에 입술마크를 찍고 도망갔거든요. 아마 지금쯤 주한전자 모든
사람들이 알고 있을 겁니다."

"이봐요, 박현재 씨! 그만 하지 그래요?"

선생님에게 고자질하듯 현재가 김 사장에게 쪼르르 일러바치자 드디어 그녀가 폭발하고야 말았다. 그가 그녀의 약점을 잡고 있는 상황에서 화를 내는 건 아주 어리석은 일이지만 그녀의 머리는 벌써 이성이라는 단어가 흐릿하게 지워지고 있었다. 그가 협박의 '협' 자만 벙긋거려도 그녀 옆에 있는 티슈라도 뽑아 그의 입을 막아버리고 말 것이다.

"사실이냐? 대답해 봐."

"그게…… 아버지, 어떻게 된거냐면요."

현재는 그녀의 대답이 사뭇 궁금하다는 표정이었다.

"사, 사실이에요."

주영은 떨어지지 않는 입을 간신히 벌려 짓지도 않는 죄를 인정하고 말았다. 사실이 아니라고 하면 아닌 이유에 대해 아버지는 궁금해하실 것이고 그러면 모든 불행의 씨앗인 그가 어떤 말을 내뱉을지 모르기 때문이다. 그리고 엄밀히 말하면 입술마크가 아니라 입술마크가 찍힌 손도장이었다. 그녀는 분명 손을 사용했다.

"그럼 재석과는 어떻게 되는 거냐. 네가 지금 얼마나 몹쓸 짓을 하고 있는 건지 아는 게냐? 아님 마음속으로 두 사람을 두고 재보고 있는 중이냐."

"아니에요, 아버지! 정말 그건 아니에요!"

주영은 자신의 마음을 버선 속처럼 뒤집어 보여줄 수도 없고 거짓말 탐지기를 가져다 놓고 검사할 수 없는 이 상황이 억울하고 분했다.

그런 그녀의 행동에 김 사장은 한숨을 내쉴 뿐이었다. 딸은 아니라 해도 고의든 아니든 일은 그렇게 되어가고 있었다. 그는 은근히 딸이 재석과 사귀어주기를 바라고 있었다. 그 정도면 자신의 딸을 많이 사랑해 주고 아껴줄 남자로 보였기 때문이다.

"우유부단함은 남에게 상처가 된다. 네가 마음을 못 잡아 왔다 갔다 할 사이에 다른 사람은 그 다음을 내다보고 있어. 그걸 알아야지. 네 사생활까지 이래저래 간섭하고 싶지는 않다. 그러나 남녀 사이에 가벼움은 용서 못한다. 재는 것도 안 돼. 그러니 알아서 처신해."

"네, 아버지."

주영은 억울하다는 듯 작은 소리로 대답했다.

"자네도 알아두어야 할 것이야. 요즘 젊은이들 만나고 헤어짐이 무슨 장난인 줄 아는데 그 꼴은 못 봐. 무슨 말인지 알겠나? 단순한 호감이면 난 별로 환영하고 싶지 않네."

"무슨 말씀이신지 잘 알겠습니다."

현재가 씨익 웃으며 대답했다.

'이제 떨거지는 어느 정도 제거된 것 같군. 김주영 씨, 정신 차려야 할 거야. 이제부터 100% 당신의 집중을 요구할 테니까.'

그날 주영은 자신의 인생 상담을 위해 친구들을 술집으로 긴급 호출했다. 이대로 있다가는 울화병으로 곧 세상을 하직하고 말 것 같았다. 아버지는 아버지대로 그녀가 은근히 박현재에게 마음을 두고 있다고 믿고 있었고, 그녀의 인생을 쑥대밭을 만든 박현재라는 사장은 뭐가 즐거운지 콧노래까지 부르며 자신의 회사로 돌아가 버렸다. 하지만 그녀는 집에 들어가면 아버지의 2차 고문이 기다리고 있을 게 뻔했다. 왜 안 그러겠는가. 이십칠 년 동안 살아가면서 아침 일찍 누구를 위해 도시락을 싸본 적이 없던 딸이 부산을 떨었으니 당연할는지도 몰랐다. 언제 만났냐, 어떻게는 기본일 테니 차라리 오늘 같은 날은 집에 늦게 들어가는 것이 나았다.

아, 그녀의 인생은 어디로 흘러가고 있는가. 하느님은 이 어린 양 굽어 살펴주지 않고 도대체 무슨 사무가 바쁘신 걸까. 그래, 이라크 전쟁도 났는데 거기 사람 돌보느냐고 그녀의 삶을 돌보기 힘든 게지. 마음 넓은 내가 이해해 주어야지.

혼자서 주절거리고 있던 주영은 고개를 들어 술집 안을 쭉 훑어보았다. 시끌벅적한 호프 집은 잡담으로 소리가 뭉쳐 울리고 있었고, 분위기를 띄우기 위해 댄스 음악을 틀어놓긴 했는데 그녀에게는 소음 제조기로밖에 보이지 않았다. 그녀의 심각한 인생 문제를 상담하기에는 그리 적당해 보이지 않았다. 그녀는 절대적인 위로와 격려가 필요했지 스트레스가 필요한 게 아니었다.

약속 시간이 가까워지고 있었지만 아직 나타난 친구는 없었다. 빈 탁자에 홀로 앉아 있는 것이 민망한 주영은 일단 자신의 맥주부터 주문했다. 그녀의 친구들은 오늘도 시간을 지키지 않을 게 뻔했다. 500cc 세 컵을 비워서야 그녀의 친구들이 도착했다. 이 망할 것들!

"야, 내가 쏜다는데 왜 이리 늦게 나와. 니들이 그러고도 친구야? 네 친구가 지금 울화병으로 곧 죽을 거 같단 말이야, 이것들아."

지혜가 우아하게 다리를 꼬며 주영의 투덜거림을 무시했다.

"지금이 몇 시인 줄 알아? 이제 여덟 시밖에 안 되었다고. 한 달 동안 연락 뚝 끊어놓고 갑자기 전화해서 술 살 테니까 나오라니. 실연이라도 당한 거야? 아님 결혼 명령이라도 집에서 떨어졌어?"

"결혼 명령은 무슨. 차라리 그랬으면 좋겠다. 니들 도움이 필요해. 아니, 자문을 구하고 싶어."

메뉴를 고르던 수진이가 심각한 주영의 목소리에 고개를 들었다. 전화 통화할 때는 몰랐는데 주영이 오만상을 찡그리며 징징대고 있었다. 얼굴도 약간 달아오르고 평소의 쾌활한 그녀의 모습이 어디에도 없는 걸 보아하니 혼자서 몇 잔은 마신 듯했다.

"한 달 동안 어디 박혀 나타나지도 않다가 갑자기 무슨 자문이야? 너 사라지고 없는 동안 재석 씨가 전화했었어. 네 소식 알고 있는데 내가 안 가르쳐 주고 있다고 생각했나 봐. 암튼 무슨 고민이길래 혼자 술까지 먹으며 청승을 떨고 있는 거야?"

"그 남자 때문에 내 인생이 날아가 버렸단 말이야. 물론 나의 책임도 어느 정도 있지만…… 그렇지만 이건 너무 심해. 아버지라도 아시는 날에는 난 죽은 목숨이야. 난 아직 결혼도 안 했는데……."

지혜와 수진의 눈이 잠시 마주쳤다. 그녀들이 생각은 단 하나 '김주영, 사고쳤다!' 였다.

"좋아, 말해 봐. 이 언니들이 해결해 줄 테니까. 침착하게 처음부터 말해 봐. 어떤 남자야? 넌 남자도 없잖아."

"난 정말 억울해! 억울하다고!"

"그래, 알아. 그러니 자세히 말해 봐."

지혜가 아이 어르듯 주영을 달랬다. 수진 또한 조용히 주영의 손을 두드려 주었다.

주영은 친구들의 격려에 힘입어 컵에 남아 있는 맥주를 단숨에 비우고 마음을 가다듬었다. 머리, 꼬리 다 날리고 핵심만 얘기하기로 했다. 그거면 충분했다. 처음부터 모든 것을 설명하려면 이 밤을 세워도 모자랄 것이다.

이야기할 기분이 되었는지 주영은 고개를 돌려 이리저리 살펴보더니 몸을 바짝 낮추었다. 누가 들으면 곤란하고도 민망한 일이라 되도록 작게 말하고 싶었다.

"있잖아, 내가 남자 하나를 성추행했거든."

"성추행?!"

지혜와 수진의 입이 다물어질 줄 몰랐다. 그녀들의 예상이 보기 좋게 빗나갔다. 이건 빗나가는 정도가 아니라 궤도 이탈이었다. 여우 짓도 잘 못하는 그녀가 성추행이라니.

"조용히 해. 남들이 다 듣잖아. 그게 어쩔 수 없었어."

"정말이야? 네가? 무슨 재주로? 혹시 술 먹고 실수로? 아님 갑자기 그러고 싶어서? 어디서? 나이트냐?"

수진이 흥분하며 그녀 앞에 질문을 마구 쏟아내고 있었다.

"그건 알 필요 없고, 아무튼 성추행이래. 난 아닌데."

그녀는 분명 응급구조였다.

"확실히 말해 봐. 넌 아닌데 그 남자는 성추행이라고? 어느 정도인데 그런 말을 해? 그 남자가 그래, 네가 성추행이라고?"

누가 다혈질 아니랄까 봐 수진은 어느새 옆 테이블까지 귀가 쫑

굿거릴 정도의 큰 목소리를 자랑하고 있었다.

"어떻게 보면 성추행이지. 아니, 성추행이 맞아."

주영 자신도 맨 처음에는 헷갈렸는데 자꾸 옆에서 성추행이라고 하니 자신이 한 짓이 성추행인 것도 같았다.

"어떻게 했는데 그런 말까지 해? 엉덩이라도 쓸었니?"

지혜의 목소리는 친구를 걱정하는 것보다 오히려 재미있어하는 목소리였다.

"아니, 그거라면 나도 내 엉덩이 쓸어보라고 했을걸. 그 앞쪽을 쓸었어. 좀 오랫동안."

옆 테이블 손님들이 갑자기 사레가 들렸는지 연신 콜록대고 있었다. 수진과 지혜 또한 놀라서 입이 쩍 하고 벌어졌다. 그러나 너무 심각한 주영은 그런 모습이 눈에 들어오지 않았다.

"문제는 지금부터야. 그 사람이 음…… 정신적 피해를 입었다면서 상처를 많이 받았다고 나보고 보상을 하라는 거야. 나쁜 놈, 어릴 때에도 그리 성격이 안 좋더니만. 하기야, 그 성격은 개도 안 물어가겠다."

주영은 횡설수설하면서 맥주를 마시려다 자신의 잔이 비어 있자 수진의 맥주를 벌컥벌컥 마셨다. 너무 많이 마셔서 자신의 배를 두드리면 북소리가 날 것 같았다.

"그래서 원하는 게 뭐야? 돈이야?"

주영은 수진의 질문에 집중하기 위해 눈을 찡그렸다.

"아, 돈? 맨 처음에는 돈인 것 같았는데, 지금은 나 괴롭히는 낙을 즐기고 싶어하는 것 같아. 내 피를 말리고 있지. 그러니까 여기서 탈출할 방법을 제시해 보란 말이야.”

“없어 보인다. 너 똥 밟은 거야.”

주영은 수진을 힘껏 째려보았다.

“야, 누가 그것을 몰라? 그러니까 내가 너희들을 불렀잖아.”

“살다 보니 네가 성추행하는 일도 다 본다. 일단 그 남자의 정확한 요구 조건이 뭐야? 아니, 뻔하겠네. 피해 보상금을 높이 받으려는 속셈이지? 얼마를 원한대?”

“육천오백만 원. 아니, 합해서 일억 이천오백만 원인가?”

“그런 처죽일 놈. 한 번 쓸었는데 그렇게 요구한단 말이야? 그 돈 먹고 죽으라고 해도 없다 그래. 실수로 그런 거 아니야? 사람이 부딪치다 보면 그럴 수 있는 거지.”

수진은 골뱅이를 씹고 있다는 것도 잊은 채 목소리를 높였다. 아주 작심하고 돈을 뜯어먹으려는 놈이 틀림없었다. 그녀는 그런 사기꾼을 한두 명 본 게 아니었다.

“혹시 너희 아버지가 사장인 걸 안 거 아니야? 그래서 그런 돈을 요구하는 거 아니냐고. 그렇지 않고서야 어떻게 그런 돈을 요구해?”

“아니야. 그 사람 돈 많아. 우리 아빠보다 훨씬 부자야. 그러니까 내가 미치지.”

적당히 술이 오른 주영은 어깨까지 흔들며 투정을 부렸다. 친구의 도움으로 이 난관을 헤쳐 보려 했지만 별 뾰족한 수가 없을 것 같았다.

급하게 마신 술 때문인지 머리가 아파오자 그녀는 소파에 비스

듬히 몸을 기댔다. 그녀는 모든 월급을 로또에 쏟아 부을까도 생각했다. 다이아몬드 광산에 가서 다이아나 실컷 캐고 돌아오는 것도 생각해 봤다. 그러나 생각도 잠시, 술에 취한 주영은 끝내 몸을 가누지 못하고 소파에 완전히 드러누웠다. 누운 자세가 불편했는지 아예 구두까지 벗은 그녀는 엄마 뱃속에 있는 태아처럼 소파 사이즈에 딱 맞게 몸을 접었다.

주영이 잠에 취해 있을 때쯤 그녀의 핸드폰이 탁자 위에서 제발 받아달라고 몸부림치고 있었다. 그러나 이미 눈이 감긴 그녀는 모든 게 귀찮았다. 지금 시간에 전화하는 사람은 아버지밖에 없다. 분명 회사에서 못 나눈 이야기로 그녀를 호출한 것이 틀림없었다. 지금은 그녀의 혀 상태가 그리 좋지 않는 관계로 되도록 술이 깬 다음 통화를 하는 게 신상에 이로웠다.

"주영아, 전화 받아. 계속 울린다."

"우리 아빠일 거야. 이따 다시 하지 뭐."

주영은 눈을 감은 채 중얼거렸다. 목소리도 완전히 잠에 취해 대답하는 게 신기할 정도였다.

"너희 아버지 아닌 것 같은데? 계속 울려. 그냥 핸드폰 번호만 뜨는데."

"몰라, 몰라. 아쉬우면 메시지 남기겠지."

핸드폰 벨이 계속 울리자 옆에 앉은 손님의 눈총이 날아들었다. 하는 수 없이 지혜가 주영의 핸드폰을 받았다.

"주영이 핸드폰입니다."

[김주영 씨 옆에 없습니까?]

“누구시죠?”

무턱대고 김주영 씨를 찾는 이 남자의 목소리에 지혜는 반감부터 생겼다.

[박현재입니다. 김주영 씨 옆에 있으면 바꿔주십시오.]

핸드폰을 손으로 막은 채 지혜가 주영을 불렀지만 반응이 없자 아예 흔들어 깨웠다. 목까지 빨갛게 물들어 있는 것을 보면 정말 어지간히 마신 모양이었다. 계속 눈을 감은 채 옹알이까지 하는 친구를 보자 지혜는 친절히 주영의 귀에다가 핸드폰을 놓아주었다.

“야, 일어나 봐. 박현재라는 사람인데 너 무조건 바꾸래.”

주영이 번쩍 눈을 떴다. 그녀는 이제 그의 이름만 들어도 경기가 날 지경이었다.

“뭐? 박현재? 그 사람이 왜?”

“몰라. 받아봐.”

“여보세요. 제 전화번호는 어떻게 알아냈어요?”

[기억력이 안 좋나 보군. 언제든지 전화하고 싶을 때 하라며 번호를 적어준 사람이 당신인 걸로 알고 있는데?]

기억났다, 혼자 슬픔에 빠져 눈물 찍 콧물 찍 하던 그와의 이별 장면이 말이다.

“무슨 일이에요? 오늘 중으로 당신을 다시 보면 난 평생 감옥에 갈 것 같으니까 선량한 시민 괴롭히지 말고 잠이나 자요.”

그녀의 어눌한 말에 현재는 한동안 말이 없었다.

[술 마셨군.]

"그래, 술 마셨다, 이 나쁜 인간아! 우리 회사까지 와서 꼭 그래야겠어? 난 당신 만나기 전에 착하게 살았다고!"

지혜는 지금 전화 건 사람이 바로 성추행당한 남자임을 알았다. 목소리로는 남의 등 처먹게 안 보이던데 주영이 저렇게 술 먹고 발악하는 걸 보니 단단히 잘못 걸린 게 틀림없어 보였다. 그녀는 주영의 핸드폰을 가로채 자신이 받았다. 술 취한 주영으로서는 승산이 없어 보였다.

"여보세요? 주영이 친구 지혜라고 합니다. 지금 제 친구가 전화 받을 상황이 아니라서요. 다음에 전화 거시죠."

[거기가 어딥니까?]

"알면 여기로 오겠다는 말씀?"

잘 다듬어진 지혜의 눈썹이 부드럽게 휘어졌다. 아무래도 매일 전화까지 해서 협박하는 모양인데 아주 머리끝까지 썩은 놈의 수법이 아니고서야 주영이 저렇게 힘들어할 리가 없었다. 그런 놈들이야 수법이 뻔하지만 지혜는 일단 적을 쳐부수기 위해 그를 만날 필요가 있다고 생각했다.

"여자 수다에 끼어보겠다면 말리지 않겠지만 별 재미는 없을 텐데요?"

옆에서 하나도 빠짐없이 듣고 있던 수진의 눈이 번뜩였다.

"오라고 해, 오라고! 그 두꺼운 낯짝 좀 보자고. 여기로 오라고 해!"

설잠이 들었던 주영은 친구들이 시끄럽게 굴자 두 손으로 귀를 막았다. 그녀는 지금 잠이 필요했다. 잠시 눈을 붙이고 나서 말짱

한 정신으로 박현재 타도를 외쳐도 늦지 않았다. 잠시 후 주위가 조용해지자 그녀는 더할 나위 없는 만족의 표정을 지으며 다시 잠에 빠져 들었다.

　누가 어깨를 흔들자 주영은 반사적으로 몸을 움츠렸다. 더 자고 싶다는 그녀의 의지에도 불구하고 반쯤은 의식의 세계로 돌아온 그녀는 시끄러운 음악 소리와 불편한 자세로 인해 불만의 신음 소리가 터져 나왔다.

　주영이 꿈쩍도 하지 않자 현재는 그녀의 몸을 강제로 일으켜 세웠다. 그러나 아직까지 그녀는 눈을 감은 채 눈썹만 찡그릴 뿐이었다. 뺨을 톡톡 건드려 보았지만 역시 반응이 없자 현재는 앞의 두 여자를 매섭게 노려보았다.

　"도대체 몇 잔을 마신 겁니까? 두 분은 멀쩡한 걸 보니 작심하고 먹인 것 같군요."

　수진과 지혜는 어이없다는 듯 그를 바라보았다. 그들이 오기 전에 주영은 혼자서 걸쭉하게 한판을 치른 상태였다. 그녀들은 마시라고 권한 적도, 강요한 적도 없었다.

　지혜는 팔짱을 끼고 앞의 남자를 자세히 살펴보았다. 과부에게 빌붙을 좀생원이라 생각한 그녀의 예상과는 달리 거만한 사또나리 행차였다. 사기꾼이라고 치기에는 얼굴 자체가 말을 쉽게 붙이지 못할 만큼 냉철한 인상이었다. 인상이 험악해서가 아니라 풍기는 사람의 이미지가 차갑고 빈틈이 없어 보였다. 저런 사람이 사기꾼이라면 분명 몇십 년 갈고닦아 우러나오는 프로의 솜씨일 것이다. 정말 주영이가 제대로 걸렸다면 쉽게 빠져나가기란 글렀다. 웬만한 일에 눈 하나 깜짝하지 않는 주영이 징징 울며 큰일났다고 하는 순간부터 알아봤어야 하는데…… 이번 건은 골치가 좀 아플 것 같았다.

"이봐, 눈 좀 떠봐."

주영이 간신히 두 눈에 힘을 주고 옆의 사람을 바라보니 꼴도 보기 싫은 박현재가 앉아 있었다. 꿈이라고 치면 악몽 중의 악몽이었다. 자신이 그의 어깨에 거의 쓰러질 듯 기대고 있는 사실을 깨닫자마자 주영은 그를 확 밀어내 버렸다.

"당신이 왜 여기 있어요?"

정신을 차리려고 안간힘을 쓰는 주영은 일단 흔들리는 자신의 머리부터 붙잡아야 했다.

"나가지. 공기도 안 좋아서 여기 있어봐야 두통만 심할 텐데."

"내 머리가 두통을 앓든 변비를 앓든 무슨 상관? 바쁘신 주한전자 사장님께서 여기까지 왕림해 주시다니 소녀 몸 둘 바를 모르겠습니다그려."

그 말에 지혜와 수진의 눈이 동그래졌다.

"그럼 주한전자의 박현재가 이 사람?"

"내가 그랬잖아, 우리 아빠보다 돈 많다고."

주영은 아까 뭘 들었냐며 지혜에게 핀잔을 주었다.

"나 물 좀 줘봐. 내가 저 사람 불렀어?"

주영은 물을 마시면서 기억을 더듬어보려 애썼다. 그의 전화를 받은 것까지는 기억이 나는데 그 뒤부터는 전혀 기억이 나지 않았다. 혹시 그녀가 술주정으로 이곳으로 오라고 한 건 아닐까? 아닐 것이다. 그녀가 미치지 않고서야 그의 얼굴을 보고 싶어할 리가 없었다.

현재가 차를 가지러 간 사이 수진이 주영의 두 볼을 힘껏 눌러 그녀를 바라보게 했다.

"야, 김주영. 생각해 봐. 저 남자가 뭐가 아쉬워 너에게 육천오 백만 원을 요구하겠어. 그에게는 껌값 정도일 텐데. 너에게 관심 있는 게 틀림없다니까. 보니 연애사업으로 고민하고 있었구만. 아이구, 이 귀여운 것!"

"야, 부자는 육천오백만 원 짜리 껌 씹는대? 넌 내가 아까 말해준 거 뭐 들었어? 너흰 그 비하인드 스토리를 몰라서 그래. 그 남자가 그럴 만한 이유가 다 있단 말이야. 내가 장어구이와 수삼 불고기를 아침부터 괜히 가져다 준 줄 알아?"

"애 무슨 소리 하는 거야? 장어구이는 뭐고 수삼 불고기는 또 뭐야?"

"몰라, 술주정이겠지. 돈 못 주겠다고 해. 배 째라고. 정 안 되면 네가 책임지고 살아줄 테니 너에게 장가오라고 해. 그럼 되겠네."

수진과 지혜가 엄청 웃긴 농담이라도 되는 듯 깔깔거렸다. 친구라는 것들이 대책은 마련해 주지 못할망정 재미난 안주거리인 양 치부해 버리자 주영은 화가 났다. 내가 저것들을 친구라고 불렀단 말이지?

"어디 사십니까? 데려다 드리죠."

수진은 화들짝 놀라며 뒤를 돌아보았다. 언제 왔는지 현재가 그녀의 등 뒤에 서 있었다. 그녀가 한 농담을 그가 들었을 거라 생각한 수진은 허둥지둥 자리에서 일어났다.

"저하고 수진이는 2차 갈 거니까 두 분이서 먼저 가세요."

"야, 나도 2차 갈 거야."

주영이 수진의 팔을 붙잡고 떼를 쓰자 현재가 손쉽게 주영을 자신의 품 안으로 끌어당겼다. 그러면서 그는 두 아가씨에게 예의상 웃어주는 것도 잊지 않았다.

"그럼 먼저 가겠습니다. 다음에 뵙죠."

지혜는 현재에게 끌려가는 주영을 즐겁게 바라보았다. 스물일곱 살밖에 안 된 그녀지만 적어도 사람 보는 눈은 어느 정도 자신하고 있었다. 그녀가 보기에는 그리 걱정하지 않아도 될 것 같았다. 아니, 오히려 주영이 이제야 임자를 만난 것 같은 느낌이었다.

지혜는 수진과 함께 2차를 즐기기 위해 근사한 소주집을 찾아나섰다.

죽어도 이 상태로 집에 들어갈 수 없는 주영은 술을 깨기 위해 현재와 노래방에 들러야 했다. 일단은 제정신으로 집에 들어가기 위해서였고, 두 번째는 그에게 꼭 들려주고 싶은 노래가 있었기 때문이다. 노래에는 취미없는 그녀지만 비장한 마음을 한 채 마이크를 손에 쥐었다. 영화에서 연인들이 사랑의 노래를 주고받는 장면을 유치찬란함의 극치로 단정한 그녀로서는 누구를 위해 노래를 불러준다는 것은 있을 수 없는 일이었다. 노래방은 그녀의 스트레스 해소방 그 이상 그 이하도 아니었다. 그러나 그녀는 오늘 그를 위해 이 노래를 꼭 들려주고 싶었다. 어찌 그녀의 마음을 알고 이런 노래를 만들어주었는지 그 가수 분의 선견지명에 감사할 따름이었다.

홍조가 아직 남아 있는 그녀의 얼굴은 예뻐 보였다. 조금 토라져 있는 입술도, 술에 취해 반짝이는 눈빛도 상당히 자극적으로 보였다. 현재는 그녀의 색다른 모습을 더욱 들쳐 내고 싶었다.

"박현재 씨, 당신에게 받치는 노래예요."

그녀가 그를 위한 노래라고 하자 현재는 은근한 기대감이 생겼다. 그러나 그가 예상하는 반주랑은 너무 괴리감이 있자 그의 미간이 살짝 모아졌다. 아무리 들어봐도 발라드나 댄스 종류는 아닌 것 같았다. 그렇다면 사랑의 세레나데는 아닌 것이다.

『착한 늑대와 나쁜 아기 돼지 삼형제 —거리의 시인들.』

"그러니까 지금부터 내가 들려주고자 하는 얘기는, 착한 주영과 나쁜 현재의 이야기. 대부분의 사람들은 잘못 알고 있지~ 하지만 주영의 입장도 한 번쯤 들어봐야겠지. 옛날에 착한 주영이 살고 있었어~ 배고프고 가난했지만 성실하게 살았어…… 이제 나는 더 이상은 못 참겠어. 괴롭힘당하면서 더 이상은 못살겠어! 세상엔 왜 이렇게 나쁜 놈들 많은 건지~ 이렇게 살아가느니 차라리 싸워보겠어! 왜 나를 가만두지 않는 건지, 어째서 너희들의 개가 되길 원하는지~ 나는 하고 싶은 말 하면서 살고 싶어. 너희들 무리 속에 들어가서 살 수는 없어!"

주영은 가사 중간중간 이름만 바꾸어가며 노래가 아닌 거의 악을 지르고 있었다. 그 모습이 귀여운 듯 현재는 터져 나오려는 웃음을 참으며 그녀의 노래를 끝까지 들어주었다. 얼마나 쌓인 게 많았으면 저럴까 싶어 조금 안쓰러워 보이기까지 했다.

그가 힘찬 박수를 치자 주영은 그를 째려본 후 이내 소파에 드러누워 버리고 말았다. 노래 한 곡만 불렀을 뿐인데 100m 달리기 경주를 한 사람처럼 호흡이 가빠왔고 두통까지 호소하고 있었다. 가뜩이나 술 때문에 울리는 머리였는데 거기다 마이크 잡고 악을 썼더니 누군가 자기 머리에 도로 공사를 하는 것 같았다. 그녀는 아예 눈을 감아버렸다.

"못 이기는 술을 왜 마시나?"

현재가 그녀에게 다가가 무릎 베개를 만들어주었다. 찬물에 적신 현재의 손수건이 그녀의 얼굴 위에 놓이자 주영은 만족스러운 한숨이 터져 나왔다.

"박현재 씨, 수상해요. 왜 이리 잘해줘요?"

"당신 노래에 대한 답례라고 할까?"

주영은 얼굴에 놓여 있는 손수건을 걷어내고 그의 눈을 한참 바라보았다.

"내가 미워요?"

"아직 생각 안 해봐서 모르겠군."

"그럼 왜 나를 괴롭히는데요?"

"그런 적 없는데."

"아니에요. 다시 생각…… 해봐요."

현재는 그녀의 머리를 넘겨주며 생각하는 척을 했다.

"관점의 차이라고 해두지."

그녀는 또다시 잠이 쏟아졌다. 그가 무슨 말을 하긴 하는데 이상하게 소리가 들리지 않았다. 다만 눈을 감기 전 그의 미소를 언뜻 본 듯하였다. 주영은 그날 처음으로 남자의 팔에 안겨 잠든 채로 집에 들어가야 했다.

주영은 약속 시간보다 일찍 나와 공원을 천천히 걷고 있었다. 바람이 간간이 불어오긴 하지만 평년보다 더운 날씨에 그늘에 앉아 있거나 아이스크림을 든 사람도 눈에 많이 띄었다. 애인을 기다리는지 연신 시계만 바라보던 한 여인도 머리를 틀어 올렸음에도 불구하고 어느새 손부채질을 하고 있었다.

여름의 정점에 서 있는 짙은 초록 잔디밭은 그녀의 눈을 시원스럽게 만들어주고 있었다. 슬그머니 웃음 짓고 있던 그녀는 순간 뭔가를 깨달은 듯 걸음을 멈추었다. 박현재 사장과의 약속 장소가 한강공원이라는 것까지는 알겠는데 정확히 한강공원 어디라는 것은 들은 적이 없다. 그 말인즉 이 넓은 곳을 헤집으며 그를 찾아야 한다는 말이었다.

그녀는 핸드폰을 꺼내 들어 전화번호부에 육천오백만 원이라는 이름을 찾았다.

"여보세요? 저 김주영인데요. 어디 있어요? 여기 한강공원이거든요."

[나도 도착했는데.]

“그래요? 그 근처에 무슨 표지판이나 눈에 띄는 건물 보여요?”

혹시 그가 근처에 있을지 몰라 통화를 하면서도 주영은 이리저리 두리번거렸다.

[공원이 거기서 거기이긴 하지만 난 여기 지리를 잘 모르니 당신이 움직이는 게 낫겠지? 앞으로 두 시까지 십 분 남았군.]

그는 아예 그녀를 자신의 부하 부려먹듯 할 심산 같았다. 보물찾기도 아니고 이 넓은 공원에 그가 어디 있는 줄 알고 찾는가. 뿐만 아니라 통화는 끝나지도 않았는데 매너없이 먼저 전화를 끊는 건 또 뭔가. 안 그래도 더운 날씨에 슬슬 짜증이 나고 있었는데 그가 한몫 더하고 있었다.

일단 주영은 자신의 걸음을 보챘다. 가다 보니 그녀의 걸음은 자신에게 익숙한 길로 들어서고 있었다. 너무 오랜만에 발걸음을 하는 것 같아 그녀는 잠시 그를 찾는 건 뒷전으로 밀어두었다. 열사병으로 쓰러지기 전에 아쉬우면 그가 전화를 할 것이다.

올해 들어 한강공원은 거의 와보지 못한 것 같았다. 어머니에 대한 기억은 필름 잘라놓은 듯 단편 같은 기억이지만 그녀에게는 소중한 장소이기도 했다. 어렸을 때는 아버지와 자주 놀러 왔지만 커서는 생각을 정리할 필요가 있거나 휴식을 취하고 싶을 때 그녀 혼자 이곳을 찾았다. 자주 오다 보니 그녀가 지정해 놓은 자리도 있었다.

자신의 자리가 잘 있는지 확인하고픈 주영은 자동적으로 고개가 그쪽으로 향했다. 그런데 그곳에 그가 서 있었다. 한결 편안해 보이는 옷차림으로 그녀에게 미소를 보내고 있었다.

"여기 있었어요?"

"왜, 여기 있으면 안 되나 보지?"

"아니, 그건 아니지만……."

그 묘한 우연에 주영의 입가에 비밀스러운 미소가 담겼다. 마치 당연한 듯 그가 그녀를 기다리고 서 있는 모습에 그녀의 마음이 설레었다. 그러나 서로 약속을 정해 만나는 것은 이번이 처음이라 그녀는 무슨 말을 먼저 꺼내야 할지 생각 중이었다. 마치 남녀가 처음 만나 데이트하기라도 하는 것처럼 어색한 분위기가 물씬 풍겼다. 언제나 그녀의 혈압을 흔들었던 그이기에 주영은 이런 평화스러움이 적응되지 않았다.

주영은 쉽게 생각하기로 했다. 보초 서는 게 어렵지도 않으니 그녀는 그 옆에 책이나 읽으면서 시간 때우다 가면 될 것 같았다. 이렇게 좋은 날 사색하는 것도 나쁘지 않을 것 같았다. 그러나 그녀와 달리 그는 어째 불만으로 가득 찬 얼굴이자 이해가 가지 않는 듯 주영은 그를 흘끗 쳐다보았다. 도대체 이번엔 뭐가 마음에 들지 않는 것이람? 그는 태양이 왜 뜨는가에 대해서도 시비를 걸 수 있는 사람이었다.

현재는 그녀를 위에서 아래로 쭉 훑어보았다. 하얀색 반팔 면 티에 무릎 위까지 오는 남색 반바지. 거기다 조그마한 가방! 그는 내심 기대를 하고 왔다. 지은 죄가 있는데 영화에서처럼 진수성찬은 아니더라도 적어도 몇 가지 손수 음식을 만들어 가져올 거라는 생각을 말이다. 약속 시간도 고의적으로 점심때로 맞춰 잡았으니 그런 센스를 발휘해 주겠지라는 터무니없는 생각을 말이다. 거기다 집 앞 산책 나온 듯한 옷차림 또한 마음에 들지 않았다. 한마디로 모두 마음에 들지 않았다.

"김주영 씨."

그의 입에서 나온 그녀의 이름이 불길하게 불려지자 주영은 어찌 마음이 불안했다.

"공포 분위기 조성하지 말아요. 날도 좋은데."

"기업은 고객들에게 말이지, 서비스에서 그치는 것이 아니라 고객 감동에서 고객 기절까지 목표를 세우는 게 요즘 추세지. 그런데 당신의 빈손은 날 참으로 당황스럽게 하는군."

"내 빈손이 어때서요?"

자신의 잘못을 전혀 자각 못하는 그녀의 태도에 현재의 눈이 가늘어졌다.

"뭐, 점심은 사먹을 수 있다 치지. 돗자리는 가져왔나? 분명 난 여기서 잘 테고 당신은 보초를 서야 한다고 한 것 같은데?"

주영은 뽀송뽀송한 잔디밭을 내려다보았다. 옷에 풀물이 드는 걸 빼면 그늘에서 누워 자도 그리 문제될 건 없어 보였다.

"그래서요? 주무시라구요. 전 옆에 앉아 책 읽을 테니까."

그녀가 너무 당당히 나오자 현재는 슬슬 열이 받기 시작했다.

"이 맨바닥에서 말이지?"

"당연히 잔다는 사람이 가지고 와야지, 아님 가져오라고 하든지. 괜히 내게 신경질은."

그녀는 그가 들리지 않게 구시렁거렸다. 다시 생각해 보니 앉는 것도 아니고 누워 자는 것이라면 조금 문제가 되긴 될 것 같았다.

옷 속에 벌레가 들어갈 수도 있는 것이고, 잔디가 피부에 오래 닿다 보면 풀독이라도 오를지 모를 일이었다. 그녀는 가방에서 어제보다 만 신문지를 꺼내 두 장으로 넓게 잔디 위에 깔았다. 깔아놓고 보니 자신의 차선책이 그런대로 괜찮아 보였다.

그러나 현재의 표정은 풀어질지 몰랐다. 그녀가 애써 만든 일회용 돗자리를 무시한 채 그녀를 노려보는 일에 전념하고 있을 뿐이었다.

"밥이나 먹으러 가자고."

"밥 먹고 나왔는데요."

"난 안 먹었어!"

"이 근처에 음식점 없어요. 적어도 당신 입맛에 맞는 음식점은요. 아직까지 점심 안 먹고 뭐 했어요?"

"혼자 밥 먹지 말라던 사람이 누구였더라."

그녀가 그렇게 만들었다. 항상 그가 밥 먹을 때마다 옆에서 종알거리며 그에게 말을 시키며 대답을 강요했다. 그렇게 그를 길들여 놓은 사람은 바로 그녀였다. 그래 놓고 아직까지 점심 못 먹었다고 그를 타박하는 것이다. 이 센스없는 여자가!

"남자가 좀스러워서. 누구 탓을 해요. 당신 밥 못 먹은 게 왜 내 탓이에요?"

"됐다고, 됐어. 신문지 두 장이면 말 다 한 거지."

현재가 투덜투덜대며 신문지 위에 앉았다. 주영도 오리 주둥이만큼 입이 튀어나왔다. 애정 싸움도 아니고 만나면 투덕거리기 바쁘니 정말 미운 정이 묵은 장만큼 들려나 보다.

그녀가 자리에 일어나자 현재가 그녀의 손목을 잡았다.

"도망 안 갈 테니 이 손 놔요. 잡식성이죠?"

"뭐가?"

"음식이요. 안 가리죠? 근처에 햄버거랑 음료수 그런 것은 팔 거예요. 기다려요, 사 올 테니까."

"냅둬."

사실 그렇게 배가 고픈 것도 아니었다.

"배고프면 잠도 안 와요. 체격으로 봐서는 무지 많이 먹을 것 같구만. 당신 원하는 대로 감동에서 기절까지 시켜줄 테니까 기다려요."

멀어져 가는 그녀를 보며 현재는 고개를 설레설레 흔들었다. 그녀가 뛰어가는 모습이 그녀를 맨 처음 만난 모습과 겹쳐졌다. 물론 지금처럼 유쾌하게 뛰어간 것은 아니었다. 그때 그녀는 개에게 쫓기고 있었다. 남의 개에게 약 올리듯 먹이를 하나씩 주다가 안 주니까 화가 난 개가 그녀를 덮친 것이었다. 물론 주인의 명령에 물리지는 않았지만 그녀는 눈물이 그렁대기까지 했었다. 눈물을 닦으면서까지 개에게 복수를 하기 위해 개 곁을 맴도는 그녀의 모습이 웃겨 그는 한참을 웃어야 했다. 한 번은 그녀가 나무 아래에서 솜사탕을 먹다 꾸벅꾸벅 졸은 적도 있었다. 개미가 그 냄새를 맡고 솜사탕 주위에 몰려 들었는데 그 모습에 기겁을 하면서도 벌떡 일어나 신발로 열심히 개미 죽이는 일을 잊지 않았다. 언제나 그녀는 그에게 유쾌함을 가져다 주는 아가씨였다. 삶이 언제나 생동감있게 돌아가는 아가씨였다. 그런 그녀가 삼진테크의 딸이었다니. 현재는 그때서야 사람의 연이라는 것이 있을지도 모른다는 생각을 해보았다.

현재는 감았던 눈을 떴다. 한참이 지났는데도 그녀가 돌아오지 않자 그는 슬슬 걱정이 되기 시작했다. 그때 하얀 봉지 하나를 털레털레 들고 오는 그녀의 모습이 보였다. 굳이 레스토랑이 아니어도 야외에서 이렇게 데이트하는 것도 나쁘지 않을 것 같았다.

그런데 그녀의 눈이 빨개져 있자 현재는 몸을 틀어 그녀를 자세히 바라보았다. 속눈썹이 눈물 때문에 빳빳이 젖어 있었다.

"무슨 일이야. 눈이 왜 그래."

주영은 그의 말을 무시한 채 샌드위치랑 우유를 꺼내 그 앞에 내밀었다.

"아무 일도 아니에요. 먹어요. 김밥도 있어요."

"무슨 일이냐고 묻고 있잖아."

현재가 끈질기게 그녀의 대답을 요구하고 있었다. 고집 센 그가 그냥 넘어갈 일이 없다고 생각하자 주영은 하는 수 없이 우물거리며 입을 떼었다.

"매점에 가서 이것저것 고르고 있었거든요. 근데 옆의 남학생이 돈도 안 낸 음식을 교복 속에 집어넣더라구요."

"그래서?"

현재의 눈빛이 심각해졌다. 아니, 험악해졌다.

"그래서 계산을 하고 가져가야 한다고…… 그러면 안 된다고 했지요."

"당신 미쳤어? 제정신이야!"

그의 고함 소리에 잠시 주영은 귀를 막았다.

"거기서 그럼 덤으로 하나 더 가져가라고 말해야 했단 말이에요?"

"내 말은 그게 아니잖아."

"하지만 봤단 말이에요. 어떻게 모른 척해요."

"적어도 자신의 상황 정도는 파악했어야지. 혼자 있는 상황에서 그렇게 말하면 누가 칭찬이라도 해준대? 그놈들이 앙심을 품고 그 자리에서 당신을 때리기라도 했다면? 그런 것은 생각 안 해봤나?"

"하지만 서로 눈이 마주쳤단 말이에요. 그러면서 모른 척하는 건 비겁해요. 개들도 그럴 거 아니에요. 이렇게 훔쳐도 아무 말 안 하니 괜찮구나, 계속해도 되는구나. 그 순간 혼나더라도 그런 건 옳게 말해야 자신들이 잘못한 것을 알죠. 적어도 한 번은 다시 생각해 보겠죠."

"그럼 왜 운 거야?"

주영은 답을 하지 못했다. 분명 했다가는 그의 입에서 불이 뿜어져 나올 것이 틀림없다는 것을 너무나도 잘 알기 때문이었다.

"말해 봐. 내 상상이 맞는지 말해 보라고!"

"그렇게 다그치지 말아요. 아무 일도 없었어요."

"그러니 말해 보라고."

"오는 길에 그 애들이 기다리고 있었어요."

그녀는 다시 그 기억이 생각난다는 듯 약하게 울먹거렸다.

현재가 낮게 욕설을 내뱉었다. 정말 그를 기절시킬 만한 일을 만들어온 그녀였다. 잔뜩 겁먹은 얼굴을 한 그녀의 모습에 누구보다도 그는 자기 자신에게 화가 났다. 그녀를 그렇게 혼자 보내는 것이 아니었다. 점심 같은 것은 애초에 생각도 없었었다. 다 그의 심통 때문이었다. 만약 그녀가 어디 맞기라도 했다면 그 아이들이 학생이든 뭐든 용서할 수 없었을 것이다.

"정말 안 다친 거야?"

"그냥 협박만 했어요. 좀 상스러운 욕도 하고."

간단하게 말해 상스러운 욕이지 한 손에 돌멩이를 쥔 채 그녀를 겁주기까지 했었다. 아무리 강단이 센 그녀라 하지만 몸집이 큰 학생들 앞에서 쉽게 말이 떨어지지가 않았다. 정말 울지 않으려고 무던히 노력을 했었다.

"다음부터 당신 혼자 있을 때는 그런 것을 봐도 모르는 척해. 무조건 안 돼. 비양심적이라 해도 좋아. 안 돼."

현재가 한숨을 쉬며 그녀를 끌어안았다. 생각한 것보다 많이 놀란 모양인지 그녀가 고개를 끄덕이며 눈물을 훔쳤다.

가슴이 어느 정도 진정이 되자 그녀는 자신의 속마음을 살짝 풀어놓았다.

"지나가는 사람들도 그냥 모른 척하더라구요. 사람들이 어떻게 그럴 수 있는지. 덩치 큰 아저씨들도 지나갔었는데. 예전엔 그런 고등학생과 있으면 내가 이길 줄 알았는데. 뭐, 오늘 그게 아니라는 걸 뼈저리게 느꼈지만. 근처에 당신이 있었으면 했거든요. 물론 당신은 몰랐겠지만 그때는 정말 당신이 정의의 사도처럼 나타나주기를 바랐죠."

그가 주영의 정수리 부분에 살짝 입을 맞추자 그녀가 고개를 들었다. 서로의 눈이 마주치자 생각할 새도 없이 그의 입술이 그녀의 입술에 닿았다. 배려도 없이 거칠게 그녀의 입술을 가르자 그의 침입에 그녀는 잠시 당황했다.

현재는 그녀가 고개를 돌릴 수 없도록 그녀의 목덜미를 움켜쥐었다. 다급함이, 혀끝으로 느껴지는 흥분이 그를 더욱 부추기고 있었다. 그녀의 입 안을 샅샅이 훑은 그는 집요하도록 그녀의 혀를 놓아주지 않았다. 달콤한 즙을 빨아 마시듯 그가 그녀를 빨아 마시다 뭉개진 입술 사이로 서로의 타액이 미끄러져 갔다. 생각지도 못한 욕구에 그의 거친 숨이 가슴으로 울렸다. 피가 머리로 몰리는 것처럼 아찔해져 갔다. 언제나 목마름의 근원지가 거기에 있었으나 몸은 더욱 애달아만 가고 있었다. 그녀의 반응 하나하나가 그를 코너로 몰아가고 있었다. 온몸이 그것보다 더한 것을 요구한다고 소리치고 있었다.

현재는 본능적으로 그녀를 눕혔다. 그녀의 면 티 속으로 그가 손을 미끄러지듯 집어넣곤 낮은 신음을 토해냈다. 그러나 곧 두 눈을 질끈 감았다. 이곳이 공원이고 많은 사람들이 있다는 사실이 생각난 것이다. 그는 불에 데인 양 그녀에게서 황급히 몸을 떼어냈다. 눈살을 찌푸리며 지나가는 할아버지의 모습을 보니 이미 볼 사람은 다 봤을 것이다. 현재는 호흡을 가다듬으며 그녀의 입술에서 눈을 돌렸다.

당황스러움과 어리둥절함이 그녀를 덮쳤다. 침착한 척, 의연한 척하기 위해 그녀의 모든 의지가 발휘되었지만 정작 그녀의 얼굴은 달아오를 대로 달아오른 상태였다. 벌건 대낮에 뭐에 홀린 듯 그와 키스를 하다니. 더위를 먹기에는 아직 이른 날씨였다.

"안 자요?"

주영은 이 어색함의 극치를 탈출하기 위해 그에게 말을 툭 내뱉었다. 이 압사당할 것 같은 침묵에서 누군가 그녀를 구해주었으면 했다.

"잠자러 왔잖아요. 어서 자요."

그 말에 현재가 어이없다는 듯 쳐다보았다.

"이 상황에서 잠이 올 것 같아?"

지금 그의 몸 상태를 알고 하는 소리인가?

"일주일 동안 좀비처럼 다니기 싫으면 자두어야 하잖아요. 잠을 푹 못 자면 성격 나빠진대요. 뭐, 지금도 그리 좋아 보이지는 않지만."

그가 화가 난 듯 그녀에게 등을 돌려 눕자 이유를 모른 주영은 그의 등만 바라볼 뿐이었다. 그녀는 잠시 생각하더니 가방에서 뭔가를 끄집어내기 시작했다. 그를 위해 할 수 있는 서비스가 한 가지 더 생각난 것이다.

현재는 어차피 누운 김에 잠을 자기로 했다. 그러나 부스럭대는 소리가 들리더니 곧 자신의 몸 위로 무엇인가 덮어지자 그가 눈을 떴다. 신문지였다. 그는 벌떡 일어나며 신문지를 옆으로 치워 버렸다.

"이건 뭐야?"

"뭐긴요, 이불이죠. 그늘이지만 잠들다 보면 춥단 말이에요. 이래 뵈도 신문지가 꽤 따뜻해요. 당신 말을 빌리자면 고객 감동을 몸소 실천하고 있잖아요.”

토요일의 찬란하고도 찬란한 그의 데이트 계획이 부실 공사한 건물처럼 와르르 무너져 내리고 있었다.

“그래서 나를 부랑자로 만들어보겠다? 그렇다면 나만 당할 수 없지. 당신도 여기 누워.”

“저요? 전 안 자요. 전 보초 서야 하잖아요.”

“이런, 천하의 김주영이 빼시겠다. 신문지보다 사람 체온이 더 따뜻한 법이지.”

그녀가 버둥대자 현재는 강제로 그녀를 그의 옆에 눕혔다. 빠져 나갈 수 없게 그는 그녀를 팔 안에 가둔 다음 ‘엄마 아빠 놀이’ 하 듯 구겨진 신문지를 사이좋게 나란히 덮었다.

주영은 얼굴 팔림을 피하기 위해 신문을 얼굴 전체까지 다 덮어 버렸다. 그의 팔베개에 그녀가 다시 한 번 반항의 몸짓으로 몸을 꿈틀거려 보았으나 그는 끄떡도 하지 않았다. 주영은 그의 감겨진 눈을 보고는 될 대로 되라는 심정으로 자신도 눈을 감았다.

그녀의 고른 호흡이 들리자 현재가 슬그머니 눈을 떴다. 만약 신이 천국과 지옥 사이에 무엇이 있냐고 묻는다면 그는 주저없이 인내심이라고 답할 것이다.

신문지 사이로 사람의 발이 나와 있자 지나가는 꼬마가 신기한 지 옆에 있는 엄마의 손을 끌어당겼다.

“엄마, 거지다. 거지.”

“쉿! 조용. 그런 말 하는 거 아니라고 그랬지?”

고심하던 꼬마 아이는 자신의 한 손에 쥐고 있는 초콜릿을 바라보았다.

"엄마, 이거 거지에게 줘도 돼? 나 배불러."

"다음에 주고 오늘은 그냥 가자. 착하지?"

"하지만 배고프잖아. 배고프다고 동생처럼 울면 어떡해? 응? 이것만 주고 올게."

아이가 끈질기게 매달리자 아이의 어머니는 내키지 않지만 허락의 뜻으로 고개를 약하게 끄덕였다.

"대신 조용히 놓고 오는 거다."

"네."

낮부터 거지가 공원에 잠을 자고 있는 것도 눈살을 찌푸릴 일인데 아이에게 해코지라도 할까 봐 아이의 어머니는 불안한 얼굴이었다. 옆에 있던 남편도 혀를 끌끌 차며 고개를 저었다.

"보아하니 젊은 부부 같은데 악착같이 일하면 두 사람 입에 풀칠 못할까. 아무리 어렵다고 해도 저게 무슨 짓인가 몰라. 참나, 세상이 어떻게 돌아가려는지."

"그러게 말이에요."

이 나라의 경제를 움직일 수 있는 주한전자의 사장이 한순간에 거지 취급받는 순간이었다.

은혁은 자기 책상에 놓인 독일 지사 발령서를 뚫어지게 바라보았다. 갑작스러운 통보에 어이가 없을 뿐이었다. 그는 해외 발령을 요청한 적이 없었다. 그럴 생각도 없고 절대 나갈 수도 없었다.

이런 일이 있었다면 단둘이 있었을 때 넌지시 얘기라도 꺼낼 수 있었다. 이 중요한 시기에 해외 발령이라니. 대통령의 명이라 하여도, 목에 칼이 들어와도 국내를 떠날 수 없었다.

그는 발령서를 휴지통으로 던져 버렸다. 그의 성격상 모든 일에 생각을 두고 행동으로 옮기는 스타일이었으나 이 발령서만큼은 생각하고 자시고 할 여지도 없었다. 눈빛에 단호함이 서린 그는 곧바로 사장실로 직행했다. 이참에 자신의 인생이 장밋빛으로 물들길 원한다면 형과 담판을 지을 수밖에 없었다.

은혁이 사장실 문을 열자 제일 먼저 본 것은 웃음을 터뜨리는 형의 모습이었다. 그는 사장실에 들어갈 생각도 못하고 문가에 서 희귀 동물 보듯 형을 바라보았다. 여유롭게 팬까지 돌리면서 통화하는 것을 보니 형의 기분이 정말 좋은 듯했다.

현재가 고개를 들어 잠시 은혁에게 기다리라는 손짓을 보이자 그는 소파에 앉아 신문을 넘겨보는 척을 했다. 저 정도의 기분이면 얘기 꺼내는 것은 문제없어 보였다. 그런데 무슨 내용인데 저렇게 웃음을 터뜨리지? 주한전자의 주식이 곱절로 뛰었나? 통화를 끝낸 뒤에도 형의 입가에 아직 웃음이 남아 있자 은혁은 형이 통화한 장본인이 누구인지 궁금해하지 않을 수 없었다.

"뭐가 그리 웃겨? 사무실에서 그렇게 웃는 모습은 쉽게 볼 수 없는 일이잖아?"

"그동안 웃을 일이 없었나 보지."

"누구야. 설마 형이 영감탱이들과 통화하면서 그렇게 웃었겠어?"

웃긴 장본인이 코미디언 지망생이라면 은혁은 방송국에 적극 추천서를 써줄 용의도 있었다.

"김주영 씨야."

"그 아가씨가 왜? 저번에 나에게 전화 온 적이 있는데 변호사를 언급하면서 아주 화가 단단히 나서 들이박을 기세였거든. 요즘 박현재 사장님께서 수상하단 말이야. 저번 시찰 건도 그렇고. 한 성격 하는 김주영이라는 아가씨가 형을 위해 친히 도시락까지 가지고 왔단 말이야. 있을 수 없는 일일 텐데."

그녀와의 소문이 파다하게 퍼진 지금 주한전자 안에서는 사장이 과연 그 아가씨와 결혼을 할까 말까의 내기로 점쳐지고 있었다. 그런데 정작 당사자들은 진도가 많이 나가고 있는 것 같지 않다 이 말씀이야. 은혁은 짐짓 턱을 쓸며 추리하는 척을 했다. 은혁은 도대체 형이 꾸미는 일이 무엇인지 궁금하기도 했다. 대충 감은 잡아 알고는 있는데 그렇다고 대놓고 꼬치꼬치 물을 수도 없었다. 그런데 그것이 사생활이라면 더욱 그러했다. 은혁은 단지 주도권은 형이 쥐고 있고 형은 그것을 철저히 즐기고 있다는 것밖에 알 수가 없었다.

현재는 다시 웃음이 터져 나왔다. 피의자인 주제에 그녀는 당당히 아침부터 자신의 탕감 액이 얼마인지 알기 위해 전화가 온 것이었다. 음식도 싸다 주었고 공원에도 같이 갔으니 그 탕감 액이 적어도 사백만 원은 되어야 한다는 것이 그녀의 주장이었다.

"그건 그렇고 무슨 일로 찾아온 거지?"

"독일 지사 발령 건으로 왔어."

"그게 문제가 되나?"

"나에겐 그래. 그러니까 독일 지사 발령 건 없는 것으로 해주었으면 좋겠어."

은혁은 되도록 정중히 요청했다. 개인적으로는 형이지만 그래도 회사에서는 엄연한 직장 상사였다. 선을 긋는 것에 있어 누구보다도 분명한 형이니 쉽게 허락하지는 않을 것이다.

"이유가 뭐야?"

"개인적인 사정이야."

"뭔가 착각한 것 같은데 여긴 회사고 내가 너의 개인적인 사유까지 신경 써가며 발령을 내야 한다는 말은 아니겠지?"

현재가 깍지를 끼며 앞으로 몸을 숙였다. 먼저 은혁의 이유를 들어 보겠다는 태도였다.

"이건 지극히 개인적인 이유라…… 아무튼 아직 능력도 안 되고 독일 지사 건은 못 가겠어."

"아직 능력이 안 된다라?"

현재는 생각이라도 하듯 은혁의 말을 곱씹어보았다. 생각없이 결정을 내리는 성격이 아니라는 걸 누구보다 잘 알고 있었다. 능글맞지만 실속이란 실속은 다 차리는 녀석이라는 것도 알고 있었다. 그런 그가 독일 지사 발령 건을 거절했다는 것은 한국에 그보다 더 크나큰 실속을 차리기 위해서밖에 보이지 않았다. 한국에 꼭 남아 있어야 하는 절실한 이유가 그에게 있는 것이다.

"아직 능력이 안 되기 때문에 가라는 거다. 타당성없는 이유로 네 의견은 접수 거부다. 더 이상 할 말 없으면 가봐."

할 말이 다 끝난 듯 현재가 먼저 자리에서 일어났다. 시계를 보는 모습을 보아하니 약속이 잡혀 있는 것 같았다. 은혁 또한 자리에서 천천히 일어났다. 호락호락하지 않을 줄은 알았지만 이렇게 일언지하에 거절당할 줄은 몰랐다. 내키진 않지만 그는 형의 발꿈치를 물기로 했다.

"내 부탁을 꼭 들어줘야 할 거야."

"두 번 말 안 한다. 돌아가."

현재가 손가락으로 문을 가리켰다. 이때쯤 되면 거의 모든 이사들은 주눅이 들게 마련이지만 은재는 자신의 사활이 달린 문제였다.

"형 기억이 다 되돌아오지 않은 거 김주영 씨도 알고 있어?"

현재의 걸음이 멈추었다. 은혁이 제대로 된 한 방을 먹인 것이었다. 이사들에게 미안하지만, 오늘 잡힌 중역 회의에 조그마한 실수라도 있으면 시베리아 북풍이 불 것이다.

은혁은 가슴이 떨리면서도 느긋한 자세를 유지하려 애썼다. 그가 형을 협박할 날이 오리라고는 생각도 못했으나 사람은 궁지에 몰리면 수단과 방법을 가리지 않는 법이었다. 그러나 곧 형의 비틀린 듯한 웃음이 날아들자 은혁은 자신의 선택이 틀린 것 같아 슬슬 걱정이 되기 시작했다. 직격탄이 유도 미사일로 그에게 다시 되돌아올 수 있다는 것을 잠시 잊고 있었던 것이다.

"언제부터야?"

"뭐가?"

"언제부터 내가 기억이 다 되돌아오지 않는 것을 알았냐는 말이지.”

딱딱한 형의 말투에 은혁은 진실을 털어놓기로 했다.

“그거야 별장에 있었던 일은 전혀 언급하지 않았으니까. 저번 주에 내가 박사님 만나야지? 하니까 왜 만나야 하는지도 모르고 표정이더라고. 그래서 별장 얘기를 한번 떠보니까 정말 모르더라고. 그래서 박사님에게 물어봤지. 기억이 되돌아오면 그 예전 기억, 그러니까 형이 열두 살로 되돌아간 그 기억은 남아 있지 않을 거라고. 있다 하더라도 자신이 그것이 꿈인지 생시인지 구분조차 안 될 거라고. 그러니까 지금 형은 정확히 한 달하고 이십일 일의 기억이 없는 거지. 그러니 김주영 씨와의 생활은 당연히 기억 못 하는 거잖아. 그런데 김주영 씨는 형과 지내면서 약점을 잡혔는지 그것 때문에 상당히 당황스러워하는 것 같고. 내 말이 틀려?”

팔짱을 낀 현재는 아무런 반응도 보이지 않았다.

“그만큼 절실하다는 거야, 아니면 내 속을 떠보자는 거야?”

“절실하다는 거야. 그러니 이번만큼은 양보해 줘. 내가 언제 이런 부탁 한 적 있었어?”

없었다, 단 한 번도. 독일 지사 건은 오히려 그에게 플러스가 되는 건이었다. 그만큼 능력도 있다 믿어 조금 빨리 추진한 건이기도 했다. 그로서는 은혁이 기쁘게 받아들일 일로 생각했다. 그로서는 선물일 거라 생각했는데 은혁은 그 선물이 그다지 마음에 들지 않는 모양이었다.

“좋아, 독일 지사 발령 없던 것으로 하지. 어차피 조금 이르다 싶기도 한 건이었으니.”

"또 있어. 나 다섯 시 반에 칼퇴근이야. 더 이상 날 잡아두지 말아줘. 형이 없는 동안 여기저기 뛰어다니기는 했지만 그 이후에도 어떻게 업무가 더 많이 나에게 온 것 같단 말이야. 지금은 감당 안 돼."

"네가 사장 하지 그래?"

"생각 안 해본 건 아니지만 형 없는 두 달 동안 해보니 그리 재미있는 것도 아니더라고. 난 월급쟁이가 좋아."

은혁은 현재가 붙잡든 말든 칼퇴근을 해야 했다. 그게 언제까지가 될지는 모르지만 일단은 못을 박아놔야 나중에 형의 후환을 피할 수 있을 것 같았다.

"다섯 시 반까지 네 일을 끝내놓는다면 상관없겠지."

"형은 원할 때 언제든지 회의를 잡잖아. 그게 다섯 시든 여섯 시든. 그것도 마라톤 회의로 말이야."

"그렇게 일을 만들지 않으면 되는 거지."

태평스러운 현재의 말에 은혁은 기가 찼다.

"일단 독일 발령 건은 완전 취소된 거라 믿고 있을게. 그리고 생각해 줘서 고마워. 하지만 형은 타이밍을 잘못 맞춘 것 같아."

은혁은 나가면서 미안한 미소를 보였다.

"박은혁, 그 입 다물어야 할 거야. 만약 다른 사람을 통해 그 말이 내 귀에 전해졌을 때 알아서 상상해도 좋아."

그답게 은혁에게 조용히 협박하고 있었다. 확실한 방법으로.

"이르다 말씀입니까? 형의 핑크빛 사랑을 방해할 만큼 눈치없는 동생은 아니라고. 아무튼 건투를 빌어."

현재는 못 말린다는 듯 고개를 내저었다. 가끔 은혁의 능청스러움이 부러웠다.

"너도 건투를 빈다."

은혁이 나가다 말고 과장된 신음 소리를 흘렸다.

"건투? 난 건투보다는 행운이 무진장 필요하다고. 만약 내 월급을 행운으로 다 바꾼다면 탈탈 털어야 할 판이라고."

현재는 언제 한번 은혁과 술을 먹어봐야겠다고 생각했다. 취중진담이 그냥 나온 말은 아닐 것이다. 그래도 결혼은 저놈보다는 내가 먼저 해야겠지?

"근데 궁금한 게 있는데?"

은혁이 문 사이로 빠끔히 얼굴만 내민 채 질문을 던지고 있었다.

"또 뭐?"

귀찮다는 듯 현재가 인상을 찡그렸다.

"아무것도 기억이 안 나면서 어떻게 기억이 난 것처럼 행동을 할 수가 있지? 그녀를 보니 그리 설렁설렁해 보이지 않더구만."

"이래 뵈도 난 모범생이었거든."

"그게 무슨 말이야? 형이 모범생이랑 그거랑 무슨 상관인데?"

더 이상 가르쳐 주기 싫은 현재는 다시 한 번 손가락으로 문을 닫으라는 손짓만 보일 뿐이었다. 이건 그녀에게도 평생 비밀로 붙일 것이다. 아니, 아이 셋만 낳으면 가르쳐 줘? 선녀도 아이 셋 낳으면 못 도망 간다고 했으니 그쯤 때면 십여 년 전 일은 웃으며 넘어가겠지?

현재는 쿡쿡거리며 한 손으로 얼굴을 감쌌다. 기분 좋은 흥분이 그를 감쌌다. 그러다 번개라도 맞은 듯 웃음이 멈추었다. 그는 혼자서 벌써 그녀를 그의 아내로, 아이의 엄마로 만들어놓고 있었다. 생각이 거기까지 가자 그는 더욱 안달이 났다. 그녀를 미치도록 가지고 싶었다. 그녀의 뜨거운 체온을 원하며 달콤한 밀어를 원했다. 언제나 아침 식탁에 그와 마주 앉길 바랐다.

현재는 주먹으로 자신의 이마를 퉁퉁 때렸다. 이런 잡생각은 한 번도 해본 적이 없었다. 사생활과 회사 생활은 분리되어 있었다. 이건 그답지 않았다. 특히 일방통행 감정은 딱 질색이었다. 그것도 그 혼자 무한 고속도로로 질주하는 기분이다. 딱 꼬집을 수 없는 감정이 그 모르게 혼자 뿌리를 내리고 이제는 목까지 차 오르고 있었다. 그래서 그녀를 볼 때 숨이 막히는 것인지도 모른다. 누구에게도 줄 수 없다. 그녀 앞에는 항상 그가 있을 것이다. 한눈팔지 못하게 모든 게 차단될 것이다. 그녀가 먼저 그의 삶에 들어왔으니 그는 그녀를 놓아줄 생각이 없다. 그는 지금 그녀가 보고 싶었다. 그를 웃게 만드는 그녀의 목소리 행동 하나하나가 그리웠다.

그가 펜 놀림을 멈추며 갑자기 욕설을 내뱉었다. 무의식 중에 결재할 서류 위에 그녀의 이름을 여기저기 써놓은 것이다. 정 상무에게 돌려주어야 하는 서류였다. 도대체 뭐라고 말하나? 잠시 생각을 한 그는 과감히 낙서된 서류를 찢어 휴지통에 버렸다. 뭐, 시침 뚝 떼는 수밖에.

중앙은행 한 달에 한 번 본사 소집에 참석한 재석은 지루하다는 표정을 애써 감추지 않았다. 어떻게 보면 돈을 움직이는 은행가 사람들이 다른 기업가들보다 보수적이고 몸을 사리는 사람들이었다. 가끔 그들과 얘기를 해보면 답답해 가슴을 치고 싶을 정도로 그들은 보수적이었다. 중후한 사십대에 반듯이 이발한 머리, 깐깐한 성격이 배인 얼굴. 그들의 공통점이었다. 그가 본사 회의에 참석한 이유는 중국시장으로 발을 들여놓는 중앙은행의 행보에 대한 대책 회의 때문이었다. 세계의 기업과 은행들이 중국시장에 벌써 자리를 잡은 상태였기 때문에 갓 진출한 중앙은행의 이미지는 그리 큰 효력을 발휘할 수 없었다. 따라서 현재 중국에 진출해 있는 한국 은행들은 거의 대부분 중국에 공장을 가지고 있는 한국 사업가들을 상대로 거래를 움직이고 있는 실정이었다. 그러나 그것도 한계가 있었다. 그래 가지고는 떨어지는 부스러기만 먹다 끝날 일이었다. 따라서 위기감을 느낀 중앙은행이 구체적은 혁신 방향을 오늘 제시할 모양이었다.

회의장 입구에서 건네주는 서류를 받으며 재석은 친분이 있는 정지훈 은행장 옆자리에 앉았다.

"오랜만이야. 종로에서 일하니 얼굴이 훤하군. 거기 물이 비싸서 그러나 보지? 앉게나."

여전히 안경을 코에 걸쳐 쓰는 정지훈 은행장이 걸쭉한 인사를 건넸다.

"보기 드물게 이런 일로 은행장을 소집하다니 이상한 일이군요."

“위에서 벌써 결정난 것이라고 봐도 돼. 중국으로 간 돈이 얼마인지 알아? 그 돈 투자자들의 돈이야. 빈털터리로 오지 않으려면 지금이라도 뭔가를 확 바꾸어야겠지. 도대체 위에 앉아서 그런 것도 계산 안 하고 뭘 믿고 뛰어든 건지. 손만 까딱까딱해서 뭘 알아, 지들이. 중국 몇 번 왔다 갔다 하면 다냐고. 거기서 골프나 치고 왔을걸. 그러면서 있는 유세 없는 유세 다 부리고 왔을 게 뻔해.”

정지훈 은행장은 앞에 이사들이 앉아 있든 없든 그들을 신랄하게 비판했다. 듣고 있던 재석이 무안할 지경이었다. 본격적으로 입담을 보기 좋게 펼쳐 보이려는 정지훈 은행장은 의자를 끌어 재석 쪽으로 몸을 기울였다.

“그 투자자 중 하나가 주한전자라는 소리가 돌아. 그 말은 곧 중앙은행을 밀어주겠다고 다른 은행에 광고하는 거나 다름없다는 말이지. 다들 쉬쉬하는데 쉬쉬한다고 되나? 내가 봐도 확실히 주한전자가 밀어주고 있는 게 틀림없어. 그렇지 않고는 중국 건이 이렇게 빨리 진행될 리 없지.”

재석은 정신을 집중하기 위해 애를 썼다. 자신이 아주 중요한 뭔가를 놓치고 간 기분이었다.

“본사에서 삼진테크에 대해 단 일 원의 대출도 안 된다는 통보가 왔었죠. 기억하십니까?”

“아, 그 건 말이야? 그런 일은 비일비재하잖아. 새삼스럽게.”

그런 일은 비일비재하다. 그러나 이제까지 자신과 상관없는 일들이었다. 하나씩 연결고리가 잡히자 재석은 분노로 이를 꽉 물었다. 주한전자 손에 은행과 삼진테크가 놀아난 것이다. 주한전자 입장에서는 삼진테크를 갖기 위해 제일 먼저 자금줄을 끊었을 것이다. 그러기 위해서는 은행의 협조가 필요했다. 갑작스러운 투자 지원은 그래서 이루어졌을 확률이 높았다. 방법이 없는 삼진테크는 당연히 주한전자가 원하는 것을 알아서 바쳤을 것이 틀림없었다. 만약 중앙은행이 투자의 성과가 보여지지 않으면 주저없이 주한전자는 투자 자금을 몰수해 갈 것이다. 그들에게는 충분한 명목이 있었다.

"정 은행장님은 대기업 압력에 못 이겨 자금줄을 못 대는 회사를 봤을 때 도와주신 적이 있습니까? 비난을 하는 것이 아니라 제 경우가 그런 경우라서 말입니다."

정지훈 은행장은 한참 옛일을 헤집듯 입가에 주름이 잡혔다.

"있는 것 같긴 한데 별 도움은 못 되었지. 내가 그 당시에 별볼일없는 대리 때라서 말이야."

"하지만 은행장의 입장은 다르죠."

정지훈 은행장의 눈이 심상치 않게 반짝거렸다. 젊은 혈기로 의협심을 앞세우는 것도 좋지만 이건 알아야 했다. 때로는 한 방울의 물이 바위를 가를 수도, 계란으로 바위를 치는 경우도 있는 법이었다.

"무슨 일을 하려는지는 모르지만 다시 생각해 봐. 새우 등이 괜히 터지는 줄 알아? 어차피 사회는 먹고 먹히는 곳이야."

그러나 재석은 결심이 선 후였다.

"은행계에서 유명한 말이 있죠? 은행장 아버지가 돌아가시면 조문객을 맞이하기 위해 운동장 하나를 빌려야 하지만 은행장이 죽으면 화원 집에서만 인사하고 간다고.”

“어허, 이 사람. 쓸데없는 생각 하지 말라니까.”

“만약 잘못되었다면 제 힘 닿는 곳까지 바로잡을 겁니다.”

“아니, 이봐. 회의 시작할 때야. 어디 가나?”

재석이 자리를 뜨려 하자 정 은행장은 낮게 그를 불렀다.

“이런 회의는 공문서 한 장이면 됩니다. 먼저 가보겠습니다.”

빌딩을 나오자 더운 바람이 재석의 가슴을 더욱 조여왔다. 하지만 그보다 더 그의 가슴을 조여온 것은 자신이 이토록 무관심하게 일을 지켜봐 왔다는 것이다. 후회가 쓴 물로 올라올 지경이었다. 아무리 약육강식이라지만 피땀 흘려 만든 제품을 날름 빼갈 수는 없었다. 혹시 그 일 때문에 주영이 주한전자 사장을 만났던 건 아닌지 의문이 갔다. 그러자 쉽게 얘기 꺼내지 못할 그녀의 성격을 모르는 바는 아니었지만 괜스레 섭섭해졌다. 오늘만큼 그녀의 성격이 싫은 적도 없었다. 그는 어려서부터 자신의 것은 꼭 스스로 지키라고 배웠다. 그는 그렇게 할 것이다. 재석은 차를 삼진테크 쪽으로 급히 몰았다.

주영은 재석을 보자 반갑기도 하고 어색하기도 한 뒤죽박죽의 감정선에서 그를 맞이했다. 아침부터 여기까지 온 거라면 아마 아버지와 약속이 잡힌 듯싶었다. 그러나 그녀의 예상과는 달리 그가 회사 근처의 커피숍으로 그녀를 데리고 나가자 어리둥절하기만 했다. 얘기라면 사내의 휴게실에서도 얼마든지 할 수 있는데 무슨 비밀스러운 얘기가 있는지 주영은 궁금하기도 하고 두렵기도 했다.

이른 아침이라 커피숍은 한가하다 못해 텅 비어 있었다. 갓 우려낸 커피 향이 공기에 진하게 배자 그녀는 강아지처럼 코를 킁킁거렸다. 커피 향기만으로도 마음의 여유가 생기는 것 같아 기분이 좋아졌다. 이 좋은 기분만큼 주영은 그가 좋은 소식을 전해주길 바랐다. 그러나 그는 마음의 정리가 필요한지 한참 동안 입을 떼지 않고 있었다.

주영은 그런 그에게 시간을 주기 위해 자신의 아이스 커피가 담긴 컵을 빙글빙글 돌리며 딴짓을 했다. 설마 결혼하자는 말을 하려는 건 아니겠지? 저렇게 심각한 표정을 하고 앉아 있는 그에게서 주영은 딱히 다른 이유는 떠오르지 않았다.

"아버지에게 먼저 말할까도 생각해 봤는데 우선 너에게 말하는 게 나을 듯싶어서. 네가 관련되어 있는 일인지도 모르겠고."

그답지 않게 서두가 길었다.

"무슨 급한 일이기에 아침부터 왔어요?"

"주한전자가 삼진테크의 자금을 막고 있다고 하더라. 만약 그게 사실이라면 내가 도울 수 있을 것 같은데."

재석은 최대한 그녀가 기분 상하지 않도록 애썼다. 그러나 주영은 냉커피의 얼음을 건지기에 여념없어 보였다. 전혀 긴장하거나 놀라는 모습이 아니었다.

"그 일 때문에 온 거예요? 알고 있어요. 주한전자가 안 막는다면 우리 회사를 노리는 다른 회사가 막았겠죠."

"일 년간 어떻게 해서든 자금 융통만 해결되면 회사가 일어나는 건 문제도 아니잖아. 그 칩의 중요성을 누구보다 네가 잘 알고 있잖아. 네가 갑작스레 박 사장을 만난다는 거 이상해도 너무 이상하다고.”

“그사이 다른 회사는 손 빨고 가만히 있을 것 같아요? 그리고 주한전자에서 우리 회사를 공중분해시킬 마음을 먹었다면 우린 이미 없어졌겠죠. 하지만 오히려 주한전자의 조건은 파격적이었어요.”

주한전자를 두둔하고 싶은 생각은 없었다. 주한전자 때문에 회사가 한번 휘청거렸고, 그녀의 인생길이 덜컹거렸다. 그런 회사를 같이 욕해주지는 못할망정 주한전자의 대변인이라도 되는 듯 그쪽 입장을 설명하고 있자 주영은 자신에게 화가 났다.

“제가 알기로는 주한전자가 아버지와 만나서 그 계약 건에 대해 의논한 걸로 알고 있어요. 아마 공식 계약 건이 아니라 구두상으로 일단 얘기가 오간 상태였나 봐요. 근데 그 사장이 사고를 당하는 바람에 어음을 막지 못한 거죠. 자세한 건 모르지만요. 그때도 자금 사정이 그리 좋지 않았거든요. 은행에 압박을 가한 건 알고 있었는데 중앙은행도 압박했나 보죠? 칩이 탐이 나긴 난 거군요.”

주영은 신경질적으로 컵 안에 있는 빨대를 휘휘 저었다.

“어떻게 되었든 계약은 벌써 체결된 상태고 서로 원만한 합의점을 찾았거든요. 시찰도 다 했어요. 걱정해 줘서 고마워요.”

그녀는 재석이 고맙기도 했지만 한편으로는 부담이 되기도 했다. 일여 년 동안 그녀의 생활에 간섭이라고는 거의 없던 사람이었다. 그녀의 친구들과 만나고 식사나 하고 그리 큰 부담 없이 유쾌하게 만날 수 있던 사람이었다. 그런데 그런 그가 이른 아침부터 아버지의 자금 문제로 온 것은 그녀 삶에 한 걸음 더 다가오겠다는 의미였다. 정말 이 남자는 그럴 생각인 것이다.

"언제까지 모른 척할래?"

그녀의 손장난이 멈칫했다. 주영은 그가 자꾸 그녀의 등을 떠미는 것 같아 마음이 불편했다. 그가 딱히 싫은 것은 아니었다. 근데 그와 키스하며 손 잡는 것이 상상이 안 되었다. 주영은 며칠 전 현재와의 키스가 퍼뜩 떠오르자 급히 냉커피를 들이마셨다.

"김주영, 신경 쓰이는 사람이라도 있는 거야?"

그녀는 하마터면 고개를 끄떡일 뻔했다. 눈엣가시 같은 존재가 한 명 있기는 있었다.

"어, 없어요. 회사 상황이 뻔히 안 좋은 거 아는데 다른 데 신경쓸 틈이 어디 있다고 그래요."

"근데 왜 난 네가 요즘 나에 대해 조심스럽다고 느끼는 거지?"

"더 이상 할 말 없으면 일어날게요. 좀 눈치가 보이네. 아무 말도 없이 자리를 비웠거든요."

주영은 그의 눈을 슬그머니 피했다. 죄지은 것도 없는데 마주치면 자기도 모르는 뭔가를 그가 캐낼 것 같았다.

"결혼을 전제로 사귀자."

아마 커피를 마시고 있었다면 목에 사레가 들렸을 것이다. 주영은 그의 얼굴을 하는 수 없이 바라봐야 했다. 저번에는 그와 자신의 관계를 다시 생각해 보더니 이번에는 결혼을 전제로 사귀자는 말을 들고 왔다. 다음번은 분명 ‘내 아를 낳아도’ 라는 말이 아니냐고 되레 묻고 싶었다.

“갑자기 왜 그래요. 아침에 찾아와 자금 문제를 꺼내지 않나, 결혼을 전제로 사귀자는 말을 않나.”

당황스러움을 감추기 위해 주영은 투정 부리듯 말을 뱉었다.

“아버지가 문제된다면 내가 모실게.”

다음번 만남도 필요없었다. 이 남자는 그녀와의 결혼 십 년 계획을 벌써 다 짜놓았을지도 모를 일이었다.

“난…….”

다음 말을 잇지 못한 주영은 공중에서 의미없는 손동작만 오갔다. 신중히 말을 고르려 하나 그녀의 머리 속은 고장난 자동차처럼 덜덜거릴 뿐이었다. 청혼을 받는다는 것은 누구에게나 기쁜 일일 것이라 생각했다. 사실 청혼은 많이 받으면 받을수록 좋을 것이란 게 그녀의 생각이었다. 친구들에게 자랑도 할 수 있고 다양한 선택의 기쁨을 맛볼 수도 있으니까. 그러나 막상 그 상황에 놓이자 마음이 상당히 불편했다. 그는 진심인 것이다. 여기서 생각해 보겠다라는 희망적인 말을 남겨두긴 싫었지만 그렇다고 지금 당장 매몰차게 싫어요! 라고 말하자니 그놈의 정이 그녀의 혀를 묶어놓고 있었다.

“재석 씨와의 결혼은 생각해 본 적 없어요. 저 정말 가봐야 해요.”

“생각해 본 적이 없는 게 아니라 생각을 안 하려고 했겠지.”

“아니에요. 생각해 본 적이 없어요. 결혼도 준비된 사람만 하는 거예요. 나같이 삶의 여유가 없는 사람과는 거리가 멀다구요.”

“누가 보면 소년 소녀 가장인 줄 알겠군.”

소년 소녀 가장은 아닐지라도 공짜로 생긴 빚 더미 때문에 깔려 죽기 일보 직전이라면 그 상황과 비슷하다고 생각한다.

“그리고 갑자기 찾아와 통고식으로 말하는 사람에게 뭐라고 답해야 해요? 저 정말 근무 중이에요. 사고친 게 많아서 우리 부장님에게 잘 보여야 하거든요. 나중에 다시 얘기해요.”

비겁하게 도망치듯 일어선 주영은 뒤도 돌아보지 않고 곧장 회사까지 뛰어들어 갔다. 이러다 정말 얼떨결에 그와 결혼하게 될지도 몰랐다. 만약 그와 결혼하게 된다면 그에게 자치금으로 일억 이천오백만 원을 준비해 오라고 시킬 것이다. 그것도 재미있을 것 같아 주영은 혼자 피식 웃었다.

핸드폰이 성마르게 울리자 그녀는 조금 전 과장님이 요청한 긴급 서류가 생각이 났다. 분명 기다리다 지쳐서 전화를 하신 걸 거다.

“아, 죄송해요, 과장님. 지금 들어가고 있는 중이에요.”

누군지도 확인하지 않은 채 주영은 사과부터 튀어나왔다. 아무 말 없이 근 한 달간 휴가에, 거기다 자재 라인 거의 멈추게 할 뻔해 요즘 그녀는 과장님의 눈치를 보고 있었다. 아마 그녀가 과장이었다면 자신 같은 직원은 당장 모가지였을 것이다. 과장님의 인자함에 감사할 따름이었다.

[업체 미팅 중인가 보군.]

그녀의 인생에 도움이 안 되는 목소리를 확인하자 주영의 발걸음이 딱 멈췄다.

"무슨 일이에요?"

그녀의 가시 돋친 말에 현재의 웃음소리가 새어나왔다.

[같이 저녁을 먹었으면 하는데?]

한 달 동안 그와 생활했다 해서 그가 박현재 사장이라는 사실은 변함이 없다. 그가 우리 회사에 압력을 가했다는 사실 또한 변함이 없다. 그녀는 지금껏 그 사실의 비중을 너무 약하게 둔 듯했다. 이런 남자에게 개인적으로까지 자신이 매여 있다는 자체가 그녀를 참을 수 없게 만들었다. 이래저래 마음에 들지 않는 남자였다.

"고작 그것 때문에 이 아침부터 전화했단 말이에요? 당신 혼자 먹어요!"

[사람이 배가 부르면 마음이 여유로워지는 법이거든. 또 누가 아나, 그 탕감법이 효력을 볼지?]

그와 얘기하다 보면 코 막히고 귀 막히는 일은 일도 아니었다. 그녀의 코 평수가 또다시 넓어지려고 대기 중이었다. 나중에 성형 수술 할 일 있다면 그녀는 필히 코 평수를 작게 하는 것도 같이 받아야 할 것 같았다. 주영은 마치 싸움이라도 할 듯 허리에 한 손을 올렸다.

"나도 할 만큼 했어요. 안 가요! 그러니 당신 혼자서 배불리 먹으라구요!"

[힘 빼지 말고 저녁 먹자고. 저녁 일곱 시까지 차 보내지.]

그가 밀어붙이기 식으로 그녀를 몰자 주영은 핸드폰을 세게 움켜쥐었다.

"안 간다고요, 안 가! 나 아프니까 안 간다고."

주영은 거의 발악하듯 소리쳤다. 잠시 통화가 끊긴 것 같이 아무 소리도 들리지 않았다. 번갈아가면서 기분을 엉망으로 만드는 두 남자 때문에 그녀의 머리는 농성이라도 할 지경이었다. 그녀의 인생에 도움이 안 되는 남자, 특히 박현재라는 남자는 어디 머나먼 남국으로 사비를 털어서라도 특급배달로 보내고 싶은 심정이었다.

"여보세요. 들려요? 안 간다구요!"

[얼마만큼 아픈 거야?]

"하늘만큼 땅만큼. 아파서 골이 깨질 지경이에요. 그러니 이만 끊자구요. 바이바이. 끝!"

그가 먼저 끊기 전에 그녀가 그의 어투를 흉내 내며 전화를 끊어버렸다. 그와의 대화에서 처음으로 통쾌함을 느낀 주영이었다. 그녀는 그의 자존심을 되살리기 위해 최대한 도움을 주기로 했지 그의 전용 하인이 된다는 소리는 아니었다. 육천오백만 원―언제부터인지 그녀는 박현재를 이렇게 불렀다―을 물리치기 위해 오늘도 그녀는 열심히 일을 해야 했다.

주영은 손을 탁탁 털곤 만세 삼창을 외쳤다. 저녁 일곱 시가 넘었음에도 불구하고 그에게 전화 한 통 오지 않았다. 우리 나라가 근무 오 일제를 실시하는 마당에 그녀의 심신도 가끔은 쉬어주어야 하는 마음을 하늘이 헤아린 게 분명했다.

모처럼 혼자만의 휴식을 부여받은 그녀는 집에 돌아오자마자 냉장고 문부터 열었다. 이 더위를 몰아내기 위해 그녀는 아이스크림을 아슬아슬하게 탑처럼 쌓은 후 자신의 방으로 들어갔다. 숟가락으로는 떠먹는 것이 성이 차지 않자 덩어리째 입에 물자 아이스크림의 시원한 맛이 목 끝까지 느껴졌다. 입에서 저절로 탄성이 터져 나왔다.

달콤한 휴식을 최대한 즐길 준비를 한 그녀는 자신이 즐겨 듣는 음악을 틀어놓았다. 침대에 대자로 누워 오이즙으로 세수한 얼굴에 코팩을 붙이고 내일 아침 피부미인으로 거듭나기를 바라고 있었다. 아버지도 늦게 오신다고 했고 아주머니도 퇴근했으니 어느 누가 그녀를 귀찮게 하거나 간섭하는 사람도 없다. 한마디로 천국이었다.

눈꺼풀이 감기기 직전에 현관 벨소리가 울리자 늦게 오신다던 아버지가 생각보다 일찍 오셨나 보다란 생각에 주영은 자동적으로 몸을 이끌고 아무 생각 없이 현관문 버튼을 눌렀다. 아버지에게 인사를 하고 들어가려는 그녀는 뜻밖의 인물이 등장하자 눈이 휘둥그레졌다.

"당신, 어떻게 우리 집에 온 거예요?"

그러면서 주영은 거실의 벽걸이 시계를 쳐다보았다. 아직 아버지가 오실 시간이 아니었다. 그러니 이 남자를 쓸어버릴 시간은 충분히 있었다.

"가세요. 난 당신 초대한 적 없어요."

주영의 문전박대에도 그는 끄떡없어 보였다. 오히려 그녀의 얼굴을 안쓰러운 듯 훑어보고 있을 뿐이었다.

현재는 선물용으로 가져온 과일 바구니를 내려놓고 그녀에게 천천히 다가왔다. 아픈 얼굴을 보니 더욱 속이 상했다. 그가 너무 몰아붙이고 있는 건 아닌지 걱정도 되었다.

주영은 뒤로 물러서고 싶었지만 자존심이 허락하지 않았다. 어쩐지 조용하다 싶더니 집으로 쳐들어올 줄은 꿈에도 생각지 못했던 그녀다. 하늘하고 텔레파시가 통한다고 생각했는데 그 기도가 아무래도 불발이 된 듯싶다.

"박현재 씨, 제가 같이 저녁 안 먹는다고 했잖아요."

현재가 그녀의 얼굴을 살며시 그러쥐었다. 만지면 깨질 것 같은 도자기처럼 그녀의 양 볼을 쓸어 내리는 그의 손이 조심스러웠다. 한숨 때문에 그의 어깨가 잠시 내려앉아 보였다.

그의 행동에 당황한 그녀는 눈만 깜박거린 채 그를 올려다보았다. 심각한 그의 표정에 주영은 자신이 그를 내쫓아야 한다는 사실도 깜빡 잊고 말았다.

"병원은 가본 거야? 뭐라 그래?"

"병원에 왜요?"

곧 그녀의 머리에 전구가 깜박하고 켜졌다. 아침에 그와 통화할 때 아파서 못 간다고 일방적으로 그녀가 통화를 끊었던 것을 기억해 냈다. 하지만 정말 그가 그 말을 믿는 건지, 아님 그녀를 떠보려는 심산인지 갈피를 잡지 못했다. 그녀가 보기에는 그는 남을 쉽게 믿는 사람 같지는 않아 보였다.

"그냥 푹 쉬라고 그러죠 뭐. 그러니까 가세요."

주영은 말을 얼버무리며 다시 그를 내몰기에 주력했다.

“어쩌다 그런 거야? 또 저번처럼 정의의 사도 역할을 자처해서 깡패에게 맞은 건 아니겠지?”

“아니에요. 그냥 푹 자면 된다고 하니까.”

그가 저런 말 할 정도면 아무래도 그녀의 안색이 조금 창백해 보였나 보다. 이번 기회에 주영은 그에게 독감을 앓고 있는 중이라고 말하고 한 보름 정도 그의 얼굴을 보지 않으면 딱 좋겠다고 생각했다. 아님 그를 보면 혈압이 올라가고 성격이 나빠지는 신종 알레르기를 가지고 있으니 되도록 서로 만나지 말자고 말해 볼까도 생각 중이었다.

“진통제는 먹은 거야? 몇 시간마다 한 번씩 먹는 거지?”

“진통제요?”

대화의 심각한 오류가 발생된 것 같았다. 아니면 진통제가 그에게는 만병통치약으로 모든 병은 진통제를 먹어야 한다고 착각하는 사람이거나.

“설마 아직까지 안 먹은 건 아니겠지? 코가 주저앉은 건 아니겠지? 열은?”

그의 대화를 따라잡지 못하는 주영은 혹시 이 남자가 시간을 벌어보려는 속셈일 수 있다고 생각했다. 그러나 그가 계속 안타까운 시선을 보내자 그녀는 그제야 그의 행동을 이해하게 되었다.

그녀의 얼굴 근육이 웃음으로 실룩거렸다. 웃으면 안 되는데, 분명 그가 사실을 알면 이 집이 들썩일 정도로 씩씩거릴 텐테 그녀의 웃음보는 벌써 발동이 걸린 듯했다. 웃음이 새어나가지 않게 입술을 꽉 깨물었지만 떨리는 어깨까지 막지는 못했다.

현재는 어리둥절한 표정을 지으며 좀 더 그녀에게 다가갔다. 그녀의 웃음이 좀처럼 잠잠해지지 않자 그는 그녀가 그를 바보 취급하는 것 같아 기분이 나빠졌다.

"김주영, 정신 차려!"

현재가 그녀의 어깨를 흔들자 그때서야 그녀의 웃음이 잠잠해졌다. 그러나 그녀의 눈에는 아직까지 웃음이 넘실대고 있었다.

"제가 뭐 보여줄까요?"

현재의 곧은 눈썹이 의아함을 드러내며 치켜 올라갔다.

"뭐를?"

이제껏 그가 그녀의 기분을 쥐고 흔들었었다. 흔들다 뿐이랴, 바닥에 곤두박질칠 정도로 그녀의 정신 건강에 도움이 되지 않는 사람이었다. 그도 한번 느껴보라지. 그의 기분이 지하 땅굴 정도는 아니더라도 갑자기 바보된 느낌이 그리 썩 좋지는 않을 것이다. 항상 내 기분만 나쁘라는 법은 없지.

주영이 턱을 치켜들었다. 잽싸게 코팩을 뜯어 그에게 그녀의 건재한 코를 보여주었다.

"코 예쁘죠, 피지도 하나 없고?"

그녀는 검지로 자신의 코를 톡톡 두드리며 그의 반응을 살폈다. 예상대로 그의 기분은 상당히 안 좋은 듯 보였다.

"거짓말이라 이거군."

"어머, 거짓말이라뇨?"

난색을 하며 주영은 눈을 동그랗게 떴다. 그녀의 오버액션에 현재의 눈은 더욱 가늘어졌다.

"내가 언제 코 주저앉았다고 말했나요? 난 그냥 푹 자면 된다고 말했을 뿐이에요. 좀 피로했거든요. 혼자 오해하고 누구에게 화풀이하시나요?"

오늘은 정말 통쾌함이 하늘을 찌르는 날이었다.

"당신이 먼저 오해하게 만들었잖아?"

"코팩을 모르는 건 당신 잘못이지 내 잘못인가? 무식한 사람이 잘못이지."

"무식? 당신 코가 너무 낮다 보니까 코가 주저앉은 것처럼 보인 당신 잘못은 생각 안 하나 보지? 설마 그 코가 높다고는 말 못하겠지."

"내 코가 어때서요. 이 정도면 평균이에요."

내가 저 남자 때문이라도 당장 코 수술을 하고 말 것이다.

"전쟁터를 잘못 택한 거 아니야?"

"그건 또 무슨 말이에요?"

"싸움을 건 것까지는 좋았는데 하필 당신 집이군. 조금 있으면 당신 아버지가 오실 시간 아닌가? 당신 아플까 봐 방해 안 하고 돌아갈 생각이었는데 지금 막 기분 나빠서 빨리 돌아갈 생각이 없어졌거든."

"당신 정말…… 만날 때마다 생각하지만 왜 그렇게 치사해요? 원래 나이 들면 다 치사해져요?"

"누구 때문에 저녁도 못 먹었는데 좀 차려주지?"

현재는 그녀를 지나쳐 주방으로 곧바로 걸어 들어갔다. 양복 상의까지 벗고 의자에 기댄 폼이 꼭 자신이 집주인인 것 같았다.

"당신 거지예요? 왜 여기 와서 밥 달라고 그래요? 나가서 맛있는 거 사먹어요. 우리 집에는 쉬어 빠진 김치밖에 없어요."

"그거면 돼. 문병 온 사람에게 너무 박하잖아."

"밥만 먹고 갈 거죠?"

주방으로 조르르 달라온 주영은 그의 확답을 받아야 했다. 늦어도 이 남자를 여덟 시까지는 보내야 했다.

"당신 커피 타는 솜씨 봐서."

하는 수 없이 그녀는 전장에 나가는 군인이 갑옷을 입듯 앞치마를 단단히 여몄다. 한순간의 통쾌함이 한평생의 후회로 남을 줄 알았다면 그녀는 끝까지 코가 주저앉았다고 밀고 나갔을 것이다. 의외의 저 남자의 순진함(?)이 재미있어 놀렸는데 피본 것은 그녀였다.

오라고 한 손님이 아니니 그녀는 냉장고에 있는 반찬을 아무거나 꺼내 그 앞에 내밀었다. 빨리 먹고 빨리 사라지라는 소리였다.

평소 같으면 무성의한 반찬에 일장연설을 하고도 남을 그가 그녀가 차려준 밥을 깨끗이 비웠다. 그 모습에 더욱 화가 난 그녀는 애꿎은 밥그릇에다 화풀이하며 입 안 가득 밥을 집어넣었다. 그러나 그는 저녁을 끝내고도 집으로 돌아갈 생각을 하지 않자 주영은 씩씩거리며 먼저 주방을 빠져나왔다. 더 이상 싸우기도 싫었다. 상대해 주지 않으면 알아서 집에 가겠지.

주영은 아무래도 급히 먹은 저녁밥이 체한 듯싶었다. 숨을 크게 들이쉬며 발꿈치를 들었다 놓았다 반복도 해보고, 주먹을 쥐어 자신의 가슴을 쿵쿵 때려보아도 그녀의 속은 여전히 불편함을 호소하고 있었다. 그녀는 다른 사람보다 밥을 천천히 먹는 편이었다. 그러나 그녀는 자신이 화났다는 것을 그에게 보여주기 위해 평소보다 빨리 밥을 먹은 것이다. 어린아이도 아니고 왜 그랬을까라는 후회를 해보았자 벌써 체한 몸이요, 답답한 가슴이었다. 무언가 그녀의 가슴을 꽉 누르고 있는 것 같은 기분에 그녀는 다시 한 번 큰 숨을 쉬어보았다. 그러나 아무리 많은 공기가 폐 속으로 들어가도 그 답답함은 전혀 해결되지 않았다.

현재는 그녀의 무언의 시위를 모른 척하며 신문을 넘겼다. 그런데 그녀가 혼자서 거실을 왔다 갔다 하자 그의 눈은 저절로 그녀에게 향했다.

뜀박질까지 하며 죽을상을 하는 그녀가 현재의 눈과 마주쳤다.

"혼자서 무슨 놀이를 하길래 요란해. 재미있으면 나 좀 끼워주지."

그녀는 곧 죽어도 체했다라는 말을 그에게 하지 않을 것이다. 분명 '거 봐라'는 표정으로 고소해할 것이 틀림없는 그의 모습을 죽어도 볼 순 없었다.

"내가 내 집에서 방방 뛰든 뒹굴든 무슨 상관이에요. 그리고 밥도 먹고 먹었으니 이만 집에 가시죠!"

말을 하면서도 주영은 무의식적으로 가슴을 치고 있었다.

"체했군. 와봐. 얼마나 체한 거야?"

그녀는 도리질만 하며 슬슬 뒷걸음질을 쳤다.

현재는 도망칠 준비를 하는 그녀를 보면서도 느긋하게 소파에 몸을 기대고 있었다. 꼭 완력을 써서 그녀를 잡을 필요까지는 없었다.

"당신의 그 탕감안 말이야. 나도 생각을 해보니 인간적으로 너무하다고 싶어 당신과 얘기해 봐야 겠다고 생각했지. 아프다길래 나 때문에 심적 스트레스를 받아서인지 걱정도 되고 말이야. 그런데 당신이 너무 비협조적으로 나오니 하는 수 없지. 내가 괜한 걱정을 한 것 같군."

그가 나갈 준비를 하자 주영이 달려가 그의 팔을 잡았다. 처음부터 저렇게 말했다면 맨발로 앞마당까지 달려가 그를 맞이했을 것이다. 그녀는 최대한 입을 양옆으로 벌리며 호의적인 미소로 그를 바라보려고 애썼다.

"얘기할까요? 들을 준비 다 됐어요."

"그전에 당신이 먹어야 할 약이 있을 것 같은데?"

"무슨 약이요?"

"소화제."

"다 떨어졌어요."

미심쩍을 정도로 빠르게 대답한 것치고는 그녀는 몸은 불편한지 바닥에 다리까지 쭉 펴고 앉아 있었다.

현재는 인상을 찡그렸다. 조금 체한 게 아닌 모양이었다. 그녀가 끝까지 약 먹을 생각을 않자 그는 직접 거실의 모든 서랍을 이 잡듯 뒤져 소화제 두 알을 찾아냈다. 친절한 봉사정신에 그가 물 컵까지 그녀 앞에다 대령해 놓았다. 그러나 더 이상 물 한 모금도 넘어가지 않을 것 같은지 그녀는 거부의 표시로 물 컵을 밀어냈다.

“먹어.”

현재가 그녀의 코앞까지 소화제를 내밀자 주영의 볼이 복어 배처럼 툭 튀어나왔다.

“더 이상 못 먹겠어요. 이거 먹으면 더 체할 것 같다구요.”

“소화제 먹고 체했다는 사람 못 봤으니까 먹으라고. 보니 단단히 체한 거 같은데. 어쩐지 저녁을 허겁지겁 먹는다 했어.”

“이게 다 당신 때문이잖아요.”

“안 먹으면 병원에 가는 수밖에.”

“정말 더 이상 안 들어가요. 아까 밥 먹었죠, 국 한 그릇 다 비웠죠, 그전에 아이스크림도 먹었지. 아, 퇴근하면서 최 대리랑 꼬치도 하나 먹었단 말이에요. 그것도 난 큰 것으로 먹었어요.”

어떻게 해서든 약을 안 먹어보려는 그녀의 노력에 현재는 웃음밖에 나오지 않았다.

“뒤 돌아봐, 등 두드려 줄 테니.”

약 안 먹는다는 생각에 그녀는 군말없이 뒤로 돌았다. 현재가 등을 두드릴 때마다 그녀의 상체가 앞으로 숙여졌다.

“힘 조절 좀 해줘요. 아파요.”

“아파도 싸지.”

“그럴지도 모르죠. 당신 쫓아낼 궁리만 하다가 밥이 코로 들어가는지 입으로 들어가는지도 모르게 먹었으니. 아, 조금 전 당신 얘기로는 육천오백만 원을 아예 없었던 일로 해주겠다는 얘기죠? 맞죠? 정확히 일억 이천오백만 원이요.”

“내 몸과 마음이 치유될 때 다 탕감되는 걸로 하지.”

"무슨 답이 그래요? 그게 언젠지 어떻게 알아요? 그리고 날짜 안 잡아요? 상담 날짜요. 도대체 당신의 몸은 왜 그리 민감하대요? 멀대는 웬만한 일에 꿈쩍도 안 할 것 같아 보이구만. 참, 이건 우리 아주머니에게서 들은 건대요. 그 재료는 너무 구하기 어려워서 못 구했는데 당신은 돈 많으니까 쉽게 구할 수 있을 거예요. 어린 사슴 있죠? 그 피가 정력에는 효과가 그만이래요. 그거 먹으면 몸이 더워서 잠도 안 온대요."

현재의 입가에 자조적인 미소가 떠올랐다. 사슴의 피도 필요없었다. 여름이라 그녀의 맨살결이 얇은 면 티 사이로 그대로 느낄 수 있었다. 손을 조그만 면 티 아래로 집어 넣으면 그녀의 탐스러운 가슴을 끌어안을 수 있는 위치였다. 그걸 아는지 모르는지 그녀의 새하얀 목은 물고 싶을 정도로 무방비하게 그에게 내보이고 있었다. 온 생각이 거기에 집중되자 현재는 자신도 모르게 그녀의 브래지어 후크를 풀어버렸다.

주영은 갑자기 가슴 쪽이 느슨해지자 두 팔로 가슴을 가린 채 뒤돌아 그를 째려보았다.

"뭐, 뭐예요?"

그가 당황하는 빛이 역력하자 주영은 더 이상 화를 내지 못했다. 고의로 그랬다면 저렇게 놀라며 어색한 침묵을 지키고 있지는 않았을 것이다. 아마 실수로 등을 문지르다 그랬겠지. 무슨 사심이 있어 그랬겠어. 주영은 몇 발자국 뒤로 떨어져 자세를 고쳐 앉았다.

현재는 속으로 거칠게 욕을 내뱉었다. 자기 손 하나 단속 못하고 뭐 하는 짓인지. 손만 허덕이는 게 아니었다. 들 끓는 피를 진정시키려면 그녀가 필요했다. 그가 구속하는 것이 아니라 그녀 자체가 스스로 구속하여 그에게 와야 할 것이다. 그만을 바라보게끔 그렇게 만들 것이다. 웃음 짓는 하나에서 삐죽거리는 그 입술까지 고스란히 그의 손안에 움켜쥘 것이다. 모두가 아니면 그는 갖지 않을 것이지만 그녀를 포기할 생각도 없다. 그러니 그녀가 그에게 자신의 발로 걸어와야 할 것이다. 철저함이 요구된다면, 인내가 요구된다면 얼마든지 자신있었다. 단, 지금 이대로의 모습으로 그에게 안겨야 했다. 그러나 그녀의 페이스에 맞추자니 그의 속은 타 들어갈 지경이었다. 그녀가 삼진테크의 딸만 아니더라도 더 수월했을 텐데.

현재가 그녀에게 손을 내밀자 주영은 경계의 표정을 지어 보였다.

"약도 싫다, 등 두드려 주는 것도 싫다, 그럼 다리품을 팔아야지."

미적거리며 주영은 그의 손을 잡았다. 그의 손이 뜨거웠다.

뜻하지 않는 그와의 산책에 주영은 땅바닥만 보고 길을 걸었다. 지나가는 사람들의 시선을 의식하자 그녀의 기분이 묘해졌다. 특히 몇몇 지나가는 아가씨가 그에게 잠시 눈길을 주자 그녀는 그의 매력이 어디 있는지 생각해 보았다. 돈 많은 남자는 온몸에서 광채라도 나나 보지? 흘낏거리며 그의 옆모습을 쳐다본 그녀는 딱 하나 그의 턱 선은 인정하고 싶었다. 아마 그와 가면 무도회에서 만났다면 그녀는 그를 찍었을 것이다.

  손만 잡은 채 그가 한마디도 하지 않고 걷고만 있자 주영은 입을 삐쭉 내밀었다. 애완견 산책시키는 것하고 뭐가 달라.

  "손이 뜨겁네. 겨울에는 좋겠네요. 난 변온동물처럼 여름에는 뜨겁고 겨울에는 찬대. 근데 이제 이 손 놓아주시면 안 될까요?"

  "아쉽게도 당신의 발을 못 믿어서 말이야. 근처에 공원 두 바퀴 돌 때까지 한쪽 손 없는 셈 치라고."

  "안 도망 간다니까요."

  "그러니까 이번에 그 믿음을 보여주라는 거지."

  "그게 아니라…… 전 긴장하면 손에 땀이 많이 나기 때문에 기분이 별로 안 좋을 거예요."

  "왜 긴장이 되는데?"

  그는 사뭇 그녀의 대답이 기대되는 모양이었다. 그가 그녀의 손을 잡아당기며 살짝 보채기까지 했다.

  "그야……."

  그녀가 말하려다 입술을 깨물었다. 대답을 하려고 보니 자기 스스로도 어이없는 대답이 튀어나갈 뻔했다. 그가 신경 쓰여, 김주영? 왜? 아무리 생각해도 답이 떠오르지 않았다. 그녀에게 따뜻한 말 한마디 건네는 건 고사하고 만났다 하면 티격태격인 그들이었다. 그럼에도 불구하고 박현재가 신경 쓰인단 말이야? 말도 안 돼. 물론 지난번의 키스 건이 조금 마음에 걸리기는 하지만 그것만으로는 부족했다. 답을 찾으려 그녀는 자신의 마음을 헤집어보려 했지만 그럴수록 혼란만 가중되었다.

  "거짓말이군?"

그녀가 답을 못하자 현재가 빈정거렸다.

"아니에요. 정말이에요. 내가 오늘 밤 정리해서 다음에 만날 때 가르쳐 드릴게요. 지금은 체해서 머리도 잘 안 돌아가서 그래요."

근처에 공원을 가기 위해서는 십 분쯤 도로변을 가로질러야 했다. 숨이 탁 트윈 바람이 지나감에도 불구하고 그녀의 손이 땀이 나기 시작하자 그녀는 억지로 그의 손에서 그녀의 손을 탈출시켰다. 그 또한 더 이상 그녀의 손을 잡으려 하지 않았다.

임시 평화조약이라도 맺은 듯 둘 다 말없이 걸었다. 그러나 그가 계속 그녀의 진로를 방해하자 주영은 주저하듯 그의 옆구리를 살짝 찔렀다. 평화 협정을 깨고 싶지 않는 그녀의 표시였다.

"꽃게띠예요? 왜 왔다 갔다 해요, 가뜩이나 좁은 인도인데."

현재가 그녀를 째려보았다. 그의 매너가 그녀의 눈에는 한낱 정신 사나운 몸짓에 불과했나 보다. 이런 그녀와 연애를 꿈꾸다니. 참 원대한 꿈을 지닌 그였다.

"김주영 씨, 이제껏 남자 친구 못 사귀어봤지?"

"대학 때도 있었고 미팅해서도 몇 번 사귀어본 적 있어요."

물론 그게 몇 달을 못 넘겨서 탈이지만. 하지만 그녀는 잘못이 없었다. 자신의 이상형이 아니라고, 서로 안 맞는 것 같다고 한 사람은 그들이었다. 한마디로 그녀는 비련의 여주인공인 셈이었다.

"그런 떨거지들 말고 진짜 말이야."

"사귀는 데 진짜 가짜가 어디 있어요? 왜요? 당신 경력이 많다고 자랑하려고요? 아님 코치라도 해주게요?"

그가 은근히 그녀를 무시하는 것 같아 주영은 기분이 나빴다.

　"당신이 계속 차도 바깥쪽으로 걷길래 열심히 안쪽으로 몰아세워 주면 어느새 또다시 앞으로 나가 차도 가까이 쪽으로 걷더군. 도대체 누가 꽃게띠지?"

　"어떻게 남자가 한마디도 안 져요? 그냥 당신이 도로변 쪽으로 걸어 위험해 보였다, 그래서 그런 거다, 여기까지만 하면 얼마나 좋아. 꼭 이겨야 직성이 풀리는 그 성격 누구 닮았어요?"

　주영은 발걸음 소리를 크게 내며 앞으로 나갔다. 내가 저런 남자를 신경 쓰였다고 생각했다니. 미쳤지, 암. 그렇지 않고서야 그런 생각을 할 수는 없지.

　그녀가 뒤를 돌아 그를 올려다보았다.

　"알았어요. 당신이 왜 신경 쓰이는지 알았다구요. 허구한 날 당신이 내 눈앞에서 왔다 갔다 해서 그래요."

　현재는 이내 쿡쿡거리더니 눈가가 웃음으로 부드러워졌다.

　"장족의 발전이군."

　손가락으로 그녀의 이마를 장난으로 톡 건드리더니 현재가 그녀의 손을 잡고 공원으로 걸음을 향했다. 두 남녀의 그림자가 보기 좋게 해를 등지고 길게 늘어졌다.

제6장 대한 독립 만세!

그녀의 자동차 열쇠를 찾았다. 정확히 말하자면 아직은 박현재 손아귀에 있다. 그것을 받으러 주영은 친히 그를 만나러 가야 하는 것이다. 모든 게 불만인 듯 그녀는 책상 위를 정리하면서 투덜거렸다. 남자가 자신의 입으로 고객 감동에서 기절까지 서비스를 해야 한다고 외쳤으면 몸소 자신이 자동차 키를 가져다 주면 좀 좋아. 찾았으니 가져가란다. 거기다 한 술 더 떠 찾은 보답으로 저녁 사주기 전에는 못 주겠단다. 예뻐해 줄래야 예뻐해 줄 수 없는 남자였다.

시간 관계상 주영은 책상에 있는 모든 서류를 대충 서랍에 쓸어 넣은 다음 열쇠로 잠갔다. 분류해서 서류를 넣어야 하지만 어차피 내일 다시 꺼내봐야 하는 서류이기 때문에 그게 그거였다. 원래 회사 규정에 서류 보안이 철저했지만 요즘 무슨 일 때문인지 몰라도 아버지가 보안에 대해 더 엄격히 신경을 쓰고 있어 만약 책상 위에 서류 한 조각이라도 남아 있는 직원이 있으면 다음날 시말서와 평점이 뚝 떨어져 나가게 조치되었다. 캐비닛도 무조건 열쇠로 잠가야 하며 보안 서류는 항상 따로 보관되고 반출입도 까다로워졌다. 주영은 다시 한 번 자신의 책상 위를 확인한 후 핸드백을 어깨에 둘러메고 약속 시간을 맞추기 위해 허겁지겁 뛰어 사무실을 빠져나갔다.

주영이 종종걸음으로 회사를 빠져나갈 때쯤 뒤에서 누군가 그녀를 불러 세웠다. 뒤돌아보니 구매1팀의 김혜련 씨었다. 두 손을 깜찍하게 이리저리 흔들며 뛰어오는 모습이 흡사 칠십 년 영화에 나오는 여주인공 모습 같아 주영은 웃음이 나왔다.

"왜 불러? 나 시간없어. 지금 차 막힐 시간이거든."

"이러기예요?"

약간 삐친 듯한 말투였다.

"뭐가? 질질 끌지 말고 본론만 말해 봐."

주영이 손목 시계를 보며 약속 장소까지 걸리는 시간을 가늠해 보았다.

"대리님 없는 동안 수고했다면서 오늘 근사하게 한턱 쏘신다면서요."

"아, 맞다!"

주영은 이마를 치며 깜빡 잊어버린 자신의 기억력에 유감을 표현했다. 몰아붙이는 박현재 때문에 부랴부랴 서둘러 나올 생각만 했지 오늘 선약이 있다는 것은 전혀 생각하지 못했다. 주영은 구두로 바닥을 두드리며 잠시 고민을 했다. 아무튼 이중 약속을 잡은 셈이었다.

"저번에는 대리님이 회의 들어가서 취소되었고 이번에는 다른 약속이 있는 거 같은데요. 하는 수 없죠. 대리님, 너무한 거 알고 계시죠? 어쩐지 오늘 아무 말씀도 안 하시더라 했더니."

"아침까지는 기억하고 있었어. 아, 그럴 것 없이 같이 가면 되겠네. 가자고. 삼겹살 좋아해? 내가 나중에 근사한 거 사줄 테니 오늘은 삼겹살 먹자고. 그 사람에게는 좋은 거 사주기 돈 아까워서 말이야."

혜련은 주저하다 고개를 저었다.

"급히 가시는 거 보니 중요한 약속인 듯싶은데 그냥 가세요. 농담 한번 해봤어요. 다음에 해요."

"오늘도 먹고 다음에도 먹어. 나도 어차피 그 사람 안 좋아하거든."

주영은 다음으로 약속을 미룰까도 생각해 봤지만 너무 미안해 일단 그녀의 팔목을 무작정 잡고 택시를 잡아탔다. 택시 타는 것도 이것으로 쫑이다.

택시 안으로 밀쳐지다시피 탄 혜련은 구겨진 옷을 매만졌다.

"좋은 거 사주기 아까울 정도로 싫은 사람을 왜 만나는데요? 아까 통화하시는 거 얼핏 들으니까 남자 분 같던데."

"그 사람이 내 자동차 키를 찾아주면서 얼마나 생색을 내던지."

"어떤 분이신데요?"

"어떤 사람이냐고? 케첩에 물 타서 토마토 주스라고 팔아먹을
사람이야. 있는 놈이 더 독하다라는 표본을 제시해 준 사람이지."
　"에?"
　"그만큼 나쁜 놈이다 이거지. 내가 돈이 어디 있다고. 정말 생각
하면 할수록 열받네. 물 한 잔 사주는 것도 아까워 죽겠구만."
　혜련은 주영의 표정을 보곤 오늘 마음 편히 저녁 얻어먹기는 그
른 것 같다 생각했다. 아무튼 처음 보는 사람에게 실례가 되지 않
도록 혜련은 핸드백에서 파우더를 꺼내 화장을 고쳤다. 옆에 있던
주영은 통화 요금도 아까워 현재에게 열심히 문자를 보내고 있었
다. 시간 절약을 위해 음식점 이름을 알려주고 그리로 오라는 메
시지였다.

　주영은 슬슬 기분이 나빠지려 하고 있었다. 분명 음식값을 내는
사람은 그녀였다. 그런데 이 야시꾸리한 분위기를 봐서는 그녀가
마치 두 사람을 방해한 인물처럼 보였다. 그녀가 알고 있는 박현
재라는 남자는 어디 가고 선자리에 나온 남자처럼 상대를 무척이
나 신경 써서 웃는 웃음이 상당히 거슬리게 들려왔다. 평상시 충
분히 여성스러운 혜련의 목소리 역시 한 단계 높아져 간드러지고
있었다. 원래 혜련은 귀여움으로 떡칠을 했다 치더라도 이 앞의
남자는 언제부터 저렇게 매너 좋은 사람이었는지 혜련이 술잔을
비우면 즉각즉각 채워주는 모습이 우습기까지 했다.
　고기를 구우며 주영은 혜련의 모습과 자신의 모습을 비교해 보
았다. 자신은 대충 묶은 말총머리에 화장은 거의 다 지워졌고 옷

도 고동색 마바지라 구겨질 대로 구겨진 상태였다. 그런 반면 혜련은 막 방금 출근한 사람처럼 화장도, 옷차림도 깔끔했다. 자신이 머리 묶다 흘러나온 머리는 칠칠치 못해 보이는데 혜련은 틀어 올린 머리에 몇 가닥 늘어져 내려온 모습조차 자연스러워 보였다. 주영은 자신이 이런 쓸데없는 생각을 하자 신경질이 나서 애꿎은 석쇠 불판 위에 익지도 않은 고기를 휘저었다.

"이것도 드셔보세요. 여기 음식점이 개발한 소스거든요. 맛이 상당히 독특해요. 찍어 먹어보세요. 맛있죠?"

혜련이 수줍게 웃으며 찍어 먹는 방법까지 현재에게 친절히 가르쳐 주고 있었다.

'안 데려왔으면 아주 울었겠군.'

오이를 우적우적 씹으며 주영은 둘을 아니꼬운 눈빛으로 쳐다보았다. 그래도 혹 혜련이 자신 때문에 불편할까 봐 그녀는 아무렇지도 않은 척 고기를 열심히 구웠다. 그러나 석쇠 위에 삼겹살이 익기가 무섭게 혜련의 젓가락이 매가 먹이를 낚아채듯 가져가자 더 이상 못 참겠다는 듯 젓가락을 소리나게 식탁에 내려놓았다.

"김혜련, 동작 그만."

주영의 낮은 목소리에 혜련은 당황스러운 표정을 짓곤 현재의 눈치를 보기 시작했다.

"지금 네가 한 짓 좀 봐! 고기가 익기 무섭게 아주 박현재 씨 종기에 쌓아놓기 바쁘시구만. 이 남자가 무슨 열두 살 어린앤 줄 알아? 그리고 난 입 아니야? 난 굽고만 있으랴?"

주영은 현재를 째려보았다.

"참, 열두 살일 때가 있었죠? 기억력 좋으니까 다 생각나겠네."

"무슨 말이에요?"

혜련은 친절하던 남자가 무섭게 인상을 쓰며 주영을 노려보자 주눅이 들었다.

"무슨 말이긴, 말 그대로 다 유년 시절이 있었단 말이지. 고기나 먹어."

그 뒤부터 현재는 주영을 철저히 무시했다. 아니, 무시했다기보다 둘의 눈빛을 주고받기 바빠서 그녀가 끼어들 틈이 없어 보였다. 한 번도 본 적 없는 그의 작업용 매너에 주영은 심한 배신감마저 들었다. 그녀를 만날 때 그는 한 번도 저렇게 웃어준 적이 없었다.

"김혜련 씨, 여름이라도 밤이 되면 서늘해서 그렇게 얇게 입으면 감기 들기 딱 좋습니다."

현재는 혜련에게 말을 걸면서 주영의 반응을 지켜보기로 했다. 산통을 깬 건 그녀가 먼저였다. 그녀하고 오붓한 시간 만들기는 기업 합병보다 더 어려운 일 같았다.

"그러고 보니 조금 춥네요."

"술 먹어서 더울 텐데 무슨 걱정은. 통풍 잘돼서 시원하기만 하겠구만."

혼잣말을 중얼거리며 주영은 소주를 들이켰다.

"그런데 술을 너무 많이 마셨나 봐요. 조금 어지러운데요."

두 손으로 자신의 뺨을 감싸며 수줍게 웃는 혜련의 모습에 주영은 자신 앞에 놓은 물수건을 그녀에게 던져 주었다. 그가 차가운 물을 손수건에 적셔 내밀기 전에 주영이 선수를 친 것이다. 저번에 술이 취한 그녀에게 그렇게 해주듯이 그가 혜련에게도 똑같이 해준다면 주영은 기분이 상당히 나빠질 것 같았다.

"그럼 그만 일어나죠. 차 가지고 오셨습니까?"

"택시 타고 가면 돼요. 아직 운전 면허증을 못 땄어요. 올해 꼭 딸 생각이에요."

"요즘은 택시도 위험하다고 하던데."

"맞아요, 뉴스 보면 택시 기사들이 저지른 기사가 많이 나오는데 피해자는 거의 여자죠. 뿐만 아니라 깡패들도 많아 밤길 역시 조심해야 하고요."

혜련이 세상 모든 걱정 혼자 다 떠맡은 사람처럼 한숨을 푹 내쉬자 주영은 혜련의 엉덩이 뒤에 여우 꼬리를 본 것 같았다.

'나 없이도 죽이 잘 맞는 것 같은데 잘들 놀아보라지.'

근데 저 남자가 언제 생판 모르는 여자를 걱정하는 인류애적인 사람이었던가? 절대 아니다. 그런데 작업 거는 것도 아니고 처음 만나는 여자의 옷차림부터 간섭을 시작해 집에 들어가는 것까지 걱정해야 돼? 돼지 꼬리에 구르퍼 마는 소리지.

"그건 여자만의 문제는 아니죠."

"혹시 박현재 씨도 그런 경험을 하신 적이 있나요? 설마요."

그가? 지나가는 똥개가 웃을 일이었다.

현재는 술잔을 입에 대며 슬며시 주영을 향해 미소를 지었다.

주영은 그 미소가 불안했다. 순수의 미소라고 보기에는 박현재라는 사람 자체가 불순물로 만들어졌기에 믿을 수가 없었다.

"요즘은 맞는 남편도 많고 직장 상사에게 성희롱당하는 남자 직원도 많지 않습니까?"

혜련이 두 눈을 크게 떠 놀라는 표정을 지어 보이며 손뼉까지 치고 있었다.

열심히 고기를 싸먹고 있는 주영은 고개를 번쩍 들었다. 설마 저 남자가?

"맞아요. 직장 내에서 성희롱을 알게 모르게 당한다니깐요. 저번에 회사에서 엘리베이터를 탔는데 만원이었거든요. 내 뒤에 서 있던 남자가 은근슬쩍 내 엉덩이를 만지는데 얼마나 화가 나던지. 그런 사람은 아예 사회에 발을 못 붙이게 만들어야 돼요."

"김주영 씨 생각은 어떻습니까?"

지금은 저 머리카락에 가려서 안 보이지만 주영은 그의 머리 위에 반드시 뿔 두 개가 달렸을 거라고 생각했다.

"뭐, 어떻게 보느냐에 따라 다르지 않을까요?"

"김 대리님, 그게 무슨 소리예요? 어떻게 보느냐에 따라 다르다니요. 피해자가 성추행이라고 느꼈고 모멸감을 느꼈으면 성추행이지요."

혜련이 발끈하며 주영을 몰아세웠다.

"그래? 그렇단 말이지?"

주영이 술잔에 남아 있는 술을 쭉 들이킨 후 그의 얼굴을 똑바로 바라보았다.

"만약 여자가 고의든 그렇지 않든 남자의 앞이든 뒤든 쓸었다

고 하자. 그 남자가 좋아 죽을 것 같은 표정이면 그건 서비스일까,
성추행일까? 박현재 씨, 당신 생각은 어때요?"

"그건 그 남자의 느낌에 달렸겠지."

"만족스러운 신음 소리까지 내뱉었다면?"

'끝까지 가보자고, 박현재 씨.'

"원래 남자는 본능에 충실하거든. 그 상황에서는 쾌락에 들떠
있었을지 몰라도 끝나고 나서 그 남자의 심정은? 자신이 원해서가
아니라 상황에 이끌려 무릎을 꿇었다면 자신에 대해 과연 무덤덤
해질 수 있을까?"

"준비가 되어 있는 상태라면?"

'당신은 분명 준비가 되어 있는 상태였단 말이에요! 내가 증인
이라고!!'

"역으로 당신이 준비되어 있다 칩시다. 그 옆에 나밖에 없다면?
당신 대답이 흥미로울 것 같은데."

'내가 어물거리며 대답 못할 줄 아나 본데 당신의 기대에 부응
해 주고 싶은 마음은 눈곱만큼도 없다 이거야.'

주영은 도전적으로 고개를 치켜들었다.

"무인도에 있다면 당신을 주저없이 고를 거예요! 아쉬우면 아쉬
운 대로 살아야지 어떡하겠어요."

그녀가 그와 있을 때는 정말 딱 그 상황이었다. 단둘뿐이었으니
무인도와 다를 바 없지 않은가. 아무리 생각해도 그녀가 보기에는
성추행보다는 서비스에 가까운 것 같았다. 그를 다시 한 번 설득
해 봐?

“우리 한번 무인도에서 만나야겠군.”

유들거리는 그의 말에 주영은 기가 차지도 않았다.

“아우, 그만 해요. 부끄럽게.”

혜련이 중재에 나서며 화끈거리는 얼굴을 손부채질했다.

그는 이렇게 그녀와 진도를 빼느니 그녀를 무인도로 납치하는 방법을 심각히 고려해 볼 생각이었다. 훨씬 효과적이고 빠른 방법인 것 같았다. 타잔과 제인처럼 옷도 가져갈 필요 없음 더 좋겠군. 혼자 즐거운 상상에 푹 빠져 있던 그가 갑자기 젓가락을 떨어뜨리며 한 손을 움켜쥐었다. 정신을 딴곳에 팔다 불판 손잡이에 손등을 데고 만 것이다.

순간 자리에서 벌떡 일어난 혜련은 그의 옆자리로 가 정성껏 그의 손등을 살폈다. 주영은 고개를 쭉 내밀어 그의 상처 자국을 시큰둥하게 바라보았다. 약간 불그스름하게 새끼손가락만한 줄이 가 있었지만 그녀가 보기에는 괜찮아 보였다. 그러나 혜련은 손수건에 소주를 부은 후 그의 손등에 대고 지그시 눌러주고 있었다. 주영은 부산 떨지 말고 서로 떨어지라고 말이 목구멍까지 걸려 있었다. 그는 다쳤고 혜련은 단지 치료를 해주고 있다는 것을 알고는 있으나 두 사람이 머리를 맞대고 있는 모습이 연인처럼 자연스러워 보이자 마음은 벌에 쏘인 곰마냥 심통이 났다. 평소에는 귀여운 동생이었는데 오늘 그녀의 행동 하나하나가 거슬리고 있는 것이다.

‘아주 현재의 오른손을 주무르고 계시는구만. 그러니까 내가 하는 건 성추행이고 저 여자가 하는 건 서비스다 이거지?’

　그가 고맙다는 듯 혜련에게 살짝 미소를 지어주자 주영의 속이 또 한 번 뒤집어졌다.

　"그냥 주워들은 건데 따갑지도 않고 소독도 된다고 해요. 불편하시더라도 잠시 그러고 계세요. 기분 나쁘신 거 아니시죠? 집에서 연고만 발라주면 괜찮을 거예요."

　"이런 민간요법이 유용할 때가 많죠. 물론 때에 따라서 다르겠지만."

　주영은 자신이 먹으려는 삼겹살을 상추에 싸 잽싸게 그의 입이 밀어 넣어주었다.

　"맛있죠? 다쳤으니 원기 보충해야죠. 입 다물고 꼭꼭 씹어 드세요."

　주영은 할 수만 있다면 이 남자의 입을 꿰매 버리고 싶었다. 더 이상 여기 앉아 있다간 그가 무슨 말을 꺼낼지 몰랐다. 저녁을 거의 다 먹었다고 느낀 주영은 오늘따라 엉덩이가 무거운 혜련을 일으켜 세웠다.

　"밤늦게 들어가는 거 무섭다며. 일찍 가자고. 박현재 씨도 다쳤는데 저에게 자동차 키 주시고 가야죠?"

　"김혜련 씨, 기다려요. 태워다 줄 테니."

　"이봐요, 제 말 안 들려요? 어디 가요? 자동차 키를 줘야 집에 갈 거 아니에요!"

　주영은 영업에 방해될 만큼 큰 소리로 그의 등 뒤에서 외쳤지만 그들은 벌써 밖으로 나간 상태였다.

　'자동차 키 줄 시간도 아까울 정도로 급했단 말이야? 혹시 혜련

에게 첫눈에 반한 거 아니야?'

그럴 수도 있었다. 그녀는 하는 행동도 귀여웠고 여성스러움도 몸에 배인 아이였다. 하지만 아무리 그래도 자신만 덩그러니 남겨 두고 떠난 건 너무 심하다고 생각했다. 분명 그의 행동은 괘씸했다.

계산을 하고 나오자 현재가 가게 문 앞에서 그녀를 기다리고 있었다. 주영은 다른 사람인데 자신이 잘못 봤나 싶어 눈을 끔뻑거려 보았으나 정말 그였다. 자신도 모르게 놀랐던 느낌이 서서히 기쁨으로 바뀌고 있었다. 마치 그녀의 기다려 주었으면 하는 마음을 그가 알지 않았을까 싶어 봄에 눈 녹듯 풀어지고 있는 것이었다. 하지만 순간 자신의 그런 기분이 마음에 안 들어 주영은 그를 못 본 체 지나갔다. 빨리 걷는 주영의 뒤에서 그는 제법 느긋하면서도 보조를 맞추며 걷고 있었다. 궁금한 주영이 먼저 우물을 팠다.

"혜련이 태워다 준다면서요."

이 참을성없는 저주스러운 성격은 아무래도 유전적인 게 틀림없다.

"김 기사가 잘 데려다 주겠지. 가지?"

"어디 가는데요?"

"집."

주영은 삼십 분 전에 확실히 '누구의 집이냐고' 그에게 따져 물어야 했다. 어쩐지 그녀 집으로 가는 길이 아니다 싶더니만 결국 한글의 위대한 주어 생략법에 의해 그녀는 지금 그의 집 앞에 와 있었다.

돈으로 으리으리한 집을 도배했을 것이란 생각과는 달리 그의 집은 독신자들이 사는 고급 맨션이었다. 맨션 입구까지 유럽식 긴 지팡이 모양의 가로등이 간격을 맞추어 예쁜 선을 만들고 있어 밤에도 산책하기 좋을 것 같았다.

"내가 여기 왜 와야 하는데요."

고개를 뒤로 꺾어 맨션의 높이를 가늠해 보던 주영은 밤 아홉 시가 넘는 시간에 자신의 집으로 데려온 그의 의도가 궁금해졌다. 설마 그녀를 꼬시려고 그의 집으로 데려왔을 리는 없겠지만 그래도 남자는 모두 믿을 수 없는 존재이므로, 더욱이 저 남자의 속은 도통 모르겠으므로 그녀는 자신이 여기 와야 하는 이유를 반드시 알아야 했다.

"밥해줘."

당당히 그가 요구하고 있었다.

"밥? 아까 삼겹살 먹었잖아요. 그리고 당신 집 부자잖아요. 쌀이 없어요, 돈이 없어요? 왜 만날 나만 보면 밥타령이에요?"

"얼큰한 김치찌개가 좋겠는데. 설마 김치찌개도 못 끓이는 건 아니겠지."

그는 벌써 메뉴까지 선정해 놓고 있었다.

"내가 여기 온 이유가 고작 당신 밥 차려 주기 위해서란 말이에요? 아까 고기도 먹고 술도 먹었으면서? 박현재 씨 뱃속에 해충 키워요? 그럼 밥보다는 약국 가서 해충약 사먹어요. 필히 당신은 두 알 드세요."

그녀의 좋았던 기분이 다시 나빠지고 있었다. 그녀를 기다렸던 것이 아니었다. 자기의 기본적인 욕구를 채우기 위해 식모가 필요했던 것이다. 나쁜 놈! 불안전한 주식시장처럼 그녀의 기분이 들쭉날쭉으로 변하고 있었다.

"어떻게 한 번도 순순히 '네' 라는 답을 못하나?"

"내가 무슨 당신의 딸랑이에요, 부르면 네네거리게? 시계를 봐요, 시계를. 열 시가 다 되어간다구요."

"당신의 그 탕감법 말이야, 언제나 말만 앞세웠지 한 번도 실천한 적이 있었나? 아, 딱 한 번 있었군. 도시락 들고 회사에 찾아왔었던 적이."

그의 비꼬임에 주영은 대꾸조차 못했다. 옳은 말만 족족 하는 그에게 무슨 말을 하랴. 하지만 다짜고짜 끌고 와서 밥 달라는 그도 잘한 것은 없지 않은가. 적어도 여기 오기 전에 부탁이라도 했으면 좋게 넘어갈 수 있는 일이었다.

그녀를 무시하고 집으로 들어가는 그를 보자 주영은 백기의 한숨을 내쉬었다.

"내일 아침 얼굴 퉁퉁 불어도 책임 안 져요."

현재는 뒤돌아보지 않은 채 슬쩍 웃음을 흘렸다.

"조미료는 조금만 사용할 것."

간을 보기 위해 주영이 다시 그를 불렀다. 수저 위의 국물을 호호 불며 그의 입술에 가져다 주는 자세로 봐서는 꼭 신혼부부 같았지만 벌써 간을 세 번째 맞추고 있는 주영으로서는 제발 그의 까다로운 입맛이 이것으로 끝나길 빌고 또 빌었다. 조금 전 양심에 찔리는 말을 들은 후 최대한 신경을 써서 끓였는데 이 남자는 아마도 마음에 들 때까지 계속 간을 맞추라고 할 모양이었다. 이러다 김치찌개가 아니라 김치조림이 되지 않을까 싶었다.

'저런 남편 데리고 사는 미래의 신부가 불쌍하다. 돈 많으면 뭐해. 치사한 성격에 고집도 세지, 매너도 꽝이지, 거기다 입맛까지 까다로워서야. 거져줘도 안 갖는다, 이 남자!'

"아직도 싱거워요? 난 딱 좋은데."

이 말은 이것으로 끝내달라는 그녀의 간곡한 뜻이 담겨져 있었다. 현재는 마치 포도주를 시음하듯 맛을 보다 마침내 고개를 끄덕였다.

"밥 먹지."

시험이라도 통과한 것처럼 주영은 속으로 만세를 불렀다. 그녀가 부지런히 식탁을 차리고 있는 동안 그는 가만히 앉아 그녀가 밥을 가지고 오는 것을 기다리고 있었다. 역시 세 살 버릇 여든까지 간다더니 그가 그 꼴이었다. 떠먹여 달라는 말이 안 나오는 게 신기할 정도였다. 그녀에게 시간이 조금만 더 주어졌다면 그 버릇 확실하게 고쳐 놓을 수 있었을 텐데.

"오늘 저녁 기분이 안 좋았나 보지?"

"별로요."

"혼자서 입 툭 내밀고 말도 안 하고 앉아 있어 무슨 일 있는 줄 알았지."

스쳐 지나가는 그의 말투가 그녀의 기분을 헝클어놓았다. 걱정하지도 않았으면서, 아니, 할 틈도 없었으면서 할 말 없으니까 빈말로 대화를 채우려는 그 모습이 싫었다.

"둘이 쿵짝이 맞아 잘 놀았으면서 무슨 제 걱정을 했다고 그래요."

"아, 김혜련 씨?"

"모르는 척하지 말아요. 난 그때 내가 투명인간인 줄 알았으니까. 당신이 언제부터 친절히 깍듯한 예의 갖췄다고. 난 다른 사람인가 했네."

"한마디로 질투했다는 거군."

주영은 가슴이 벌에게 톡 쏘인 느낌처럼 뜨끔했다. 들켜 버리기 싫은 것을 들켜 버린 느낌이었다. 그럴 리 없었다. 질투라면 사랑하는 사람이 있어야 하는 거 아닌가. 사랑하지도 않는데 질투한다는 것은 날개 없이 하늘을 날아보라는 것과 같으며 하늘을 보지 않는 상태에서 별을 따라는 것과 마찬가지였다. 그와 그녀의 사이는 한마디로 피해자와 피의자, 개와 고양이 같은 관계가 아닌가. 더 나아가서는 전생에 철천지원수였음에 틀림없는 사이였을 것이다. 그런데 질투라니. 그럼 언제 사랑하기는 했다는 말이야, 뭐야. 갑작스럽게 다가온 사실에 거부반응을 보이며 주영의 마음속에서는 부정의 말들이 톡톡 튀어나오고 있었다.

"무슨 질투를. 말도 안 되는 소리를. 술 취했군요. 나만 왕따시키고 둘이서 노니까 심통이 조금 난 것뿐이라구요. 다른 사람들에게 물어봐요. 그런 경우 화 안 나는 사람 어디 있어요?"

"그게 그 말 아닌가?"

"박현재 씨, 어떻게 그 말이 그 말이냐구요. 사랑을 해야 질투를 하지요. 사랑, 러브 말이에요."

주영은 초등학생에게 설명하듯 현재의 말에 반박했다.

"질투와 사랑의 순위가 있는 줄 몰랐군."

"몰라요, 몰라. 괜히 분위기 이상하게 만들지 말아요."

그녀는 그와의 대화를 회피하기 위해 자리에서 일어나 커피 물을 올렸다. 그녀만 마시고 그는 주지 말까라고 잠시 생각했지만 먹는 것으로 치사해지고 싶지 않은 그녀는 그 앞으로 커피를 내밀었다. 그러나 그는 마실 생각조차 하지 않고 있었다.

"배 불러요? 그럼 아까 말하지."

"식히고 있는 중이야."

"커피를 식혀요? 그럼 무슨 맛으로 먹어요? 커피는 뜨거울 때 먹어야 향도 좋고 맛있는데. 취향 정말 특이하네."

"그러고 보니 정말 취향 특이하지?"

머그 컵만 바라보던 현재가 그녀를 향해 고개를 돌렸다. 갑자기 그와 시선이 부딪치자 주영은 당황스러웠다. 순순히 자기 취향을 인정한다는 것도 이상했지만 꼭 그 의미만을 말하는 것은 아닌 듯 싶었다.

"아, 제 자동차 키 주세요."

"지금 없는데."

"오늘 저녁 사주면 준다면서요? 그걸로 또 우려먹으려고 그러는 거죠? 당신 몸 뒤져서 나오면 어쩔래요?"

그녀의 말투가 꼭 깡패가 학생 돈 뜯어내는 말투였다. 저녁 쏘

라고 해서 샀고, 집까지 와서 늦은 밤 김치찌개도 끓어주었고, 후
식으로 커피까지. 이 정도면 정말 할 만큼 하지 않았는가. 저 남자
는 벼룩의 간을 내먹는 기술이 탁월히 발달된 사람임에 틀림없었
다.

"뒤져 봐. 대신 없으면 그 뒤는 감당 안 해."

갑자기 그가 세게 나오자 주영은 주춤했다. 저렇게 자신만만하
게 말하는 것을 보니 어디 다른 곳에 숨겨두었을지도 몰랐다. 아
니, 그게 뭐가 보물이라고 다른 곳에 숨겨놔. 그리고 분명 오늘 준
다고 했으니 가지고 있을 것이다. 아직 옷도 갈아 입지 않았으니
반드시 있을 것이다. 얼굴 색 하나 안 변하고 거짓말하는 것은 일
찍이 아버지와 만났을 때 알아본 그녀였다. 그러니 저 결백하다는
얼굴도 믿을 만한 게 못 되었다.

그녀가 머그 컵을 내려놓고 그 앞으로 다가갔다.

현재가 눈썹을 치켜세우며 그녀를 위해 친절히 팔까지 벌려주
었다.

"정말 할 생각이군?"

그의 눈썹이 기대로 살짝 올라갔다.

"당연히 내 거 내가 찾아가는데 문제있나요?"

주영은 그의 체온을 느낄 수 있을 만큼 가까이 다가가자 은은한
스킨 향이 느껴졌다. 호언장담을 하며 그의 앞에까지 서긴 섰는데
뚫어지는 그의 시선이 부담스러운 그녀는 선뜻 그의 양복을 뒤질
수가 없었다.

주영은 자신도 모르게 주먹을 움켜쥐었다 폈다. 먼저 양복 상의

를 뒤져도 없자 상의 속주머니 쪽으로 손을 옮겼다. 밋밋한 촉감으로 보니 여기도 없었다. 와이셔츠 주머니에 조금 뭉텅한 것이 잡히자 냉큼 끄집어냈지만 아쉽게도 담뱃갑이었다. 조금씩 민망해져만 가는 그녀의 모습에 현재는 재미있어라 지켜만 보고 있었다. 이제 그의 바지 주머니밖에 남지 않았다. 엉덩이 쪽도, 앞주머니 쪽도 만져지는 건 없었다. 정말 없었다.

"앞뒤로 훑은 소감은?"

아주 득의만만한 말투였다. 내가 저 남자를 질투했단 말이지? 말도 안 되는 소리지.

"끝내주더군요. 특히 엉덩이 쪽이."

현재가 그녀의 손을 잡아 그의 코앞까지 끌어당겼다. 미친 듯이 심장이 뛰지만 주영은 애써 태연한 척했다.

"겁이 없군. 다 큰 아가씨가 남자의 몸을 서슴없이 더듬다니."

"더, 더듬다니요. 난 내 열쇠를 찾으려고 했을 뿐이라구요. 당신이 그냥 줬다면 이런 일 없잖아요. 왜 또 사람을 이상한 쪽으로 몰아요."

현재가 손을 뻗어 그녀의 목 주위의 맥을 찾아 그 주위를 쓸었다.

"그래? 그것치고는 당신 맥박이 상당히 빨리 뛰는데."

"술 마셔서 그래요, 술을."

"당신이 술을 마셨던가?"

"당신이 혜련이랑 하하 호호 웃고 떠들어서 못 봤지, 정말 술 마셨어요."

현재가 생각에 잠긴 듯 눈을 내리깔았다.

입가가 한쪽으로 올려진 그의 모습에 주영은 마른침을 꼴깍 삼켰다. 언제 저렇게 웃는 모습치고 그녀에게 도움되는 일을 한 적이 있냐고.

"그럼 확인해 볼까?"

"뭘…… 으흡………."

순식간에 현재가 그녀의 입술을 덮쳤다. 망설임없이 낚아챈 그는 그녀가 당황함을 틈타 집요하도록 그녀의 혀를 놓아주지 않고 있었다. 엉킨 혀가 서로의 타액에 의해 젖어 들어갔다. 그 끈적임이, 기분 좋은 말캉거림이 거기 있었다.

윗입술을 잘근잘근 씹는 그는 그녀에게 당당히 키스를 요구하고 있었다. 그의 초대에 그녀가 그의 아랫입술을 쓸면서 그의 이에 닿았다. 현재의 거칠고 다급한 숨소리가 그녀에게 고스란히 전달되어 오자 그녀의 맥박이 더욱 날뛰고 있었다. 그녀는 중심을 잡기 위해 그의 어깨를 붙잡아야 했다. 심장이 머리를 점령한 것처럼 머리 속이 뜨겁게 요동치고 있었다. 서로가 서로를 삼킬수록 갈증은 배가되어 가고 몸의 신경세포가 흥분으로 민감해져 갔다.

결국 허기진 그 먼저 낮은 신음 소리가 터져 나왔다. 그녀의 엉덩이를 그 앞쪽으로 당기자 두 사람 사이의 간격은 바늘 하나 들어갈 틈조차 없었다. 얇은 윗옷이 그의 손길과 같이 위로 달려 올라갔다. 손 아래의 느껴지는 달궈진 몸은 짜릿한 흥분을 예고해 주고 있었다. 긴장한 그녀의 배부터 매끄럽게 타고 올라간 그의 손은 마침내 그녀의 가슴을 그러쥐었다. 조급한 그의 심장과 달리 그의 손은 안달날 정도로 느리게 그녀의 가슴을 애무하자 주영은 신음 반 불평 반을 토해냈다.

주영은 어느새 그의 목을 감았다. 그의 손길에 따라 그녀는 다리 사이의 열기로 화끈거렸다. 지금 생각할 수 있는 것이라고는 이 다급함에서 이 열기를 해결할 수 있었으면 좋겠다라는 것뿐이었다. 그녀의 몸이 뒤로 젖혀지는 것을 느끼자 그때서야 주영은 눈을 떴다. 어느새 그녀와 현재는 소파에 드러누운 상태였다. 아무런 움직임이 없자 현재는 그녀의 턱을 잡아 그를 바라보게 만들었다. 흥분된 열기로 가득 차 있는 그의 눈동자가 보자 자신이 그를 저렇게 만들었다는 게 믿을 수 없었다.

그녀가 일어나려 하자 현재는 서서히 그녀의 몸 위에서 내려왔다. 재미있는 농담이라도 해주면 좋으련만 그는 아무 말도 하지 않았다. 어쩌다 화학작용이 일어났는지는 모르지만 일단 그녀 또한 한몫 거들었으므로 그의 얼굴 보기가 참 난감했다.

"집에…… 갈게요."

"데려다 주지."

"아니요, 택시 부르면 돼요. 나오지 말아요."

처음 만난 사람도 이렇게 어색하지는 않을 것이다.

"늦은 밤에 혼자 택시 타는 게 말이 돼?"

주영은 택시를 타면서도 그와 한마디도 하지 않았다. 정확히 말하자면 혼자만의 생각으로 그에게 신경 쓸 여유가 없었다.

시간이 흐를수록 주영의 얼굴이 심각해졌다. 정말로 이 남자는 그녀에게 단지 육천오백만 원의 가치만 지닌 남자였나? 그와의 만

남을 모두 되짚어본 그녀의 대답은 노였다. 그가 진절머리나도록 싫은 남자였다면 무슨 일이 있어도 매듭을 지어 잘라냈을 것이다. 같이 만나며 웃지도 화내지도 않았을 것이다. 못 이기는 척 져주지도 않았을 것이다.

주영은 눈을 질끈 감았다. 그녀는 그가 한 남자로 끌리고 있었던 것이다. 그것도 그녀를 피해 보상 정도로만 생각하는 남자를 그녀가 좋아하고 있는 것이다. 그 사실이 그녀의 가슴을 지끈거리게 만들었다. 내가 돈독이나 오른 남자나 좋아하게 되다니!

인사도 하는 둥 마는 둥 잽싸게 집으로 들어간 그녀는 현관 앞에서 잠시 숨을 가다듬었다. 그가 왜 키스를 했을까? 분위기 때문이라고 치부하기에는 둘 사이의 대화는 끈적거림과 거리가 한참 멀었다. 그렇다고 조명빛에 그녀가 갑자기 예뻐 보여서 키스했을 리도 만무했다. 주영은 앞으로 그를 어떻게 대해야 할지 난감했다. 아무렇지도 않은 척하기에는 그녀의 얼굴이 너무 사실적이라는 것에 문제가 있었다.

머리가 복잡한 듯 그녀는 머리를 저었다. 지금은 너무 피곤해 생각하고 싶지 않았다. 일단 잠을 푹 잔 뒤 내일 또렷한 정신으로 그에 대해서 다시 생각해 봐야 할 것 같았다.

곧바로 방으로 들어가려던 주영은 부엌 쪽에서 달그락거리는 소리에 발걸음을 주방으로 돌렸다. 아주머니가 식탁에 앉아서 제기(祭器)를 닦고 있었다.

"아주머니, 집에 아직 안 가셨어요? 많이 늦으셨는데요."

　"내일이 돌아가신 사모님 제사잖아. 준비할 것도 많고 시장도 봐야 하는데 제기를 오늘 닦아놔야 내일 좀 편할까 싶어서."

　"내일이 어머니 제사였나요?"

　음력이라 그녀는 표시해 놓는다는 것을 깜박했다. 이 달 말 정도일 거라고는 생각했는데 바로 내일이라니. 요즘 그녀는 정신을 어디다 놔두고 다니는지 모르겠다.

　"아버지는 주무시나 봐요?"

　주영은 아줌마 앞에 앉아 제기 하나를 들었다.

　"아직 안 들어오셨어."

　"아직이요? 요즘 아버지가 계속 늦게 들어오시네요. 회사에 문제가 있는 것 같아 보이진 않았는데. 내일 하시고 집에 들어가세요. 밤도 늦었는데요. 아님 주무시고 가실래요?"

　두 딸을 다 결혼시키고 혼자 사시는 것을 잘 알고 있는 주영이 걱정스레 물었다.

　"다 했어. 몇 개만 닦으면 다 닦는데 뭘. 괜찮아. 피곤할 텐데 어서 씻고 들어가. 참, 자동차 서비스 회사에서 이거 주라고 왔어."

　한성댁이 한 뭉텅이의 열쇠를 주영이에게 건네주었다. 그녀가 그렇게 그에게 돌려받고자 했던 열쇠였다.

　"이걸 왜 집으로 보내, 그냥 주면 될 것을. 에이."

　이 열쇠 때문에 얼떨결에 키스까지 한 사건이 다시 떠오르자 주영의 얼굴이 화끈거렸다.

　"자동차도 차고에 넣어주고 갔어. 이제 아침 일찍 투덜투덜대며 지하철 안 타도 되겠네."

“아줌마, 아줌마가 보기에는 제가 감정적으로 약간 결핍되어 보이세요?”

한성댁은 시무룩한 주영의 얼굴을 살폈다. 원래 터놓고 얘기하는 성격이라 여기 일할 때부터 그녀와 이런저런 얘기를 많이 하는 편이었다. 그런 그녀가 조심스럽게 자신의 고민을 털어놓고 있는 것이다.

“어디서 무슨 말을 들은 거야? 갑자기 그런 질문을 왜 해?”

“저는 모르는데 남들이 보기에는 그럴 수 있다 싶어서요. 전 엄마가 빨리 돌아가셨잖아요. 아버지가 키우셨다고 해도 물론 아이 돌보는 아줌마도 있었고 가끔 고모가 와주기도 했지만 그분들이 엄마는 아니잖아요. 옛날에 그런 말 있잖아요. 젖동냥하는 아이는 성격이 괴팍하다고. 젖동냥까지는 아니더라고 엄마가 없으니 감정적으로 조금 덜 발달된 게 아닐까라는 생각을 해봤어요.”

사람의 감정도 하나의 배움이라면 주영은 충분히 그럴 수 있다고 생각했다. 그렇지 않고서야 지금까지 그와 같이 있으면서 자신의 감정 파악도 못할 수는 없었다.

“아니야. 내가 보기엔 아주 훌륭한 아가씨야. 시집보내기 아까울 만큼 말이야. 왜 그런 생각을 해. 무슨 말을 들었는지는 모르지만 감정 결핍이라고 자신을 몰아가지는 말아. 주영이가 사장님 사랑하는 마음은 뭐야? 돌아가신 사모님이 주영이를 많이 예뻐했다는 말도 많이 들었는데 그런 생각 하지도 말아.”

주영은 아줌마에게 힘없이 웃어주었다.

“제가 처음 생리를 시작할 때가 중1 겨울이었어요. 조금 늦은

편이었지요? 학교에서 아무리 이론을 가르쳐 줘도 이론은 이론일
뿐이더라구요. 화장실을 갔는데 세상에, 난 내가 똥을 싼 줄 알았
다니까. 그때 엄마가 옆에 있었으면 참 좋겠다라고 생각했어요.
물어보고 싶은 것도 많았거든요.”

한성댁은 어린 주영의 마음을 살짝 엿본 것 같아 가슴이 짠했
다.

“특히 가정시간에 배운 ‘남자의 정자와 여자의 난자가 만나 아
기가 생기게 됩니다’ 라는 말이 무척 궁금했거든요. 정자와 난자와
만나는 것까지는 좋은데 어떻게 만나는지 책에는 안 나와 있었거
든요. 그렇다고 아빠에게 묻기도 그랬고. 저는 견우와 직녀처럼
이쪽 관에서는 정자가, 저쪽 관에서는 난자가 만나 아기를 만드는
줄 알았다니까요. 제 생각 기발했죠?”

그때처럼 주영은 지금도 엄마에게 묻고 싶은 말이 생겼다. 아빠
와 키스했을 때 어땠냐고. 아빠와 연애했을 때 엄마의 심정은 어
땠냐고. 막연히 좋기만 했는지, 아님 조바심도 났는지 그런 소소
한 것들이 묻고 싶어졌다.

“내일이 엄마 제사라 그런가 조금 심란한가 봐요.”

본의 아니게 분위기를 무겁게 만들자 주영은 아줌마에게 미안
해졌다.

“사귀는 사람 생겼어? 그래서 고민이야?”

한성댁이 엷은 미소를 띠며 던지는 질문이 주영의 가슴에 파문
을 일으켰다.

“아, 아니에요. 사귀는 사람 없어요. 제가 있다면 당연히 보고

를 하지요. 아줌마도 참.”

손사래까지 쳐가며 주영이 극구 부인했다. 예전에 농담으로 마당에 한 줄로 남자를 세워놓고 요일별로 만날 능력은 된다고 허풍까지 친 그녀치고는 반응이 너무 싱거웠다. 한성댁은 뭐가 그리 우스운지 쿡쿡거렸다.

“뭐, 주영이가 그렇게 말해 준다면 나야 믿고 넘어가 주는 수밖에 없지만, 사장님에게도 통하리라고는 생각지 말아. 저녁 늦게 들어온 딸의 입술 옆으로 립스틱이 번져 있는데도 불구하고 남자 친구가 없다는 말을 믿을 아버지는 없으니까 말이야.”

그 말이 끝나자마자 주영은 손등으로 입술 주위를 닦았다. 아버지가 안 보신 게 천만다행이었다.

“무슨 고민이 있는지는 모르지만 힘겨우면 언제든지 얘기해. 고민을 해결해 줄 수는 없어도 들어줄 수는 있으니까. 혼자 마음에 담아두면 쌓이기밖에 더하겠어. 뭐든지 털어내야 시원한 거야. 정말 시간이 많이 지났네. 이제 나도 가봐야지.”

한참을 앉아 있었던 모양인지 한성댁은 일어나면서 허리를 짚었다.

“늦었는데 조심히 가세요, 아줌마.”

“그래. 그럼 내일 봐.”

다 씻고 침대에 누운 주영은 조금 전 그와 키스한 일이 다시 떠오르자 이불을 머리 끝까지 뒤집어썼다. 몸은 고단해 자고 싶은데 머리는 아직 기억 장치의 필름이 남았는지 계속 돌아가고 있었다.

어차피 잠도 오지 않을 것 같은 그녀는 억지로 잠자는 것을 포기한 채 그와의 만남의 하나씩 분석해 보기로 했다. 그가 언제부터 그녀에게 남자로 보였는지, 왜 그랬는지 생각해 내야 했다. 분명 처음부터는 아니었다. 그럼 언제부터 그에게 자신의 마음을 내준 것일까. 그는 돈 많은 사장인 주제에 그녀에게 밥 한 끼 사준 적 없는 치사한 사내였다. 그뿐이랴. 정신적 피해 보상 어쩌고저쩌고하면서 돈 없는 그녀에게 악착같이 돈을 받으려는 사내였다. 그렇게 따지자면 그녀도 그 못지않게 정신적 피해를 입은 사람이었다. 그런 사람을 좋아한다는 자체가 스스로 납득이 되지 않았다. 이 감정을 그냥 모른 척해? 사람이라는 건 만나면 정들게 되어 있으니 혹 그 때문인 것일지도 몰랐다. 요즘 너무 자주 봐서 그런 것인지도 몰랐다.

그럼 재석이와 있을 때는? 알고 지낸 사이라면 재석과 더 정이 들어야 마땅한 거잖아. 왜 이론으로는 성립이 안 되는 거야. 주영은 자신이 풀 수 없는 문제로 씨름하는 느낌이었다. 솔직해지자. 인정하자고. 그래, 그와 있는 게 좋다. 너무나 당연하게 그녀의 인생에 들어와 그의 이름을 익숙해지도록 만들어 버리고 그녀의 감정을 흔들어놓을 수 있는 그가 좋은 것이다. 그러나 앞으로 이 감정을 어떻게 처리해야 할지 막막했다. 정말 그는 무슨 생각으로 그녀에게 키스를 한 것일까. 그 사람도 호감이 있으니 그녀에게 키스를 한 것이 아닐까? 첫 번째도 아니고 두 번째라면 그렇게 생각해도 되지 않을까? 그녀의 감정도 정리가 안 된 상태에서 남의 감정까지 정리하려는 그녀의 머리는 바쁘기 그지없었다. 아무리 정리해 보려 해도 정체성없이 떠돌아다니는 그녀의 감정을 낚아채기에는 부족했다.

　답답함을 못 이긴 주영은 침대에서 데굴데굴 구르다 갑자기 몸을 튕기듯 벌떡 일어나 앉았다. 그녀는 지금까지 대단한 사실을 간과하고 지나칠 뻔했었다. 박현재, 그 남자 분명 그녀와 키스했을 때 흥분했었다. 그 말은 그의 자존심 100% 회복을 의미했다. 드디어 그녀는 해방이었다. 대한 독립 만세?!!?

　최 부장은 사장실을 들어가기 전 마른침을 삼켰다. 그의 얼굴은 잔뜩 굳어 있어 화가 난 것처럼 보였다. 토요일임에도 불구하고 기술부장이 출근해 사장실까지 보고해야 하는 업무는 필히 기분 좋은 것은 아닐 것이다.

　"사장님, 긴급 보고 드릴 것이 있습니다. 현재 세한그룹이 콘넥터 칩에 대한 특허출원을 해놓은 상태입니다. 그렇게 된다면 삼진테크와의 계약에 많은 차질이 생길 것 같습니다."

　기술 연구 개발 부장의 보고에 다른 서류를 결재하던 현재의 손이 잠시 멈칫했다.

　"생길 것 같다라니?"

　"만약 삼진테크에서 콘넥터 칩을 구매하게 된다면 삼진테크는 생산하기 전에 세한그룹과의 로열티에 대해 먼저 협상을 해야 합니다."

　"어떤 부분에 대한 특허 신청이지? 칩 자체 개발할 시간은 없으니 그들이 노린 게 있었을 게 아니야."

　끊어 말하는 현재의 말투가 벌써 그의 기분을 말해 주고 있었다. 계약이 체결되어 다 된 것 같더니 엉뚱한 곳에서 뒤통수 맞은 격이었다. 삼진테크에서 훔친 기본 도면으로는 콘넥터 칩을 완성할 수는 없을 것이다. 한국에 내놓으라는 석박사들 불러놓고 기본 도면 위에 가상 구조를 만들어보라고 했지만 저마다의 논리분쟁만 생길 뿐 핵심 포인트는 찾기 어려웠다. 재료 하나까지 세세히 분석하지 않는 이상 단 몇 개월 만에 성공할 수 없는 일이었다. 만약 소 뒷걸음치다 쥐 밟은 격이라면? 그러면 말이 달라진다. 정말 세한그룹이 해법을 찾았단 건가?

"특허로 제출된 서류가 삼진테크 콘넥터 칩 기본 도면입니다. 세한그룹이 메모리 칩을 응용한 독자 칩을 개발했는데 그 도면 자료로 제출된 것으로 보입니다."

최 과장은 조심스럽게 도면 사본을 현재에게 내밀었다.

"삼진테크의 반응은?"

"아직 보고 받은 바 없습니다."

"단지 사실 보고를 하러 여기까지 왔나? 이건 삼진테크의 기본 도면인데 특허출원에 가능하기나 한가?"

"아직 그 부분에서 특허권을 아무도 가진 자도 없거니와 기본 도면이 완제품에 중요 핵심 부분이라면 가능합니다."

최 부장이 현재의 이해를 돕기 위해 부가 설명에 나섰다.

"머리 엄청 굴렸겠군. 삼진테크에서 이의 신청을 냈을 경우 어떻게 되는지 알아봐. 삼진테크에서 움직이지 않는다면 여기서 움직여. 도둑놈이 주인 행세를 얼마나 오래 하는지 한번 봐주지."

최 부장이 사태 수습을 위해 부랴부랴 나가자 현재의 얼굴이 심각해졌다. 깍지 낀 두 손에 힘이 들어갔다. 세한이 쉽게 손을 들지 않는다면 최악의 시나리오까지 생각해 두어야 했다. 세한그룹이 어디까지 가볼지는 모르겠으나 불똥이 잘못 튄다면 세 업체가 진흙탕에 구르는 일까지 벌어질지도 모른다. 일이 이상하게 꼬이고 있었다.

생각 끝에 삼진테크 사장을 만나러 일어선 현재는 한 통화의 전화에 긴장해야만 했다. 한 번도 그런 적 없는 그녀가 전화를 한 것이다. 그것도 세한그룹의 특허출원에 맞추어.

"박현재입니다."

[여보세요? 통화 가능해요?]

"무슨 일이 생겼나?"

[생겼을 수도 있고 아닐 수도 있고.]

그녀의 애매모호한 말에 현재의 신경이 곤두섰다.

"무슨 말이야?"

[오늘 기분 나쁜 일 있어요? 말이 원래 짧지만 오늘은 더 짧네요. 시간있으시면 저와 커피 한 잔 하실래요? 달콤한 케이크도 있어요.]

"이런, 데이트 신청이었군?"

현재는 그때서야 히쭉 웃으며 자신의 책상에 기대었다. 드디어 그에게 광명이 찾아오는 것인가?

"어디로 가면 되지?"

[지금 어디예요? 중간 지점에서 만나면 되겠네요. 설마 토요일인데 회사는 아니겠지요?]

"유감스럽게도 회사라서."

[아, 그럼 대학로의 민들레 커피숍으로 오세요. 아주 큰 커피숍이니까 찾기 쉬울 거예요. 당신을 위해 이벤트를 마련했으니 빨리 와요.]

"이벤트?"

[궁금하죠? 궁금하면 빨리 오세요.]

현재는 전화를 끊기 전 그녀의 키득거리는 웃음소리를 들은 것 같았다.

화창한 토요일에 의외의 많은 사람들이 커피숍에 앉아 있자 현재는 내심 놀라웠다. 슬슬 더워지는 날씨에 너도나도 시원한 곳을 찾아 대피하고 있는 것인지도 몰랐다. 일층을 아무리 둘러봐도 그녀가 없자 그는 이층으로 올라갔다. 이층 문을 연 순간 신나는 생일 축하 노래가 터져 나오면서 여러 사람들의 이목이 그에게 집중되었다. 젊은 커플들이 많이 앉아 있던 탓인지 박수를 쳐주며 생일 축하 노래가 한동안 실내를 가득 메웠다.

당황한 그는 노래가 끝나기 전까지 머쓱하게 그 자리에 서 있어야만 했다. 살짝 목인사를 하며 그가 주영의 자리에 와 앉았다. 아무래도 그녀가 그의 생일을 착각한 듯싶었다. 날짜도 제대로 확인 못하는 그녀를 타박할까도 생각해 봤지만 속으로는 그녀가 그의 생일을 챙겨주었다는 자체가 기뻐 계속 헛웃음이 나오려 한 현재였다.

주영은 들고 있던 폭죽을 터뜨리며 다시 한 번 생일 축하 노래를 불렀다. 언제 준비했는지 조각 케이크 위에 앙증맞은 작은 초가 하나 올려져 있었다.

"촛불 끄세요."

현재는 착한 어린이마냥 군말없이 촛불을 껐다. 끄면서도 그는 그녀의 감정 변화의 원인이 무엇인지 궁금했었다. 이건 꼭 귀신에 홀린 듯한 기분이었다.

"이벤트는 고마운데 오늘 내 생일이 아닌데."

"알고 있어요. 제가 어떻게 당신 생일을 알겠어요? 주민등록번호도 모르는데."

"그럼 무슨 축하지? 당신 생일은 아니고."

그녀의 생일은 10월 21일이었다. 그렇다고 그녀가 그와의 만남을 세어가면 십 일, 백 일, 천 일 기념일을 챙기는 세심한 성격도 아니었다.

"당신 자존심 회복 및 저의 부채가 없어지는 축하 기념식이죠."

그녀가 다시 한 번 박수를 치며 방긋 웃어 보였다.

"그게 무슨 말이지?"

"당신 자존심 치유, 회복하면 다 탕감해 주기로 했잖아요."

"내 자존심이 치유 회복되었다는 근거가 뭔지 상당히 궁금하군."

"정말 이러기예요?"

그녀의 말끝이 주장으로 높게 꺾였다. 금방까지만 해도 화기애애한 테이블 쪽에서 갑자기 여자의 큰 목소리가 나오자 옆 테이블에서는 호기심 가득한 시선으로 쳐다보았다.

"그, 그때 그러니까, 당신이 내게 키스했을 때 확인했다니까요."

그녀의 얼굴이 달군 쇠처럼 벌겋게 물들어 있었다. 이런 말까지 내뱉게 하다니!

"난 정확히 당신이 뭘 확인했다는 건지 모르겠어."

그는 웃음을 감추기 위해 커피를 들이켰다. 그녀의 반응이 궁금한 그는 고개를 흔드는 연기까지 펼쳐 보였다.

"정말 모르는 거예요, 모르는 척하는 거예요? 당신의 자존심이 회복되었잖아요."

"당신이 말하는 내 자존심이 뭔데? 그 정의나 한번 들어보자고."

팔짱까지 낀 현재는 소파에 완전히 몸을 묻은 채 그녀의 설명 들을 준비를 마쳤다. 주영은 한순간 그의 자존심 확인 능력에 대한 자신의 믿음이 흔들렸다.

"몰라서 물어요? 지금 당장 신혼여행을 가서 3박 4일 동안 호텔에서 신부와 진한 밤을 보낼 준비를 할 수 있단 말이에요."

"그러니까 내 자존심의 초점이 거기에 있었다? 해석이 그렇게도 될 수 있는 거군?"

"아니란 말이에요? 내가 당신 회사에 찾아갔을 때 물었잖아요."

"내가 답을 했던가? 난 그런 기억이 없는데."

그녀의 기억에도 없었다. 하지만 분위기가 그랬다. 누가 그런 민감한 문제에 대해 답을 한단 말인가. 하지만 그는 알고 있었을 것이다, 그녀가 그것 때문에 얼마나 많은 애를 썼는지. 알면서도 입 꾹 다물고 그녀의 착각놀음을 그대로 지켜봤다는 그의 말에 주영은 주먹을 움켜쥐었다.

"박현재 씨, 가슴에 손을 얹고 생각을 해봐요. 당신이 양심이라는 것이 있다면 내가 생쇼를 하며 머리 쥐어뜯으며 하루를 보낼 때 적어도 말은 해줄 수 있는 거 아닌가요? 아니면 별장에서의 사건이 그렇게도 당신에게는 자존심이 상하는 일이었나요? 그것도 아님 내가 쉬워 보여요?"

그에게 그녀의 존재는 심심풀이 땅콩 그 이상도 이하도 아닌 것에 마음이 상했다. 그런 그에게 자신이 흔들렸다는 자체가 참을 수 없었다. 그녀는 더 이상 이 남자에게 휘둘리지 않을 생각이었다.

"그런 적 없어."

그의 단호한 부정에 주영은 코웃음을 치며 그를 째려보았다.

"제가 보니 당신의 고고한 자존심은 너무 높아 평생 치료하기도 힘들 것 같은데 이참에 저한테 와요. 내가 이자 싸게 쳐서 평생 책임져 줄게요. 그걸로 감가상각 하자구요. 어디 쩨쩨한 그 성격에 결혼이나 하겠어요? 당신 애인도 없죠?"

생각나는 대로 주영은 그를 한껏 비꼬아주었지만 그가 반응을 보이지 않자 고개를 창가 쪽으로 홱 돌렸다.

"갑작스럽게 받은 프러포즈라 집에 가서 생각할 시간을 주었으면 하는데. 긍정적으로 검토해 보겠다고 약속하지."

"이봐요, 지금 당신하고 농담하재요?"

"당신은 프러포즈를 농담으로 하나 보지?"

주영은 앞의 남자를 있는 힘껏 째려보았다. 도대체 이번에는 무슨 수작을 걸려는 거야. 안 속아, 이제 안 속는다고. 당신이 상처 입었다는 그 자존심도 심히 의심스럽단 말이야!

"국어 공부 더 하시죠."

현재가 메모지에 뭔가를 열심히 적더니 종업원에게 건넸다.

그녀는 신청곡이라도 썼겠거니 생각하고 앞에 놓인 고구마 케이크에 신경을 집중했다. 사실은 그에게 신경 쓰고 있다는 느낌을 주고 싶지 않아 무심함을 가장한 행동이었다. 이 남자에게 도대체 내가 무엇에 반한 걸까? 고구마 케이크를 삼키면서 주영은 흘낏거리며 그를 관찰하기 바빴다.

현재는 자신의 커피 잔을 들어 그녀의 커피 잔을 살짝 부딪치더니 커피를 다시 마시기 시작했다.

"술도 아닌데 건배를 왜 해요?"

"축하할 일이라도 생겼나 보지."

카페의 음악이 갑자기 뚝 끊기고 안내 방송이 나가는 마이크의 잡음이 들리자 몇몇 손님들이 계산대 쪽으로 시선이 모아졌다.

—여기 앉아 계신 분 중에 어제 좋은 꿈 꾸신 분이라도 계신가 봅니다. 조금 전 생일 축하를 받았던 남자 분이 저기 하늘색 곰 티셔츠를 입은 여자 분에게서 프러포즈를 받았다고 하는군요. 그래서 오늘 저 남자 분이 여기 계시는 모든 분들에게 지금 드시는 모든 것을 계산한다고 합니다!

월드컵 응원 경기를 방불케 하는 함성 소리가 커피숍을 뒤흔들었다. 이에 부응이라도 하듯 현재가 일어나 인사로 보답했다. 곧 날아드는 휘파람과 환호는 프러포즈를 한 대담한 여인의 얼굴을 보고 싶다는 주문으로 이어졌다.

어안이 벙벙한 주영은 포크로 현재를 가리킨 채 일어날 생각조차 못하고 있었다.

"다, 당신……."

"기쁜 일은 공유하는 것이라고 배워서 말이지."

"내가 언제 당신에게 프러포즈를 했다고 그래요. 정정해요. 아니면 내가 해요."

그녀가 주위를 살피며 최대한 소리 죽이며 소리쳤다.

"오빠, 너무 멋있어요. 언니 땡잡은 거예요."

한 무리에 앉아 있는 여대생들의 외침이 주영의 귀에 거슬리게 입력되었다. 언제 봤다고 이 남자가 당신들의 오빠가 돼? 내가 땡잡은 거라고? 주영은 '저 테이블만 빼고 계산하라' 는 말이 튀어나갈 뻔했다. 아무튼 이 남자는 지금 장난의 한계를 넘었다. 지금까지 그녀가 아는 모습 중 가장 최악의 모습이었다. 장난할 게 있고 하지 말아야 할 게 있다. 뱉어야 할 말이 있고 뱉지 말아야 할 말이 있는 것이다. 그녀의 인상이 단박에 굳어졌다. 아닌 것은 아닌 것이다.

"키스해! 키스해! 키스해!"

그들은 한껏 흥이 났는지 이제 두 사람의 키스를 노골적으로 요구하였다.

현재는 그녀의 분위기가 심상치 않자 은근히 걱정이 되기 시작했다. 그녀가 자신의 사무실로 쳐들어올 때의 딱 그 모습이었다. 그녀에게 자극을 준다는 것이 폭발로 몰고 간 꼴이 되고 만 것 같았다. 최고의 방법은 빨리 이 자리를 뜨는 것이었다.

"박현재 씨, 직접 정정하실래요, 내가 할까요?"

그러나 그녀의 낮은 목소리는 주위의 소음 때문에 거의 묻혀 버리고 말았다. 그녀도 자신의 말이 잘 들리지 않을 정도였다. 참을 수 없다는 듯이 그녀가 벌떡 일어났다.

관중들은 이제 키스할 것이라 오인하곤 기대감으로 야유 섞인 함성을 더욱 실어보냈다.

"시끄러워요! 키스 못해본 죽은 귀신이 붙었나. 이 남자, 프러포즈할 남자로 제로예요. 나보다 돈도 많은 남자가 레스토랑은커녕 떡볶이 하나를 사준 적이 없어요. 해달라는 건 왜 그리 많아. 치사하기는 따라갈 자도 없고, 그놈의 자존심은 하늘 높은 줄 몰라 뻑하면 협박에다, 고집도 더럽게 세서 웬만한 건 자기 하고 싶은 대로 해야 직성이 풀리는 성격이라고요. 거기 앉아 있는 여자 분, 결혼할 때 이런 남자 분하고 절대 하지 말아요. 허우대만 보고 깍깍거리지 말고요."

주영의 열변이 끝나자 커피숍 안은 물이라도 끼얹은 양 꽉 눌린 침묵에 빠져들었다. 고개를 치켜든 주영의 목소리가 분노로 가라앉아 있었다.

"당신이 벌인 일이니 당신이 수습해요."

씩씩거리며 커피숍을 걸어나온 그녀가 한 오 분쯤 걸었을까? 주영은 너무 화난 나머지 자신이 차를 가져왔다는 사실조차 잊고 무작정 걷고 있었던 것이다. 만약 그녀가 그에 대한 감정을 잘 몰랐다면 그 자리에서 어깨 한번 으쓱거리며 그에게 욕 한 바가지 해주고 손 털면 그만이었을 것이다. 하지만 참을 수 없을 만큼 그에 대해 화가 났다. 그에게 있어 그녀의 존재가 얼마나 우습게 보였다면 그런 장난까지 칠 수 있는지 그에게 따지고 싶었다.

주차장으로 다시 되돌아가 보니 그가 그녀의 차 앞에서 담배를 물고 서 있었다. 담배를 얼마나 많이 피웠는지 그 주위로 담배 연기가 하나의 막을 형성하고 있었다.

'커피숍 안에서 망신살이 뻗쳤으니 열이 받으시겠지.'

"비켜요."

주영이 담배 연기를 손으로 저으며 그를 지나쳤다.

"얘기 좀 해."

"나 엄청 화났으니 건들지 말아요. 당신하고 할 말 없어요. 이제껏 당신 손에서 놀아난 것만 해도 충분하지 않나요? 당신은 아니라고 하겠지만, 나 지금까지 당신 입장 충분히 이해하려고 노력했고 우리 회사에 찾아와 핵폭탄을 터뜨려도 이 정도까지는 화나지 않았어요. 당신은 심심한 토요일 재미있어 보려고 한번 그런 말을 했는지 몰라도 당하는 사람 감정 가지고 노는 것 같아 상당히 불쾌해요."

그가 지나가는 주영의 팔을 잡았다. 단단히 틀어진 그녀의 표정은 그와 얼굴조차 마주치기를 거부하고 있었다.

"당신이 심하게 거부감을 일으킬 줄 알았다면, 그렇게 밀어붙이지 않았을 거야."

사실 현재는 그녀의 속내를 떠보려는 심산으로 시작된 일이었다. 공개적으로 많은 사람들 앞이라면 그녀가 어느 정도 그에게 마음이 기울었다면 화는 나더라도 모르는 척 그 상황을 받아넘길 거라는 계산이 머리에 되어 있는 상태였다. 그러나 여지없이 빗나간 그의 바람은 조각난 거울처럼 깨져 버렸다. 조금 다가온 듯한 그녀에 대한 확신이 신기루라는 것을 안 그의 마음도 좋을 리 없었다.

"내가 당신 전용 스트레스 풀이예요?"

그녀는 더운 날씨에 상관없이 여기서 아예 팔을 걷어붙일 심산이었다.

"그런 적 없다고 말했을 텐데."

날씨 탓인지 속에서 끓어오르는 화 때문인지 그가 넥타이를 거칠게 풀었다. 그가 원하는 것은 이런 게 아니다. 지구와 달처럼 서로 인력이 미치지 못하는 곳에서 같은 거리만 뱅뱅 맴도는 건 그쪽에서 사양이다. 이 여자의 둔감함에 소리라도 쳐주고 싶은 심정이었다. 지나가는 남자 아무나 붙잡고 한번 물어보라지, 어느 남자가 하릴없이 여자를 만나는가. 좋은 목적이든 나쁜 목적이든 목적이 있기 때문에 만나는 것이다. 꼭 강아지처럼 꼬리를 쳐야 알아먹을 나이는 지나지 않았나, 이 맹한 여자야?

"당신의 행동을 봐요. 말은 아니지만 행동은 날 어떻게 하면 괴롭힐지 꼭 연구하는 사람 같잖아요. 남 당황스럽게 하고 괴롭히는 게 그렇게 좋아요? 혹시 남 괴롭히고 만족을 얻는 그런 사람이에요? 말과 행동이 따로 놀잖아요."

"난 언행일치하고도 남았어. 그걸 못 알아챈 건 당신이니 내 탓은 아니지."

　　고집스러운 현재의 대답에 그녀의 눈썹이 위험스러울 정도로 올라갔다. 사과의 말 한마디 없이 이 모든 것을 그녀의 탓으로 돌리는 그의 뻔뻔스러움은 어디에서 나오는지 궁금했다.

　　"당신은 잘못이 하나도 없다는 거예요?"

　　지금껏 아무 말도 안 해서 그렇지 그도 할 말이 많았다.

　　"당신이 좋아하는 맛탕이랑 초밥을 내가 하나하나 도시락에 담아 들고 당신 회사에 갔지. 당신 있는 앞에서 당신 아버지에게 분명 당신에게 호감있다고 난 말했어. 아프다길래 회의 다 때려치우고 당신 집까지 문병도 갔지. 물론 꾀병이었지만. 오늘도 당신이 불러 주저없이 달려왔잖아. 이게 내가 당신을 갖고 논다는 말이지? 오히려 당신이 날 갖고 논다는 느낌이야."

　　어떻게 해석이 저렇게 다를 수가 있는지 그의 능력에 놀라울 따름이었다. 반박하기 위해 입을 벌리려던 주영은 이내 다물었다. 있는 그대로 뜻을 종합해 보면 그가 그녀에게 관심있다는 말이었다. 그 사실이 머리에 입력되자 그녀의 입에 함지막한 반달 모양의 미소가 걸렸다. 조금 전 화가 난 자신의 모습은 어디 가고 지금은 그의 심통스러운 표정조차 깨물어주고 싶을 만큼 귀여운 착시 효과가 발휘되고 있었다. 그러나 주영은 일단 조금 전의 사건부터 마무리 짓기로 했다.

　　"당신이 날 놀릴 생각이 아니었다면 커피숍 일은 어떻게 해명할 생각인데요?"

　　"내가 왜 당신에게 해명해야 하지? 당신이 책임져 준다고 해서 난 받아들였을 뿐인데. 물론 당신이 농담으로 말했다 쳐. 듣는 입장에서는 여자가 프러포즈하는 것은 큰 용기가 필요할 수도 있기 때문에 농담식으로 던져 볼 수도 있는 것이고 남녀 사이에서 책임지라는 말을 그렇게 쉽게 나오지는 못할 테니까 반 진담으로 받아들일 수도 있다고 생각 안 해봤나? 난 단지 그 가능성에 대해 확인해 보고 싶었을 뿐이야.”

“박현재 씨, 저 좋아해요? 아니면 일억 이천오백만 원 못 돌려받기 위해 머리 쓰는 거예요?”

차마 ‘사랑해요?’ 까지 물어보려다가 목에 콱 걸릴 것 같아 주영은 완충된 표현으로 물어보았다. 하지만 현재는 그녀의 질문에 대답을 안 한 채 주차된 곳으로 성큼성큼 걸어갔다. 대답을 듣기 위해 주영은 그의 양복 뒷끝자락을 잡았다.

“대답은 하고 가요.”

“이 손 좀 놔주지 그래.”

“당신 아직 덜 컸군요. 저렇게 키만 크면 뭐 해, 속이 안 자랐는데.”

“다시 말해 봐.”

그가 얼마나 빨리 뒤돌아 섰으면 그녀 주위로 찬바람이 불 정도였다.

“못할 것도 없죠. 내가 보기에 당신 나 좋아하는 것 같은데 말하기에는 자존심 상하고 뭐 그런 거 아니에요? 그리고 이제껏 당신 행동을 보면 그게 어디 여자 좋아한다는 남자의 표현이에요? 꼭 자기 좋아하는 여자 아이 괴롭히는 것으로밖에 표현 못하는 초등학생 수준이구만. 하기야 당신이 닭살스럽게 사랑을 표현하는 것도 상상하기 힘들지만.”

현재의 이마 근처에 실핏줄이 보이자 그녀의 미소는 더욱 환해
졌다. 저 남자가 그녀 앞에 아무 말도 못할 일이 생길 줄 누가 알
았을까. 자꾸 입술이 그녀의 의지와 상관없이 올라가고 있었다.
저렇게 발끈하는 것을 보면 그녀가 정곡을 찌른 것이 틀림없었다.

“어머, 내가 너무 정곡을 찔렀나?”

“장난하고 싶으면 다른 사람을 골라.”

“며칠 전에 깨달은 게 있는데 당신이 그리 나쁜 사람은 아닌 것
같더라구요. 당신이 좋은 거 같아요. 아직 좋은 이유는 찾지 못했
는데 찾으면 가르쳐 드릴게요.”

현재가 그녀만 빤히 바라보자 주영은 그의 시선이 부담스러워
지기 시작했다. 용기를 쥐어짜 낸 그녀의 성의를 봐서라도 기뻐해
주어야 하는 게 정상인데 오히려 그의 표정은 어찌 떫은 감 씹은
표정이었다.

“당신은 지나가는 똥강아지도 좋아하고 최재석이라는 놈도 좋
아하잖아. 사랑이 철철 넘쳐 나에게까지 나눠줄 수 있어서 정말
고맙군. 내가 황송해야 하나?”

“뭐, 황송할 것까지는 없고 여자가 이렇게 진솔하게 고백하는
데 당신이 남자라면 적어도 솔직히 말해 주어야 하는 게 최소한의
예의 아니에요?”

“당신과 대화하면 내가 손해 보는 장사인데 그걸 왜 하나?”

생각보다 쉽게 그가 인정하지 않자 주영은 오기가 생겼다. 그녀
는 꼭 그의 입에서 그녀를 좋아한다라는 말을 듣고 말 것이다. 그

래야 공평했다. 그가 고백한다고 해서 뭔가 달라질 거라고는 아직 생각해 보지도 않았지만 지금 그의 감정 확인이 무척 중요하게만 느껴질 뿐이었다.

"나 감정적으로 숨기는 거 잘 못하니까 어쩌면 눈치챘을지도 모르겠네요. 좋고 싫음이 분명한 내가 왜 당신을 만나면서 당신에게 끌려 다니나 생각해 봤어요. 물론 당신의 그 어이없는 부채도 한몫했지만 그게 다는 아니에요. 나를 화나게 할 때도 많았지만 그래도 당신을 만나면 여기가 설레요. 만남이 기대가 돼요. 그래서 조금 전 당신의 행동이 전 기분이 나빴어요. 물론 당신에 내게 억지로 밀어붙인 일억 이천오백만 원도 기분 나빠요."

"길치인 줄 알았더니 의외군. 방향 잘 잡고 있으니까 그쪽으로 그냥 밟아."

"무슨 소리예요? 사과도 안 하고 어물쩍 넘어가려고 그러는 거죠?"

현재는 그녀의 투덜거림을 무시한 채 그녀를 자신의 차에 태웠다.

입이 한 대접 나온 주영은 그의 은근한 강압에 불만을 나타냈다. 끝까지 입을 다문 그가 못마땅한 그녀였다. 현재가 몸을 틀어 그녀를 바라보았다. 그녀와 다르게 그는 아주 기분이 좋아 보이는 듯했다.

"나도 솔직하게 고백할 게 있는데……."

"뜸들이지 말고 말해요. 아, 그전에 좋은 거예요, 나쁜 거예요?"

저 남자가 언제 좋은 말로 그녀를 기쁘게 해준 적이 있었나. 폭

탄 아니면 지뢰 같은 말로 그녀의 정신세계를 휘청거리게 만든 장본인이었다.

"생각을 해봤는데 이제 도둑 키스는 할 필요가 없을 것 같군. 이 나이에 도둑 키스하는 게 영 내 입맛에 안 맞았거든."

그 말과 동시에 현재가 기분 좋게 차 시동을 걸었다. 주영은 그가 어디로 가는지 불안했다.

"어디로 가는 거예요? 내 차는 저기 있단 말이에요."

"떡볶이 하나 안 사주는 남자가 마음먹고 점심 사주러 가는 거니까 괴한에게 납치당하는 여자 흉내 안 내면 안 될까? 그리고 당신이 가지고 있는 내 편견에 대해서는 좀 더 많은 대화가 있어야 할 것 같은데."

"양심에 찔렸군요, 안 사주는 점심까지 사준다는 말을 하는 것을 보면. 참, 그 커피숍 어떻게 나왔어요?"

주영의 눈빛이 호기심으로 반짝거렸다.

"얼굴 가죽 두꺼운 게 다행이더군. 대충 계산하자는 말에 그 종업원 말이 더 웃겼지. '손님, 계산은 정확히 해야 하는 거라서요'."

현재는 괘씸하다는 듯 두 번째 손가락을 튕겨 그녀의 이마를 때렸다. 주영이 이마를 감싸 쥐며 그를 노려보았다. 톡 소리까지 나는 감정이 왕창 실린 꿀밤이었다.

"왜 때려요. 당신 잘못이지 내 잘못인가 뭐?"

"아무리 생각해도 이해가 안 가. 얼굴이 예쁘길 하나, 성격이 고와, 그렇다고 애교가 많나. 정말 상담 한번 받아봐야 하는 거 아닌가 몰라."

　낮게 중얼거리는 그의 말이 그녀의 귀에 정확히 들려왔다. 주영은 풍경을 구경하는 것처럼 차창으로 고개를 돌렸다. 어쩌면 그녀와 똑같은 생각을 했는지 신기할 따름이었다. 그가 성격이 좋기를 해, 매너가 좋아. 아무래도 그와 나란히 정말 검사를 한번 받아봐야 하지 싶었다.

　주영은 자꾸 터져 나오려는 웃음에 고개를 들지 못하자 궁금한 현재가 그녀를 불렀다.

　"당신만 기분이 좋으시다? 뭐가 그리 재미있는데 혼자 숨어서 웃어?"

　"당신도 귀여울 때가 다 있구나 싶어서요. 회사에서는 있는 무게 없는 무게 다 잡을 거 아니에요. 누가 이렇게 삐칠지 생각이나 했나요?"

　주영의 얼굴에 여전히 웃음이 남아 있자 그 또한 살짝 입술을 치켜 올렸다.

　'올 가을에 약혼해 겨울에 결혼식하면 되겠군. 누가 그러던가, 계절은 단지 달력에 불과하다고. 추운 겨울에 결혼식을 하는 것도 나쁘지는 않지. 신혼여행을 따뜻한 곳으로 가면 그만이니까.'

　현재의 시커먼 마음도 모른 채 레스토랑에 도착할 때까지 주영은 콧노래를 흥얼거렸다.

제7장 그대의 진실

주영은 오늘 저녁 반드시 일기를 쓰겠다고 다짐했다. 현재와 근사한 레스토랑에서 식사를 하고 분수 공원에서 옷이 다 젖을 때까지 어린이처럼 깔깔거리며 내친김에 저녁에 영화까지 보고 들어온 그녀의 발은 현재 공중부양 중이었다. 동화에서 나오는 개구리가 왕자로 변한 것처럼 현재의 모습이 딱 그 모습이었다. 설마 일회용 개구리 왕자님은 아니겠지? 좀 불안한 감이 없지 않지만 일회용 컵도 깨끗이 닦고 말려서 쓰다 보면 영구용처럼 쓰는 거지, 그럼. 완전히 넘어오기만 해봐요, 박현재 씨. 이제까지 당신의 못된 버릇 수세미로 박박 닦아줄 테니까.

처음으로 허리가 젖혀지도록 웃는 그의 모습을 본 주영은 그의 웃음이 욕심났다. 웃는 모습을 더 많이 보고 싶고 그렇게 할 수 있는 능력이 자신만이 갖고 있었으면 하는 어처구니없는 바람이 일기도 했다. 사람의 감정은 한번 새어나간 물줄기와 같아 봇물을 트는 것은 시간문제라고 한 말이 딱 맞았다. 쉽게 꺾을 수도, 막을 수도 없는 것도 마음이었다. 주영은 자신의 이런 마음을 애써 막고 싶지 않았다. 흘러가는 그대로 놔두고 싶었다.

그녀의 기분을 말해 주듯 현관문을 열자 주영은 두 팔을 활짝 벌려 아빠를 포옹할 준비를 했다.

"아빠, 아빠의 예쁜 딸이 왔어요. 어? 토요일인데 아빠 아직 안 들어오셨어요?"

꽤 늦은 시간이었지만 집은 텅 빈 것처럼 조용하기만 했다. 주영이 거실을 두리번거리며 아버지를 찾자 주방에 계신 아주머니가 눈짓으로 서재를 가리켰다.

"서재에 재석이랑 함께 계셔. 들어가신 지 한 시간 정도 되었어. 방해하지 말라고 그랬으니까 나중에 나오면 인사드려. 전화 온 것 메모해 놓았으니까 이따 전해 드리고. 주영이도 왔으니 나는 이만 들어가 볼게."

"예, 그러세요. 이것만 전해 드리면 되죠? 근데 혹시 무슨 일인지 아세요?"

한 시간씩이나 아빠가 재석과 무슨 얘기를 하는지 그녀는 내심 궁금해졌다. 그러나 아주머니는 어깨만 으쓱거린 채 부엌을 나갔다.

주영은 자신의 방에 들어와 곧바로 친구에게 전화를 걸었다. 그녀의 머리 속에 있는 남녀의 이론이 그녀의 상황과 너무나 부합되기에 그 궁금증을 풀어야만 했다.

편안하게 소파 위에 양반다리를 한 그녀는 일 년 동안 바뀌지 않은 수진의 컬러링에 코를 찡긋했다. 아무리 생각해도 컬러링이 '미워요'가 뭔가. 팔팔한 이십대 처녀가 고르기에는 취향이 독특하다 못해 유별스럽기까지 했다. 지긋지긋하게 들은 이 노래를 주영은 꺾는 음까지 처리하며 부를 수 있는 지경에 올랐다.

[누구야?]

잠긴 목소리가 뻑뻑하게 전달되었다. 아직 열 시도 되지 않았는데 그녀의 친구 수진 양께서는 새나라의 어린이처럼 벌써 잠자리에 드신 것이다.

"벌써 자는 거야, 이 잠탱아? 너 그러고도 일요일 날 아홉 시에 일어나지? 하나만 물어보자."

[내일 물어봐. 나 야근했단 말이야! 고삐리들이 지들이 무당도 아닌 주제에 백주대낮에 칼 들고 설쳐서 힘들었단 말이야. 내일 얘기하자. 끊는다.]

"야, 나 궁금하면 잠 못 자는 거 알잖아. 일 분이면 돼. 야, 자? 왜 대답이 없어?"

[듣고 있어. 뭐야.]

부스럭대는 소리가 잠시 들리는 것으로 보아 아예 침대에서 일어난 모양이었다. 주영은 친구에게 조금 미안해지려고 했다.

"남자와 여자는 서로 자신이 채워주지 못한 면에서 끌리는 거잖아. 그래서 성격이 강한 남자는 여린 여자들을 대부분 좋아하고 성격이 꼼꼼한 사람은 털털한 사람을 만나고 거의 그러는 것 같거든. 드라마에서도 그러고 말야.”

　[김주영, 요점이 뭐야. 나 졸기 전에 빨리 말해.]

　“좋아하는 사람이 생겼는데 그 사람이랑 내 성격이랑 비슷해. 아닌 것 같은데 어찌 보면 상당히 비슷하단 말이야. 좀 문제가 되지 않을까?”

　[야, 김주영! 죽을래? 끊어. 네가 요즘 심심해 몸이 비틀리나 본데 그런 생각 할 시간 있으면 자.]

　“심각하단 말이야. 난 애교 떠는 거 자신없단 말이야. 코맹맹이 소리도 못해. 축농증에 걸리면 모를까. 근데 아무리 생각해 봐도 그 남자 스타일은 호리호리한 성격, 즉 애교 만점의 여자와 맞지 않냐는 거지, 내 말은.”

　[시끄러워. 애인 없는 사람에게 전화해서 염장 지르는 것도 아니고 뭐야! 혹시 박현재인지 하는 그 사람 얘기야?]

　“어쩌다 보니 그렇게 되었어.”

　[어쩌다 보니 그렇게 되었다고? 능력 좋다. 누군 주위에 남자 씨가 말랐는데. 뭐야, 그 사람이 너 보고 좀 얌전해지래? 저번에 보니 네 성격 파악한 것 같던데 아니야?]

　“대놓고는 안 했는데 그 사람이 중얼거리면서 그랬단 말이야. 얼굴이 예쁘나, 성격이 좋나, 애교가 있나. 이러면서 투덜거렸단 말이야.”

　[바른말했네. 내가 보기에는 하나만 조심하면 돼. 맞불만 안 붙이면 돼. 그쪽도 한성격 하는 것 같은데 안 건들면 만사 오케이 아니야? 아님 둘 중 하나 성격을 누르든지.]

"그게 쉬워?"

그가 건들지만 않는다면야 그녀도 얼마든지 웃으면서 좋은 이미지로 거듭나련만은 첫 단추부터 안 맞다 보니 언제나 티격태격이었다. 그리고 둘 사이에 놓여 있는 부채가 있지. 아니지, 이건 그가 애인이 되면 자동 청산되는 거 아닌가?

[그러니까 틀어쥐라는 거지. 아니면 먼저 반하는 쪽이 죄지. 됐지? 나 다시 잔다.]

통화를 끝낸 주영은 수진의 충고를 복습이라도 하듯 혼자 중얼거리며 조금 전의 내용을 정리했다. 이럴 것이 아니라 정원으로 나가 맑은 공기 마시며 정리할 필요를 느끼자 그녀는 얇은 카디건 하나를 걸친 채 방을 나왔다. 그러다 무심결에 그녀의 눈이 서재에 머물렀다. 서재를 보자 그녀는 접어두었던 궁금증이 꺼진 재 속의 불씨처럼 다시 드러내고 있었다. 재석과 아버지가 한 시간씩이나 무슨 비밀 얘기를 하는 것일까. 오는 전화도 받지 않을 정도면 정말 중요한 이야기일 텐데. 그녀는 퍼뜩 저번에 재석을 만났을 때 그가 결혼을 전제로 사귀자는 말이 떠올랐다. 그녀가 그 자리에서 거절의 뜻을 밝혔고 그 뒤 그는 아무 소식이 없었다. 어쩌면 그는 아버지에게 직접 말씀 드리러 온 것일지도 몰랐다.

머리 속에 그의 말이 뱅글뱅글 돌자 주영은 뭐에 홀린 듯 서재 문 앞까지 와 있었다. 아버지가 그에게 은행 일로 자문을 구할 수도 있는 것이고 재석이 간만에 찾아와 장기라도 둘 수도 있는 것이다. 그러나 자꾸 그가 그녀에게 한 프러포즈가 마음에 걸렸다. 그녀는 일을 확대시키고 싶지 않았다. 그럴 일 없겠지만 아버지도 그녀의 의사 없이 결혼 확답을 하실 분이 아니셨다.

서재 문에 귀를 바짝 붙여봤지만 웅얼거리는 소리만 들릴 뿐 무슨 말인지 알아들을 수가 없었다. 이러면 안 되는 짓인 줄 알지만 그녀는 손잡이를 살짝 돌려보았다. 정말 만약 그가 결혼 문제로 아버지를 찾아왔다면 상대를 잘못 찾아온 것이었다. 조금만, 조금만 듣고 그녀가 듣지 말아야 할 일이라면 곧바로 문을 닫을 생각이었다.

"정말 확실하게 진행된 건가? 뭐, 자네야 성격상 허술하게 넘어가지는 않았을 테고. 나참, 사업 이십 년을 하다 보니 이런 일도 겪는구먼."

"다음 주 수요일로 약속을 잡았으면 하는데요. 괜찮으시겠습니까?"

"나야 상관없네. 궁금한 게 있는데 어떻게 자네가 그 큰손을 알게 된 거야? 사채업자가 자네의 뭘 믿고 그 많은 돈을 빌려준다고 했나? 그 사람 생명의 은인이라도 되나? 혹시 자네 무리한 것 아니야?"

"조상이 묻힌 산소가 골프장을 짓는다는 업체에게 사기당해 다 날릴 뻔한 적이 있거든요. 그때 안면을 알게 되었습니다. 나이가 많으셔서 그런지 죽어서 그 건이 해결되자 조상님 얼굴 볼 수 있게 되었다고 좋아라 하셨거든요. 혹시 모를까, 아버님께서 은행에 제출하신 사업 계획서를 가지고 찾아갔지요."

주영은 도대체 아버지가 무슨 얘기를 하고 있는지 감조차 잡지 못했다. 사채업자는 무엇이고, 확실히 무엇을 진행된다는 건지 알 수가 없었다. 결혼 이야기가 아니니 다행스러워야 함에도 불구하고 그녀는 문고리에서 손을 떼지 못하고 있었다. 분명한 것은 좋은 일이 아니라는 것이었다. 두 사람 대화 속에는 걱정과 한숨이 깔려 있었다.

"주한전자와는 이것으로 계약을 파기해야겠지. 정말 골치 아프군. 세한그룹과는 소송이 제기되면 언제 끝날지도 모르겠고. 감히 빼돌린 도면으로 나를 협박해 계약을 성사시키다니. 그런 것도 모르고 덥석 물었으니 나도 한물갔군."

김 사장은 두 손으로 얼굴을 쓸어 내리며 한숨을 내쉬었다. 한번 도둑질한 놈이 제 버릇 남 줄까 싶어 회사 보안을 지나치리만큼 조였다. 그러자 그 도둑놈은 더 조이기 전에 끝낼 생각이었는지 또 다른 도면을 훔치다 김 사장이 늦게까지 퇴근하지 않았을 때 걸리고 말았던 것이다. 그의 성격에 당장 그 자리에서 도둑놈을 박살이라도 내고 싶었지만 십 년 넘게 함께한 기술부장이 그랬다는 것을 알고는 모든 힘이 한꺼번에 다 빠져나가 버렸다. 누구보다 함께 밤새워 개발하면서 좌절도 많이 했고 눈물도 많이 흘린 친구였다. 천성이 연구를 위해 태어난 사람이었다. 그런 사람이 주한전자와 세진그룹에 콘넥터 칩 기본 도면을 넘겨주었다고 생각하니 그 배신감은 이루 말할 수 없을 정도였다. 그것도 고작 이천만 원에 팔았다니.

"강 부장을 고소하는 것은 잠시 보류시켜야겠네. 나도 무심했지. 그 사람의 딸이 심장병인 줄 알았나. 이제 여덟 살이더구먼. 거기다 어렵게 얻은 애라고 하더군. 아무리 병원비를 마련하려고 했다지만……."

　김 사장은 감정의 흔들림으로 끝내 말을 잇지 못했다.

　"아무튼 법정까지 간다면 증인으로 서 차장이 출석하겠다고 하는군."

　"주한전자에서도 세한그룹의 일을 알고 있거나 며칠 내로 알아낼 겁니다. 그들 나름대로 대책을 세우기 전에 빨리 움직여야 할 것 같습니다."

　"세한은 그렇다 치고 주한은 애매해. 가져갔다는 것만 치고는 벌금으로 끝날걸? 그들이 그것으로 다른 무엇을 만든 것도 아니고. 도대체 무슨 꿍심이었는지."

　"주한에서 계약하게끔 유도하지 않았습니까? 자신들이 못 만들어내니 일단 계약부터 하고 기술을 빼내가겠다는 속셈이었겠지요."

　"그때 자금 사정도 안 좋았고 그 도면이 상대방 도면이라고 거짓말은 했어도 그렇다고 계약을 강요하지는 않았으니 변호사 쪽에서도 재판까지 간다면 돈 낭비라고 하더군. 주한전자와는 한번 생각을 해봐야겠어. 기술을 빼내가기 가장 좋은 방법은 우리 회사를 아예 분해시키면 돼. 뭐가 아쉬워 복잡하게 계약을 하냔 말이야. 그 큰 회사가 우리 회사 공중분해시키는 건 일도 아닐 텐데. 회사에 시찰 온 생각을 하면 괘씸하군. 딸에게도 말해 두어야겠군. 그 철딱서니없는 것이 헤헤거리며 다니기 전에."

　"무슨 말씀인지?"

　"아, 혼잣말이었네."

　주영은 한 손으로 자신의 입을 막았다. 정신을 차리려 애쓰며 떨리는 손으로 문을 닫고 곧바로 자신의 방으로 와 무너져 버렸다. 그녀의 귀가 윙윙거리며 머리가 어지러웠다. 놀이기구를 탄 듯 속도 메스꺼웠다. 잘못 들은 거라 끊임없이 자신을 설득시키려 해도 조금 전 들은 대화는 머리에 박혀 빠질 줄을 몰랐다. 그녀가 아는 그는 그럴 사람이 아니었다. 아닐 거라고 믿고 싶었다. 이 일 때문에 아버지가 매일 늦게 들어오신 거였다니. 가슴에 생채기가 난 것처럼 따갑고 화끈거렸다. 아버지가 잘못 안 것일 수도 있었다. 그가 무엇이 아쉬워 달랑 도면 하나만 빼냈을까? 기본 도면으로는 아무것도 할 수 없을 텐데. 계속적으로 도면을 빼내려 했을까? 기술팀의 강 부장님이 그래서 걸렸던 걸까. 하지만 그러면 왜 그가 계약을 추진했겠어.

　자신의 방으로 돌아온 이후에도 그녀는 한동안 움직일 수가 없었다. 그와 만나며 웃으며 화내던 장면 하나하나가 그녀의 가슴에 무너져 내리고 있었다. 도대체 뭐가 뭔지 의문투성이였다. 혼자 확대해석하여 오해하지 말자고 자신을 다독였지만 벌써 그녀의 마음은 폭풍이 한차례 휩쓸고 다녀간 것 같았다.

　방문 열리는 소리가 나자 그녀가 고개를 들었다. 언제나 변함없는 미소로 들어오는 아버지의 모습에 주영은 아버지를 똑바로 바라보지 못했다.

　"아니, 언제 온 게야. 왔으면 왔다고 말을 해야지. 조금 전에 재석이가 갔는데 네가 온 것 알았으면 좋아라 했을 텐데."

　"서재에 중요한 얘기 하신다고 하셔서 그냥 제 방으로 왔어요."

"피곤할 텐데 아직 씻지도 않은 게냐?"

"시간 늦은 줄도 모르고 친구와 통화하느라 그랬죠. 이제 씻으려고요."

김 사장은 할 말이 있다는 듯 주영의 침대 끝에 앉았다. 손을 비비는 그의 행동에서 많은 주저함이 묻어났다.

"주영아, 얘기 좀 하자. 어차피 너도 알게 될 텐데."

"말씀하세요. 혹시 아버지 재혼 얘기예요?"

주영은 싱긋 웃으며 가벼운 농담으로 쉽게 말을 트려고 노력했다.

"먼저 하나만 묻자. 박현재 사장과 무슨 사이냐. 저번에 왔을 때는 서로 호감이 있는 사이라고 그때 그런 걸로 알고 있는데 둘이 사귀는 거냐."

주영은 아버지가 무슨 말씀을 하고 있는지 너무나도 잘 알고 있었다. 만약 서재에서 그 말을 엿듣지 않았다면 그녀는 고개를 끄덕였을 것이다. 그 남자, 그녀 눈에 자주 보이더니 끝내는 좋아하게 되었다고 부끄러운 듯 아버지에게 털어놓았을 것이다.

"아니에요. 그런 거 절대 아니에요. 그때 그 사람이 장난친 거였어요. 제가 박현재 사장을 만나러 일찍 그 사람 회사에 간 것은 맞아요. 제가 그 사람 기분을 좀 나쁘게 했는데 제 딴에는 마음이 쓰여서 그 방법밖에 생각나지 않았어요. 정말 아무 사이도 아니에요. 만약 사귄다면 떳떳이 아버지에게 먼저 소개시켜 드렸을 거예요."

주영은 이를 지그시 물며 말을 마쳤다.

김 사장은 고개를 끄덕이며 그녀의 말을 믿어주었다. 그는 눈에 띄게 안심하는 눈치였다.

"그럼 얘기하기 쉽겠구나. 우리 회사 기술부의 강 부장이 콘넥터 칩의 기본 도면을 세한그룹과 주한전자에게 팔았다. 그래서 일이 좀 복잡하게 되었다. 계약 건은 취소될 것이야. 세한그룹과는 특허권 문제로 싸워야 될 것 같고. 그래서 하는 말인데 난 네가 주한전자 박현재와 만나지 않았으면 한다. 이런 불미스러운 일이 생겼는데 서로 만나서 좋을 건 없지."

"만날 일 없을 거예요. 걱정하지 마세요."

그렇게 마음속으로 부정했는데. 그녀가 잘못 들었기를, 반 토막만 들은 이야기에 다른 이야기가 숨어 있을 거라고, 그게 전부는 아닐 거라고 믿었는데 사실을 재확인하는 그녀로서는 울고 싶었다. 바보 같은 자신에 화가 났다.

주영의 안색이 창백하자 김 사장은 자신의 딸이 회사 문제로 걱정하는 거라 오해하곤 그녀의 어깨를 두드려 주었다.

"너무 걱정하지 말아라. 잘 해결될 거야. 자금 문제도 해결될 것 같고 콘넥터 칩을 일본에서 눈독 들이고 있더구나. 조건도 아주 좋아. 그러니 넌 아무 걱정 말아. 알겠냐."

"네. 아빠도 괜찮으신 거죠?"

"당연하지. 원래 사업이란 항상 굴곡진 그래프와 같다 하지 않았니. 좋을 때가 있으면 어려울 때도 있고, 어려울 때가 있으면 또 좋을 때도 있고 그런 거지. 그럼 쉬어라."

주영은 문이 닫히자 눈을 감았다. 최고와 최악의 하루를 모두

맛본 기분이었다. 당장이라도 전화를 걸어 이 모든 것이 사실이냐
고 그에게 따져 묻고 싶었다. 하지만 지금은 이 깨질 것 같은 머리
를 잠재울 수 있는 두통약이 먼저였다.

　월요일 출근 시간, 여느 날보다 더욱 정체가 심해 차는 움직일
생각조차 하지 않았다. 조금의 틈새라도 생기면 묘기 수준 정도의
운전 실력을 과시하며 끼어들기를 하는 차로 인해 정체는 더욱 심
해졌다. 평소 같으면 신경질을 내며 클랙슨을 여러 번 울렸을 주
영이지만 머리 속에 다른 생각으로 꽉 찬 그녀에게 현실세계의 도
로 상황은 잊어버린 지 오래였다. 아무리 생각해 봐도 끓어오르는
화는 쉽게 삭여지지 않았다.
　김주영, 여기서 손떼. 아버지가 해결하신다고 하셨잖아. 네가
가서 무엇을 확인하기를 바라는 거야. 이제까지 네가 한 일을 봐.
바보처럼 그에게 끌려 다니기밖에 더했어?
　그래서 이렇게 얌전히 모른 체 있자고? 그게 말이 돼? 정말 바
보인 거야?
　그녀의 마음속에서 치열한 공방전이 벌어지고 있었다.
　주영은 유턴이 안 되는 곳에서 핸들 방향을 틀었다. 뒷차가 클
랙슨을 신경질적으로 누르며 고래고래 그녀를 보고 소리쳤지만
미안하다는 인사도 없이 액셀러레이터를 힘껏 밟았다. 목적지는
주한전자였다.

　사장실 비서에 근무하는 유하는 일찍 출근하는 사장 때문에 그

녀의 출근 시간은 다른 사람보다 한 시간은 빨라야 했다. 그래서 사장이 병가였을 때 그녀에게는 거의 휴가나 다름이 없던 나날들이었다. 이렇게 아침 일찍 출근할 때면 그녀는 저도 모르게 그날들이 아쉬워졌다.

유하는 오늘도 변함없이 여덟 시가 되기도 전에 익숙한 펜놀림으로 사장님의 스케줄이 어떻게 되는지 확인했다. 만약 부득이하게 스케줄이 바뀌게 된다면 다른 스케줄까지 엉켜 버릴지 모르므로 그날 스케줄은 노트가 아니라 그녀의 머리에 입력되어 있어야 했다.

조금 전 끓인 원두커피 향이 사무실에 은은하게 자리잡자 그녀는 잠시 혼자만의 시간을 즐겼다. 하지만 아침 일찍부터 비서실을 씩씩하게 걸어 들어오는 한 아가씨에 의해 그녀의 금쪽 같은 휴식이 순식간에 날아가 버렸다.

"무슨 일로 오셨습니까?"

깍듯한 예의를 보이는 사장 비서가 주영 곁으로 다가오자 주영은 어쩔 수 없이 걸음을 멈추어야 했다.

"사장님 출근하셨나요? 약속 같은 건 안 되어 있지만 잠깐이면 돼요."

비서가 물어볼 말까지 다 일축시켜 버린 주영의 마음은 쫓기는 사람마냥 마음이 불안했다. 무엇을 확인하기 위해 여기까지 왔는지 자신조차도 답을 내놓지 못하는 상황에서 해답을 얻기 위해 그를 찾아왔다는 자체가 그녀를 불안하게 만들었다.

주영은 이 순간에도 그가 사장실에 있었으면 하는 마음과 없었으면 하는 마음이 변덕스럽게 오갔다. 어쩌면 사실을 감당하는 그녀의 능력이 버거울지 모르는 두려움일 것이다.

"잠시만 기다려 주시겠습니까?"

유하는 요즘 주한전자에 가장 뜨겁게 떠도는 화제의 여인을 직접 만나자 괜히 웃음이 나오려 했다. 저번에 사장님 얼굴에 진한 키스 자국을 만들고 간 이 대담한 여인 때문에 사내가 들썩거렸다. 더욱이 그녀가 돌아간 후 한 번도 여자를 회사로 끌어들인 적 없던 사장님이 보안과에 이 여자에 대해 언제든지 출입 허가를 내주라는 말이 떨어지자 소문에 불을 지른 결과가 되어버렸다. 아마 오늘도 이렇게 쉽게 사장실까지 올라올 수 있었던 것도 경비 측에서 아무 제재가 없었기에 가능했을 것이다.

"들어오시랍니다."

비서가 따라 들어오려고 하자 주영은 들어가다 고개를 비서 쪽으로 돌렸다.

"손님 아니니 차 같은 거 안 주셔도 돼요. 잠시 얘기만 할 거예요."

우아하게 차 마시면서 이야기하기에는 그녀의 인내심 수행이 아직 턱없이 부족했다.

그녀의 마음이라도 나타난 듯 문이 야멸차게 닫히자 주영은 마음을 가다듬기 위해 잠시 그 자리에 서 있었다. 아직 그의 입에서 아무것도 들은 바 없었다. 벌써부터 평정심이 흔들리면 아무리 그가 진실을 말해도 아무것도 보지 못하게 될 게 뻔했다.

현재가 뭔가를 기대한 듯 그녀의 양손을 두리번거렸다.

“난 또 무슨 음식을 가져왔을까 내심 기대하고 있었는데 오늘은 아무것도 없군.”

“묻고 싶은 게 있어서 왔어요.”

현재는 주영의 얼굴을 살펴보더니 이내 고개를 끄덕였다. 긴장이 묻어나는 목소리와 아침 일찍 그의 회사로 찾아와야 할 일이 무엇인지 궁금했다.

“당신 가슴에 손을 얹고 솔직히 말해 주면 고맙겠어요.”

“무슨 질문이기에 처음부터 이렇게 거창하지? 솔직하게 말할 테니 질문해 봐. 정말 궁금하군.”

“나를 만나는 이유가 뭐예요? 내가 당신을 만나는 이유는 정확히 알고 있지만 당신이 나를 만나는 이유는 전혀 모르겠어요. 정신적 피해 보상? 제가 보기에는 당신의 강한 정신력으로 상처는커녕 흠집도 못 냈을 것 같은데요. 저에게 바라는 게 있나요? 아, 질문 정정하죠. 저에게 바라는 게 뭐예요?”

주영은 대답을 듣기 위해 숨을 죽였다. 차마 회사 도면 때문이냐는 말을 꺼내지 못했다.

“아침부터 그 답이 궁금해 여기까지 왔다니, 당신 성격 급한 건 알고 있었지만.”

현재가 그녀의 질문이 무척 당황스러운 듯 고개를 살짝 흔들었다. 그가 다가가 그녀를 끌어당기려 하자 주영은 뒤로 한 발자국 물러났다. 그녀의 입이 고집스럽게 꽉 다물어져 있었다.

“여기서 꼭 해야 되나?”

“네, 난 꼭 들어야겠어요. 내 머리가 지금 터지기 일보 직전이거든요.”

“내 답에 따라서 당신의 행동이 달라질 수 있는 건가?”

“제가 당신의 대답에 따라 행동을 달리해야 하는 이유라도 있
나요?”

현재는 속으로 씨익 웃었다. 꼭 생각지도 못한 크리스마스 선물
을 받은 느낌이었다. 그가 프러포즈하기 전에 정말 그녀에게 먼저
프러포즈를 받는 건 아닌가 잠시 생각해 보았다. 나쁠 거야 없지
만 현재는 회사에서 아무 준비 없이 그의 마음을 보여주고 싶지
않았다. 아무리 무드없는 놈이라지만 그렇다고 회사에서 프러포
즈할 정도로 매너없는 놈은 아니었다. 그러나 그의 작은 그녀는
많이 급한 모양이었다.

현재는 아침부터 찾아와 그의 마음을 알고 싶다는 그녀를 한껏
끌어안아 주고 싶은 마음뿐이었다. 하지만 너무 긴장한 그녀 모습
에 보니 그 일은 잠시 미뤄두기로 했다.

“당신에게 바라는 거야 많지. 원래 나란 놈은 욕심이 많거든.”

그 말에 그녀의 얼굴이 굳어졌다.

그 모습이 너무 귀여워 현재는 그의 바로 코앞까지 그녀를 끌어
당겼다. 아무래도 그녀에게 빨리 답을 해주어야 그녀가 숨을 쉴
수 있을 것 같았다. 그 또한 그녀의 조그마한 입에서 그를 위해 달
콤한 속삭임을 듣고 싶었다. 그 상상만으로 그의 심장이 요동치고
있었다.

“내가 당신에게 원하는 건 참 많아서 리스트를 작성해서 메일
로 보내주면 어떨까 생각도 해봤는데 그건 너무 삭막하겠지?”

"박현재 씨, 제가 지금 농담하는 것으로 보이나요?"

현재가 그녀의 이마에 내려온 머리카락을 쓸어 올려주려 하자 또다시 주영은 그의 손길을 거부했다.

현재 또한 그녀의 거부를 무시하고 그녀를 끌어당겨 그녀의 눈과 그와 마주 보게 만들었다.

"내 몸을 쓸어줄 수 있는 당신 손을 원해. 당신의 혀로 감겨진 허기진 키스도 원해. 터져 나오는 그 웃음이 나에게만 향하길 원해. 또 당신에게서 나의 소유욕을 원해. 내 아래에 전율하는 당신을 원하고 아침 일찍 눈을 떴을 때 체온을 내게 나누어주는 당신을 원해. 그리고 무엇보다 당신의 마음을 원해. 이 정도면 너무 소박한가?"

현재의 고백에도 주영의 얼굴이 쉽게 풀리지 않자 그는 그녀에게 이 말들을 소화해 낼 시간을 주기로 했다. 자신이 생각해도 너무 직설적이라 그녀가 적지 않게 당황했을 것 같았다. 부드러움이 배인 그의 손이 그녀의 턱을 따라 그녀의 입술을 쓸었다. 그는 그녀의 답이 미치도록 듣고 싶었다. 답을 준비 못했다면 키스로 대신 해주어도 상관없었다.

주영은 자신이 서 있는 땅이 흔들리는 것 같았다. 예상치 못한 대답이 그의 입에서 흘러나왔기 때문이다. 그녀가 잘못 들은 것이 아니라면 그는 그녀를 원한다고 말하고 있었다. 그러나 설레야 하는 그의 밀어가 그녀의 심장까지 다다르지 못하고 있었다. 오히려 심장을 줄기로 옭매인 듯 지끈거리기만 할 뿐이었다.

"이제 당신 차례인 것 같은데?"

그녀가 여전히 침묵을 지키자 현재가 그녀의 답변을 요구하고 있었다.

"콘넥터 칩 도면은 어때요?"

주영은 그의 반응을 보기 위해 그를 똑바로 쳐다보았다.

"뭐?"

"만약 당신 손에 삼진테크의 콘넥터 칩 도면이 있다면 받고 싶다구요."

현재는 한순간 벼락이라도 맞은 듯 그 자리에 꼼짝없이 서 있었다.

주영은 그의 행동을 흔들림없는 눈빛으로 주시했다. 마음의 소용돌이를 감추려는 듯 그녀는 손톱이 살을 파고들 정도로 주먹을 쥐었다. 주사위는 던져졌다. 숫자 확인하는 일만 남았을 뿐이다.

"못 들으셨다면 다시 말해 드릴까요, 박현재 사장님?"

"아니, 들었어."

차갑게 끊는 그의 목소리는 조금 전 그녀에게 속삭이던 목소리가 아니었다.

"그래서 당신이 원하는 것은 바로 그 도면이다?"

그가 그녀에게서 한 발자국 뒤로 물러났다.

"적어도 양심이라는 게 있다면 당신이 무엇을 해야 할지 스스로가 더 잘 알겠죠."

"모르겠으니 당신이 말해 보지 그래."

"모르겠다구요? 뻔뻔스럽게 우리 회사 도면을 훔쳐 간 죄, 감히 그 도면을 마치 상대 회사가 연구 중인 제품이라고 거짓말로 아버지에게 말해 주한전자와 계약하게 만든 죄요. 그러면서 태연자약하게 우리 아버지를 속으로 얼마나 비웃었을까? 연기하느라 애쓰셨겠군요."

"훔치다니, 말은 정확히 하지. 훔친 건 당신 연구원이지. 우린 단지 그 도면을 샀을 뿐이야."

"그래서 잘했다는 거예요? 큰 회사니까 그 정도면 돈 얼마 찔러 주면 무마된다 이 말인가요? 당신의 잘난 표정을 보아하니 이런 것까지 다 예상해 법망 빠져나갈 구멍을 준비해 놓은 것 같은데 최소한의 양심이 있다면 자신의 잘못을 시인하고 용서를 빌어야 하는 거 아닌가요?"

"내가 당신 아버지에게 빌어야 한다는 말인가? 내가 왜 그래야 하지? 당신은 아직 나를 열두 살 아이로 보나? 당신이 사과하라면 해야 하는?"

주영은 어떠한 말도 입에서 끄집어내지 못했다. 그녀가 알고 지내왔던 그가 아니라 전혀 다른 사람을 상대하고 있는 것 같았다. 모든 감정을 배제한 건조한 그의 말투에서는 아무것도 읽을 수가 없었다. 이 사람이 화가 났는지 아니면 당황해하고 있는지 알 수가 없었다. 적어도 그가 미안해하는 모습이라면 그녀는 그를 몰아 세울 수는 있을 것이다. 왜 그랬냐고 원망 섞인 말이라도 할 수 있으리라 생각했다. 그런데 그녀가 아는 그의 모습은 어디에도 없었다.

"똑같은 상황에 다시 놓인다 해도 내 생각은 변하지 않아. 필요하다면 주저없이 사. 경쟁사에서 인재를 빼내기 위해서라면, 그가치가 있다면 무조건 빼와. 그게 뭐가 잘못이지? 치열한 정보 전쟁에 굴러 들어온 복을 거절할 만큼 양심적이지 못해 미안하군. 하지만 당신 아버지는 안 그럴 것 같나? 그 기술진이 처음부터 100% 당신 회사에서 얻어진 것이라고 생각하나?"

그녀 앞에 철저한 사업가 한 명이 서 있다. 단지 그뿐이었다. 그러나 그 이유가 그녀를 너무 화나게 만들고 있었다.

"스카우트와 도면 빼돌린 것은 달라요. 그건 불법이에요!"

"아침부터 친절하게 그것을 알려주러 온 건 아니겠지. 그렇다면 그 도면이 세한그룹에 들어갔다는 것도 잘 알겠군. 설마 세한그룹으로 찾아가 나에게 했던 말을 똑같이 하려는 건 아니겠지?"

주영은 왜 자신이 여기를 왔는지 이제야 알 것 같았다. 그녀는 그의 입으로 '아니다' 라는 말이 듣고 싶었던 것이다. 설사 훔쳤다 해도 몰랐던 일이라고, 아랫사람이 진행시킨 일이라 정말 몰랐다 라는 말이 듣고 싶었다. 힘들겠지만 해결해 보겠다라는 그의 말을 듣길 원했던 것이다. 그러나 그는 너무 당당했다.

그녀는 그에게 더 이상 무슨 말을 해주어야 할지 생각나지 않았다. 그의 무죄를 절실히 원하는 이유는 그녀가 사랑하는 사람에 대한 믿음을 저버리고 싶지 않는 마지막 끈 같은 것이었다. 저런 모습은 그녀의 기억에 들어 있지 않았다. 끓던 가슴이 식어간다. 싸늘하다 못해 한기가 뼛속으로 스며들어 그녀를 아프게 했다.

감정을 이기지 못한 그녀의 목이 가늘게 떨렸다. 이런 남자에게 그녀의 가슴이 설레었던가. 이런 남자를 생각하며 밤잠을 설쳤던가. 주영은 남자를 보는 형편없는 자신의 두 눈을 장기협회에다

기증하고 싶은 심정이었다. 아버지에게 맡기고 그녀는 모르는 척하는 게 더 나았다. 그러면 적어도 그녀의 기억에 이 모습은 없었을 테니까.

"정확히 하는 게 좋겠군. 당신이야말로 무엇을 원해?"

"원하면 들어주기라도 하겠다고? 당신 돈이 썩어나가는 것까지는 알겠는데 때론 돈으로 안 되는 것도 있어요!"

"안 되는 것도 있긴 있더군."

자조적인 미소가 현재의 입에 잠시 스쳤다.

"내가 삼진테크의 딸인 것을 알고 속으로 춤이라도 췄겠네. 만약 내 눈에 콩깍지에 코팅까지 입혀 방부제 처리까지 하면 당신 원하는 건 다 바쳤을 테니까. 안 그래요? 그럴 필요 없이 나와 약혼하면 아버지가 장래 사위에게 알아서 내주실 수도 있었겠네."

"김주영, 말이 너무……."

"닥쳐요, 박현재 씨. 일말의 기대를 하고 왔다는 자체가 내 스스로를 저주하고 싶으니까. 빌어먹을."

말을 끝맺는 그녀의 목소리에 울먹임이 묻어났다. 눈가가 화끈거렸다. 그에 대한 분노와 자신의 감정이 유린당했다는 복잡한 심정이 얽혀 그녀를 흔들어놓았다. 하지만 여기서 울 수는 없었다. 저런 놈 앞에서 나약한 모습은 죽어도 보여줄 수가 없었다.

"대단하네. 한 회사의 사장이, 그것도 직접 움직이며까지 빼내고 싶어했던 한낱 도면인데 이를 어쩌나. 옛말에 죄는 죄대로 간다고 하죠. 당신이 그 죗값을 어떻게 받는지 지켜봐 드리죠. 날벼락이라도 맞으면 더 좋고."

  그녀 또한 냉정하고 흔들림없는 모습을 그에게 보여주고 싶었
다. 당신은 내게 아무 의미도 없는 사람이라는 것을 똑똑히 보여
주고 싶었다. 그런데 이게 뭔가? 주영은 자신이 비극의 주인공이
라도 되듯 신파극 대사를 읊고 있었다. 사랑하는 사람에게 배신이
라도 당한 모습처럼 분개하고 있었다.

  "지켜봐 준다니 영광이군."

  "어차피 만날 일도 없을 텐데 하나만 더 묻죠. 당신이 보낸 통지
서 원래부터 목적은 순수 피해 보상이 아니었어요. 비열하게도 계
획적이었어요. 아니었나요?"

  "맞아, 모두 계획적이었지."

  말 한마디가 이렇게 가슴을 후벼 파는 능력이 있는지 주영은 이
제껏 깨닫지 못했다. 그가 뭐가 아쉬워서 시간을 내며 그녀를 만
났을까 생각을 못해본 그녀 잘못이었다. 더러운 똥 밟았다고 생각
하자. 이제 모든 것을 아버지에게 맡기고 없었던 일인 듯 머리 속
에서 박박 잊어줄 것이다.

  "이제 당신의 그 얼굴 다시는 볼 일 없길 바라. 다시 한 번 내 눈
에 보인다면 나도 내 행동에 대해 책임 못 져. 아, 조금 전 당신의
그 사탕발림 연기 아주 인상 깊었어요. 만약 사업 망하면 연예계
로 진출해 보지 그래요? 그 정도 얼굴이면 웬만한 여자는 넘어갈
것 같은데."

  주영이 문을 쾅 닫고 나간 후로도 현재는 자리에서 움직일 줄을
몰랐다. 차갑게 얼어붙은 눈은 금방이라도 모든 걸 산산조각 낼
것 같았다.

'병신 같은 놈. 그녀가 여기 왜 왔는지도 모르면서 혼자 히쭉거리며 좋아했다니.'

현재가 인터폰을 거칠게 눌렀다.

"박은혁 이사 올라오라고 해. 지금 당장!"

물어뜯을 듯한 사장의 목소리에 비서는 잔뜩 긴장한 채 마케팅 사업부에 급히 호출을 넣었다. 조금 전 사장실에서 빠져나온 여자의 얼굴도 그리 밝아 보이지 않는 것을 보면 심각한 문제가 터진 게 분명했다.

유하는 사장실과 통과는 문을 한 번 바라보더니 다시 자신의 모니터에 시선을 집중시켰다. 오늘은 아무래도 다른 때보다 더욱 정신을 바짝 차리고 일해야 할 것 같았다. 그렇지 않으면 사소한 일 하나에도 눈물콧물 뺄 일이 생길지 몰랐다.

은혁은 회의를 하는 도중 형의 긴급 호출에 중간에 자리를 떠야 했다. 비서에게는 조금 기분이 안 좋아 보인다는 말밖에 듣지 못한 그였다. 혹 근래 그가 다섯 시 반이면 땡하고 퇴근하는 것이 못마땅했나? 아니면 자신에 대해 뭔가를 알아냈기 때문에 저렇게 화를 내는 것인가? 뜻하지 않는 곳에서 심장을 빼앗겨 버린 은혁은 그 심장을 찾기 위해 부업으로 학원까지 나가야 하는 신세가 되고 말았다. 만약 누군가 이 일을 알고 형에게 고해 받쳤다면 형의 기분이 그리 좋을 리는 없을 것이다. 드디어 숨기고 싶은 그의 꼬리를 드러내야 하는지도 생각해 봐야 했다. 그래도 지금의 형이라면 그도 목하열애 중이니 잘만 구슬려 본다면 십분 그의 마음을 이해해 줄지 몰랐다. 동변상련의 기분으로 오히려 적극 지지자가 되어 줄 수도 있을 것이다. 사랑이 이런 거라고 누가 책에서 가르쳐만 주었다면 한 번은 쉬웠을 텐데. 지금 그는 큐피트 화살 두 번 맞았 다가는 심장에 인공 심장을 달아야 할 판이었다. 이런 그의 마음 을 아는지 모르는지 하늘은 무심하기만 했다. 이 정도의 노력이면 감동이라도 해서 이제 그녀를 그에게 보내주어도 되지 않을 듯싶 은데 말이야. 은혁은 한숨을 쉬며 사장실까지 전력을 다해 뛰어갔 다.

그는 힘차게 사장실 문을 열며 슬쩍 형의 안색을 살폈다.

'이런, 적색 경보군. 비상이야, 비상.'

은혁이 인기척을 내고 들어왔음에도 불구하고 현재는 탁자 앞 만을 뚫어지게 바라보고 있었다. 즉각 분위기 파악을 한 그는 조 심스럽게 형 옆 소파에 앉았다.

"박은혁 이사, 누가 앉으라 했나?"

현재가 은혁의 직함까지 부르자 은혁은 넥타이를 만지며 자세 를 바로잡았다. 일이 단단히 틀어지고 있음에 틀림없다. 도대체 무슨 일로 형이 턱을 부서져라 이를 물고 있는지 그는 재빨리 머 리를 굴려보았다. 그가 비록 퇴근은 정시에 했어도 업무적으로 빠 뜨린 보고나 미적거린 진행 건은 없었다. 그렇다면 역시 그 일밖 에 없는 건가?

"삼진테크 계약 건 어떻게 손에 넣었나?"

"삼진테크 콘넥터 칩 계약 건이라면 벌써 매듭이 지어져 퀄 테 스트(qual-test) 날짜까지 받아놓은 상태로 알고 있습니다."

　틈이라고는 없는 현재의 질문에 그는 평소와는 달리 긴장하고 있었다.

　"김우근 사장을 직접 만나서 약속을 잡았습니다. 어차피 코너에 몰릴 대로 몰린 그였기 때문에 손을 쓸 필요도 없는 건이었는데 무슨 문제라도 생긴 건가요?"

　은혁은 미간을 모으며 머리 속으로 삼진테크의 데이터를 하나하나 모으고 있었다. 아직까지 사태 파악을 하지 못한 은혁은 형이 왜 삼진테크의 일을 다시 거론하는지 알 수가 없었다.

　"내 말은 움직이지 않는 김우근 사장 마음을 돌려 세운 게 뭐였냔 말이야."

　인내심이 다다른 듯한 거친 말투였다.

　"끌어봤자 소용없다는 것을 알려주었을 뿐입니다. 경쟁사에서 당신이 만든 도면으로 작업이 들어간 상태이니 시장에 나와도 경쟁이 되지 않을 것이라는 말밖에 하지 않았습니다."

　"그게 바로 내 파일철에 있던 도면이겠지?"

　"네, 맞습니다."

　"빌어먹을, 어쩐지 계약 건이 빨리 체결된다 했지. 그 도면이 무슨 도면인지나 알고 김우근 사장에게 내밀었나?"

　"세한그룹의 도면이…… 아니었어?"

　질문하면서도 은혁은 그 도면이 세한그룹의 것이 아님을 어림짐작할 수 있었다. 은혁은 눈앞이 캄캄해진 느낌이었다. 형이 알았다는 것은 삼진테크에서 이 모든 것을 알았다는 소리다. 아니면 이 정보를 얻을 수 있는 곳이 없었다.

"세한그룹? 삼진테크에서 입수한 도면을 가지고 국내진들이 연구한 자료 중 하나야. 그 도면 가지고는 더 이상 답이 나오지 않아 접었던 건이야. 그런데 그것을 삼진테크 사장에게 그게 경쟁자 업체에서 입수한 것이라 그 앞에서 이걸 흔들어대었단 말이지!"

앞에 놓은 서류철을 던지며 현재가 자리에서 일어났다. 머리를 뒤로 쓸어 넘기는 그의 손에 짜증이 가득 배어 있었다. 더 이상 꼬일 때가 없을 때까지 꼬인 기분이었다. 어디서부터 풀어야 할지 실마리조차 숨어버린 것 같았다. 답답한 가슴이 그의 숨통까지 죄어오는 것만 같아 미칠 것만 같았다. 화풀이를 해도 아무 소용이 없는 것을 알면서도 현재는 은혁을 다그쳤다. 그에겐 지금 화풀이할 상대가 필요했다.

"내가 사고를 당하기 전 김우근 사장을 만났어. 알고 있나? 바로 그 계약 건 때문에 말야. 삼진테크의 자금 악화를 약점 삼아 구두상으로 먼저 그와의 계약을 끌어냈지. 절대 자식 같은 콘넥터 칩을 팔 것 같지 않았으니까. 반도체의 획기적인 제품의 가치를 잘 알고 있었으니까 말이야. 그래서 공급 계약 조건으로 먼저 1차에 막을 돈을 송금해 주기로 했고. 그게 일단락이었어. 물론 사고가 나는 바람에 모든 게 엉망이 되어버렸지만. 고의적으로 늦게 송금한 것처럼 삼진테크는 1차 부도 처리까지 갔었고 이제는 삼진테크 쪽에서는 주한전자가 거짓으로 계약을 따낸 놈들로밖에 안 보이는 거겠지."

회복할 수 없는 신용을 잃어버린 것이었다. 이제야 한 걸음 다가가 한숨 돌렸다고 생각했는데 모든 게 단칼에 잘려 나간 것이다. 감정이란 것이 살아 있는 생물인 양 그의 몸 안에서 꿈틀대며 날뛰고 있었다. 얼굴은 무심한 듯한 위선이라는 가면을 쓰고 있지만 스스로 제어할 수 있는 범위를 벗어난 지 오래였다.

현재의 눈빛이 어둡게 내려앉으면서 창밖으로 시선을 던졌다. 마치 자신의 소중한 물건을 빼앗긴 후 그 자리에서 고집스럽게 참는 모습이 역력한 어린아이처럼 그가 그렇게 서 있었다.

"책임지고 해결할게."

"무엇을 책임지고 해결한다는 거지? 다른 배로 갈아 탄 사람에게 잘도 먹히겠군. 됐어. 이 건에서 손떼. 다만 확인하기 위해서 부른 거니까."

은혁은 그가 비단 계약 건만으로 국한된 내용이 아님을 알았다. 사람에게 정 주는 것에 서툰 형이 김주영 씨에게는 자신이 최대한 할 수 있는 행동으로 그의 감정을 표현하려 애썼다. 그녀와의 저녁 약속을 달력에 체크하는가 하면 엄격하기로 소문난 아침 회의 시간엔 항상 핸드폰을 꺼놓던 그가 언제부터인지 핸드폰을 켠 상태로 회의를 진행하고 있었다. 어렸을 때 외롭게 자란 것을 누구보다 잘 알기에 내심 은혁은 그녀와 잘되었으면 하고 바랐다. 기억이 없을 때에도 형은 그녀에 대한 독점력을 나타냈을 정도로 그녀는 특별했던 것 같았다. 하지만 이 일로 인해 그녀와 어그러지게 될 것은 자명했다.

"주한전자에서 아무런 움직임도 없는 걸 보면 아직 우리에게 기회는 있다고 봐."

"벌써 성격 급한 한 사람이 왔다 갔지."

“혹시 김주영 씨?”

“그래. 이 바쁜 아침에 친히 직접 와서 소식을 전해주고 갔어. 이만하면 상황이 어떻게 돌아가는지 알겠나?”

“오해의 소지가 있다면 내가 가서…….”

“손떼라고 했어. 움직일 생각 하지 마. 그러면 너라도 용서 안 해.”

현재가 협박하듯 은혁의 말을 끊어버렸다. 그러나 은혁에겐 오히려 상처 입은 목소리로밖에 들리지 않았다.

“그냥 이대로 끝낼 생각은 아니겠지? 주제넘는 말이지만, 기억이 돌아왔음에도 불구하고 그녀와 같이 있기를 원할 만큼 김주영 씨를 좋아한 거 아니었어? 잡아. 다른 거 생각하지 말고 원하면 수단방법을 가리지 말고 형 옆에 묶어둬. 그만한 능력은 되잖아? 그 일은 내 책임 하에 이루어졌으니 내가 삼진테크 사장과 만나 어떻게든 처리해 놓을게.”

“증오하고 미워하는 사람을 옆에 묶어서 어쩌라고. 그게 사람 사는 건가? 내 부모님만으로 그런 모습은 족해. 그런 모습은 신물이나. 그래, 인정해. 그녀를 사랑해. 그래서 어쨌다는 거야. 그녀를 옆에 두고 부모님처럼 똑같은 전처를 밟으며 살라고? 내 자식에게 그런 모습을 보여주며? 자식도 있는데 살다 보면 마음 열리는 날 있겠지 하며 그렇게 말이지?”

“형…….”

충격적인 형의 고백에 은혁은 입이 벌어졌다.

현재가 눈을 질끈 감았다. 한 번 터져 나온 감정은 막을 수가 없었다. 격해진 감정은 그의 목까지 잠식하고 있었다.

"내가 왜 삼진테크를 공중분해 안 시켰다고 생각해? 궁금하지도 않아? 단 일 원이라도 이익이 된다면 가차없이 행동으로 옮기는 내가 말이야. 삼진테크를 볼모로 그녀를 요구한다면 울며 겨자 먹기 식으로 나에게 오기는 오겠지. 하지만 난 둘 다 탐이 났어. 그녀 스스로 나를 택해주길 원했어. 있는 모습 그대로 나에게 와주었으면 했어. 빌어먹게도 다 글렀지만 말야. 그게 그렇게 죄야? 박은혁, 나가!"

현재가 책상을 내려치며 소리치자 은혁은 조용히 사장실 문을 닫고 빠져나갔다. 고요한 사무실에 그의 거친 호흡만이 존재할 뿐이었다. 그는 그녀에게 처음으로 그의 속내를 내비쳤다. 농담도 아니고 장난도 아니라 진지하게 조금은 쑥스러운 설렘으로 그가 원하는 것을 밝혔다. 그러나 벌거숭이 임금처럼 어리석게 모든 것을 보여주었는데 돌아온 것은 차가운 비웃음과 조롱이었다. 그를 다시는 보고 싶지 않다던 그녀의 말이 떠올랐다. 바르르 떨며 울지 않으려는 몸짓 하나까지 기억한다. 그녀로서는 당연한 반응이었는지 몰랐다. 그는 그녀가 이해만 해줄 수 있다면 구차한 변명이라도 하고 싶었다.

추웠다. 마음이 시려서 견딜 수 없었다. 내동댕이쳐 다시 혼자가 된 기분이 견딜 수 없었다. 더 이상 그녀가 없다는 사실이 그를 너무 힘들게 하고 있었다.

제8장 **벙어리 냉가슴**

주영은 울지 않는 자신을 칭찬이라도 해주고 싶었다. 그녀는 새삼 만화 속의 캔디가 대단하다고 생각했다. 어떻게 외로워도 슬퍼도 안 울 수가 있는가. 신이 인간에게 눈물을 폼으로 만들어준 줄 아는가. 슬플 때 유용하게 써먹으라고 만들어준 것이지. 그러나 그녀의 자존심이 허락지 않았다.

그녀는 눈에 힘을 준 채 앞의 서류에 집중하려고 했다. 몇 분 되지 않아 그녀는 손에 쥐던 펜을 놓고 손으로 머리를 받쳤다. 의지의 한국인으로 울지 않는 것에는 성공했는지 모르나 다른 모든 것에서는 실패를 했다. 기분은 바닥을 기다 못해 지렁이처럼 땅속으로 파고들어 간 것처럼 우울하기 그지없었고 하루도 되지 않았는데 마음이 욱신거리는 것처럼 아팠다. 내일쯤이면 마음에 붙이는 반창고와 붕대가 필요할지도 몰랐다. 분명 만화 속의 캔디도 웃고는 있지만 남 몰래 위장병을 가지고 있음이 틀림없을 것이다. 아니면 어떻게 매일 웃고 다닐 수가 있는가. 그녀는 고작 한 남자 때문에 이렇게 아파 죽겠는데 캔디는 두 남자에게 실연의 아픔을 느낀 비련의 여주인공 아닌가. 그 가슴이 어디 남아나겠는가.

실연? 몽롱했던 머리가 번쩍거리며 망치로 얻어맞는 느낌이었다.

주영은 벌떡 일어나 고개를 흔들었지만 모두들 자기 일하느라 그녀가 무엇을 하든 관심을 두지 않고 있었다. 그럴 리 없었다. 실연이라니. 그건 사랑하는 사람에게만 가능한 것 아닌가. 그녀는 단지 나쁜 놈에게 속은 착한 어린 양이었을 뿐이었다. 그렇다면 화가 나야 하는데 화보다는 눈물이 나오려는 이유는 뭐냔 말이야. 좋아했다는 것까지는 인정하지만 사랑은 아니었다. 그런 남자를 사랑하다니 말도 안 되었다. 그는 진실하지 못한 남자였다. 하지만 사랑이라는 말에 왜 가슴이 더욱 아파오는지 그녀는 생각하고 싶지 않았다. 그는 그녀에게 고의적으로 접근한 남자였다. 치밀하게 계획적으로.

“김 대리, 왜 그렇게 서 있어? 무슨 일 있어?”

“아, 아니요. 화장실 좀…….”

주영은 나사 하나가 빠진 듯 발걸음을 휘청거리며 사무실을 빠져나갔다.

그 모습을 옆에서 지켜보던 박 과장이 안경 너머로 눈을 치켜떴다.

"이 대리, 김주영 대리 무슨 일 있나? 아침부터 두더지처럼 책상에 코를 박고 점심도 먹는 둥 마는 둥 하더니 이제는 아예 정신이 나간 것 같잖아."

"확실히 좀 이상하긴 이상하죠. 말을 시켜도 우물우물거리고요."

"참 신경 쓰이네. 저 신발 끌고 가는 폼 좀 봐. 약 먹은 병아리도 아니고 말야."

박 과장은 영 마음에 안 든다는 듯 눈살까지 찌푸렸다.

"누구나 우울할 때가 있겠지요."

그러면서도 민철은 김 대리가 무척 걱정이 되었다. 웬만한 일에는 위축도 하지 않던 김주영이었기에 안 그런 척하면서 다들 신경을 쓰고 있었던 것이다.

주영은 자신이 뭐 하는 짓인가 생각 중이었다. 뭐 하고 있긴, 울고 있지.

그녀는 코까지 팽 풀면서 자신의 신세를 한탄하고 있었다. 결국 참았던 울음이 터진 것이었다. 그것도 한 평도 안 되는 화장실에 쪼그리고 앉아서 닭똥 같은 눈물을 청승맞게 떨어뜨리고 있었다. 그뿐인가. 그녀의 입은 박현재의 험담을 늘어놓기 위해 존재하는 것마냥 쫑얼쫑얼 잘도 구시렁대고 있었다.

"자기 잘못도 못 뉘우치는 뻔뻔스러운 놈. 남의 눈에 눈물 나면 자기 가슴에 피멍들 날 오지. 꼭 너 같은 여자 하나 만나서 된통 당한 후 술독에 푹 빠져 살아버려라. 나쁜 자식. 사람 감정을 가지고 놀아도 정도가 있지. 어떻게…… 어떻게 계획적으로 그럴 수 있지. 한 대라도 때리고 오는 건데. 괜히 냉정한 척 폼 잰다고. 생각하면 눈물도 아까운데……."

머리로 아무리 나쁜 사람이라고 해도 가슴이 아프다고 소리친다. 거짓 감정이니 그를 위해 한 방울의 눈물도 아깝다고 머리가 가슴을 강요한다. 그러나 인생사 내 마음대로 되는 게 몇 있던가.

주영은 신경질적으로 눈물을 닦아냈다. 그의 얼굴에 죄책감이라도 서렸다면, 자신의 일을 뉘우치고 있다면 어떻게든 그 일을 함께 풀어나갈 수 있었을지 모른다고 생각했다. 설혹 아버지에게 쫓겨나는 일이 벌어질지라도 그 남자가 진실되게 그녀에게 마음을 보여주었다면 그 하나만 믿고 그의 편에 서줄 수도 있다고 생각했다. 그녀가 알고 있는 그라면 그럴 수 있다고 생각했다. 그래서 그를 찾아갔다. 그녀가 직접 그의 마음을 확인하고 싶어서.

그녀는 다시 복받쳐 오는 설음에 코를 팽 풀었다. 오늘만 울고 더 이상 그 남자를 위해 감정 소모하는 일은 없을 것이다. 기억에서 깨끗이 없애 버릴 것이다.

박현재? 그 사람이 누구야? 좋아, 이 정도면 일주일, 아니, 삼일이면 모두 잊을 수 있을 것이다. 그가 그녀의 잔재를 그리워하는 동안 주영은 그를 잊기 위한 프로젝트로 돌입했다.

얼마나 화장실 안에서 쭈그리고 앉아 있었는지 주영은 다리에 쥐가 날 지경이었다. 오늘 눈물샘에 저장되어 있는 할당량 눈물을 다 흘린 후에야 그녀는 화장실을 나왔다. 이상했다. 눈물을 다 흘렸으면 시원해야 하는데 오히려 구멍이 하나 뚫려 바람이 솔솔 지나가는 느낌이었다. 속이 아주 허해 무언가로 배를 가득 채워주어야 하는 기분이었다. 분명 안 봐도 눈이 붕어처럼 퉁퉁 부어 있을 것 같기에 그녀는 고개를 푹 숙인 채 걸었다.

"김주영."

뒤에서 그녀를 부르는 목소리에 주영은 걸음을 잠시 멈췄다. 그러나 뒤도 돌아보지 않은 채 조금 전보다 더욱 빠른 걸음으로 앞으로 전진했다. 주영은 지금 자신의 모습을 누구에게도 보여주고 싶지 않았다. 더욱이 개인적으로 그녀를 너무 잘 알고 있는 사람에게는.

끝까지 청각장애인 노릇을 하려는 그녀의 노력에도 불구하고 뒤에서 그녀의 어깨를 낚아채자 그녀는 포기한 채 뒤돌아섰다. 체념하면서도 그녀의 입은 부루퉁하게 나와 있다. 도대체 하고 많은 시간 중 왜 지금 재석이 자신의 회사에 와 있는 거냐고. 왜! 왜! 왜!

"불렀는데 못 들은 거야? 몇 번 불렀는데 어딜 급히 가는 거야? 퇴근 시간 다 되어가……."

재석은 말을 다 끝내지 못한 채 그녀의 얼굴을 자세히 들여다보았다. 얼마나 울었는지 눈은 밤에 라면 먹고 다음날 아침 부은 사람처럼 부어 있었다. 눈물 흘린 것을 티 내기라도 하듯 조그만 휴지 조각이 그녀의 눈가 근처에 대롱대롱 매달려 있었다. 코까지 훌쩍이는 것으로 봐서는 울어도 서럽게 운 모양이었다.

"무슨 일이야? 괜찮은 거야? 큰 실수라도 했니? 그래서 그래?"

실수는 박현재를 만났다는 것 자체가 실수였지. 그녀의 머리에서 박현재라는 이름만 빼서 쓰레기 소각로에다 불태워 버리고 싶었다.

"아니에요. 그냥 그럴 일이 있었어요. 근데 무슨 일이에요, 이 시간에? 회사 농땡이?"

주영은 더 이상 그가 캐물을까 슬쩍 말을 돌렸다.

"내가 김주영인 줄 아나? 아버님께 가져다 드릴 서류가 있어서 들렀지. 겸사 너도 보고."

"이번 일 많이 도와주셔서 고마워요. 딸보다 낫네요. 전 아무것도 한 게 없는데."

주영은 바닥을 보며 자신의 한심함을 내비쳤다. 가라앉은 기분은 그녀까지 비관적으로 바꾸어놓았다.

"저녁이나 먹을까? 당신이 좋아하는 것으로. 할 얘기도 있고."

"할 얘기요? 오늘 꼭 해야 하는 거예요? 오늘은 피곤해서 집에 일찍 들어가 쉬고 싶거든요."

거짓말이 아니라 정말 그녀는 하루 종일 잠만 자고 싶었다. 또 이 얼굴을 가지고 어디 가서 식사하고픈 마음도 없었다.

"그럼 다음에 하지. 당신을 보니 붙들고 얘기할 얼굴도 아닌 것 같고. 왜 울었냐고 물어도 대답해 주지 않겠지?"

"네. 그러니 묻지 말아요. 긴 얘기 아니라면 여기서 해요. 저기 휴게실 있거든요. 손님으로 오셨으니까 오늘은 특별히 고급커피로 제가 쏩니다."

휴식 시간이 아니기 때문에 휴게실에 있는 사람은 그녀와 재석 단둘뿐이었다.

그녀는 뜨거운 커피를 두 손에 들고 작은 테이블로 자리 잡았다. 평소 같으면 커피 맛을 느낄 새도 없이 습관적으로 마셨을 텐데 지금은 이 달짝지근한 맛이 그녀의 기분을 조금 달래주고 있었다.

"이야기해도 될 만큼 조용하고 마실 커피도 있으니 말해 보세요."

"중앙은행이 중국으로 진출을 한 지 이 년이 넘었는데 행보를 못 잡고 있자 이번에 그 방안이 제시되었어. 아직 정식 통보를 받지는 않았지만 교육원에 육 개월간 다른 팀과 합숙하다 상해로 발령날 것 같아."

재석은 그녀의 반응을 보려는 듯 잠시 말을 쉬었다.

"정말요? 축하해요. 정말 커피 한 잔으로는 축하하기가 뭐한 일이네. 진급에도 도움되고 공짜로 해외여행도 하고 일석이조네요."

주영은 자신의 기분이 이렇지만 않다면 마음껏 기뻐해 줄 수 있었을 거라 생각했다. 잠시 그가 부담스럽게 다가온 몇 번 빼놓고 그는 항상 인생의 좋은 선배로서, 가끔은 친구로서 그녀에게 넘치는 사람이었다. 적어도 그녀에게는 그랬다.

"그래? 난 조금 다른 말을 기대하고 있었는데. 네가 가지 마라 하면 안 갈 생각인데. 가면 최소 삼 년은 있어야 하는지라 마음의 갈등이 생기더라. 내가 아버님 일을 이렇게 빨리 매듭짓고 싶어하는 것도 순수 아버님만을 돕고 싶은 마음에서만은 아니었거든. 회사 일이 해결되면 너와 같이 중국으로 가고 싶다는 욕심이 생기더라."

주영은 커피를 다 마시고 난 빈 종이컵 끝을 질겅질겅 씹었다.

그녀가 피하고 싶던 주제를 그가 다시 꺼내고 있었다.

"알아, 아직 네가 마음이 움직이지 않았다는 거. 하지만 밀어내려고만 하지 말고 생각을 해봐. 적어도 나를 싫어하지 않는다면 우리 시작은 할 수 있지 않을까 싶은데? 방금 네가 지은 표정이 순수 기쁨이 아닌 놀람과 아쉬움이라 얘기해 줘. 삼 년 동안 나 못 보고는 못살겠다면 지금 잡으라고."

그 말은 곧 그와 사귀자는 말이었다. 낯간지러운 그의 말에 당황도 되고 미안도 해 주영은 차마 그의 얼굴을 마주 볼 수가 없었다. 거절하는 사람의 마음도 그리 편하지 않다는 것을 사람들은 알까? 그것도 한 번도 아니고 두 번씩이나. 매정하다 보일지 모르지만 지금은 금빛 망또를 두른 왕자님이 청혼을 한다고 해도 심드렁할 뿐이다. 정신적으로 오늘 너무 많은 충격과 상처를 받은 그녀이기에 그 어느 말도 가슴에 입력할 수가 없었다. 오히려 영화 속에 겉도는 번지르한 대사 하나 주워들은 느낌이었다.

그녀는 남녀가 사귈 때 그 사람에게 관심이 없다면 희망을 주는 어떠한 행동도 해서는 안 된다고 생각했다. 특히 일방통행으로 달리는 것을 알고 있으면서 묵인하는 것은 죄라고 생각한다. 짝사랑은 곪는다. 터져도 아프고 안 터져도 아픈 법이었다. 소독은 못해 줄지언정 곪아 썩게 만들지는 말아야 했다.

"중국 잘 다녀오세요. 좋은 기회잖아요."

"거절인가? 그래도 내심 기대를 하고 왔는데……."

재석은 피식 웃으려 노력했지만 입술을 달싹거리는 게 고작이었다. 적어도 고민하는 척이라도 해줄 줄 알았는데 주저없이 그녀의 대답은 NO였다. 구차하지만 그는 그 이유가 듣고 싶었다. 마음으로 안 되면 머리라도 납득을 할 수 있는 이유를 원했다.

"생각지도 않고 거절이라니, 그래도 한때 잘 나간다는 말도 들었던 놈인데. 이유라도 물어볼까? 어설프게 다른 사람을 사랑한다는 말은 안 통해. 당신을 지켜본 지 일 년이라구. 아버지 때문이라고 하기에는 글쎄, 모르겠군. 나 자체가 마음에 들지 않는 거야? 당신의 이상형이 아니라서?"

세계에서 십대 멍청한 질문 중 하나가 아마 '나는 널 사랑하는데 너는 왜 날 사랑하지 않는 거야?' 일 것이다. 내 심장이 내 허락 받고 뛰었다면 그녀가 이렇게 눈물 짜는 일이 생기지도 않았다. 물론 세계적으로 젊은 남녀의 가슴을 아프게 하는 일도 줄어들겠지. 그런 약만 개발한다면 노벨 평화상은 따놓은 당상일 것이다. 평화상뿐이랴, 경제학상, 의학상까지 세계 최초 노벨상 세 개를 석권하는 명예도 주어질 것이다. 치료약이니 의학상은 기본이고 사랑 때문에 시름시름 앓는 사람 없어 인력가동률이 향상되니 경제상도 탈 것이고 사랑 때문에 좌절에 사회에 물의를 일으키는 사건이 없어질 테니 평화상 안 줄쏘냐.

"사람이 잘나고 못나서 그런 게 아니라 마음 자체가 움직이지 않으니까 그런 거니까, 그건 누구 탓도 아니에요. 마음만 움직인다면 원수하고도 사랑에 빠지는 것이 사람이니까. 로미오와 줄리엣처럼."

로미오와 줄리엣은 서로 죽고 못살 정도로 사랑이라도 해봤지. 그녀는 그 무엇도 아니었다.

"언제 한번 날 잡아서 집에 와요. 근사한 축하 파티 해드릴게
요."

"그렇게 말 안 해도 알아들었으니까 그만 해."

재석은 그 뒤로 아무 말도 없이 커피를 마저 마신 후 일어났다.
주영 또한 무거운 마음으로 자리에서 일어났다. 참 아이러니한 일
이었다. 다른 한 사람에게 상처를 받은 바로 그날 다른 한 사람에
게 상처를 주었다. 이론적으로는 차변 대변 공제가 되어 공백이
되어야 하는데 마음은 또다시 울고 싶어졌다. 눈물샘 보수공사는
안과를 찾아가야 하나?

쨍쨍 내리째는 햇살 아래 한 그룹의 임원들이 사장을 중심으로
부지를 둘러보고 있는 중이었다. 주한전자는 LCD 부지 매각 건으
로 파주에 관심이 쏠린 상태였다. 실 계획보다 이 년 앞당겨 추진하
려는 이유는 세계 메모리 반도체 2위 시장을 석권하면서 LCD에 필
요한 증착에 관한 원재료를 벌크 방식으로 일본이나 미국에 의존을
한다는 자체가 마음에 들지 않기 때문이었다. 또한 LCD TV의 대
형화 추세로 물류 비용과 시간이 생산 효율의 중요한 요소로 자리
잡는 시점에서 일관 생산체제가 훨씬 효율적이라 생각에 이사들의
동의를 쉽게 얻어냈기 때문이기도 했다.

한참 뼈대 작업 중이라 황막한 땅 위 여기저기 기계 소음이 울
리고 있었다. 따라서 옆에서 설명하는 임원은 더욱 목소리를 높여
야 해 고생이 이만저만이 아니었다. 날씨는 덥고 한 시간째 계속
돌아다니며 목을 혹사시켜야 하니 이사들은 속으로 은근히 사장

이 그만 올라가자는 말이 나오기를 기대하고 있었다. 아니, 누군가 얼음 물 한 컵이라도 건넨다면 소원이 없을 것 같았다.

"여기가 필링 스테이션(filling station) 부지입니다. 1공장부터 7공장까지 로앙뜨 업체가 시공을 맡고 있습니다."

"100% 외주라 하더라도 각 파트별로 한국 사람과 파트너로 짝지워 시공하게 만들어요. 아무리 설비업체지만 거슬리는군."

지시사항이 하나하나 늘어날 때마다 옆에 있던 은혁은 구름 한 점 없는 하늘을 쳐다봐야 했다. 김주영 씨가 다녀간 지 보름이 흘렀다. 그만큼 더위가 시간을 더해 기승을 부렸다. 은혁은 넥타이를 푸르고 신발 또한 벗은 채 물에 담그고 싶은 심정이었다. 뜨거운 햇볕 때문에 눈도 잘 떠지지 않는 상태였다. 특히 그는 햇빛을 오랫동안 보면 눈이 시려오는 증상 때문에 이런 방문은 별로 내키지 않았다.

은혁은 형을 한번 바라보다니 고개를 절레절레 흔들었다. 그는 다시 한 번 형의 정신력에 감탄을 하고 있는 중이었다. 보름 동안 그는 가시방석 위에 앉은 사람마냥 죽을 맛이었다. 김주영 씨가 돌아간 후에도 형의 태도는 예전과 변함없었다. 언제나 빠듯한 업무가 그를 기다리고 있었고 스케줄대로 정확히 움직였다. 잡아먹을 듯 회사 임원들을 닦달하는 모습도 보지 못했고 술 냄새나 담배 냄새도 형의 곁에서 찾아볼 수 없었다. 흐트러짐없는 그의 모습은 누가 봐도 정상이었다. 만약 그날 형이 그에게 그녀를 사랑한다고 소리치지만 않았어도 그 또한 전혀 의심하지는 않았을 것이다. 그러나 사장 비서에게 알아본 바로는 그날 엄청 큰 소리가 났다고 했다. 그렇다면 그 불 같은 김주영 씨 성격에 제 발로 찾아와 형을 용서해 주겠다는 말은 더위를 먹지 않는 이상 불가능했다. 혹시 형은 믿는 구석이 있는 것일까? 그러나 그가 보기에도 뾰족한 수가 없었다. 이건 이해를 넘어선 문제였다. 만약 아무런 방법도 없는데 정상인처럼 시간을 보내고 있다는 것 자체가 더욱 이상한 것이었다. 정상 생활을 하고 싶어도 할 수 없는 것이 바로 사랑의 묘한 쓴맛이 아닌가. 잊기를 발악하기 위해 담배, 술도 하고 밤에 울기도 하고 말이지. 은혁이 딴생각을 하는 동안 벌써 다른 임원들은 저만치서 걷고 있었다.

그때였다. 털썩 소리가 나더니 그 점잖은 임원들이 소리를 지르며 허둥대기 시작했다.

"사장님! 사장님, 정신 차리세요! 이봐, 빨리 앰뷸런스 불러. 어서!"

"물! 물 있는 사람 없나? 완전히 정신을 놓은 것 같아!"

"혀, 형!!"

은혁은 곧 기절한 현재 옆에 무릎을 꿇었다. 현재의 얼굴이 창백하게 굳어 있었다. 기절한 상태이면서도 고통스러운지 현재는 인상을 찡그리고 있었다.

"왜 그런 겁니까? 갑자기 왜 쓰러진 거예요? 어디 구조물에 맞았습니까?"

은혁은 현재의 머리를 조심스럽게 살피며 초조해했다. 일단 그늘로 현재를 옮긴 임원들은 그의 넥타이를 푸르고 와이셔츠 단추도 몇 개 풀러놓았다. 일하는 인부들도 무슨 일인지 궁금한지 하나둘 모여들기 시작했다.

"누가 설명 좀 해보세요. 어떻게 쓰러졌습니까?"

"그냥 얘기를 하시다가 잡을 새도 없이 앞으로 쓰러지셨습니다."

이마를 그대로 땅에 박았는지 광대뼈 쪽과 이마 쪽이 긁혀 있었다.

십오 분 뒤 현재는 신속하게 인근 개인 병원으로 옮겨졌다. 모두 병원에 남아 있을 수 없기에 일단 의사의 진단을 듣기 위해 은혁만 남기로 했다.

잠시 후 박현재님의 보호자를 찾는 말에 그는 긴장한 채 진료실로 들어갔다. 그는 이제 병원이라면 지긋지긋했다. 몇 달 전에도 형이 사고 당했다는 소식을 듣고 곧바로 달려간 사람도, 일을 수습한 사람도 그였다. 그를 정신적으로 힘들게 만들었던 곳이기에 병원에 오는 자체만으로도 그의 기분은 우울해졌다.

앉으라는 말도 없이 나이 지긋한 의사가 은혁을 호기심 어린 눈빛으로 쳐다보았다.

"내가 병원 개업한 후 이런 일은 처음 당하네. 갑자기 한 환자가 들어오더니 몇 분 뒤에 양복 입은 열대 명 사람들이 우르르 몰려와 빨리 진료하라고 소리치길래 난 무슨 깡패 두목이 칼에 찔려 들어온 줄 알았네. 얼굴을 보니 뉴스에 많이 보던 사람이더군."

"어디가 아픈 겁니까?"

"주한전자 망했나? 아니면 당신 사장도 요즘 열풍인 다이어트에 동참했나?"

"네? 무슨 말씀이신지……."

농담까지 하는 것을 보면 그리 큰 병은 아닌 듯했다. 은혁은 속으로 가슴을 쓸어 내렸다.

"무슨 말이긴, 원래 위가 안 좋은 사람인데 위 벽을 긁어놓았으니 하는 말이지. 도대체 밥은 먹고 다니는 건가? 저 정도면 아침마다 위가 상당히 쓰렸을 텐데. 거기다 영양실조라니! 저 체력에 무리하게 움직였으니 몸이 배째라 하고 드러누운 거 아니야. 무조건 쉬게 만들어."

은혁은 조용히 고개를 끄덕였다.

"죄송하지만 앰뷸런스를 오늘 하루 빌릴 수 있을까요? 아무래도 급히 후송을 해야 할 것 같습니다."

"지금 자고 있으니 깨어나려면 세네 시간 있어야 할 거야. 그리고 어디로 후송한다는 건가? 자게 내버려 두게. 아주 곯아떨어졌어. 도대체 젊은 사람의 심신이 왜 그 모양이야."

"서울 대한 병원으로 이송하려고 합니다. 머리까지 다쳐서 자세한 검진을 받아야 할 것 같습니다. 몇 달 전에도 사고가 있었거든요."

원장은 불쾌한 듯 은혁을 바라보았다. 꼭 자신의 진단을 믿지 못하겠다는 듯 들렸기 때문이다.

은혁은 정말 개입하고 싶지 않았다. 형 역시 손을 떼라고 했고, 남녀 문제는 제삼자가 끼면 더욱 복잡해지기 마련이기 때문이다. 하지만 이 두 남녀는 고집이 쇠심줄보다 더 질기다는 것을 깜빡 잊고 있었다. 어쩐지 아무렇지도 않다 싶었다.

'한마디로 벙어리 냉가슴을 앓았단 말이지?'

은혁은 입가에 씨익 미소가 감돌았다. 그는 기회를 놓치는 법이 없었다. 왜 자신이 기회주의자인지 이번 기회에 확실히 보여주는 것도 괜찮겠지.

현재가 눈을 뜬 것은 거의 자정에 가까웠다. 빡빡한 눈꺼풀을 들어 올리자 어두운 조명이 낮게 깔려 있었다. 그는 손을 들어 얼굴을 쓸어 내리려다 팔에 꽂힌 링거에 눈이 갔다. 그때서야 그가 쓰러져 병원으로 이송되어 왔음을 알 수 있었다. 창밖으로 시선을 돌린 그는 긴 한숨을 쉬었다. 자신이 지금 뭐 하고 있는 짓인지 한심스러울 따름이었다.

"무슨 한숨이야? 살아났다는 안도의 한숨이야, 아니면 신세 한탄하고 있는 한숨이야?"

"여기서 지금까지 있었던 거냐? 늦었는데 들어가."

"내가 올해 병원에 왔다 갔다 하는 횟수가 내 어렸을 때 병원에 간 횟수보다 많을걸?"

"미안하다. 잠시 쓰러졌는데 이런 것도 맞아야 하나? 내일 퇴원할 거니까 너도 어서 가라."

"형이 의사야, 마음대로 퇴원하게? 내일부터 모든 검진받을 테니까 꼼짝 말고 있으라는 의사 선생님의 분부야."

"귀찮게 됐군. 다들 놀랐겠어."

현재는 재미난 농담이라도 되듯 히쭉 웃었다.

"친척 분들에게는 아직 얘기 안 했어. 놀라 자빠지실까 봐. 더

자. 원하시는 대로 퇴장해 줄 테니까."

그가 말하지 않아도 일가친척들이 알아서 놀라 자빠지실 테니 미리 말씀드릴 필요가 없겠지. 은혁은 현재에게 의미 모를 미소를 지어 보인 채 병실을 빠져나왔다. 나오자마자 언제 냄새를 맡았는지 벌써 발 빠른 기자 몇 명이 복도에게 은혁을 기다리고 있었다. 기자들이 뒤질세라 질문 공세를 퍼붓자 그는 어느 질문부터 답을 해주어야 할지 고민되었다.

"오늘 갑자기 박현재 사장님이 쓰러졌다고 하는데 사실입니까? 병명이 뭡니까?"

"그냥 단순한 피로가 겹친 것뿐입니다. 지금 환자 분이 쉬고 계시니 조용히 해주시겠습니까?"

은혁은 어두운 얼굴을 한 채 간곡히 부탁했다.

"단순 피로 정도면 파주 개인 병원에서 긴급 후송이 될 일은 없지 않습니까?"

은혁은 고의적으로 그 질문에 대한 답을 회피했다. 그들의 끈질긴 질문에도 불구하고 은혁은 어느 정치인의 인터뷰처럼 냉정히 그들 사이에서 빠르게 빠져나왔다. 그런 모습은 기자들의 엉뚱한 추측을 자아내기에 충분했다.

최 여사는 병원 휴게실에서 은혁과 얘기를 나누는 중이었다. 자주 왕래하지는 않았아도 큰아버지의 자식이니 당연히 걱정되어 아침부터 병원으로 발걸음을 했다. 또한 남편은 출장 중이라 아직 소식을 못 전해 들었을 테니 그녀라도 먼저 현재를 만나봐야겠다는 생각이 들었다. 그러나 무슨 영문인지 은혁은 그녀를 보자마자 병실 문도 열기 전에 다짜고짜 휴게실로 끌고 간 것이었다. 가슴 끝 자락에 매달려 있는 최 여사의 불안은 커져만 갔다. 올해 큰 상을 두 번이나 치렀기 때문에 앞서 걱정이 되는 것은 당연했다. 현재가 무탈하게 살아남은 것은 천운이었다. 최 여사는 집안에 더 이상 우환이 생기지 않길 간곡히 바랐다.

"생각보다 심각한 게야?"

"육체적으로나 정신적으로나 많이 힘든 상태라 혼자 있게 저도 나왔어요. 실무는 한동안 부사장님께서 봐주셔야 할 듯합니다."

그건 나중에 형과 얘기해 해결 보아야 할 일이었다.

"안 좋은 게로구나. 얼마나 안 좋은 게야. 의사들이 뭐라던?"

"다시 검사를 해봐야 하지만 어머니가 예전에 앓았던 병명과 같을 것 같다고 하네요."

최 여자는 너무 놀라 은혁의 팔을 붙잡았다.

'어머니, 죄송해요. 이 불자 딸 한 번만 용서해 주세요.'

최 여사의 눈빛이 슬픔으로 드리워지자 은혁은 참해의 기도를 올렸다. 그녀는 몇 년 전 암을 앓은 적이 있었다. 운이 좋아 림프절에만 퍼져 그곳만 떼내는 수술을 받았지만 지금도 생각하기만 하면 무섭고 가슴 떨리는 일이었다. 그런데 사고로 병원에서 퇴원한 지 얼마 되지 않 현재가 또다시 병을 얻자 그녀는 할 말을 잃었다.

"그러면 몇 달 전에 았어야 하지 않니. 그때도 오만검진 다 받고 그 아이에게 튜브지 꽂아놓으면서 그거 하나 발견하지 못했다니. 최고의 의사들이 모인 이 병원에!"

그녀의 화난 음성에 이 병원 의사에 대한 은근한 힉책이 깔려 있었다.

"그때 의사들이 개인적으로 형에게 얘기를 해주었는데 형이 말을 안 한 거겠죠."

"그럼 적어도 가족에게는 말해 주어야 하는 게 옳은 거 아니냐. 그때 너도 아무 말 못 들었단 말이야? 어떻게 의사가 생명이 위중한데 가족들에게 안 해줄 수 있는 거냐."

"형이 입단속을 시켰겠죠."

은혁은 이렇게까지 할 필요가 있나 잠시 생각을 해보았다. 거짓말은 하면 할수록 허점이 많이 드러나는 법이다. 하지만 이왕 시작한 것 그대로 밀고 나갈 수밖에 없었다. 그리고 그는 콕 짚어 위암이라고 밝힌 적이 없었다. 그의 어머니는 위암뿐 아니라 위궤양을 앓은 경력도 있으신 분이다. 위궤양의 주범이 아마 그였지. 그는 고등학교 2학년까지 있는 말썽 없는 말썽 때문에 그의 어머니는 한시도 마음을 놓지 못했었다. 얼마나 충격을 먹었으면 쓰러지는 일이 다반사였을까.

"그럼 현재는 알고 있었단 말이냐. 알 있으면서도 손도 써보지 못하고 그냥 방치했었다고? 왜? 무엇때문에? 어디까지 진행되었느냐? 요즘은 좋은 치료제가 많이 왔을 텐데. 젊은 나이에…… 많이 고통스러웠을 텐데. 너무 늦었다고 하드냐?"

최 여사의 눈 끝에 눈물방울이 그렁그렁 혀 있자 은혁은 심장이 바늘로 콕콕 찌르는 듯했다. 나중에 어머가 이 사실을 아는 날에 그는 죽은 목숨이었다. 한동안 밥도 안 차려주실 것 같았다.

'사먹는 밥은 별룬데 큰일이군.'

"어머니, 형 앞에서는 그런 말씀 하지 마세요. 알잖아요. 별로 꺼내고 싶지 않을 겁니다. 그러니 모른 척 왔다 가시는 거예요. 약속하실 수 있죠?"

은혁은 혹시나 어머니가 이상한 말이라도 할까 확답을 받았다.

"내가 그렇게 경우없는 사람으로 보이느냐. 못해준 게 하나씩 생각이나 가슴이 아프구나. 따뜻하게 잘 대해주지도 못했는데. 혼자라서 누구에게 말도 못했을 테고……."

그는 어머니를 위로하면서 주위에 기자가 어디 숨었는지 눈으로 재빨리 찾기 시작했다.

'기자양반들, 제발 당신들의 상상력을 발휘해 주라고. 이번만큼은 당신들의 잘난 펜이 얼마나 확대 해석하는지에 따라 두 남녀의 운명이 달렸으니 말이야.'

은혁의 텔레파시가 기자들에게 잘 전달되리라 믿으며 그는 어머니를 부축한 채 현재의 병실로 들어갔다. 은혁의 뒤로 기자들이 밖으로 부산스럽게 빠져나가는 모습을 보고 난 후에 은혁은 자신의 뜻대로 움직여 준 기자들이 고마울 따름이었다. 아마 그들이 간 곳은 어머니가 수술 받았던 병원이겠지.

현재는 작은 어머니가 자신의 손을 꼭 잡고 있자 못내 당황스러웠다. 물론 그가 갑작스럽게 쓰러져 놀라서 그럴 수 있겠다 싶었지만 그녀의 눈동자는 더 많은 것을 담고 있는 것 같았다. 최 여자가 이제 현재의 얼굴까지 쓸어보자 현재는 은혁에게 해명 좀 해보라는 눈짓을 해 보였다.

은혁은 그런 그의 신호를 싹 무시한 채 냉장고에서 음료수 하나를 꺼냈다.

"저번보다 얼굴이 많이 말랐구나. 미안하다. 내가 너에게 신경을 써야 하는데……."

작은 어머니가 원래 마음이 약하신 분이라는 것은 알지만 오늘은 더욱 유별난 것 같았다. 현재는 무슨 말이라도 해서 그녀를 안도시켜야겠다는 의무감이 들었다.

"아닙니다. 오히려 이런 일로 심려 끼쳐 죄송합니다."

"저…… 현재야, 옆에서 본 넌 강한 아이였다. 내 아들이 네 반만 닮았으면 하는 생각을 몇 번이나 했는지 몰라. 하지만 진짜 강한 것은 쓰러져도 몇 번이고 일어나는 것, 포기하지 않는 것이라고 생각한다. 내가, 내가…… 너에게……."

"어머니!!"

음료수를 마시던 은혁은 놀라서 소리쳤다. 갑자기 소리치는 바람에 사레까지 들리고 말았지만 그보다 어머니의 입을 막는 게 우선이었다. 여기서 그의 계획이 들통날 수 없었다.

현재가 은혁을 무시무시한 표정으로 째려보자 그는 슬쩍 형의 눈을 피했다. 아무래도 뭔가 눈치를 챈 모양이었다. 아, 젠장. 완벽한 계획이었는데.

최 여사는 아들의 성화에 자리에서 일어났다. 피곤에 싸인 얼굴을 보니 그녀가 더 머물러서는 안 될 것 같았다. 아무래도 그녀가 집에 가서 남편과 상의를 해봐야겠다고 생각했다. 이렇게 또 허무하게 한 사람을 보낼 수는 없었다. 고통스럽더라도 치료를 꾸준히 하다 보면 방도를 찾아볼 수 있을 것이다.

"내일은 네 작은 아버지와 오마. 편히 쉬어라. 그럼 그때 보자꾸나."

"올 필요 없습니다, 작은 어머니."

"아니야. 가져올 것도 있고 해서야. 부담 갖지 않았으면 하구나. 내가 그렇게 해주고 싶어서야."

"그게 아니라 의사가 이번 주 안으로 퇴원하라고 하더군요."

현재는 작은 어머니의 따뜻한 애정에 가슴이 훈훈해지는 것을 느꼈다. 오랜만에 느껴보는 감정이었다. 그는 앞으로 작은 어머니를 자주 찾아뵈어야겠다고 생각했다.

최 여사의 안색이 창백하게 질렸다. 그녀는 천천히 뒤돌아서며 현재를 마주 보았다. 그녀의 목소리가 안쓰럽게 떨리고 있었다.

"그럼 언제 다시 오라고 하더냐."

"그런 말 없었습니다. 집에서 푹 쉬라는 말밖에 없었습니다. 그러니 오지 마세요. 뭐, 지켜야 할 몇 가지 정도가 있지만요."

그 말은 더 이상 가망없는 사람에게 집에서 편안히 죽음을 맞이하는 사람에게 마지막으로 의사가 환자에게 해주는 말이었다. 최 여사는 갑자기 주위가 뱅글뱅글 돌기 시작하더니 힘없이 쓰러졌다.

"어머니!"

"작은 어머니!"

현재가 벌떡 일어나 일단 최 여사를 침대에 눕혔다. 벨을 누르자 급히 의사가 뛰어들어 와 그녀를 다른 병실로 옮겼다. 그녀의 안전을 확인하고 일단락이 되자 현재는 한숨을 쉬었다.

"박은혁, 말해 봐. 왜 작은 어머니가 나를 가여워 죽겠다는 표정으로 봤는지. 도대체 작은 어머니에게 무슨 말을 한 거야?"

"무슨 말을 하긴, 아무 말도 안 했어."

은혁은 시치미를 뚝 뗐다. 여기서 불었다간 현재에게 뼈도 못 추릴 것이다.

"그래? 그럼 포기하지 말라는 말이 뭐야?"

"내가 어머니의 심오한 말을 어떻게 알아? 알잖아, 우리 어머니 마음 약하신 분이라는 거."

"내가 분명 내 일에 간섭하지 말라고 했지. 어머니까지 동원해서 뭘 어쩔 생각이야."

은혁은 벌써 다 알고 있는 현재를 보자 이제껏 자신의 일이 바보처럼 느껴졌다. 그래도 덜 맞으려면 변명이라고 해야 했다.

"형, 그게…… 저, 나는 좋은 뜻에서 그러려고 했던 일이야."

"그래서 내 연애사를 작은 어머니에게 말했나? 여기 내가 이렇게 누운 게 우습게도 그 여자 때문이라고? 꼭 버림받은 여자처럼 밥도 안 먹고 아무 방법이 생각나지 않아, 자기 머리 쥐어뜯는 것밖에 몰라 쓰러졌다고 그렇게 작은 어머니에게 말해야 했냐고."

은혁은 웃음을 참기 위해 무던히 애써야 했다. 아마 현재는 그가 그녀의 어머니에게 그의 연애사를 다 말했다고 생각한 모양이었다. 성난 소처럼 씩씩거리는 모양을 어지간히 자존심이 상했나 보다.

"그 정도는 아니고 좀 속상한 일이 있다고 그랬지. 그래서 몸에 무리가 갔다고 말이야."

"다시 한 번 말하지만 내 일에 간섭할 생각 하지 마."

"그럼 대책은 있는 거야? 서로 얼굴을 봐야 해결을 볼 것 아니야."

현재의 얼굴이 다시 어두워졌다. 밤새워 생각해 보았다. 무슨 말을 먼저 해야 할지. 그녀가 만나주기는 할는지, 어디서부터 풀어야 할지 꼬리에 꼬리를 무는 질문은 그를 작게 만들었다. 용서도 사랑하는 사람이기에 가능한 것이다. 그녀가 어떻게 나올지 얼굴 대하기조차 무서운 것이다. 이게 바로 그의 속마음이었다.

"생각해 봐야지. 하늘이 무너져도 솟아날 구멍이 있다는 말에 매달리는 수밖에."

"빡빡한 회사 일을 하면서 무슨 생각할 시간이 있다는 거야. 어차피 몸도 안 좋으니까 잠시 며칠 쉬어. 두 달 정도 형이 없어도 회사 잘 돌아갔어. 지금 상태로는 일하는 거 재미없을 텐데. 안 그래? 그 정신에 아무 데나 사인하지 말고 머리 정리한 다음 올라와. 또다시 위궤양으로 병원 오고 싶어?"

"네 말 알았으니 그만 해. 근데 작은 어머니 괜찮으신지 모르겠군. 나보다는 작은 어머니께 신경 좀 써. 몸이 많이 약해지신 모양이던데."

"알았어. 걱정 마, 곧 괜찮아지실 거야. 자, 시간낭비하지 말고 어서 짐 싸서 출발하라고. 기자들이 여기까지 몰려오면 골치 아파져. 기자들이 벌써 냄새를 맡곤 굶주린 하이에나처럼 밖에서 기다리고 있거든.”

“기사거리가 정말 없나 보군. 거기로 갈 테니까 급한 일 있으면
전화해.”

아마 거기라는 말은 양평별장을 가리키는 말일 것이다. 형, 기
다리라고. 내가 사장의 큐피트 노릇을 성공해 술 석 잔 꼭 얻어 먹
을 테니까.

은혁은 가벼운 마음으로 병실 문을 닫고 나왔다. 병실 문 앞에
는 ‘절대 안정’ 이라는 팻말이 큼지막하게 달려 있었다.

은혁은 책상 위의 각기 다른 신문사에서 나온 신문을 훑어보았
다. 삼 일 동안 주한전자 박현재의 건강 상태에 대해 앞 다투어 보
도가 일어났다. 이만큼 시간이 흘렀으면 그녀 쪽에서 무슨 반응이
나와야 하는데 묵묵부답이었다.

‘설마 잘됐다고 꽹가리 치고 있는 거 아니야?’

그는 자리에서 일어나 사무실을 왔다 갔다 하며 초조해했다.

‘제목이 조금 약했나? 이 정도면 좀 충격을 받을 텐데. ‘주한전
자 박현재 사장 건강 위중’, ‘ 위암 말기?’ 혹시 우리 어머니처럼
이 소식 받고 쓰러진 거 아니야?’

답답한 은혁은 하는 수 없이 먼저 그녀에게 전화를 걸었다. 이
런 거짓말은 길게 끌면 끌수록 위험했다.

[네, 구매과의 김주영입니다.]

“안녕하십니까? 박은혁입니다.”

달칵.

　은혁은 전화기를 한번 쳐다본 후 재다이얼을 눌렀다. 조금 전과 똑같이 전화가 끊겨 버렸다. 아니, 이 예비 형수님이!!

　나중에는 아예 핸드폰을 꺼놓았는지 연결도 되지 않았다. 그는 슬슬 불안했다. 정말 형만 그녀를 짝사랑하고 있다면 이 충격요법도 소용없는 일이었다. 하지만 그의 예감으로는 그녀 또한 형을 좋아하는 게 틀림없어 보였다. 별장에서도 그렇고 심한 배신감을 느꼈다는 건 그만큼 감정이 깊었다는 것일 텐데.

　결국 그는 퇴근 시간에 맞추어 그녀의 뒤를 밟기로 했다. 만나서 확인해야 했다. 정말 그녀가 아무 감정 없다면 빨리 신문사에 정정기사를 요청하고 형을 회사로 컴백시켜야 했다. 모든 게 꼬이게 된다면 형 대신 자신이 한동안 형을 피해 별장에 숨어 있어야 할 일이 생길지도 몰랐다. 정말 큐피트 행세는 아무나 하는 게 아닌가 보군.

제9장 **자존심 < 목숨**

주영은 잡생각을 없애기 위해 무언가 매달릴 일이 필요했다. 그것이 바로 운동이었다. 미친 듯 숨이 헐떡거릴 때까지 하다 집에 가서 곧바로 쓰러져 자는 것이 목표인 그녀는 오늘도 열심히 목숨 걸고 수영을 하고 있었다. 그 때문에 좋은 점은 이십칠 년 만에 처음으로 다이어트 성공을 눈앞에 두고 있었다. 그가 처음으로 그녀 인생에 도움되는 일을 하고 있는 것이다.

"김주영 씨, 애기 좀 할까요?"

매끈한 몸매의 남자가 그녀를 가로막더니 그녀의 팔목을 잡았다. 주영이 놀라 눈이 동그래졌다.

은혁은 굳이 이러고 싶진 않지만 혹시 그녀가 도망가는 것을 방지하기 위해서 어쩔 수가 없었다. 그녀 성격으로는 그의 팔목을 물고 도망가는 것도 배제할 수 없었다.

"무슨 짓이에요. 이거 놔요, 박은혁 씨."

"전화만 받아주어도 이러지 않을 거 아닙니까, 김.주.영. 씨."

"당신 박 가(家)와는 상대하고 싶지도 않아요. 얼굴 마주치는 것 자체가 열이 뻗쳐 돌아가실 지경이니 그 얼굴 좀 치워주시죠. 수영하러 왔으면 수영이나 하다 가요."

그녀가 손목을 비틀어보아도 은혁은 꿈쩍도 하지 않았다.

"하나만 물어보러 왔습니다. 신문 읽었습니까?"

"무슨 신문요? 주한전자가 망했다는 기사라도 났나요?"

"그럴지도 모르죠."

아무리 그래도 그의 성의를 봐서라도 신문을 읽어보지. 뉴스에도 최소한 한 번쯤 났을 텐데. 은혁은 고집스러움으로 뭉친 그녀의 얼굴을 잠시 바라보았다. 그럼 도박을 해야 한다는 소리인데.

"그럼 집에 가는 길에 신문 여러 개 사서 가져가 집에서 천천히 읽든지 인터넷으로 주한전자에 대한 기사를 검색해 봐요. 당신이 좋아하는 기사가 실렸을지도 모르니까."

"무슨 소리예요. 그냥 말해요. 뭐가 달라지나요?"

"왜냐하면 형이 말하지 말라고 했으니까. 하지만 힌트 주지 말라고 한 적은 없거든요. 당신에게 힌트를 하나 주면 형은 지금 형이 가장 있고 싶던 장소에 있어요."

"그래서 나보고 뭐 어쩌라고요."

"돈을 빌릴 때는 빌리려는 사람이 돈 꿔줄 사람에게 찾아가지만 돈을 받을 때는 돈 꿔준 사람이 돈 빌린 사람을 찾아가기도 하죠. 김주영 씨, 사과든 뭐든 받고 싶거든 직접 형을 만나서 얻어내요. 이번이 아니면 기회가 없어요. 마지막은 사람을 진실로 몰아가기도 하는 법이니까."

아리송한 말만 남긴 채 은혁은 수영장에서 빠져나갔다. 주영은 혼란스럽다는 듯 그 자리에 한동안 가만히 서 있었다. 도대체 그에게 무슨 일이 생겼다는 것일까.

그녀는 곧바로 집으로 가서 주한전자에 대한 기사를 검색했다. 기사를 읽어 내려가는 도중 그녀의 턱이 감정에 못 이겨 떨리고 있었다. 모니터 앞이 뿌옇게 변해 버리더니 더 이상 읽을 수가 없었다. 그녀의 손 위로 눈물이 뚝뚝 떨어져 내리고 있었다. 그럴 리 없었다. 그가 위암이라니. 그녀는 떨리는 손을 움켜지며 바닥에 주저앉았다. 이제 그 때문에 울지 않고 잠들 수 있었는데 다시 그가 그녀의 마음을 후벼 파고 있었다. 끅끅거리다 결국 그녀는 입을 막고 눈물을 쏟아냈다. 나쁜 사람. 그냥 해본 소리였는데, 날벼락 맞았으면 좋겠다는 말은 정말 그냥 해본 말이었는데 원망스럽게도 하늘은 그녀의 소원을 들어주었다. 더 이상 그녀와 상관없는 사람인데 주영은 그 때문에 지금 숨 쉬기조차 힘들었다. 그녀는 손등으로 거칠게 눈물을 닦으며 가방을 집어 들었다. 만약 그가 양평에 있다면 그녀는 그에게 들을 말이 많았다. 묻고 싶은 말도 많았다. 그러니 그는 꼭 거기에 있어야 했다.

현재는 뒤틀린 속을 어쩌지 못하고 개수대에 고개를 박았다. 의사의 신신당부를 잊은 채 먹지 말아야 할 음식을 먹은 것이다. 속도 많이 차분해졌고 쓰림도 없길래 그는 '한 번쯤인데 어때' 라는 생각으로 직접 수제비를 만들었다. 그녀가 어떻게 수제비를 끓였는지 생각은 안 나지만 최대한 기억력을 동원해 그 장면을 떠올리려고 애썼다.

요리를 하면서도 그는 빈 식탁을 한번 쳐다보았다. 그의 요리 모습을 지켜보는 그녀가 있고 그녀를 위해 요리를 하는 그가 있는 모습이 너무 쉽게 눈앞에 그려졌다. 그러나 이내 그의 입술이 가당치도 않는다는 듯 비틀려졌다. 또다시 넘어올 것 같자 그는 속에 있는 밀가루 음식을 다 게워 버리고 싶은 심정이었다. 소화도 안 되는 밀가루 음식을 먹었으니 위가 난리가 난 게 당연했다.

속이 울렁거리면서도 현재는 자신이 여기서 무엇을 하고 있는지 자신에게 반문했다. 아무리 머리를 쥐어짜 봐야 여기서는 답이 나올 수 없다는 것을 알고 있었다. 그녀를 만나야 했다. 비난의 눈초리든 차가운 냉대든 일단 그녀를 만나서 해결해야 했다. 모든 것이 그러하듯 한 발 띄기가 어려운 것이다. 그 한 발을 이제 띄어야 했다. 더 이상 스스로 몰아붙이는 데에는 한계가 왔다.

산속이라 차가운 밤공기에 주영은 털이 쭈뼛 설 지경이었다. 어두운 음영 속에 유일한 별장 불빛이 환히 켜져 있자 그녀의 심장이 빠르게 뜀박질했다. 온갖 상상으로 머리 속은 벌써 터질 지경이었고 목은 말라 입 안이 갈라질 지경이었다. 마음은 벌써 달려가 그의 존재를 확인하고 싶지만 그녀의 걸음은 두려운 듯 천천히 앞으로 나아가고 있었다.

　　현관문을 열자 그녀는 그 자리에서 굳어져 버렸다. 현재가 부엌 개수대에 머리를 박고 구역질하고 있는 모습이 그녀의 시야를 꽉 채웠기 때문이다.

　　그녀는 떨리는 손을 꽉 움켜쥐었다. 마음 한 켠에 믿고 싶지 않던 진실이 그녀 눈앞에서 박살이 나는 순간이었다.

　　현재는 지친 얼굴로 거실로 나왔다. 약을 먹고 곧바로 잔 후 내일 아침 서울로 올라갈 생각이었다. 탁자 위에 놓인 위장약을 손에 든 그가 현관 쪽으로 고개를 돌렸다. 놀란 그가 아무 말도 못한 채 쥐고 있던 약 봉투마저 떨어뜨렸다. 그가 환영이나 귀신을 본 것이 아니라면 분명 그녀였다. 그녀가 미동도 없이 서 있자 현재는 정말 자신이 환영을 만들어낸 것 같아 다가서지도 못하고 있었다.

　　"주…… 영?"

　　그는 다시 한 번 자신이 잘못 본 것이 아닌지 그녀의 이름을 자신없게 불렀다. 마음과 몸이 허하면 헛것이 보인다는 말이 정말인 듯했다.

　　"뭘 그리 놀라요? 쫓아내려면 내일 해요. 지금 밤이 너무 늦어서 운전도 못해요."

　　주영은 혹시 그가 그녀를 쫓아낼까 봐 배째라는 식으로 나가기로 했다. 하지만 그는 그녀를 내쫓을 힘도 없는지 그녀를 멀거니 보고만 있었다. 그러고 보니 그의 얼굴 살도 빠져 보였다. 그녀는 되도록 그의 시선을 맞추지 않기 위해 애를 썼다. 그와 눈이라도 마주쳤다가는 또다시 눈물을 훌쩍일 것 같았다.

"여기 무슨 일 때문에 왔지?"

"찾아가야 하는 것이 있어서요."

언제부터 그가 그녀의 눈치를 봤다고 현재는 아무 말 없이 그녀의 표정을 살피고 있었다. 주영은 속이 상하다 못해 목이 메일 지경이었다.

"이 한밤중에 찾아가야 하는 것이 있다고? 그냥 아주머니에게 부탁하면 될 텐데. 문이라도 잠겨져 있었다면 이 한밤중에 어쩌려고 운전을 해, 그것도 모르는 산행 길을."

현재는 대책없는 그녀의 성격에 화가 났다. 아무리 급해도 그렇지, 도심 한가운데도 아니고 뭐가 그리 중요한 물건이기에 밤에 산속 깊이 운전까지 한단 말인가.

"당신이야말로 여기 왜 있어요?"

"내 별장 내 마음대로 못 오나. 오고 싶으니까 왔지."

거실에 앉아 서로 의미없는 대화를 하다 그것마저 떨어지자 현재가 차를 준비하기 위해 일어섰다. 마실 것이라도 있으면 침묵이 부담스럽지는 않을 것이다.

"여기 이렇게 있어도 돼요? 병원 안 가요? 당신 원래 이렇게 의지 박약아예요?"

주영은 자리에서 일어나 벌떡 소리쳤다. 이렇게 시간을 흘려보내는 것이 너무 아까워 죽을 것 같았다. 모든 것을 포기한 듯이 여기 와 있으면 어쩌란 말인가. 듣고 싶은 말도, 들을 말도 다 필요없었다. 지금은 그가 병원에 가서 치료를 받는 것이 급선무였다. 모든 것을 포기한 채 산속에 틀어박혀 있는 것은 그녀가 용납할 수 없었다. 자신이 사랑하는 남자가 생명을 하찮게 여기는 게 참을 수가 없었다.

"혹시…… 당신 은혁이 만난 건가?"

"그래요, 만났어요. 당신 나에게 화낼 자격 없어요. 조금 전에도 보니 당신 싱크대 붙잡고 구역질을 하고 있더군요."

주영은 자신의 의지를 최대한 발휘하여 나오려는 눈물을 꾸역꾸역 다시 밀어넣었다. 그가 '당신과 상관없는 일이야'라고 말해도 그녀는 상관할 것이다. 동정은 필요없다고 말해도 그를 꼭 다시 입원시키고야 말 것이다. 이번에는 그가 그녀의 말을 들어야 했다. 더 이상 그는 그녀의 마음에 상처를 주어서는 안 되었다.

"먹지 말라는 수제비를 먹어서 그랬지. 한동안 안 먹을 생각이야. 난 단지 당신이 만들어주었던 수제비 맛이 기억나지 않아서 대충 만들어봤는데 맛없더군."

그의 덤덤한 말투가 그녀의 속을 뒤집어놓았다.

"당신 미쳤어요? 소화도 잘 안 되는 음식을 먹었단 말이에요?"

주영의 눈에 눈물이 차 올랐다. 자기를 사랑하지도 않는 남자를 위해 걱정하며 눈물 흘리는 여자 참 바보라 생각했는데 그녀가 지금 딱 그 꼴이었다. 거기다 그는 아버지 회사에서 도면을 빼내 거짓 계약한 나쁜 인간 아닌가. 여기까지 내려오면서 생각 안 해본 건 아니었다. 몇 번 핸들을 틀어 다시 집으로 갈 생각을 했다. 그러나 고집스러운 생각 단 하나가 자리잡았다. 그의 얼굴만 확인하고 가자. 미련이라고 해도 좋고 속없는 여자라 생각해도 좋으니 정말 그가 아픈지 확인만 하고 가자라는 생각으로 여기까지 온 것이다.

"왜요? 나와 상관없으니 꺼지라고 할 참인가요?"

현재의 얼굴이 차갑게 굳어지자 주영은 그녀가 그가 감추고 싶은 상처를 들추었기 때문이라고 생각했다.

"내일 당신을 만나러 갈 생각이었어. 머리에 엉켜 있는 말을 어떻게든 풀어 당신과 얘기하기 위해 올라가려고 했지. 그래서 당신이 내 앞에 서 있었을 때 놀랐어. 내가 미친 줄 알았으니까. 그러나 막상 당신이 내 앞에 있자 어쩔 줄 모르겠더군. 무슨 말을 해야 할까. 사과를 먼저 해야 할까, 아니면 당신의 말을 먼저 들어야 하는 걸까. 내 마음속에 있는 말을 당신이 들어주기라도 한다면 감사히 여기겠다고 했어. 당신이 아버지 앞에 무릎 꿇고 사과하라고 하면 사과하겠다고까지 생각했어. 그런데 이건 아니야. 당신의 동정을 바란 건 아니야. 내가 왜 당신을 만나면서 그렇게 짓궂었다고 생각해? 난 당신의 동정을 원하지 않아. 이 별장에서 당신이 머무르면서 나의 어린 시절의 모습과 나와 착각하지 않았으면 했어. 당신은 나와 별장에서 헤어질 때에도 슬피 울었던 사람이니까. 난 당신이 동정이 아닌 나, 박현재 자체를 사랑해 주었으면 했으니까."

숨도 쉬지 않고 거칠게 토해내는 그의 말에 주영은 어안이 벙벙할 뿐이었다. 많은 말들이 그녀의 머리에 입력되고는 있으나 머리가 윙윙거려 자신이 그의 말을 똑바로 이해하고 있는지 의심스러웠다. 그가 말하길 분명 그 자체를 사랑해 주었으면 한다고 했다. 뭐야, 그럼 저 사람이 나를 진정으로 사랑한다는 거야?

그녀가 아무런 대답도 없자 현재는 자포자기한 채 말을 이었다.

"난 당신이 갖고 싶었어. 당신이 나를 알기 전부터 난 그랬다고. 당신을 보고 있으면 행복했어. 처음으로 바라보는 것만으로 행복하다는 것을 느꼈어. 하지만 욕심이 나더군. 바라보는 것만으로 성이 차지 않았어. 날파리가 꼬이는 것도 싫었고."

"당신 말은, 그러니까 나를 사랑한다는 거예요? 당신이? 나에게 접근한 거 다 계획적이었다면서요?"

"그래, 다 계획적이야. 당신 때문에게 여기저기 파묻은 함정만 해도 여러 가지야. 콘넥터 칩 계약 건도 매각을 돌려서 만든 건이야. 왜냐고? 당신이 마음에 드는데 당신이 비매품으로 팔려온다는 생각을 할지도 모른다는 자체가 불쾌했기 때문이야. 날 가문의 원수 대하듯 이를 갈면서 한침대에 들어가고 싶은 생각이 없기 때문이야."

"사과하는 사람치고 엄청 떳떳하네요."

"사과가 아니라 진실을 말하는 거야. 방법이 잘못되었다는 거 알아. 아니, 사실 뭐가 잘못되었는지 모르겠어. 뒤죽박죽이야. 계약 건은 당신 아버지에게 사과를 해야겠지. 원래 나와 구두상으로 해결된 문제를 내 사고로 꼬이게 만들었으니 내 잘못이지. 그 책임까지는 모두 질 수 있어."

"당신, 사과도 참 버릇없게 하는 거 알아요? 누가 사과를 그렇게 하래요?"

그녀는 울음 반 웃음 반을 터뜨리며 그를 구박했다. 그가 그녀를 사랑한단다.

그는 자신의 말만으로도 버거운지 그녀의 표정을 살필 겨를이 없었다. 그녀에게 사과해야 하는 것도 알고 있었다. 그녀의 마음을 돌리기 위해 무슨 짓이라도 해야 하는 건 알고 있었다. 그러나 화가 나기도 했다. 자신의 마음을 이해해 주지 못한 그녀가 미웠고 자신을 이런 구렁텅이에 빠뜨리고도 아무렇지 않는 그녀가 원망스러웠다.

"내가 당신에게 다가가는 방법이 그렇게 잘못되었나? 내가 당신을 사랑하는 게 그렇게 당신에게 사과를 해야 하는 일인가? 당신을 속였다는 이유 하나만으로? 내가 당신에게 다가가는 방법을 몰랐다 해도? 솔직히 지금 제일 겁나는 건 당신의 무반응이야. 이제 아무 상관도 없다는 듯한 태도. 아니, 은혁을 만났다 했으니 비웃으러 왔을지도 모르겠군."

그가 화난 이유는 이것이었다, 그녀가 그를 비웃을지도 모른다는 것. 그걸 자신이 감당할 수 있을지에 대한 불확신. 더 나아가 그녀에겐 그의 자리가 없다는 막막함이 그의 가슴에 뭉쳐 있었다.

"당신 눈은 썩은 동태 눈이에요? 지금 내 모습이 어떻게 무반응이라는 거예요? 내 감정을 이용한 남자를 좋아하는 게 얼마나 비참했는지 당신이 아냐구요."

"내가 당신 감정을 이용했다고?"

"콘넥터 칩이 관련되어 있으니까요."

현재의 눈이 벨 정도로 날카롭게 번뜩였다.

"내가 그런 놈으로밖에 안 보였단 말이지?"

"그럼 달리 무슨 생각을 해요. 당신은 계획적으로 접근했다는

데 인정했잖아요.”

적반하장도 유분수지, 지금 누가 누구에게 화를 내야 하는지 그는 사태 파악을 못하고 있는 것 같았다.

“집에서 드라마를 너무 많이 봤군. 내가 그까지 한낱 칩 때문에 당신에게 접근했다고? 아무리 내가 당신에게 빠져 있다지만 객관적으로 당신이 미인이라고 생각해? 그리고 여차하면 매각에 뛰어들어 기술 이전을 받으면 그만인데? 도대체 어떻게 그렇게 결론날 수 있지?”

“모든 상황이 그랬잖아요. 그럼 이유가 뭐예요?”

“뭐긴, 천지신명께서 당신에게 목매고 살라고 그렇게 점쳐 주었는데 끌려다닐 수밖에. 아니면 내가 왜 그랬겠어. 내 머리라도 그건 답이 안 나오는데.”

현재가 그녀의 두 손목을 잡아 자신의 품으로 끌어당겼다.

그녀가 아무 반항 없이 그의 품에 안기자 현재는 속으로 안도의 한숨을 내쉬었다. 오늘은 이것으로 족했다. 여기까지 그녀가 내려왔다는 것이 중요했다. 욕심 부리지 않을 생각이었다.

“김주영 씨, 한 남자 행복하게 만들어주는 게 그렇게 어려운 부탁인가? 남들처럼 자전거도 타고 솜사탕도 먹으면서 그렇게 하나씩 채워가면 안 될까? 서툴지만 진실하게 당신을 사랑하면 가능하지 않을까? 난 당신과 하고 싶은 것도 많은데. 내가 욕심을 부리는 건가, 당신을 사랑하는 게?”

그녀가 고개를 저었다. 그와 말다툼하면서 잠시 잊었던 사실이 다시 떠올랐다. 왜 하필 그녀에게 이런 시련을 주시는지 그녀는 하늘나라의 주인님과 따지고 싶었다. 감당할 수 있는 시련만 준다는 것은 거짓말이었다. 그녀는 이 남자가 떠난다는 생각만으로 감당할 수가 없을 것 같다. 짜디짠 눈물이 그녀의 입술을 적셨다.

"다 해요, 하자구요. 자전거도 타고 솜사탕도 먹고 다 해요. 할 수 있어요. 내가 사랑한 만큼 당신이 내 곁에 머물러 준다면 신사임당 못지않게 훌륭한 어머니도 될 수 있다구요."

주영은 얼굴을 그의 한쪽 어깨에 묻었다. 다른 사람들은 일생에 큰일을 한 번 겪을까 말까 한 일을 그녀의 애인은 자동차 사고에 잠시지만 기억상실증까지, 이제는 위암까지 선고받은 파란만장한 인생극장을 보는 것 같았다. 이대로 이 남자가 삶을 포기하게 만들 수 없었다. '평생 병원에 있는 것보다 주어진 시간을 그대와 하고 싶은 거 하면서 살고 싶다' 라는 말은 꺼내지도 못하게 할 것이다. 어떻게든 병원에서 버텨 좋은 치료제로 치료해 살 생각부터 하게 만들 것이다. 나에 대한 욕심이 있다면 그는 살아야 하는 것이다. 그가 그녀를 쉽게 떠나 버린다면 그녀에 대한 사랑이 불충분함으로 간주해 버릴 것이다.

'하느님, 제발 이 남자 데려가지 마세요. 딱 오십 년만 눈감아주세요. 조상님, 어머니, 거기 있으면 어떻게 말 좀 잘해주세요. 제사도 꼬박꼬박 챙겨 드리고 산소에도 열심히 갈게요.'

주영은 복받쳐 울었다.

현재는 아무래도 느낌이 이상했다. 때론 누구나 감정에 못 이겨 기쁠 때 울음을 터뜨리기도 하지만 그녀는 아예 대성통곡을 하고 있었다. 그는 억지로 그녀의 얼굴을 들어 마주 보게 만들었다. 얼굴이 눈물 범벅인 그녀는 그의 얼굴을 보자 서럽다는 듯 더욱 큰 소리로 울고 있었다. 여자의 감정을 잘 이해 못하는 그는 그녀를 어떻게 달래야 할지 난감해졌다.

"쉬. 그렇게 울다가는 내일 아침에 눈도 뜨지 못하겠군."

"치료 받으러 가요. 이런 산골에 있으면 뭐가 달라져요. 살고 싶지 않아요? 나하고 결혼해서 토끼 같은 자식이랑 여우 같은 마누라 얻고 싶지 않냐구요. 원한다면 축구부도 만들어주겠다구요."

"조금 전에 본 모습 때문에 심각하다 생각하나 본데 그렇게 심하지 않아."

"당신은 숨이 꼴깍꼴깍 넘어갈 때도 그 소리 할 생각인 거죠? 위암 말기가 심각하지 않다면, 그럼 뭐가 심각한 거죠? 당신 왜 이렇게 의연하냔 말이에요."

"위암 말기? 누가? 내가? 무슨 소리를 하는 거야?"

오히려 충격받는 쪽은 현재였다.

"신문에 다 났어요. 당신 암이잖아요. 돈 많으면 뭐 해요. 건강 검진 좀 받았으면 이런 일 없었잖아요. 나쁜 놈들은 오래도 살더구만 당신은 왜 그래요."

주영은 그의 심장에 손을 가져다 대었다. 손 아래로 느껴지는 그의 심장이 힘차게 뛰고 있었다. 어느 누가 이 사람 몸에 나쁜 암세포가 퍼져 있다고 생각할까.

"난 그냥 위궤양일 뿐이야. 당신이 잘못 알고 있는 거겠지."

그러면서도 그는 자신이 없었다. 정말 자신이 위궤양인가? 자신이 먹고 있는 약이 정말 제산제인가? 그럼 작은 어머니는 병실에서 왜 쓰러지셨지? 희망을 가지라는 말이 혹시 그 말이었나? 정말 간단히 위궤양이면 자신이 왜 큰 병원으로 다시 실려온 거지? 어차피 알게 될 텐데 굳이 숨기는 이유가 그녀와 마지막 시간을 주고 싶었던 거냐, 박은혁?

꼬리에 꼬리를 무는 질문이 마음속에 쏟아지기 시작했다.

현재의 안색이 백지장처럼 창백해졌다. 이제 행복을 잡았다고 생각했는데 그 행복이 네 것이 아니었으니 돌려달라고 말하는 것 같았다. 이렇게 쉽게 그의 손안에서 뺏어갈 수 없었다. 그건 너무 가혹한 일이었다.

그는 은혁이와 통화를 해야 했다. 통화하기에 늦은 시간이었지만 상관없었다. 통화가 안 된다면 당장이라도 서울로 올라가 진실을 들어야 했다. 신호음이 울리는 동안에도 머리에서 온갖 최악의 시나리오가 펼쳐지자 그는 아예 두 눈을 감아버렸다. 그의 신경은 작두를 처음 타는 선무당처럼 날카로워졌다.

"박은혁, 이 밤중에 손님이 찾아왔는데 네 짓이냐?"

주영은 그의 옆에 바짝 붙어 무슨 대화가 오가는지 귀를 쫑긋 세웠지만 전혀 들리지 않았다.

[도둑은 아닐 테고. 이런, 생각보다 행동이 빠른 형수님이시네. 근데 형 목소리가 왜 그래? 설마 잘못된 거 아니지? 혹시 김주영 씨가 거기까지 가서 정말 꽹가리 친 건 아니겠지?]

늦은 밤 형의 전화에 은혁의 간이 바짝 오그라든 상태였다. 그러나 애써 태연한 척하며 농담을 던졌다. 누구보다도 그녀를 만나길 원하고 있다는 걸 알고 있는 형인데 그의 목소리는 반가움은커녕 사형 집행관 목소리처럼 들렸다.

"네 대답에 따라 다르지. 간단하게 가부로 답해. 내가 위암에 걸렸냐?"

은혁의 침 넘기는 소리가 전화기로 뚜렷이 전달되었다. 그 이어 캑캑거리는 소리와 목소리를 가다듬는 분주함이 오갔다.

'도대체 일이 어떻게 돌아가고 있는 거지? 그녀가 거기까지 갔으면 만사 오케이와 뜨거운 밤만 남지 않았나? 왜 밥상을 차려줘도 못 먹냐고.'

"박은혁!!"

[형…… 그게 말이지, 어떻게 된 거냐면…….]

"내일이면 네가 말하지 않아도 다 확인되는 거 끌지 말자고. 맞아, 아니야?"

[형, 정말 난 아니야. 난 그런 말 한 적 없다고. 내 입에서 위암의 '위' 자만 내뱉었어도 내가 성을 내놓지. 기자들이 추측해서 쓴 것뿐이라고. 진짜라니까. 벌써 정정기사 요청을 해놓았다니까. 그리고 원래 스포츠 기사는 더 뻥을 튀겨서 얘기하잖아.]

"그런데 정정 요청을 지금 한다?"

[업무가 바쁘다 보니 신문 볼 시간이 없었지 뭐야.]

'그 고집 센 예비 형수님께서 신문만 좀 일찍 봤으면 이런 일은 없었잖아. 어머니까지 동원해 형의 로맨스를 도와주는 동생이 어디 있다고.'

은혁은 속으로 투덜투덜거리며 창문을 활짝 열었다. 그는 이제 어머니에게까지 불려가는 일이 얼마 남지않음을 알았다. 이번 일 때문에 그는 자신의 연애전선에도 많은 차질이 생겼다.

"내 병명이 정확히 뭐야?"

[뭐긴, 당연히 스트레스로 인한 위궤양이지.]

"은혁아?"

뜨거운 태양 아래 녹아내리는 아이스크림처럼 끈적한 형의 목소리에 은혁은 바짝 긴장했다. 착한 일 하고도 이렇게 가슴 조이는 사람은 세상에 자신밖에 없을 것이다.

"일주일 동안 꼭꼭 숨어라. 머리카락이라도 보이면 알지? 하나도 남김없이 김주영 씨 손에 다 뽑힐 테니까 숨어 지내라고. 뜨거운 형제애로서 마지막 충고다. 끊는다."

그의 얼굴 표정 변화가 그리 밝지 않자 주영은 그의 팔을 흔들었다. 잠시만의 희망을 가져 보았지만 그 잠시의 희망에도 이런 큰 좌절을 맛보는 데 앞으로 얼마나 많은 좌절을 맛봐야 하는지 그녀는 두려웠다.

"무슨 말이든 해봐요. 울고 싶으면 울어요. 당신 우는 모습 처음 보는 것도 아닌데. 대신 내일 아침 일찍 병원으로 다시 가요. 거기서 다시 시작해요. 당신만 마음 굳게 먹어준다면 난 괜찮아요."

주영은 이런 말을 하는 자신이 놀라울 따름이었다. 예전 같으면 쌍 팔년도 늘어지는 대사라고 비웃고 다녔을 그녀가 지금은 울먹이기까지 하다니. 이십칠 년간 아무 문제 없던 그녀의 몸 안에 있는 수도관이 그 때문에 요 근래에 고장이 나도 단단히 나버렸다.

현재가 그녀의 한 손을 들어 그와 깍지를 꼈다. 천천히 고개를 숙인 그가 그녀의 이마와 맞닿자 주영은 그가 하는 대로 가만히 있었다. 그녀는 이 부드러움을 놓치고 싶지 않았다.

"당신과 평생 함께하고 싶다면 장인어른께서 뭐라 하실까? 허락해 주실까? 하나밖에 없는 고명딸을 나 같은 놈에게 말이야. 날 보자마자 문전박대하실 텐데."

"내가 있잖아요. 자식 이기는 부모 없다고 하잖아요. 아버지는 제가 설득하면 돼요."

그녀의 눈동자엔 단단한 각오가 서려 있었다.

"난 당신이 장인어른 손 잡고 웃는 모습으로 내 앞에 섰으면 좋겠는데. 뭐라고 설득하려고? 설마 단식투쟁은 아니겠지?"

"원수를 사랑하라고 설득해야죠. 제 말이 효력이 없다면 교회의 목사님께 도와달라고 해야겠죠. 그분이 저보다 전문가시니까요. 걱정하지 말아요. 다 잘될 거예요."

현재가 그녀를 끌어안으면서 간헐적으로 웃음을 터뜨렸다. 이런 그녀를 어떻게 사랑하지 않을 수 있지? 그녀를 사랑한다는 자체가 가슴이 벅차 오르는 일이었다.

"조금 전 은혁이가 나 위궤양이라던데? 신문사 쪽이 오보를 냈다고."

귓속말로 속삭이는 현재는 그녀의 반응을 보기 위해 잠시 몸을 뒤로 젖혔다. 팔까지 벌린 그는 그녀를 포옹할 준비를 마쳤다. 원한다면 그녀를 안고 한 바퀴 돌 준비도 되어 있었다. 그러나 그녀의 표정이 심상치 않았다. 놀람, 기쁨, 안도보다는 분노 게이지가 상승한 듯 보였다.

"다, 다시 말해 봐요, 내가 들은 말이 맞는지. 당신은 단지 위궤양이고, 신문사는 오보였다 이 말이죠? 내가 정확히 이해한 거 맞죠?"

얼마나 어금니를 꽉 물었으면 현재는 그녀가 이가 상하지 않을까 걱정까지 들 정도였다.

"그런 거지."

"그런 거지? 그런 거라구? 내가 그럼 당신의 그 쥐똥만큼도 안 되는 당신의 위가 뚫렸다는 이유로 이 밤에 딱지를 끊든 말든 시속 130을 밟고, 산중에 길이 어두워 도랑에 빠질 뻔했다가 그걸 피하기 위해 마주 오던 경운기를 박아 한 사람 보내 버릴 뻔했다 이 말이죠. 당신의 위궤양 때문에 말이죠!"

아무래도 불똥이 박은혁에서 그에게로 튄 것 같았다. 그는 억울했다. 그도 그녀가 말해 주기 전까지 정말 모르고 있었던 사실이다. 만약 일이 틀어진다면 동생이고 뭐고 그 손에 죽은 목숨이었다.

"박은혁! 처음 만날 때부터 닭 모가지 비틀듯 확 비틀어놓는 건데. 내가 여기까지 오면서 마음고생 한 게 얼만데 사람 생명을 가지고 전국적으로 장난을 쳐? 그 기사가 오보인지 알면서 태연히 거짓말까지."

"안 기뻐, 당신과 오래오래 행복하게 살 수 있는데?"

"내가 드라마를 많이 봤다면 당신은 동화를 너무 많이 봤군요. 오래오래 행복하게? 웃기지 말아요. 혼자서 오래오래 행복하게 잘 살아봐요."

그를 위해 흘린 눈물을 모아 분별증류를 했다면 그녀는 소금 장사를 해도 될 뻔했었다. 이 거짓말쟁이!!

"그렇게 화만 내지 말고 내 말 좀 들어봐. 그 녀석도 좋은 마음에서 그랬을 거야. 방법이 좀 심했지만 그래도 당신이 여기까지 왔잖아. 난 그게 중요하다고 생각해."

"당신이 그 심정을 알아요? 자존심까지 버려가며 여기까지 내려와야 하는 내 마음이 어땠는지 아냐구요. 내가 무슨 생각을 하며 왔는지, 무엇을 간절히 원했는지. 그 공포함과 후회감, 그리고 좀 더 내 자신에게 진실하지 못했다는 자책감 그 모든 것을 어떻게 설명해요."

긴장이 빠져나가자 그녀는 소파에 털썩 주저앉았다.

"미안해, 그리고 고마워."

현재가 그녀 옆에 다가가 그녀의 두 손을 꼭 잡아주었다. 그녀가 없다는 자체가 끔찍한 사형 선고나 다름없었지만 휘청거리는 자신을 붙잡기 위에 무던히 노력해야 했다. 그녀가 차갑게 돌아서는 것만으로도 그는 핏줄이 터질 듯 주먹을 움켜쥐어야 했는데 그녀가 없다면 그는 사는 법을 까먹을지도 몰랐다. 그녀 없이 시간의 무게를 견뎌낼 자신조차 없었다.

"당신이 말했듯이 난 고집도 세고 자존심은 하늘을 찔러 당신 마음에 100% 마음에 들 수는 없겠지. 완벽하지 않기에 어떤 날은 당신이 나에게 화를 내는 날도, 마음이 상해 울 날도 있을지 몰라. 하지만 그 기대는 어깨도 다른 사람이 아닌 내가 되었음 해. 내 손으로, 내 가슴으로 닦아주고 그러면서 사랑하고……. 당신 마음 풀어주기 위해 갑작스럽게 내뱉는 말이 아니야. 어렸을 적부터 내

꿈이었으니까. 그리고 난 찾았으니 놓아줄 마음이 없거든. 난 당신 아니면 안 된다는 걸 너무 잘 알고 있으니까. 결혼해 줘.”

주영은 목소리가 떨릴까 봐 고개를 끄덕거렸다. 인생은 예측 불허라고 하더니 그녀가 오늘 청혼 받을 줄 누가 상상이나 했겠나. 아, 그래서 세상은 살아볼 만한 것이다. 그러나!!

“당신 여전히 짠돌이군요. 돈도 많은 사장이 청혼을 하면서 가락지 하나 준비 안 해왔단 말이에요? 이 청혼 다시 생각해 봐야겠어요. 반지 하나도 준비 안 했으면서 날로 먹으려는 심보를 가진 남자랑 결혼할 수는 없죠. 내가 오늘 감정적으로 좀 치우쳤으나 일생에 중대한 결혼을 이런 식으로 넘길 순 없어요.”

박현재 씨, 한번 당해보라지. 내가 얼마나 속을 끓였는지 조금은 느껴봐요. 그리고 박은혁 씨, 당신은 내가 따로 아주 근사하게 준비해 놓은 테니까. 기다려요, 도련님.

“당신이 오늘 여기 오는지 몰라서 그렇지. 알았으면 다이아몬드 240캐럿도 구해다 놓았지.”

“240캐럿을 구해다 놓았을지 240큐빅을 구해다 놓았을지 누가 알아요.”

“내일 가자고. 한번 승낙한 청혼은 물리면 안 되는 법이야.”

억지를 써가며 현재는 그녀를 살살 구슬리고 있었다.

“왜 안 돼요? 대기자도 있는데?”

현재가 벌떡 일어나며 인상을 심하게 구겼다.

“누구? 그 최재석이라는 놈 말이야? 아직 그놈 중국 안 갔나 보지?”

"어머, 당신이 그 사람 중국 가는 거 어떻게 알았어요?"

설마 일개 은행장이 중국 지사로 가는 것이 신문에 나올 리는 없고 혹시 단둘이 만나기라도 했나? 주영은 은근히 걱정이 되었다.

"어떻게 알긴, 내가 중국 진출에 필요할 인재니 강력히 추천해 줬지. 몰랐나? 이래 뵈도 중앙은행에 우리 회사가 투자를 좀 했거든. 그 날파리 아직도 당신 주위에서 윙윙거리면 그땐 쫓아내는 게 아니라 파리채로 잡을 거라고 말해 줘."

"설마 질투를?"

"질투는 무슨, 걸리적거리는 놈 하나 해치운 거지."

"왜 이렇게 남자가 센스가 없어요?"

"또 뭐가? 내일 다 해준다니까. 꽃, 반지, 샴페인, 근사한 레스토랑. 그러니 하룻밤만 참아."

"지금 해줄 수 있는 것도 있잖아요. 안 그래요?"

주영이 도발하듯 살짝 눈썹을 치켜세웠다. 이렇게 힌트를 주었는데 눈만 껌뻑껌뻑거린다면 정말 청혼이고 뭐고 심각하게 다시 생각해 볼 것이다. 혈기왕성한 늑대 같은 남자하고는 살아도 뚜벙한 곰 같은 남자와는 못살지, 암.

그녀의 우려와는 달리 현재의 눈동자가 반짝거리자 주영은 어찌 늑대의 본성을 건드린 것 같아 불안했다.

"그러고 보니 내가 생각이 짧았군. 240캐럿은 없어도 240볼트의 키스는 가능한데 말이야."

"능력 과신이에요, 박현재 씨."

키스하려고 다가오는 그의 품의 너무 득의만만하자 주영은 소파에서 일어나 슬슬 뒷걸음질쳤다. 분위기 좋고, 상황설정 좋고, 이 정도면 그녀가 원하는 장면이 나와줄 만도 했다.

현재가 그녀의 허리를 끌어당기자 주영은 못 이기는 척 응해주었다. 한 번에 거칠고 열정적으로 키스할 것 같은 그녀의 예상을 깨고 그녀의 입술에 살짝 스치듯 지나갔다. 조심스럽게 그녀의 입술 주위에만 맴돌 뿐 그는 전혀 서두를 의사가 없어 보였다. 그녀가 보기에는 그는 지금 준비운동을 너무 많이 한 경우에 속했다.

목 마른 사람이 우물 판다고 하던가? 그녀가 그의 얼굴을 끌어당겼다. 빠르게 뛰는 심장의 소리가 좋았고 그의 체취가 좋았다. 열정적인 혀의 엉킴이, 짜릿한 흥분이 좀 더 그에게 파고들도록 만들었다.

만족스러운 한숨과 동시에 그녀의 입가에 미소가 생겼다. 매듭이 하나씩 풀려져 나가자 그녀는 원초적 본능이 자극을 받았다. 마지막으로 쪽 소리나게 키스를 해주며 그녀가 한 발짝 물러나자 어리둥절한 현재는 그녀를 멍하니 바라보았다.

"어디 가는 거야?"

"밥 먹으러요. 당신 때문에 지금까지 굶었다구요. 밥 남은 거 없어요?"

"밥이라구?"

불만스러운 현재의 목소리가 거실에 처절히 울렸다. 그녀가 끝이었다면 그는 이제 시작이었다. 이 시작을 어떻게 혼자 끝내라고! 저번에도 그러더니 이번에도 그를 고통 속에 혼자 내버려 두

겠다?

"그때는 당신이 조금 겁이 나 그럴 수도 있겠다고 생각했는데, 이제 보니 당신 상습범이야."

"그건 아니에요. 그때는 당신이 좋아하지 않는다고 생각했을 때였거든요. 근데 키스는 즐기는 내 자신이 좀 당황스러웠죠. 그래서 그랬어요."

사실을 말하자면, 당황은 키스를 끝내 후의 느낌이었고 키스 당시는 제정신이 아니었기에 왜 자신이 그만두었는지 그녀도 알다가도 모르는 일이었다. 물론 주영은 이 말을 입밖에 낼 생각은 없다. 하지만 저리 그녀를 갈구하는데 모르는 척하는 건 너무 예의가 아닌 것 같았다. 또한 이제껏 너무 티격태격한 그들이라 닭살놀이를 해도 어느 누가 욕할 사람은 없을 것 같았다.

그녀는 닭살놀이 그 첫 번째로 고등학교 때 배웠던 미사여구를 총동원해 그의 마음을 확 흔들어놓을 생각이었다. 준비자세가 다 되자 그녀는 헛기침을 몇 번 하며 쑥스러운 듯 입을 열었다. 이럴 때는 살짝 고개를 숙여주는 것이 좋았다. 이론만큼은 자신있는 그녀였다.

"나도 이런 날이 올 줄 몰랐거든요. 예고도 없이 찾아와 처음에는 무척 당황되더라구요. 나이면서 내가 아닌 느낌……."

주영은 좀 더 화려하고 가슴 울리는 말을 해주고 싶었다. 그의 감동받는 얼굴이 보고 싶었다. 그러나 아무리 드라마를 떠올려 봐도 잘생긴 남자 주인공들의 얼굴만 머리에서 지나갈 뿐 도통 무슨 대화가 오갔는지 생각나지 않았다. 고기도 먹어본 사람이 먹고 도둑질도 해본 사람이 한다더니.

"아, 맞아요. 그러니까 마법 같은 거 같아요. 사랑이란……."

"됐어. 충분히 알아들었어."

그녀는 아직 시작도 하지 않았는데 뭐가 됐단 말인가.

"아직 안 됐어요. 더 들어봐요."

"그 정도로 눈치없는 놈 아니니까 설명할 필요 없어. 더 이상 강요 안 할 테니."

저 무드없는 남자 같으니라고!

"뭐 하는 거예요?"

그가 그녀를 뒤로한 채 냉장고에서 뭔가를 꺼내고 있었다.

"배고프다며? 조금만 기다려."

그녀는 갑자기 배고픈 생각이 없어졌다. 이제 참다운 연애를 한번 해보겠다는데 그녀의 낭군님은 전혀 눈치가 없으시다. 이러다가는 근사한 추억 하나 없이 번갯불에 콩 구워먹듯이 결혼하게 될지도 몰랐다. 정말 생각해 보니 그와의 끈적한 추억은 도둑키스 두 번밖에 없었다. 이게 무슨 연애야! 지금도 늦지 않았으니 결혼 승낙을 물리고 다단계 회사처럼 연애 코스를 밟아봐? 결심이 서자 주영은 당장 실천에 옮길 준비를 했다. 그녀는 오늘처럼 자신의 성격이 고마운 적은 없었다.

그녀가 그를 냉장고 쪽으로 밀어붙인 다음 두 팔로 그를 가두었다. 영화의 한 장면처럼 작은 불빛 아래 연인의 모습이 근사하게 만들어지자 그녀는 흡족한 미소를 지었다. 단지 아쉬운 점이 있다면 남자, 여자의 위치가 바뀌었다는 것뿐이다.

현재는 순간 당황하더니 곧 여유로움을 되찾았다.

"지금은 당신 때문에 삐쳐서 유혹당하고 싶은 마음이 없는데."

그녀는 전혀 문제될 것이 없다는 듯 그에게 입술에 살짝 입맞추었다.

"괜찮아요, 삐돌이 씨. 성추행을 처음 하는 것도 아닌데요 뭐. 억울하면 청구서를 보내시든지요. 이제는 부자 남편 생겨서 그런 걱정 안 해도 되거든요. 대신 육천오백만 원 그 이상으로는 못 줘요."

키스를 하려는 순간 그녀는 생각지도 못한 문제에 봉착해야 했다. 키스를 하는 동안 그녀가 까치발로 몇 분을 견딜 수 있을지 의문이었다. 그가 협조해 주지 않는 한 그의 사랑스러운 턱과 이마는 캥거루처럼 깡충거려야 도달할 수 있는 거리였다. 키 작은 게 천추의 한이 될 줄이야.

순간 그녀와 그의 위치가 바뀌어졌다.

"이 자세가 더 좋군."

"유혹에 넘어오시면 예전의 그 소원을 오늘 들어드리지요. 꼭 차가운 샴페인이나 음악이 있어야 근사한 목욕을 할 수 있는 건 아니니까."

현재가 쿡쿡거리며 그녀의 목에 얼굴을 묻었다. 말로 표현할 수 없는 행복감이 그를 감쌌다. 아직 모르는 걸까? 그녀라면 언제든지 그는 그녀의 유혹에 넘어갈 준비가 되어 있었다.

그 다음날 아침 일찍 그녀는 그와 함께 진찰한 병원을 다시 찾아갔다. 은혁이 의사와 짜고 그녀에게 거짓말하지 말라는 법도 없었다. 지역구도 아닌 전국구로 속였는데 의사 하나 매수하는 것은 일도 아닐 것이다.

담당의사의 확답과 무수한 촬영 기록의 설명을 들은 후에도 주영은 의심의 끈을 놓지 못했다. 너무 간절히 원하다 보면 진실이 눈앞에 놓여도 믿을 수 없는 것처럼 그녀가 했던 질문을 재차 반복하자 결국 인내심에 달한 담당 의사가 짜증을 내고 말았다. 그녀는 남아 있는 의심을 확 뿌리뽑기 위해서는 그와 함께 다른 병원에 가 재검사를 받아보는 수밖에 없다고 결론지었다. 그런 그녀를 살살 달래 집으로 데려온 것은 현재였다.

집 앞에 도착한 주영은 들어갈 생각을 하지 않고 대문만 노려보고 있었다. 누구보다 아버지를 잘 아는 그녀로서는 아버지의 이해와 자비심 모두를 끌어내야 하는 고난도 임무에 도전을 해야 하는 상황이었다. 마음은 엉덩이 뺀 똥강아지처럼 꼬리 내리고 도망가고 싶지만 언젠가는 마주쳐야 하는 문제였다.

그녀는 마음의 준비를 하기 위해 큰 숨을 들이쉬었다.

"천하의 김주영도 아버지는 무서운가 보군."

"그럼 현재 씨는 저의 아버지 마음을 녹일 뾰족한 방법이라도 있나 보죠?"

현재는 심각하면서도 고집스러운 그녀의 모습이 귀여워 피식 웃었다.

갑자기 그녀가 현재의 손을 덥석 잡았다. 노력없는 결과 없고, 연습없는 일등 없었다. 아버지의 마음을 돌려놓기 위해 그와의 합동 작적이 절대적으로 필요했다.

"현재 씨, 아버지가 버럭 화를 내도 무조건 잘못했다고 해요. 제 성격이 어디서 나왔다고 생각하세요? 감 안 잡혀요? 제 성격의 결정판이 아버지라고요."

그녀는 고개를 끄덕이며 마냥 웃고 있는 그를 미덥지 못하게 쳐다보았다. 이 남자는 아직 상황의 심각성을 모르는 것 같았다.

"당신 얼굴 자체가 좀 오만하게 생겼으니 최대한 잘못한 표정을 지어야 해요. 내 말 무슨 말인지 알죠? 정 못하겠다면 목이 꺾이도록 고개를 푹 숙여요. '나 죽여주쇼' 하는 장면 많이 봤죠?"

"나도 내 잘못이 뭔지 알아. 그러니 그렇게 걱정스러운 표정 하지 마."

현재가 그녀의 볼을 잡아당겼다. 그가 보기에는 1차전으로 끝낼 문제가 아니었다. 장기전일 테니 처음부터 힘 뺄 필요는 없었다. 다만 그는 그 과정에서 그녀가 상처받지 않기를 바랄 뿐이었다.

주영은 눈을 감으며 그에게 입을 쭉 내밀었다. 아버지에게 맞서려면 용기가 필요했다. 시간이 지나도 그가 키스해 주지 않자 그녀는 살짝 눈을 떴다.

"요기에 용기 좀 나누어줘요."

주영은 손가락으로 자신의 입술을 가리키며 그를 올려다보았다.

"안 돼. 중간에 멈추면 욕구불만으로 머리를 어디다 들이박을지 모르니까 그냥 들어가자고."

"야박한 낭군님이네."

"누가 할 소리. 내가 당신 때문에 하얗게 지새운 밤이 며칠인데 당신은 그런 말 할 자격 없지."

그러면서도 현재는 고개를 옆으로 돌려 그녀의 입술에 잠시 머물렀다. 사랑하는 사람의 모습을 눈에 담고 있는 그녀는 무척 아름다웠다. 그녀의 흔들리지 않는 시선에 가슴이 뛰었다.

그는 약혼식은 건너뛰는 것으로 잠정적 결정을 내렸다.

"준비되었죠? 그렇다고 너무 떨지 마세요. 제가 지원사격 나갈 테니까."

그러나 지원사격하겠다는 그녀의 자신감은 단 일 분도 되지 않아 쏙 들어가고 말았다. 거실에 들어서자마자 김 사장의 쩌렁쩌렁 울리는 목소리에 현재도 멈칫거려야 했다. 얼마나 화가 났는지 그의 얼굴은 빨개지다 못해 흑갈색이 되어 있었다.

아버지가 이렇게까지 화를 내실 줄 예상 못한 그녀는 가슴이 조마조마했다. 저러다가는 용서하기도 전에 뒷목을 잡고 쓰러질 것 같아 걱정이었다.

"도대체 박현재 사장이 왜 내 집에 있는 거야? 뭣 때문에 왔냔 말이야! 나가라고, 더 이상 자네와 말을 섞고 싶지 않으니 나가라고!"

친절히 현관문까지 가리켜 주는 김 사장은 이 두 연인이 상대하기에는 난공불락처럼 보였다.

"아버지, 그렇게 화만 내지 마시고 저희 말 좀 들어주세요."

"무슨 말을 더 들어? 아줌마, 여기 물 한 컵만 가져와요!"

김 사장은 자신의 딸과 나란히 앉아 있는 박현재를 보는 순간 눈에 불이 번쩍했다. 분명 얼마 전까지만 해도 박현재와는 아무 상관이 없다던 딸이 바퀴벌레 한 쌍처럼 붙어 있는데 당연히 미치고 환장할 노릇이 아닌가.

"드릴 말씀이 있어서 왔습니다."

"무슨 말을 하겠다는 거야? 난 들을 말 없어. 그러니 나가주게."

"따님을 사랑합니다. 결혼하고 싶습니다."

주영은 조아렸던 고개를 번쩍 들었다. 이 남자는 순서가 틀렸다. 일단 용서를 구한 다음 아버지 마음이 누그러지면 눈치껏 꺼내야 하는 말을 무턱대고 하면 어떡하겠다는 건지. 그녀는 그만 알아볼 수 있게 고개를 약하게 저었다.

"결혼? 자네 결혼이라고 했나? 누가 자네 같은 남자에게 딸을 줘. 하나를 보면 열을 알 수 있다고 했네. 사기로 계약을 체결하는 당신을 뭘 믿고. 그 도면을 빼내고도 우리 회사를 와서 시찰을 해?"

"아닙니다. 사기 계약이라고 하셨는데 사기 계약은 아니었습니다. 아시다시피 사장님과 구두상의 계약은 미리 이루어진 상태였고 저희는 돌아오는 어음을 막을 돈을 드린 것이었습니다. 그 어음이 저희가 드려야 했던 시점보다 조금 늦게 입금된 것은 인정합니다. 그에 따르는 혼란 또한 충분히 알고 있습니다. 그 건에 대해서는 정말 죄송하게 생각합니다. 변명이지만 부모님의 상과 교통사고로 정신이 없었습니다."

주영은 눈을 감고 마음속으로 성호를 그었다. 백배사죄해도 아버지의 화가 풀릴까 말까 하건만 무슨 사업 파트너 만난 듯 설명하는 그의 말투에 그녀는 할 말을 잃었다. 자신의 잘못을 안다며 걱정하지 말라고 안심시킬 때는 언제고 오히려 '난 무죄요'라고 외치고 있으니 저 남자는 그녀와 결혼할 마음이 없는 게 틀림없었다.

"여기서 계약을 파기한다고 해도 할 말이 없습니다."

"당연히 계약 파기야. 좋아, 온 김에 속에 있는 말 다 꺼내보자고. 어떤 놈이 자기 회사 핵심 도면을 빼냈다고 해. 그것을 들고 자네 회사에 찾아가면 자네는 또 그 도면을 살 텐가?"

"아버지!"

주영은 아버지에게 원망스러운 눈빛을 한가득 실었다.

"대답해 봐. 갑자기 꿀 먹은 벙어리라도 된 게야?"

중요하면서도 대답하기 어려운 문제였다. 현재는 쉽게 입을 떼지 못했다. 정답은 알고 있지만 그건 입바른 말일 뿐이었다. 그가 어떤 대답을 해도 김 사장의 마음에는 들지 않을 것이다.

"만약 그 도면이 핵심 도면이었다면 샀을 겁니다."

"뭐야? 이놈이!"

김 사장은 탁자 위에 놓인 재떨이를 잡아 현재에게 던질 포즈를 취하자 주영은 럭비 선수처럼 그의 머리를 감쌌다. 무방비하게 앉아 있던 그는 주영의 가슴에 볼품없이 묻혀야 했다.

아버지가 재떨이를 내려놓을 때까지 주영은 자세를 풀지 않았다. 저렇게 화를 잘 내시는 아버지가 고혈압이 아닌 게 신기할 정도였다. 만약 아버지가 던진 재떨이가 그의 머리에 맞아 재수없게 또 기억상실증이나 열두 살 꼬마로 돌아가 버리면 그는 정말 꼬마 신랑과 결혼해 버리는 사태가 벌어질지 몰랐다. 그런 비운의 신부는 될 수 없었다. 그녀의 목표는 그와 잘 먹고 잘사는 것이었다.

"주영이 너…… 안 떨어지는 게냐. 지금 뭐 하는 짓이야!"

"아버지, 화 좀 가라앉히고 말 좀 들어주세요. 제발요, 아빠."

"말하는 꼴을 봐라. 핵심 도면이면 샀을 거란다. 화 안 나게 생겼냐? 이런 놈이 뭐가 좋은 게야!"

"하지만 주한전자가 못 만드는 것을 다른 회사가 만들 것 같진 않습니다. 콘넥터 칩을 제외하고는요."

'내 낭군님 잘한다.'

"그럼 내가 좋아라 할 줄 알았나? 그리고 언제 봤다고 둘이 결혼이야. 주영이 너 동정으로 결혼을 하려는 게냐? 내가 알기로는 박 사장 자네 위암 말기 아닌가? 그런데도 내 딸과 결혼을 하겠다고? 그게 말이 된다고 생각하나? 자네 같으면 딸 가진 어느 아버지가 허락할 것 같나?"

김 사장은 아픈 사람의 마음을 상처 주는 것 같아 마음이 불편했지만 자신의 딸을 위해서도 해야 될 말이었다. 아무래도 자신의 딸은 마음이 그에게 기운 것 같지만 아파도 지금 아픈 게 나았다. 사랑하는 사람의 죽음을 누구보다 잘 아는 김우근 사장이었다. 순간적으로 감정에 치우쳐 살날 얼마 남지 않는 남자와 함께하겠다는 것은 어리석은 짓이었다. 그는 딸보다 박현재 사장이 더욱 괘씸하고 못마땅했다. 자신의 처지를 잘 알면서도 결혼을 하겠다고 찾아오는 그의 뇌 구조가 어떻게 생겨먹었는지 묻고 싶었다.

“아버지, 그거 오보예요. 신문사들이 자기들 마음대로 쓴 기사라구요. 이 사람 그냥 위궤양이에요.”

“당장 나가!”

이 한마디로 그녀와 현재는 집에서 쫓겨나고 말았다.

쉽게 용서해 주실 거라고는 생각도 안 했지만 그렇다고 놀부가 흥부 내쫓듯이 그리 야박하게 내쫓을 거라는 것도 생각하지 못했었다. 주영은 그의 허리를 끌어안으며 작게 미안하다고 중얼거렸다. 아무래도 아버지는 그들을 쉽게 받아줄 것 같지 않았다. 자식 이기는 부모 없다고 하던데 그녀의 아버지는 언제쯤 그녀를 위해 백기를 들어줄지 의문이었다.

주영은 아버지 마음을 바꿀 만한 계획을 떠올려 보았다. 웬만해서는 마음이 움직일 분이 아니기 때문에 좀 파격적인 것으로 생각해 봐야 했다. 덜컥 손자를 안겨 드리면 마음이 바뀌시려나? 이왕이면 보너스로 쌍둥이가 좋겠지?

그가 그녀의 이마에 키스를 했다. 생각보다 완강했지만 각오하고 있었던 일이다.

“장기전 돌입이군.”

“이런 사윗감이 어디 있다고. 언젠가는 당신 마음을 아빠가 알아주시겠죠. 그러니 너무 기분 나빠하지 말아요.”

“그러고 보니 당신은 항상 날 못 알아봤잖아.”

현재는 억울하다는 듯 살짝 그녀를 째려보았다.

“한강공원에서 그렇게 당신을 지켜봤는데 당신 옆으로 스쳐 지나가도 것도 몰랐지. 솔직히 이 정도면 걷다가 한 번쯤 뒤돌아볼 만한 얼굴 아닌가?”

“고질병인 왕자바이러스균이 당신에게도 침투했나요? 그리고 한강공원에서 당신 본 적 없어요.”

“왜 못 봤는데. 스토커처럼 당신 주위에서 왔다 갔다 한 횟수가 몇 번인데. 아, 또 있군. 별장에서 당신하고 헤어지기 일주일 전에 기억이 돌아왔었을 때도 마냥 날 어린아이처럼 대하더군. 당신이 내 옆에 있는 것도 당황스러웠지만 날 어린아이 취급하는 것에 비할 바가 못되더군. 물론 장점도 있었지. 당신을 마음대로 안고 잘 수 있다는 것. 투정 부리면 즉각 와서 달래주던 점. 아주 좋았지.”

“다, 당신!! 서울 올라와서 기억 돌아온 거 아니었어요?”

이제까지 입 꾹 다물고 있었다니. 이 남자를 한 대 때려주어야 할지 아님 어리석은 자신의 머리를 쥐어박아야 할지 주영은 갈피를 잡지 못했다. 그녀는 당연히 그가 서울에 올라온 뒤에 기억이 돌아온 것이라 생각했다.

“알면서도 모르는 척했다구요? 무슨 생각으로요?”

“당연히 호박이 넝쿨째 들어왔구나 하는 생각으로 그랬지. 왜? 억울한가 보지?”

“그걸 말이라고 해요? 당신이라는 사람 정말…….”

그의 태연자약한 태도에 그녀는 헛웃음이 나올 것 같았다.

“그래도 사랑하잖아? 가만, 그러고 보니 당신에게서 사랑한다는 말 한 번도 못 들었던 것 같군.”

“갑자기 왜 그래요, 알면서.”

“모르니까 해달라는 거잖아.”

"사, 사랑해요. 사랑한다구요, 박현재 씨. 머리가 아닌 가슴에 꼭꼭 담아두세요. 옆에서 지켜본 바 당신의 머리는 그리 신용할 만한 게 못 되는 것 같으니."

세상에서 가장 하기 쉬우면서도 어려운 말. 눈물과 웃음을 동시에 만들어낼 수 있는 말. 현재는 행복했다. 세상에 소리쳐 그녀가 내 것이라고 자랑이라도 하고 싶었다. 평생 그가 사랑해야 할 사람이었다. 그 사실이 미치도록 좋았다.

현재의 입술이 그녀의 입술에 닿자 주영은 다가오는 기대감에 눈을 감았다. 한참 후 그녀가 그의 입술 위에서 나직이 중얼거렸다.

"난 당신이 날 그렇게 사랑하는지 몰랐어요. 말해 주기 전까지 전혀 몰랐어요. 또 있나요, 내가 모르는 것이? 그럼 지금 다 말해 줘요. 그만큼 내가 더 많이 당신을 사랑하면 되죠."

키스에 열중한 그가 잠시 멈칫거렸다. 모든 것을 다 말할 필요는 없었다. 누구나 말하지 못할 비밀은 하나쯤은 있는 법이니까. 중요한 것은 그녀가 그를, 그가 그녀를 사랑한다는 것 아니겠어? 이제 그는 '그녀와 행복하게 오래오래 살았습니다' 라는 목표만 달성하면 되었다.

에필로그

주영이 불을 끄고 나가자 이제 아홉 살인 지성은 동생 지운을 자신의 방으로 불렀다. 아이들이 살금살금 움직이는 것으로 봐서 엄마가 알아서는 안 되는 일이 틀림없었다.

밖에 아무런 소리가 나지 않자 지성은 숨겨놓은 공책을 방바닥에 펼쳤다. 비밀모의라도 하듯 그는 심각한 표정으로 지운에게 지우개 하나를 내밀었다.

"자, 난 오른쪽을 지울 테니까 넌 왼쪽을 지워. 다시 한 번 말하지만 엄마, 아빠에게 비밀이야. 알았지? 요기 윗부분 보이지? 날짜 부분만 지우면 돼. 알았지?"

아무것도 모르는 지운은 형의 말에 열심히 고개를 끄떡거렸다.

"형아야, 근데 이거 왜 지워야 해?"

“넌 몰라도 돼. 학교에서는 가끔 쓸데없는 숙제를 내주거든. 방학이 너무 짧았어.”

아직 학교를 들어가지 않은 지운은 학교에 다니는 형이 부러웠다. 학교에 가기만 한다면 그는 형처럼 놀지 않고 숙제도 열심히 잘할 텐데 형은 그게 아닌 것 같았다.

둘은 말없이 열심히 지우개 질을 하기 시작했다.

주영은 분명 조금 전 아이가 자는 모습을 보고 나왔는데 첫째 아이의 방에서 불빛이 새어나오자 방문을 살짝 열어보았다. 얼마나 열심히인지 지우개 질 삼매경에 빠진 형제는 엄마가 들어온지도 모르고 있었다. 일단 그녀는 이 말썽쟁이들이 또 무슨 일을 꾸미는지 뒤에서 가만히 지켜보기로 했다. 머리를 맞대고 열심히 뭔가를 지우더니 다시 연필로 끌적이고 있었다. 주영은 감을 잡은 듯 고개를 흔들었다. 방학이 끝나가다 보니 학교 숙제가 걱정이 된 저 말썽쟁이 큰 아들놈이 동생을 열심히 부려먹고 있는 것이다.

그녀는 아들이 방학 숙제를 충실히 하지 않는 것을 알면서도 방학 내내 모르는 척했었다. 아이에게 ‘이거 해라, 저거 해라’ 강요하기보다는 스스로 깨우치기를 원했다. 물론 그 깨우침이 가끔 아이들이 너무 어려 버거울 수도 있지만 그러면서 책임감을 하나씩 배워 나가기를 바랐다.

“아직까지 자지 않고 뭐 하니?”

깜짝 놀란 지성은 엄마를 보더니 공책을 후다닥 뒤로 감추었다. 지운도 형을 따라 두 손을 뒤로 감추었다.

주영은 팔짱을 끼곤 두 아이를 가만히 지켜보았다. 아무리 봐도 수상했다.

"왜 놀라는 거야? 엄마가 알면 안 되는 거야?"

지성은 대답도 하지 못한 채 고개를 숙이자 주영은 아이의 키에 맞춰 무릎을 꿇었다.

"그럼 지운이가 말해 볼까?"

지운은 금방이라도 울음을 터뜨리려는 듯 얼굴이 빨개졌다. 역시나 곧바로 굵은 눈물방울이 방바닥으로 떨어졌다.

"형아……."

차마 형제의 의리를 버리지 못한 지운은 형과 엄마를 번갈아 보며 형을 부르고 있었다. 아무래도 지성이가 무슨 일을 꾸민 것 같았다. 주영은 엄한 얼굴로 손바닥을 내밀었다.

"박지성, 그 뒤에 감춘 것 엄마에게 보여줘. 어서."

지성은 아무래도 이번만큼은 엄마가 그냥 넘어갈 것 같지 않아 보였다. 한 번 화가 나면 아빠보다 엄마가 더 무섭다는 것을 그는 경험을 통해 잘 알고 있었다. 차라리 아빠에게 혼나는 게 낫다는 결론이 나자 지성은 미적거리며 엄마에게 공책을 내밀었다.

'일기장?'

"일기 쓰고 있었니?"

아마 몇십 장의 글짓기를 쓰고 있었겠지. 그녀는 속으로 웃음이 터져 나오려고 했다. 물론 그녀도 학교 다닐 때 일기를 몰아서 써서 제출한 적이 있었다. 하지만 그렇다고 아직 어린 동생까지 동원하다니.

"무엇을 잘못했는지 아니?"

지운은 조그마한 두 손을 빌며 훌쩍거렸으나 지성은 처분만을 기다리는 듯 무덤덤한 표정이었다.

"박지성."

주영은 좀 더 엄하게 아이의 이름을 불렀다.

지성은 사실을 말해야 될지 그냥 잘못했다고만 하고 넘어가야 할지 갈등이 생겼다. 만약 진실을 말한다면 그는 더욱 혼나게 될지 몰랐다.

"잘못했어요."

그때 현재가 문을 열고 아이의 방에 들어오자 지성은 구세주를 만났다는 듯 얼굴이 환히 개었다.

"아빠!"

두 아들은 산타클로스 할아버지라도 만난 것처럼 현재에 품에 안기자 주영은 이 두 아들의 잔머리에 기가 찰 지경이었다.

"너희들 지금 벌받는 중이야."

뒤에서 엄마의 무시무시한 말이 들려오자 두 아들은 살길을 찾으려는 듯 아빠의 바짓자락에 더욱 매달렸다. 지운은 아예 아버지 뒤에 숨어버렸다.

현재는 씨익 웃으며 살려달라는 두 아들의 눈빛을 싹 무시했다. 오히려 그는 주영의 옆에서 그녀에게 힘을 실어주었다. 그는 이 늦은 밤 두 아들놈이 무슨 대형사고를 쳤는지 궁금해졌다. 아들이 둘이다 보니 하루도 조용한 날이 없었다. 동생을 자신의 부하로 생각하고 있는 지성이 특히 심했다.

"무슨 사고를 쳤길래 엄마가 화가 나셨나?"

"아빠, 사실은…… 저 일기장은…….."

현재가 그녀의 손에 든 일기장으로 시선을 옮기더니 이내 숨을 날카롭게 들이쉬었다. 생각할 겨를도 없이 그는 잽싸게 그녀의 손에서 일기장을 낚아챘다.

주영은 남편의 행동에 당황하여 한동안 멍하니 그를 쳐다보았다.

"왜 그래요? 놀랐잖아요. 지성이가 동생을 데리고 밀린 일기를 쓰고 있었던 모양이에요."

"흠흠, 무슨 일인지 알겠군, 그래도 일기는 지극히 개인적인 것인데 보면 안 되지. 자, 그리고 너희들도 늦었으니까 자야지. 여보야, 우리도 늦었는데 방으로 갈까?"

현재는 아이가 침대에 들어가는 것도 확인하지 않은 채 불을 끄고 그녀를 아이의 방에서 데리고 나왔다. 거의 떠밀리듯이 안방으로 들어온 그녀는 남편의 행동에 못마땅하다는 듯 그를 다그쳤다.

"당신이 그렇게 봐주니까 지성이가 머리만 더 굴린다구요. 저 초등학교 2학년짜리가 말이에요. 물론 누구나 한 번쯤은 일기를 몰아서 써 제출한 적은 있어요. 나도 그랬고요. 하지만 그게 잘못되었다는 것은 가르쳐 주어야지요."

"알아. 내가 내일 혼내줄게."

"당신 말을 어떻게 믿어요. 가끔 당신을 보면 난 아이를 셋 키우는 게 아닌지 착각이 들어요. 그런데 그 꼬맹이가 무슨 일기를 썼을까 궁금하지 않아요? 한번 줘봐요, 살짝만 보게."

그녀가 그의 손에 들려 있는 일기장으로 손을 뻗었다.

"어허, 왜 당신이 아이 일기를 보려고 해?"

"아이가 무슨 생각을 하고 있는지 엄마는 알 권리가 있어요."

"그건 사생활 침해야."

현재는 그녀의 관심을 다른 곳으로 돌려야 했다. 만약 그녀가 저 일기를 읽기라도 한다면 그는 남은 평생 그녀에게 쥐어 살아야 할지도 몰랐다.

'도대체 아들놈은 이것을 어디서 찾아낸 거야? 내일 당장 저것을 은행 금고에다가 맡겨 버리든지 해야지.'

현재는 손에 쥔 일기장을 뒤로 획 던져 버렸다. 설마 그녀가 남편보다 일기장을 더 좋아하겠어? 스트립 쇼를 하듯 그가 천천히 넥타이와 와이셔츠도 그녀 앞에서 벗어 던져 버렸다. 이번 기회에 딸을 목표로 매진해도 좋을 듯했다.

주영은 침대에 앉아 그의 벗은 몸을 즐겁게 구경해 주었다.

"오늘 당신이 왜 이런 서비스를 할까 궁금해지는데요?"

그녀가 장난을 치며 그의 목에 팔을 휘감았다.

"아, 당연히 사모님에게 봉사하기 위한 이벤트지. 알지? 서비스의 목표는 고객 감동에서 기절까지야."

단단한 그의 육체가 그녀의 몸 위에서 열정적으로 꿈틀거렸다.

"흠, 당신 아무래도…… 이상한데요?"

"쉿……."

주영이 키득거리며 부드럽게 몸을 끌어안았다. 이유가 어떻게 되었든 오늘 밤 그의 고객 감동이 어느 정도 수준인지 푹 빠져 볼 생각이었다. 그이의 수상한 행동은 내일 알아내면 되었다. 지금은 그에게 집중하여야 할 때였다.

『X월 XX일.

오늘 아빠를 찾으러 어떤 아줌마가 왔다. 어디서 본 것 같은데 기억이 나지 않았다. 성격이 나쁜 아줌마였다. 오늘 하루 종일 나를 굶겼다. 말 안 듣는다며 여기저기 때리기도 했다. 저 아줌마가 왜 여기 남았는지 모르겠다. 내일 당장 쫓아낼 것이다. 다 필요없다.

X월 XX일.

오늘도 악몽을 세 번이나 꾸었다. 악몽에서 깨어날 때마다 옆에 아줌마가 있었다. 끝내는 내 침대에서 곯아떨어졌지만 싫지는 않았다. 이 아줌마는 아빠에게 받아야 할 것이 있다고 했는데 뭘까? 돈일까? 내일도 아줌마가 옆에 있었으면 좋겠다. 그럼 푹 잘 수 있을 것 같은데……. 오늘도 엄마에게는 연락이 없다.

X월 XX일.

나에게 친한 척하는 아저씨가 또 왔다. 나와 친척이라고 하지만 난 믿지 않는다. 아무리 어려도 나에게는 그런 친척이 없다는 것쯤은 안다. 오늘 그 이상한 아저씨랑 아줌마랑 재미있게 웃고 있었다. 더 더욱 마음에 안든 건 아줌마가 그의 편을 들었다. 그래서 그 아저씨를 내쫓아 버렸다. 다시는 오지 마라!!

★(매우 중요한 표시) 오후에 아줌마에게 물어봤는데 그 아저씨보다 내

가 더 좋다고 했다. 나도 아줌마가 좋다. 그러나 내가 아줌마를 좋아한다는 것을 절대 가르쳐 주지는 않을 것이다. 아, 또 하나, 가르쳐 주지 않을 일이 생겼다. 아줌마의 자동차 열쇠를 화장실에 있는 샴프통에 넣어버렸다. 그렇게 나쁜 일이라고 생각을 안 한다. 나중에 돌려주면 되니까.

X월 XX일.

아줌마와 같이 자다 몸이 갑자기 아파서 아줌마를 깨웠다. 정말 너무 아팠다. 아줌마의 민간요법으로 몸이 좋아지긴 했지만 기분이 조금 이상했다. 몸이 붕 뜨는 느낌이다가 나중에는 숨을 쉴 수가 없었다. 그때는 숨이 막혀 죽는 줄 알았다. 조금 부끄럽기도 했다.

아줌마는 집안 대대로 내려오는 민간요법이라 남에게 알리면 안 되는 것이라고 했다. 하지만 위급 시 잊어먹지 않기 위해 써놓아야겠다.

몸에 열이 나고 손 끝마디까지 감전된 듯 아플 때 쓰는 민간요법.

1. 먼저 아줌마가 나를 끌어안는다.

2. 아줌마의 손이 나의 바지로 들어간다.

3. 아, 못쓰겠다. 또 몸이 아프려고 하는 것 같다.

이건 절대 잊어먹을 리 없으므로 쓰지 않겠다.

지금은 조금밖에 안 아픈데 아줌마에게 가면 안 될까? 사실은 많이 아팠으면 좋겠다.

끝.

그의 못다 한 이야기

조금은 쌀쌀한 날씨에 현재는 코트를 챙기며 자리에서 일어났다. 겨울 문턱을 알리는 비가 아침부터 쏟아져 걱정했는데 오후부터 날이 개이기 시작하자 그의 얼굴에 미소가 번졌다. 사실 그는 지금까지 날씨에 관심을 둔 적이 없었다. 날씨뿐 아니라 자신과 상관없는 일에 대해서는 특별히 관심을 둔 적이 없었다. 언제나 반복되는 일상생활과 꽉 짜여진 스케줄대로 움직였기 때문에 다른 곳에 신경 쓸 여유가 없다는 것이 정확했다. 그렇다고 불만은 없었다. 단지 자신의 삶이 다른 사람의 삶보다 조금은 지루하고 단조롭다는 것을 빼면 그리 나쁘지만은 않았다. 그런 그가 마치 복권 한 장으로 일주일이 행복해지는 사람처럼 기다리는 즐거움에 빠져 버렸다. 웃을 수 있다는 것이 얼마나 기분 좋은 일인지,

욕심난다는 것이 얼마나 짜릿한 일인지 알아버린 것이다. 처음에
는 호기심으로, 두 번째는 알 수 없는 기대감이 그의 마음에 자리
잡기 시작하자 그는 더 이상의 망설임을 가지지 않기로 했다. 이
설렘이 그녀 때문이라면 그는 그녀를 놓치고 싶지 않았다. 그러기
위해서는 오늘 그가 할 일은 그녀에게 자신을 알리는 일, 즉 첫 데
이트 임무를 완수해야만 했다.

한강공원에 도착한 그는 미간을 찡그렸다. 언제나 혼자 공원에
오던 그녀가 오늘은 남자의 팔짱을 끼고 산책로를 걷고 있었다.
거기다 장난이라도 치는지 깔깔거리는 소리가 그의 귀에까지 들
려왔다.

"집에서 밥 먹기 싫은데 오늘 같은 날은 분위기 잡으며 외식해
요. 외식한 지도 오래되었잖아요. 제가 쏜다니까요."

"그럼 내친김에 오늘은 외식도 하고 영화도 보고 집에 들어갈
까?"

못 들을 것을 들은 사람처럼 현재의 얼굴이 단박에 굳어졌다.
그녀는 많아야 스물대여섯 정도로밖에 보이지 않았고 언제나 혼
자 공원에 왔기에 당연히 아가씨라고 생각하고 있었다. 아니, 아
가씨여야 했다. 믿을 수 없다는 듯이 그는 걸어가는 그들의 뒷모
습을 째려보았다. 화가 난 나머지 옆에 있는 나무라도 걷어차 주
고 싶은 심정이었다. 왜 한 번도 그녀가 애인이 있거나 결혼했을
거라는 생각을 해보지 않았는지 자신의 어리석음을 비웃어주고
싶었다.

너무 쉽게 찾았다고 생각했다. 그가 찾기 전에 먼저 그 앞에 나타난 그녀가 고마워 감사라도 하고 싶었던 그였다. 그런데 처음으로 끌리는 사람이, 사랑하고픈 사람이 유부녀라니! 그는 충격으로 한동안 그 자리에 가만히 서 있어야만 했다.

그때 그녀가 뒷걸음치며 현재의 옆을 스쳐 지나갔다.

"아빠, 농담이에요, 농담. 정말이에요."

"우리 집안에는 대머리 없다. 가발 쓸 일 없으니 걱정 말아라."

현재의 고개가 뒤로 홱 젖혀졌다. 남자의 얼굴을 확인하자 믿을 수 없다는 듯 그의 입이 살짝 벌어졌다. 그의 시력에 문제가 없다면 분명 저 남자는 삼진테크의 사장이었다.

'삼진테크 김우근 사장이 아버지라니. 이렇게 부딪치게 될 줄이야. 서울 땅 정말 좁군.'

일단 오늘의 데이트 신청은 무기한 유보였다. 만약 그녀가 진짜 삼진테크의 딸이라면 모든 계획이 전면 수정에 들어가야 했다. 집으로 돌아가기 아쉬운 그는 핸드폰을 꺼내 들어 그녀 모르게 그녀의 웃는 얼굴을 찍었다. 생각보다 잘 나왔는지 그의 얼굴에 미소가 떠올랐다.

"요즘 신세대 말로 찍혔다고 하지? 다음에 봅시다, 김주영 씨."

작가후기

이 글을 쓰게 되는 동기는 역사물의 진도에 지쳐 마음이 우울해져 내 방 벽지를 마구 긁고 있을 때 김희진 작가님이 보다 못해 그럼 그거 잠시 놔두고 가볍고 코믹한 것으로 한번 써보는 게 어떻겠냐는 제안으로 시작되었습니다.

『적과의 동침』은 사실 나름대로(?) 로맨스 에피소드에 대한 태클이 들어 있습니다. 흔하디흔한 주제 기억상실증을 좀 바꿔보고 싶었습니다. 대부분 제가 읽은 소설에서의 주인공 남주는 기억이 돌아오면 같이 생활했던 여주에 대한 기억은 하나도 없어지지요. 거기에는 항상 여주인공의 애뜻한 사랑 또는 안타까움이 있었습니다. 여기서 첫 번째 태클, 읽어보시면 아시겠지만 주영(여주)이 어디 남주 간호 잘해 애뜻한 사랑을 품을 성격입니까. 어이없음이 가세하여 현재(남주)가 12살이니 제 세상 만난 듯 주영의 집권체제에 들어가지요. 아쉽게도 남주가 기억이 돌아오기 전까지지만요.

또 하나, 영화나 소설을 보면 여주들은 왜 그리 노래를 잘 부르는지. 거기다 하나같이 남주를 모셔다(?) 놓고 부르는 사랑노래가 대부분. 그러나 주영은 현재에게 한이 맺힌 게 많아서인지 사랑은 고사하고 자신의 신세에 딱 맞는 노래를 부르지요. '착한 늑대와 나쁜 아기 돼지 삼형제'. 이 노래를 들어보시면 그때의 주영 심정을 조금은 이해하실 수 있으려나요?

　마지막으로 현재에 대해서는 어렸을 때 부모님의 사랑을 받지 못한 남주 또한 흔하디흔한 소재이지요. 이야기를 코믹하게 끌어가기 위해서 무거운 장면을 최대한 가볍게 쓰려고 했습니다. 심지어 주영이 아파 우는 장면까지도 말이죠. 근데 이런 남주들 사랑을 몰라 여주를 많이 괴롭히지요? 나중에 후회와 함께 사랑인 것을 깨닫지만요. 그런 남주가 있는 반면 현재같이 그렇기 때문에 가정의 소중함을 더욱 절실히 아는 사람도 있을 거라 생각합니다. 그는 사랑하는 사람이 나타나면 자신의 가정은 누구보다 행복하게 살고 싶다는 마음이 있습니다. 물론 전 해피엔딩 지향주의자이기에 저에게 캐스팅된 남주/여주는 잘 먹고 잘사는 것으로 항상 끝이 날 겁니다.

　이제 맺음말입니다. 조금만 더 읽으시면 드디어 책을 덮을 수 있는 기쁨을 누립니다.

　작가 분이라면 모두 그러셨겠지만 첫 출판이라 출판이 다가오니 마냥 기쁘기만 했던 마음이 어느새 걱정과 두려움으로 바뀌었네요. 과감히 제 글을 채택해 주신 청어람 출판사, 『적과의 동침』을 써보라고 제안해 주신 희진 님, 언제나 힘내라며 용기 주시던 승주님, 수정하면서 같이 걱정해 주던 레임님, 주영의 캐릭터 반은 이분을 모델로 한 네이님(당사자는 모르지만), 친구 같은 이한님, 다소곳한 연님, 언제나 제 원기를 충전해 주는 혜라님 등 정말 감사드립니다. 그리고 이 책을 읽어주시는 분들 또한 진심으로 감사드립니다. 여러분에게 큰 웃음을 선사하지는 못했더라도 읽는 내내 가볍게 미소 지을 수 있게 만든 책이었길 빌어봅니다. 행복하세요.

　마지막으로 제 삶을 지탱해 주신, 저를 낳아주시고 길러주신 부모님에게 제일 감사하다고 말씀드리고 싶습니다.

　p.s : 로맨스를 사랑하였노라, 사랑하노라, 사랑하겠노라.